Das Buch

Louise musterte ihre Tochter, die ihr in der Kutsche gegenübersaß. Fanny hielt den Blick aus dem Fenster gerichtet und signalisierte damit klar, dass sie keine Unterhaltung wünschte. Sie trug eines ihrer Sonntagskleider, ein Kostüm aus dunkel schimmerndem auberginefarbenem Stoff, das vorne mit Knöpfen und am Hals mit einer Schleife versehen war. Dazu trug sie über ihren geflochtenen Haaren einen neckischen Hut mit einer großen Feder. Damit sie an diesem Dezemberabend nicht fror, hatte sie sich einen Mantelumhang aus dunkler Wolle um die Schultern gelegt und ihre Hände in einen Fellmuff gesteckt, genau wie Louise.

»Wir haben nie darüber gesprochen, Fanny, aber ...« Louise legte eine Pause ein, um die Aufmerksamkeit ihrer Tochter zu erlangen. Betont langsam drehte diese den Kopf und sah sie an. Vorsichtig fuhr Louise fort: »Du bist dir schon bewusst, dass diese Einladung auch noch einen tieferen Sinn hat, nicht wahr?«

Fanny starrte sie nun sichtlich verärgert an. »Maman, versuchst du mir etwa zu sagen, dass Daniel Peter mich heiraten will und ich – ohne es zu wissen – schon zugesagt habe?«

Die Autorin

Ladina Bordoli wurde 1984 in der Schweiz geboren. Sie ist eine ausgebildete Fachfrau für Unternehmensführung, Miteigentümerin einer eigenen Werbetechnik-Firma und arbeitet als Geschäftsführerin im elterlichen Bauunternehmen. Ihre Leidenschaft gilt jedoch dem Schreiben, dem sie sich überwiegend am Wochenende und an den Feiertagen widmet. Sie lebt im Prättigau, einem kleinen Tal in den Schweizer Alpen. Zuletzt bei Heyne erschienen: die dreibändige »Mandelli-Saga«.

LADINA BORDOLI

Der Geschmack von Freiheit

Roman

WILHELM HEYNE VERLAG
MÜNCHEN

Penguin Random House Verlagsgruppe FSC® N001967

Originalausgabe 12/2024
Copyright © 2024 by Ladina Bordoli
Copyright © 2024 dieser Ausgabe
by Wilhelm Heyne Verlag, München,
in der Penguin Random House Verlagsgruppe GmbH,
Neumarkter Str. 28, 81673 München
Redaktion: Katja Bendels
Printed in Germany
Umschlaggestaltung: bürosüd, München,
unter Verwendung von © mauritius images (Valery Bareta /
Alamy Stock Photos); Arcangel Images (Malgorzata Maj)
Satz: Satzwerk Huber, Germering
Druck und Bindung: GGP Media GmbH, Pößneck
ISBN: 978-3-453-42507-1

www.heyne.de

Prenez l'or brun d'outre-mer, le cacao, mariez-le à l'or blanc de la Gruyère, le lait. Ajoutez une bonne dose d'audace et de savoir-faire de maîtres chocolatiers et vous obtiendrez la recette de Cailler.

Man nehme den Kakao, das braune Gold aus Übersee, und vermähle ihn mit der Milch, dem weißen Gold aus Gruyère. Dann füge man eine kräftige Prise Wagemut und Handwerkskunst des Meister-Chocolatiers hinzu, und man erhält das Rezept von Cailler.

Aus der Firmenchronik zum 200-jährigen Jubiläum von Cailler

Prolog

Corsier-sur-Vevey,
Mai 1854

Fanny-Louise Cailler konnte sich immer noch nicht daran gewöhnen, dass Papa ihr keinen Gutenachtkuss mehr gab. »Schlaf gut, meine Große, und träum von der Zukunft«, hatte er stets gesagt und seine Lippen lächelnd auf ihre Stirn gelegt. Auch seine warme, dunkle Stimme fehlte ihr; so sehr sogar, dass sie sich oft umdrehte, weil sie glaubte, er habe ihren Namen gerufen. Fanny-Louise – bei niemandem hatte es so liebevoll und stolz geklungen wie bei Papa. Zwei Jahre war es nun schon her, seit er gestorben war, hier, in seinem Haus in der Rue des Moulins. Ihren fünfzehnten und sechzehnten Geburtstag hatte Fanny bereits ohne seine Umarmung und sein Lachen feiern müssen. Das tat weh. Nicht so sehr jedoch wie der heutige Tag, der soeben angebrochen war – der Jahrestag seines Todes. Der Tag, an dem Papa von ihnen gegangen war und Fanny, ihre Maman und die beiden älteren Brüder Auguste und François-Alexandre alleine zurückgelassen hatte.

In der Nacht, die dem Jahrestag seines Todes vorausging, konnte Fanny nicht schlafen. Ihr Herz schlug schmerzhaft gegen den Brustkorb, und ihre Augen wollten sich einfach nicht schließen. Tränen nässten ihre Wangen und das Kopfkissen, das Luftholen fiel ihr schwer. Sie lauschte dem gleichmäßigen Atem ihrer Mutter im Bett nebenan, um sicherzugehen, dass sie nicht aufwachte, denn Maman hatte von allen den leichtesten Schlaf. Die *coucheurs*, die Fabrikarbeiter, die ebenfalls in ihrem Haus übernachteten, schliefen in der Nebenkammer, die nur durch eine Tür vom Schlafzimmer der Familie getrennt war. Doch gewöhnlich interessierten sie sich nicht sonderlich für die Angelegenheiten ihrer Hausherren; zu groß war ihre tägliche Erschöpfung.

Leise kroch Fanny unter ihrer Bettdecke hervor, den Blick stets zu Maman gewandt. Deren Gesichtszüge wirkten friedlich und entspannt, wenn sie schlief. Die Kerben, die sonst ihre Stirn und die Partie zwischen den Augen zerfurchten, waren jetzt nur schattenhafte Adern auf ihrem Antlitz.

Von Auguste und François-Alexandre, den alle nur bei seinem zweiten Namen riefen, hatte Fanny keine Überraschung zu befürchten. Ihre Brüder schnarchten mit halb offenem Mund in ihren Betten, die gleich neben dem von Maman standen. Auch sie waren nach der Arbeit in den Fabriken so müde, dass sie kaum noch Zeit fanden, ihre Freunde zu treffen.

Das Geschäft mit der Schokolade lief hervorragend, und Fannys Brüder leiteten zusammen mit Maman mehrere Fabrikstandorte in Corsier und Vevey, die alle am Canal de la Monneresse lagen, genau wie ihr Zuhause. Fanny hätte gerne mitgeholfen, das Erbe ihres Vaters in die Zukunft zu führen, doch ihre Mutter behauptete, sie sei mit ihren sechzehn Jahren noch zu jung dafür.

Vorsichtig allen knarzenden Dielenbrettern ausweichend, tappte sie zur Tür der Schlafkammer. Die dicken Wollsocken, die sie zu ihrem Nachthemd trug, dämpften ihre Schritte. Obwohl es schon Mai war, konnten die Nächte hierzulande nach wie vor empfindlich kühl werden. Deshalb nahm Fanny noch ein wollenes Tuch von einem Haken neben der Tür und schlang es eng um ihren Körper. Da es schon beinahe Vollmond war, reichte das Licht im Haus aus, um bis zum Wohnzimmer zu gelangen, wo Maman die Kerzen in einem Schrank lagerte. Leise fischte Fanny eine Kerze aus der Schublade des Wohnzimmerschranks und schlich, vom Flackern des Kerzenlichts geleitet, die Treppe hinunter ins Erdgeschoss. Im nördlichen Bereich des Wohnhauses lag die Küche – so war stets gewährleistet, dass sie etwas Kühle speichern konnte. Fannys Ziel jedoch war nicht die Kochstube oder die Latrine in der Ecke daneben, sondern das alte Schokoladenatelier ihres Vaters, das im hinteren Teil des Hauses mit Sicht auf den Canal de la Monneresse lag.

Vor der Tür zu den alten Fabrikräumlichkeiten blieb sie stehen, hob die Kerze und betrachtete das Gemälde, das ihre Großeltern väterlicherseits zeigte. Das flackernde Licht ließ die Gesichter ihrer Vorfahren lebendig wirken. Opa hatte den gleichen Namen getragen wie Papa. Von ihm hatten er und auch Fanny die markante, gerade Nase. Ob Opa wohl stolz auf seinen Sohn gewesen war, der sich nach der Ausbildung zum Kolonialwarenhändler auf eine abenteuerliche Reise nach Turin, der Wiege der modernen Schokolade, begeben und dort das Handwerk des Chocolatiers erlernt hatte? Dieser Entscheid hatte nämlich alles verändert, nicht nur das Leben seiner Familie, sondern auch das vieler Schweizer Bürger.

Mit einem leisen Seufzen senkte Fanny die Kerze, betrat den alten Fabrikraum und zog die Tür hinter sich zu. Kurz schloss sie die Augen und atmete den Duft nach Staub, Schmierfetten und gerösteten Kakaobohnen ein, der noch immer in der Luft lag, obwohl dieser Ort längst stillgelegt und durch neuere Produktionsstätten ersetzt worden war. Oder bildete sie sich das bloß ein, weil sie es sich wünschte und es sie an die sonnendurchfluteten Tage ihrer Kindheit erinnerte? An Papas raue Hand, an der sie mit weit aufgerissenen Augen staunend durch diesen Raum flaniert war? In manchen schlaflosen Nächten war Fannys Erinnerung so lebendig, dass sie sogar glaubte, den süßlichen Duft von Papas Tabakpfeife zu riechen.

Sie war unheimlich stolz auf das, was ihr Vater erreicht hatte. Wenn sie mit ihm hierhergekommen war, hatte er ihr stets von den Erlebnissen aus seiner Vergangenheit berichtet. Beeindruckt hatte sie sich jede

Kleinigkeit gemerkt und ihn dennoch immer wieder gebeten, die Geschichten ein weiteres Mal zu erzählen.

François-Louis Cailler hatte zuerst ein Lebensmittelgeschäft geführt, bevor er 1819 eine eigene Schokoladenfabrik gegründet hatte. 1832 dann, sechs Jahre vor Fannys Geburt, hatte er dieses Gebäude hier gekauft. Damals war es noch eine alte Gerberei gewesen, ausgestattet mit einer Lattenschneiderei und einem Schlagbaum. Diese Geräte hatte Papa so umgebaut, dass er damit – und mithilfe des Wassers aus dem Canal de la Monneresse – Schokolade herstellen konnte. Hier im Industrieviertel En Copet waren sie bei weitem nicht die Einzigen, die mit Wasserkraft neue Waren produzierten. Zu ihren Nachbarn zählten Öl- und Getreidemühlen, Zigarren- und Kerzenfabriken, Gerbereien, Sägereibetriebe und Marmorfabriken. Auch gegenüber, im Les Bosquets, blühte der Fortschritt in Form zahlreicher Manufakturen. Papa hatte dort einige Jahre vor seinem Tod ebenfalls einen weiteren Fabrikstandort erworben.

Die Abhängigkeit vom Kanal barg jedoch auch ihre Tücken. Im Winter 1825/26 war das Wasser in La Monneresse zugefroren, sodass die Maschinen aller Produktionsstätten stillstanden. Es war das finsterste Kapitel in Papas Leben gewesen – diese Geschichte hatte er Fanny nur ein einziges Mal erzählt. Dabei waren seine Augen dunkel geworden, und seine Stimme hatte gezittert. 1826 war die Schokoladenfabrik sogar in Konkurs gegangen, und Papa hatte nicht mehr unter seinem Namen arbeiten dürfen. In jener Zeit hatte Fannys tapfere

Mutter Louise die Zügel der Schokoladenfabrik in die Hand genommen, bis es Papa zwei Jahre später – nach Aufhebung des Konkurses – wieder erlaubt gewesen war, normal zu arbeiten. Fannys Maman wechselte jedoch gleichermaßen das Thema, wenn ihre Tochter etwas über die damalige Zeit erfahren wollte. Eine Frau an der Spitze eines Unternehmens? Wie musste sich das wohl angefühlt haben?

Viel mehr als Papas Berichte über die Vergangenheit der Fabrik faszinierte Fanny allerdings das »Braune Gold«, wie er den Kakao nannte. Christoph Kolumbus hatte es angeblich als erster Europäer bei einer seiner Amerikareisen entdeckt. Gemäß seiner Beschreibung hielt er die Kakaobohne, die von den Südamerikanern als Zahlungsmittel verwendet wurde, für »eine Art Mandel«. In Europa war der Kakao lange Zeit nur als heißes Getränk konsumiert worden. Besonders beim Adel war das bittere Gebräu, das durch Zugabe von Zucker und Gewürzen wie Zimt und Anis schmackhafter gemacht wurde, sehr beliebt gewesen. Die Blockschokolade, wie Fannys Papa sie hergestellt hatte, war erst deutlich später erfunden worden. Außerhalb der Schweiz nannten die Leute sie auch »Dampfschokolade«, weil sie mithilfe von Dampfmaschinen hergestellt wurde. Nur in der Schweiz, so hatte Papa gesagt, stellte man Schokolade mit Wasserkraft her.

Fanny erinnerte sich so gern an die gemeinsamen Momente mit ihm hier in seiner kleinen Fabrik in der Rue des Moulins. Wehmütig strich sie mit den Fingern über die verstaubten Maschinen und Arbeitstische, die man für die Schokoladenproduktion brauchte. Papa hatte ihr alles genau erklärt, und sie hatte den Vorgang gefühlt Hunderte Male beobachtet. Wenn man einige wichtige Details beachtete, war es gar nicht so kompliziert.

Die Dampfschiffe, die an der Place du Marché unten am Genfer See anlegten, der bei ihnen Lac Leman genannt wurde, brachten den für die Schokoladenherstellung benötigten Zucker und die vergorenen, getrockneten Bohnen, den sogenannten »Rohkakao«, aus Übersee. Zuerst musste man die Bohnen rösten, damit sie ihre Bitterkeit verloren. Wenn das geschah, erfüllten die Röstaromen jedes Mal das gesamte Haus und krochen von der Manufaktur die Treppen hinauf bis in die hintersten Ecken der Schlafkammer. Die Bohnen wurden so lange geröstet, bis sie anfingen zu knacken und sich leicht aus ihrer Schale lösen ließen. Erst wenn sie komplett von den Hülsen gereinigt waren, wurden sie in die Schokoladenmaschine gefüllt.

Fanny blieb vor dem halbrunden eisernen Kessel mit der an der Wand befestigten Keule stehen. Unter dem Kübel hatte Papa mit seinen zwei Mitarbeitern früher immer ein kräftiges Kohlefeuer entfacht. Abwechselnd rührten sie so lange mit dem Schlegel, bis die Masse flüssig und vollkommen glatt war. Man durfte nichts Körniges mehr zwischen den Fingerspitzen fühlen. Nach dem »Zartreiben«, wie ihr Vater den Vorgang immer genannt hatte, mischte man die erforderliche Menge Zucker dazu. Zum Schluss wog man die Masse in Portionen ab und drückte diese in die tafelförmigen

Schokoladenformen, die man auf einem Holztisch so lange schüttelte und schlug, bis die Schokolade oben vollkommen glatt war. Diese Arbeit erforderte viel Muskelkraft, weshalb sie meistens von den Männern verrichtet wurde. Einige Frauen aus der Stadt wickelten die Schokoladentafeln dann in Stanniol und buntes Papier, um sie für den Verkauf bereitzumachen.

Das war Schokolade. Moderne Schokolade. Und Fannys Papa war der Erste gewesen, der sie in der Schweiz in dieser Form produziert und angeboten hatte. Es war eine Kostbarkeit, deren Aromen am Gaumen explodierten und auf der Zunge tanzten. Man sagte der braunen Delikatesse zudem zahlreiche gute Eigenschaften nach. Fannys Mund verzog sich zu einem Lächeln. Glücklich sollte sie machen und leidenschaftlich. Manche waren der Ansicht, dass Schokolade gleichermaßen berauschte, belebte und entspannte. Kein Wunder also, dass sie derzeit ebenso von Apotheken wie auch von Konditoreien, Likörfabrikanten und Zuckerbäckern feilgeboten wurde. Bisher waren es vor allem Frauen und Kinder, die sich der bittersüßen Versuchung hingaben; Männer bevorzugten Kaffee und Tabak. Das könnte man jedoch leicht ändern, überlegte Fanny, wenn …

… wenn man der Schokolade aufregende Gewürze beimischen könnte. Dabei dachte sie nicht an die sanfte und feminine Vanille, sondern eher an die kräftige und maskuline Chilischote. Über dem Feuer getrocknet, würde sie den Schokoladengenuss für Männer in ein Abenteuer verwandeln. Verlockend süß in den Anfängen, scharf bei längerem Kauen, ein wenig bitter im Nachgang, abgerundet durch einen Hauch von Rauchgeschmack.

Das wäre nicht nur Schokolade, sondern ein Erlebnis.

Kapitel 1

Zum wiederholten Mal drapierte Fanny die Falten ihres Rocks und strich sich die feuchten Handflächen an ihrem Kleid ab. Es war halb neun Uhr morgens, und normalerweise besuchte sie um diese Zeit den Sonntagsgottesdienst. Heute hatte sie jedoch etwas anderes vor.

Ein Pfiff ertönte. Weißer Dampf quoll aus dem Schlot der Lokomotive und verlor sich im blassblauen Himmel. Ächzend und schnaufend setzte sich die Eisenbahn in Bewegung und rollte aus dem Bahnhof. Fanny winkte den Leuten und besonders den Kindern am Bahnsteig, die das Ereignis mit großen Augen verfolgten.

Beiläufig erhaschte sie dabei einen kurzen Blick auf ihre Spiegelung im Zugfenster. Der Fahrtwind, der hereinwehte, löste einige hellbraune Haarsträhnen aus ihrer Flechtfrisur unter dem mit Bändern festgebundenen Hut. Das Braungrün ihrer Augen leuchtete heute heller als sonst, und die neckischen Sommersprossen auf ihrer Nase unterstrichen ihr schelmisches Lächeln, das sie ihrer besten Freundin Martine schenkte, die gegenüber Platz genommen hatte. An Martines Seite saß ihr Ehemann Guillaume Molino, dessen Familie ursprünglich aus Italien stammte und in der Nähe des Bahnhofs eine Glasfabrik betrieb.

Auch die Molinos hatten sich an diesem Sonntag herausgeputzt. Guillaume trug einen grauen Anzug mit einer Hose aus demselben Stoff, dazu eine cremefarbene Weste sowie ein weißes Hemd. Auf seinem Kopf thronte ein stattlicher schwarzer Hut. Martine hatte das dunkle Haar zum Mittelscheitel gekämmt, hochgesteckt und mit einem Hut mit Feder bedeckt, ähnlich wie Fanny. Während ihre beste Freundin jedoch ein schimmerndes Kleid in Aubergine trug, hatte sie selbst eines in Smaragdgrün gewählt. Schließlich hatte man nicht jeden Tag – ja nicht einmal jeden Sonntag – die Möglichkeit, mit einem Vergnügungszug von Vevey nach Bex und wieder zurückzufahren. Um genau zu sein, war das Fannys erste Bahnfahrt überhaupt!

»Danke, dass du mich zu dieser außergewöhnlichen Veranstaltung eingeladen hast, Guillaume!«, rief Fanny über den Lärm der ratternden Eisenbahn hinweg und schenkte ihm ein Lächeln, das er mit einem freundlichen Nicken erwiderte. »Wenn der Fortschritt endlich in Vevey Einzug hält, sollte man nicht knausrig sein«, bemerkte er, wobei sein Schnurrbart wackelte, weil er jedes Wort überdeutlich und laut aussprechen musste.

Wie recht er damit hatte! Nach einer fünfjährigen Auseinandersetzung zwischen der Bahngesellschaft, der Stadtverwaltung, dem Gemeinderat und der Bevölkerung über den Standort des neuen Bahnhofs war dieser vor kurzem endlich in Betrieb genommen worden. Ab einem Franken fünfzig konnte man nun unter anderem jeweils sonntags an dieser Rundfahrt teilnehmen. Ihre Fahrkarten hatten etwas mehr gekostet als jene der dritten Klasse, die auf den Plakaten in Bahnhofsnähe publiziert waren. Wie hoch genau die Fahrtkosten zweiter Kategorie waren, wollte Guillaume Fanny allerdings nicht verraten. Ursprünglich hatte er beabsichtigt, sie in die erste Klasse einzuladen, dort war aber schon alles ausgebucht gewesen. Also entschieden sie sich für die immer noch äußerst komfortable zweite Klasse. Das war ohnehin angenehmer. Die Reisenden der ersten Klasse hielten nicht viel davon, wenn neureiche Leute wie sie ebenfalls dort auftauchten. Meist wurde man dann bloß kritisch oder im schlimmsten Fall sogar abfällig beäugt. In den Augen jener Familien, die von Geburt an zur führenden Gesellschaftsschicht gehörten, klebte an den Händen der Fabrikbesitzer noch immer der Dreck der Handwerker, die sie einst gewesen waren.

Fanny schüttelte diese Gedanken ab, seufzte zufrieden und ließ den Blick durch das Abteil gleiten. Anders als in der dritten Klasse gab es hier keine Holzbänke, sondern moosgrüne Polstersessel. Passend dazu war die untere Hälfte des Kompartiments dunkelgrün gestrichen; der obere Teil brachte durch ein sanftes Eierschalen-Weiß etwas Helligkeit in den Raum. Natürlich hatte Fanny es sich aber auch nicht nehmen lassen, einen Blick in die erste Klasse zu werfen. Das Innere der separaten Abteile war mit seinen roten Polstersesseln dem

Wageninneren einer Kutsche nachempfunden und erinnerte an den behaglichen Komfort eines Salons.

Eindreiviertel Stunden würde die Reise nach Bex, das für sein Salzbergwerk bekannt war, dauern. Für einen Aufpreis von zwei Franken fünfzig durfte man sich dort am Bahnhof außerdem beim Mittagsbüfett bedienen und wurde von der Ludwigsburger Musik, einem barocken Ensemble, unterhalten. Selbstverständlich hatte Guillaume das volle Programm gebucht und die beiden Damen auch dazu eingeladen. »Lasst uns den Fortschritt feiern«, hatte er diese Entscheidung und seine großzügige Einladung begründet.

Das war wahrlich ein Grund für Ausgelassenheit, denn Vevey gab seine Wurzeln, die in der Landwirtschaft und im Weinbau lagen, nur zögerlich auf. Wenn man bedachte, dass die durch Industrie und Tourismus rasant wachsende Stadt abends nach wie vor von nur zwölf Gaslampen beleuchtet wurde, musste man sich im Vergleich mit anderen Schweizer Städten schon fast schämen. Das jedenfalls hatten Auguste und Alexandre kürzlich beim Mittagessen verlauten lassen.

Im Moment interessierte sich Fanny aber nicht für die Politik, sei es nun die mangelnde und altmodische Beleuchtung oder das nicht vorhandene Wasser- und Abwassersystem, das in ihrer Familie ebenfalls wiederholt für hitzige Diskussionen sorgte, heute wollte sie einfach leben und genießen.

»Ich vermute, dass viele interessante Leute beim Mittagessen in Bex sein werden«, bemerkte Martine und warf Fanny einen mehrdeutigen Blick zu.

»Das mag sein«, antwortete diese und sah hinaus auf die vorbeiziehende Landschaft. Ihr war klar, warum das befreundete Ehepaar sie wiederholt zu ihren Sonntagsausflügen mitnahm, zumal Maman Fanny jedes Mal mit vielsagendem Blick drängte, die Einladungen anzunehmen, und die Molinos darüber hinaus mit großzügigen Geschenken aus der Schokoladenfabrik überhäufte. Fanny selbst spielte vordergründig mit, in Wahrheit jedoch genoss sie einfach die Abwechslung und Martines Gesellschaft. Sie dachte gar nicht daran, sich mit den *vielen interessanten Leuten* – womit ihre Freundin natürlich Herren meinte – abzugeben. Da sie aber wusste, dass sich Maman langsam sorgte, weil sich ihre Tochter auch mit dreiundzwanzig noch immer nicht fürs Heiraten interessierte, tat sie wenigstens so, als würde sie sich redlich bemühen. Nur leider war sie schwer zu beeindrucken. Ihre Leidenschaft galt nun einmal anderen Dingen. Würde Papa noch leben, würde er sie verstehen; er hatte sie immer verstanden.

Sie erreichten den Bahnhof von Bex pünktlich gemäß Fahrplan und verließen den Zug. Das Bahnhofsgebäude war jenem in Vevey sehr ähnlich, nur etwas kleiner. Hohe Bogenfenster, die in zahlreiche kleinere Fensterquadrate unterteilt waren, nahmen die Hauptfassade ein. Der Bahnsteig zu beiden Seiten war überdacht, und auf dem Bahnhofsplatz hatte man zwei Linden gepflanzt. Ein paar Kutschen suchten im Schatten der Bäume Zuflucht. Die große Uhr gleich unter dem Dach des Bahnhofsgebäudes zeigte zwischenzeitlich halb elf. Es blieb ihnen also noch ein wenig Zeit, um sich umzusehen, ehe das Mittagsbüfett eröffnet wurde.

In Erwartung der Bahnreisenden hatten einige lokale Händler und Landwirte Marktstände aufgebaut und boten ihre Waren feil. Von frischem Gemüse und Tomme de Chèvre über lebende Tiere bis zu modischen Hüten konnte man alles haben. Sehr beliebt waren nach wie vor Kerzen und Öllampen, weil viele Leute, besonders die Gaststätten und Hotels, das fahle, kalte Licht der Gaslampen und deren penetranten Geruch nicht mochten.

Endlich erreichte die Sonne ihren Zenit, und Guillaume führte seine Damen zurück zum Bahnhofsplatz, wo die Musikkapelle gerade dabei war, ihre Instrumente auszupacken. Ein würziger Duft nach warmen Speisen hing in der Luft und ließ Fanny das Wasser im Mund zusammenlaufen. Nebst einer klaren Gemüsebrühe mit Fleischklößen und Brot wurde ein *papet vaudois* gereicht. Fanny liebte das traditionelle Eintopfgericht der Waadtländer Küche, bei dem Lauch und Kartoffeln in Weißwein gekocht und zum Schluss mit Rahm verfeinert wurden. Dazu gab es normalerweise eine Saucisse aux Choux, eine Kohlwurst, oder eine Saucisse aux Foie, eine Leberwurst. Heute wurde beides angeboten, und Fanny entschied sich, von beidem zu kosten und dafür die Suppe fürs Erste auszulassen. Was bei der Mahlzeit natürlich auch nicht fehlen durfte, war ein Glas kühler Chardonnay. Damit die Bahnreisenden nicht in der prallen Mittagssonne essen mussten, hatte man auf der überdachten Veranda, die das Bahnhofsgebäude umgab, runde Tische mit weißen Tischdecken und Besteck bereitgestellt.

Hungrig machten sie sich über die Speisen her, die vorzüglich gekocht waren. Dabei wehten die Klänge der Ludwigsburger Musik mal melancholisch, mal fröhlich zu ihnen herüber. Guillaume musterte eine junge Frau der Musikformation mit unverhohlenem Interesse, was ihm einen bösen Blick von Martine bescherte.

Ein junger Herr etwa in Fannys Alter und eine grauhaarige Dame traten an ihren Tisch. Beide hielten dampfende Teller und ein Glas Weißwein in der Hand. Während der Herr exakt dieselbe Kombination wie Fanny gewählt hatte, bevorzugte die ältere Frau eine Suppe. Er trug einen dunkelbraunen Anzug mit gleichfarbiger Weste, ein weißes Hemd und einen Zylinder, unter dessen Krempe einige Büschel dunkelblonder Haare hervorquollen. Seine betagte Begleiterin hatte sich für ein dunkelblaues Kleid und eine weiße Haube mit dunklen Bändern entschieden.

»Daniel! Madame Clément!« Guillaume erhob sich von seinem Stuhl, nahm den Hut vom Kopf und verbeugte sich vor der älteren Dame. Ihrem Begleiter reichte er die Hand zum Gruß, zog sie aber gleich lachend wieder zurück, als ihm auffiel, dass dieser die Begrüßung gar nicht erwidern konnte, weil er ja beide Hände voll hatte.

»Wollt ihr euch zu uns setzen?«, fragte Guillaume und hielt nach zwei Stühlen Ausschau.

»Wenn es euch keine Umstände macht – gerne.« Der Fremde stellte seinen Teller und sein Weißweinglas auf den Tisch, half seiner Begleitung mit dem Suppenteller und sah sich um. »Scheint hier ordentlich voll zu sein heute.« Er entdeckte ein Ehepaar, das einen Tisch besetzte, der mit drei Stühlen bestückt war. Er ging zu ihnen und bat höflich darum, die leere Sitzgelegenheit mitnehmen zu dürfen. Zurück an ihrem Tisch bot er den Sitzplatz der älteren Dame an, die sich mit einem erschöpften Stöhnen setzte.

»Bitte nimm meinen Stuhl, Daniel«, sagte Guillaume und erhob sich. »Ich habe schon gegessen, und nach der langen Bahnfahrt kann es mir nicht schaden, ein wenig zu stehen.«

Guillaumes Freund nahm das Angebot dankend an. Er begrüßte Martine und Fanny, indem er seinen Hut lüftete und sich verbeugte, und setzte sich, um sich dem heißen Gericht zu widmen, ehe es kalt wurde.

»Seid ihr auch mit der Eisenbahn gekommen? Ich habe euch am Bahnhof in Vevey nirgends entdeckt«, sagte Guillaume. Dann fiel ihm auf, dass sein Bekannter noch aß, und er winkte lachend ab. »Lass nur, wir haben nachher noch genügend Zeit für eine Unterhaltung. Vielleicht mögt ihr die Rückreise ja in unserem Abteil antreten, sofern wir dieselbe Kategorie gelöst haben.«

Zwischen zwei Bissen erklärte der Fremde kurz: »Ja, wir waren auch mit der neuen Eisenbahn unterwegs, zweiter Klasse. Séraphine hat davon gehört und mich gebeten, sie zu begleiten. Alleine traut sie sich solche Abenteuer auf ihre alten Tage nicht mehr zu.« Er widmete sich wieder seinem Essen.

Fanny musterte ihn. Sie hatte ihn in Vevey noch nie gesehen. Das traf allerdings auf viele von Guillaumes Bekannten und Freunden zu, denn die meisten verbrachten den größten Teil ihrer Zeit in ihren Fabriken, genau wie Fannys Brüder. War der Fremde auch einer von ihnen? Einer dieser Männer, die sich und ihre Arbeit so furchtbar wichtig nahmen? Auguste und Alexandre taten stets, als trügen sie die Welt auf ihren Schultern. Wenn Fanny ihnen aber ihre Hilfe anbot, winkten sie entsetzt ab. Sie durfte sich nur darum kümmern, dass die Frauen in den »Wickelsälen« der verschiedenen Cailler-Manufakturen ihre Arbeit korrekt erledigten.

Es gab nichts Langweiligeres, als Frauen beim Verpacken von Schokolade zuzusehen. Dazu brauchte man keinerlei Fähigkeiten oder Kreativität; Fanny hatte nur die Aufgabe, vordefinierte Abläufe zu kontrollieren. Allerdings begnügte sie sich nicht damit, nur zu tun, was man ihr sagte. Aber das war eine andere Geschichte ...

Guillaumes Freund tupfte sich mit einer Serviette seinen Schnurrbart und den kurzen Kinnbart ab und holte Fanny mit seiner tiefen, ruhigen Stimme zurück in die Realität. Erschrocken senkte sie den Blick. Hoffentlich hatte sie ihn nicht angestarrt, während sie in Gedanken abgeschweift war.

»Hervorragend«, lobte er das Essen und schob den leeren Teller von sich, bevor er sich seiner Begleiterin zuwandte. »Hat es dir auch geschmeckt?« Sie nickte lächelnd und fächelte sich Luft zu. Die heiße Suppe in Kombination mit der Mittagshitze schienen ihr ein wenig zuzusetzen.

»Ich glaube, wir sind uns noch nie begegnet«, sagte der Fremde nun an Fanny gerichtet. »Entschuldigen Sie, dass ich mich noch gar nicht richtig vorgestellt habe. Ich bin Daniel Peter, und das ist Madame Séraphine Clément, meine ehemalige Vorgesetzte, Mentorin und zwischenzeitlich gute Seele in allen Lebenslagen.« Er bedachte sie mit einem liebevollen Blick.

»Fanny Cailler. Freut mich, Ihre Bekanntschaft zu machen«, erwiderte Fanny höflich und neigte den Kopf zum Gruß.

»Daniel Peter betreibt zusammen mit seinem Bruder Julien eine Kerzenfabrik, die einmal Madame Clément gehört hat«, schaltete sich Guillaume nun vermittelnd ein. »Fanny Caillers Name dürfte dir bekannt sein, Daniel.«

Dieser nickte und musterte Fanny mit seinen braunen Augen, in denen ein verträumter Schatten lag, der Fannys Interesse erregte. Aber Monsieur Peter war ein Bekannter von Guillaume, und das sagte einiges. Dabei war es nicht so, dass Fanny den Ehemann ihrer besten Freundin nicht mochte, keineswegs. Doch sie empfand ihn immer als ein wenig langweilig. Abgesehen von seiner Begeisterung für den Fortschritt zeigte Guillaume nur selten so etwas wie Leidenschaft. Dieser Umstand machte ihn in Fannys Augen zwar nicht zu einem schlechten Menschen, aber ein wenig öde – was wiederum in auffallendem Gegensatz zu der Tatsache stand, dass er gerade schon wieder zu der hübschen Musikantin hinüberschielte.

»Ihre Familie hat sich für eine fortschrittliche Branche entschieden«, sagte Monsieur Peter jetzt an Fanny gewandt. »Wir dagegen werden uns wohl ein wenig umstellen müssen. Derzeit sind Kerzen noch sehr gefragt; doch wie lange noch? Der Fortschritt macht auch vor meinem Gewerbe nicht halt. Was allerdings nicht zwangsläufig bedeutet, dass diese Produkte verschwinden werden. Möglicherweise bekommen sie einfach einen neuen Verwendungszweck.« Mit einem geheimnisvollen Schmunzeln trommelte er gedankenverloren mit den Fingern auf die Tischdecke, sah kurz Madame Clément an und nahm dann einen kräftigen Schluck von seinem Wein.

Fanny ging davon aus, dass er auf die immer zahlreicher werdenden Öl- und Gaslampen anspielte, die ohne Zweifel den herkömmlichen Kerzen aggressiv Konkurrenz machten. »Immerhin durften Sie etwas lernen, das kann Ihnen niemand mehr nehmen«, gab sie zu bedenken und dachte daran, dass morgen die Woche wieder anfing. Montags hatte für gewöhnlich keine der Verpackerinnen den Kopf bei der Sache, weil alle nur über irgendwelche Männerbekanntschaften und Schwärmereien tuschelten. »Und immerhin haben Sie eine eigene Fabrik, mit der Sie machen können, was Sie wollen.« Entsetzt biss sie sich auf die Lippen und warf Guillaume einen scheuen, entschuldigenden Blick zu. Sie hatte eindeutig zu viel gesagt. Madame Clément sah hoch und schien zum ersten Mal, seit sie sich gesetzt hatte, zuzuhören. Ihre Augen blitzten kurz auf, und ihre Mundwinkel zuckten, doch sie sagte nichts.

»Ah, die Eisenbahn wird angekündigt«, erklärte Guillaume sichtlich erleichtert. »Wir sollten uns zum

Bahnsteig begeben, damit wir gute Plätze ergattern.« Er erhob sich. Martine verkniff sich ein Grinsen, was man am spöttischen Glitzern in ihren Augen erkannte, und schüttelte beinahe unmerklich den Kopf. Fanny hob zur Antwort bloß eine Augenbraue und folgte Guillaume, Monsieur Peter und Madame Clément, die in Richtung der Gleise gingen.

»Daniel ist nicht so langweilig wie die meisten anderen von Guillaumes Freunden, nicht wahr?« Martine hakte sich bei Fanny unter und lief absichtlich etwas langsamer. »Du solltest bei Gelegenheit einmal Madame Clément nach ihm fragen. Sie liebt ihn wie einen eigenen Sohn und schwärmt gerne von ihm, insbesondere seit seine eigene Mutter nicht mehr lebt. Er hat schon in ihrem Lebensmittelgeschäft gearbeitet, bevor sie ihm und seinem Bruder die Kerzenfabrik überlassen hat. Sein Vater ist Fleischer, und ich sage dir, er war gar nicht begeistert, dass seine Söhne sich über seinen Wunsch hinweggesetzt und nicht die Fleischerei übernommen haben.«

»Ich habe nie gesagt, dass Guillaumes Freunde langweilig sind.« Fanny sah ihre Freundin von der Seite her an. Diese verzog den Mund zu einem breiten Grinsen.

»Aber gedacht.«

»Erwischt.« Fanny fühlte die Hitze in ihre Wangen schießen. Nun traute sie sich nicht mehr, bei Martine nachzuhaken und ihr ein paar Informationen über Monsieur Peters Lebensgeschichte zu entlocken.

Doch ihre Neugierde war tatsächlich geweckt.

Kapitel 2

Fannys Mutter Louise-Albertine saß an ihrem Sekretär und las einen Brief ihrer Schwester, die noch immer in ihrer beider Heimatgemeinde Boudry lebte und bereits früh ihren Mann verloren hatte. Offenbar hatte Geneviève gesundheitliche und finanzielle Probleme. Louise überlegte, ob und wie sie ihr helfen könnte. Dabei schweifte ihr Blick durch das gemütliche Wohnzimmer.

Das neue Zuhause der Familie Cailler, das sie mit ihrem Sohn Alexandre, dessen Ehefrau Marie-Louise und der kleinen Elodie sowie mit Fanny bewohnte, war um einiges größer und luxuriöser als ihr altes Heim in der Rue des Moulins. Sie waren erst im Frühling hierher in die Rue du Clos gezogen. Direkt nebenan wohnte auch ihr Ältester, Auguste, mit seiner Frau Magalie und den beiden Mädchen Isabelle und Alice.

Der Umzug auf die andere Seite der Bahngleise hatte verschiedene Gründe gehabt. Zum einen war ihr Zuhause im Industrieviertel am Canal de la Monneresse zu klein geworden, um die gesamte Cailler-Schar zu beherbergen, zum anderen hatten Auguste und Alexandre vor einem Jahr im Quartier La Clergère, nahe dem Bahnhof, sowohl die Wasserrechte wie auch die Räumlichkeiten einer benachbarten Schokoladenfabrik erworben, und durch den Umzug wohnten die Caillers nun näher beim aktuellen Hauptstandort der Fabrik.

Viele Industriellenfamilien hatten ihre alten Heime gegen neuere in Bahnhofsnähe getauscht und vermieteten ihre ehemaligen Unterkünfte jetzt an die Fabrikarbeiter.

Unter den jungen Leuten kam es allerdings immer mehr in Mode, sich mit ihren Ehegatten und Kindern ein eigenes Zuhause zu suchen. Auch bei ihrer eigenen Schwiegertochter Marie glaubte Louise gelegentlich, den Wunsch danach herauszuhören. Noch war Elodie erst wenige Wochen alt, sollte sie jedoch weitere Geschwisterchen bekommen, würden sich Alexandre und seine Frau wohl ebenfalls ein eigenes Heim für ihre Familie suchen. Obwohl Louise dafür Verständnis hatte, war sie doch dankbar, als Witwe nicht alleine leben zu müssen. Auguste, Magalie und deren zwei Mädchen waren jeden Tag bei ihr, und meistens aßen sie auch alle zusammen. Louises Schwiegertöchter schätzten es sehr, dass die Großmutter ihnen mit den Kindern und dem Haushalt zur Hand ging. Und was wäre aus Fanny geworden? Es wäre ihr nicht gut bekommen, allein mit ihrer alleinstehenden Mutter in einem Haus eingesperrt zu sein. Solange es sich also so gut zusammen aushalten ließ, bevorzugte Louise das Zusammenleben nach traditionellen Mustern und den Umstand, ihren ältesten Sohn gleich nebenan zu wissen. Es brachte für alle Familienmitglieder Vorteile.

Louise liebte die Eleganz ihres neuen Zuhauses. Der Boden des Salons war mit einem karierten Teppich bedeckt, der die Schritte der Bewohner dämpfte. Mit gemusterten Stoffen bezogene Polsterstühle und Sessel mit geschwungenen Holzbeinen luden an den Abenden oder Sonntagen zum Ruhen ein. Louise liebte Blumen und alles, was mit ihnen zu tun hatte. So verwunderte es nicht weiter, dass die schweren Stoffvorhänge und die mit Spitze versehene Tischdecke ein Blumenmuster aufwiesen und immer mehrere Sträuße Schnitt- oder Trockenblumen auf den Möbeln standen. Ein Salontisch diente dazu, Gäste zum Tee oder Kaffee zu empfangen, und blieb, bis auf das obligate Blumenbouquet, leer. Andere kleine Tische im Raum nutzte Louise, um Bücher, Porträtgemälde oder Fotografien von Familienmitgliedern aufzustellen. Für warme Sonntage im Sommer hatte sie ein bequemes Sofa mit Kissen in die Ecke direkt neben dem Fenster gestellt. Der Salon war mehr als jeder andere Raum im Haus ihr persönlicher Rückzugsort. Hier schrieb sie Briefe, las, stickte oder nähte.

Das war jedoch nicht immer so gewesen. In den Jahren nach dem Tod ihres Mannes François-Louis 1852 hatte sie ihre Tage – und nicht wenige Nächte – in den Manufakturen verbracht. Trotz der Trauer, die schwer auf ihr gelastet hatte, gönnte sie sich zu dieser Zeit keine Verschnaufpause. Jemand musste schließlich die Fabriken weiterführen, und für ihre beiden Söhne war das alles Neuland gewesen. Louise hingegen hatte Ähnliches schon einmal erlebt, damals im Winter 1825/26, als der Canal de la Monneresse zugefroren war und der Konkurs ihrer Firma sie beinahe Kopf und Kragen gekostet hatte. Sie wusste also, was zu tun war, damit das Geschäft weiterlief, und hatte ihre beiden Söhne so lange unterstützt, bis diese auf eigenen Beinen standen. Seitdem widmete sie sich zusammen mit ihren Schwiegertöchtern wieder dem Haus und den Kindern, was ihr mehr Freude bereitete als das skrupellose Geschäftsleben. Sie hatte damals getan, was getan werden musste, um das Erbe und die Zukunft der Familie zu erhalten. Die Welt der Geschäfte war jedoch kein Ort für Frauen. Die Stärken des Weiblichen waren dort eher eine Schwäche; sie mussten sorgfältig verborgen und überspielt werden, um keine Angriffsfläche zu bieten. Es wäre Louise daher nie in den Sinn gekommen, ihre eigene Tochter all dem auszusetzen, auch wenn Fanny damals unbedingt hatte mithelfen wollen. Als François diese Welt verlassen hatte, war Fanny noch ein junges Mädchen gewesen, und außerdem hätten Auguste und Alexandre es niemals toleriert, die Führung der Schokoladenfabriken mit ihrer Schwester zu teilen. Zumal diese nach einer Heirat ohnehin die Erlaubnis ihres Ehemanns brauchte, um arbeiten zu dürfen.

Louise seufzte und schaute aus dem Fenster. Sie hätte sich gewünscht, dass Fanny ihr nach dem Umzug mit der Gestaltung des Salons geholfen hätte – schließlich war dies der wichtigste Raum im Haus einer Familie und allem voran das Revier der Frauen. Doch Fanny hatte sich überhaupt nicht für die Einrichtung des neuen Heims interessiert. Ihr fehlte jeglicher Sinn für Behaglichkeit. Man konnte mit ihr weder ein Stoffmuster besprechen noch die Dekoration für einen Raum auswählen. Es wäre ihr nicht einmal aufgefallen, wenn man ein Bild verkehrt herum aufgehängt oder die Blumen in ihrer Vase vor Fäulnis gestunken hätten.

Fanny war in ihren Gedanken stets weit, weit weg. Louise ahnte, woran ihre Tochter dachte, auch wenn diese sich ihr nur selten mitteilte und Louise selbst es wiederum vermied, mit ihr über das Thema zu sprechen, weil sie ihre Enttäuschung nicht ertragen hätte. Was sollte sie ihr auch sagen? Dass es erstens skandalös und zweitens zu spät war, um bei der Führung der Schokoladenfabriken mitzuwirken? Dass Fanny lieber bald den Antrag eines rechtschaffenen Mannes annehmen und sich jenen Aufgaben widmen sollte, die den Frauen besser lagen? Louise gab die Hoffnung nicht auf, dass sich der unausgesprochene Wunsch, den sie in den Augen ihrer Tochter sah, eines Tages von selbst verflüchtigen würde, wenn sie endlich Ehefrau und Mutter war. Vielleicht konnte Fanny ihrem zukünftigen Ehemann, sollte es den je geben, ja zur Hand gehen, so wie Louise es bei François getan hatte. Frauen hatten in der heutigen Zeit viele Möglichkeiten, sie mussten ihre Chancen nur nutzen, statt über ihre Begrenzungen zu trauern.

Das Geräusch der Haustür im Erdgeschoss riss Louise aus ihren Gedanken. Sie hörte Schritte auf der Treppe, und kurz darauf erschien Fanny im Türrahmen zum Salon. Ihre Wangen waren leicht gerötet, und einige Locken hatten sich aus ihrer Frisur gelöst.

Louise erhob sich, ging zu ihrer Tochter hinüber und umarmte sie, wie sie es immer tat.

»Und, wie war die Eisenbahnfahrt?«, fragte sie neugierig und bedeutete Fanny, sich doch mit ihr aufs Sofa zu setzen. »Möchtest du Tee? Soll ich Chloé bitten, uns einen zu kochen?« Chloé war die Haushalthilfe der Familie Cailler, die sich zusammen mit den anderen Damen des Hauses um die Einkäufe, das Essen und die Wäsche kümmerte.

Fanny schüttelte den Kopf. »Nein danke, es war heute den ganzen Tag über so heiß, dass mir nicht nach Tee ist.« Sie setzte sich tatsächlich, was Louise freute. »Die Bahnfahrt war ein unglaubliches Abenteuer, Maman! Du solltest die Vergnügungsfahrt nach Bex unbedingt auch machen.« Ihre Augen leuchteten.

»Das klingt wunderbar. Ich bin sehr froh, dass du mit den Molinos so einen schönen Sonntag hattest.« Louise zögerte kurz und gab sich Mühe, die nächste Frage möglichst beiläufig klingen zu lassen, indem sie einige Kissen drapierte und ihren Rock glattstrich. »Habt ihr jemanden getroffen, den wir kennen?«

Fanny zuckte die Schultern und strich die Hände am Kleid ab. Sie nagte an ihrer Unterlippe und ließ den Blick durch den Raum gleiten. »Nicht direkt. Also, ich habe die beiden jedenfalls nicht gekannt. Er war ein Bekannter von Guillaume und reiste in Begleitung einer älteren Dame, einer Art Mentorin, wie ich es verstanden habe.«

»Wie hießen sie denn?« Dass man ihr aber auch jedes Wort aus der Nase ziehen musste! Louise suchte Fannys Blick, doch diese musterte zwischenzeitlich die Blumenbouquets.

»Daniel Peter und Madame Séraphine Clément. Offenbar besitzt er eine Kerzenfabrik, die früher einmal ihr gehört hat.«

Louise überlegte. »Möglicherweise sagt mir der Name etwas ...« Dann fiel es ihr ein. »Monsieur Peter hat sich erst kürzlich nach einigen unserer alten Fabrikräumlichkeiten im Les Bosquets erkundigt. Offenbar haben er und sein Bruder Interesse, diese zu kaufen, da ihr jetziger Standort zu klein geworden ist. Da wir nun hierhergezogen sind und deine Brüder noch weitere neue Standorte in Betracht ziehen, versuchen Auguste und Alexandre, einige der alten Einrichtungen loszuwerden.«

Nun hatte sie Fannys volle Aufmerksamkeit. »Warum weiß ich denn nichts davon? Warum erzählt man mir solche Sachen nie?« Ein verletzter Zug huschte über ihr Gesicht.

»Fanny, Liebes. Ich weiß nicht mehr, wann und wo wir darüber geredet haben. Vielleicht warst du gerade in einer der Wickelabteilungen, oder es war an einem Sonntagmittag, als du mit den Molinos unterwegs warst?« Sie wollte Fannys Hand nehmen, doch die zog sie weg.

»Wie sieht das denn jetzt aus? Was denkt dieser Monsieur Peter jetzt wohl von mir? Ich muss auf ihn wie ein einfältiges Schaf gewirkt haben. Eine Frau, die sich nur für Gardinen und ...« Ihr flackernder Blick blieb an einem der Blumensträuße hängen, »... Blumen interessiert.« Sie unterstrich die Worte mit einer energischen Handgebärde.

»Du meinst, so wie ich.« Louise spürte einen Stich in der Brust. Seufzend erhob sie sich. »Vielleicht sollte ich mich jetzt besser darum kümmern, dass mit dem Abendessen alles klappt. Ich nehme an, Magalie und Marie sind mit den Kindern beschäftigt.«

Fanny blickte sie betroffen an und sah aus, als wollte sie noch etwas sagen. Doch Louise verließ schweigend den Raum und ging nach unten in die Küche. Nachdem sie sich vergewissert hatte, dass Chloé den Sonntagsbraten und die Kartoffeln im Griff hatte, suchte sie nach ihren beiden Schwiegertöchtern. Sie fand sie schließlich in der zweiten Etage, wo es ein weiteres Wohnzimmer gab. Dieses war voller Spielsachen und nur mit wenigen Möbeln bestückt. Das Reich der drei Enkelkinder.

»Großmutter!«, kreischten die zwei Größeren gleichzeitig, sprangen auf und rannten auf sie zu, um sie zu umarmen. Augustes Kinder, die vierjährige Isabelle und die zweijährige Alice, waren dunkelhaarig wie ihre Eltern, während Alexandres frischgeborenes Mädchen Elodie das blonde Haar und die blauen Augen von Marie geerbt hatte. Ob sie auch einmal so groß und schlank werden würde wie diese?

Louise lächelte und umarmte die Kinder der Reihe nach. Das glockenklare, sorglose Lachen ihrer Enkelinnen gab ihr Trost. Sie liebte die seidenweiche Haut ihrer Gesichter an ihrer Wange. Mit geschlossenen Augen atmete sie den unverbrauchten Duft der Kinder ein. Eine Mischung aus Schokolade – wie konnte es auch anders sein –, Schmutz und dem ganz individuellen Geruch, der jedem von ihnen eigen war.

Es dauerte ein Weilchen, bis sie ihre Röcke drapiert und sich zu den Enkelkindern auf den Boden gesetzt hatte, um mit ihnen zu spielen. Während sie abwechslungsweise die Mutter der Spielpuppen, ein aus Holz gefertigtes Tier oder sogar ein Geschwisterchen spielte, setzten sich ihre beiden Schwiegertöchter sichtlich erschöpft auf das bordeauxrote Sofa in der Ecke und unterhielten sich in gedämpftem Tonfall. Marie hatte Elodie in eine Wiege gelegt, wo sie zufrieden schlief.

Nach einer Stunde klopfte Chloé an den Rahmen der offenen Tür. »Das Abendessen ist fertig und wird gleich im Esszimmer serviert.«

»Vielen Dank, wir kommen gleich.« Louise erhob sich und schüttelte den Staub von ihrem Kleid. Dann gingen sie gemeinsam nach unten.

Das Speisezimmer war an allen Seiten, auch am Boden und der Decke, mit honigfarbenem Holz ausgekleidet. Ein elfenbeinfarbener Kachelofen spendete bei Bedarf etwas Wärme. In der Mitte des Raums befand sich auf einem dunkelroten Teppich ein langgezogener Holztisch mit gepolsterten Stühlen. Heute hatte ihn Chloé mit einem dunkelblauen Tischtuch bedeckt. Die Farbe bildete einen angenehmen Kontrast zum hellen Porzellangeschirr. Entlang der Wände standen schwere Truhen aus dunklem Holz. Darin lagerte Louise die Tischwäsche, das Geschirr sowie einige andere Utensilien, die je nach Gelegenheit aufgetischt wurden. In einem Wandschrank mit Glasvitrine stellte sie zudem ihr wertvollstes Porzellanservice zur Schau. Es wurde nur selten und zu besonderen Anlässen hervorgeholt;

zu groß war die Gefahr, dass es zu Bruch ging. Zwei Fenster ließen um die Mittagszeit etwas Sonnenlicht ins Speisezimmer, doch jetzt erhellten Kerzen an rustikalen Kronleuchtern aus geflochtenen Hirschgeweihen den Raum.

Fanny gesellte sich als Letzte zu ihnen – sie trug immer noch ihr smaragdgrünes Sonntagskleid. Während des Essens gab sie sich entgegen Louises Befürchtung sehr gesellig. Sie berichtete allen Anwesenden von ihrer Bahnfahrt, der Ludwigsburger Musik und sogar dem *papet vaudois*. Gelegentlich schaute sie Louise länger an als nötig, und die sah im Blick ihrer Tochter Bedauern aufflackern.

»Maman hat erzählt, dass die Gebrüder Peter einen unserer ehemaligen Fabrikstandorte im Les Bosquets erwerben wollen?«, erkundigte sich Fanny schließlich, als kurz Schweigen herrschte. »Ich habe Daniel Peter und Madame Clément in Bex getroffen, er hat jedoch trotz der Bekanntgabe meines Namens nichts dergleichen erwähnt. Ich hoffe, er denkt nun nicht, dass ich schlecht informiert und desinteressiert bin. Das wäre mir nicht recht.«

Alexandre tupfte sich mit der Serviette den Mund ab. »Es spricht sogar für seine Professionalität, dass er nichts gesagt hat. Bisher haben wir uns erst einmal getroffen, und er hat sich bloß nach der Möglichkeit, das Gebäude zu kaufen, erkundigt. Wir haben ihm bislang weder ein Angebot unterbreitet noch weitere Verhandlungen geführt. Es ist im Moment auch kein zusätzlicher Termin geplant. Schauen wir, ob er sich nach Rücksprache mit Julien nochmals meldet. Ich gehe davon aus, dass sie auch noch andere Lokalitäten prüfen. Wie er mir erklärt hat, läuft das Geschäft mit den Kerzen trotz allem ziemlich gut, weshalb sie eine größere Produktionsstätte benötigen.«

»Das kann ich mir vorstellen«, schaltete sich nun Auguste ein und nahm einen Schluck Wein. »Obwohl ich grundsätzlich für die Erneuerung des Beleuchtungssystems durch Gaslampen bin, wie sie Henri Nestlé derzeit für die Stadt liefert und unterhält, ist es unvorstellbar, ein gemütliches Hotelzimmer oder gar Privathaushalte mit diesen stinkenden Laternen zu beleuchten. Kerzen sind zudem preisgünstig und einfach zu handhaben. Trotzdem setze ich mich weiterhin dafür ein, dass Vevey, gleich anderen fortschrittlichen Städten der Schweiz, ein Gaswerk erhält, das ein komplettes Beleuchtungssystem mittels Leitungen am Laufen hält. Der Aufwand, der derzeit für Pflege und Unterhalt der Gaslampen für die öffentliche Beleuchtung aufgewendet wird, ist unermesslich.«

»Wie kommt es, dass wir noch nie von den Gebrüdern Peter und ihrer Kerzenfabrik gehört haben?«, wollte Fanny wissen, »Wir kaufen doch auch oft Kerzen ein.«

Auguste lachte geradeheraus. »Schwesterchen, du verbringst zu viel Zeit in der Fabrik, sonst wüsstest du, dass es in der Stadt zahlreiche Kerzenhersteller gibt. Daniel Peter hat das Rad nicht neu erfunden. Im Gegensatz zu uns.«

Louise beobachtete, wie sich ein verärgerter Zug um Fannys Mund legte. »Du meintest wohl, im Gegensatz zu Papa. Ihr habt nämlich gar nichts erfunden.«

Alexandre und Auguste tauschten einen belustigten Blick, und Letzterer fragte spöttisch: »Du etwa, Schwesterchen?«

Fanny errötete, senkte den Blick und erhob sich dann. Mit zornig funkelnden Augen starrte sie jetzt ihre beiden Brüder an. »Vielleicht. Vielleicht habe ich das. Und wenn nicht, werde ich es noch, verlasst euch darauf!«

Mit wütenden Schritten polterte sie aus dem Esszimmer und die Treppe hinauf in die zweite Etage, wo sich ihr Schlafzimmer befand.

Kapitel 3

Zwei Monate später saß Daniel am Schreibtisch in seinem Büro. Doch statt sich auf die Bestellungen zu konzentrieren, wie er es eigentlich tun sollte, schweifte sein Blick an diesem trüben Oktobermorgen immer wieder zum Fenster. Sein Arbeitsbereich befand sich, wie der Rest der mittlerweile in die Jahre gekommenen Fabrikräumlichkeiten, im Erdgeschoss. Manchmal kam es ihm vor, als säße er direkt auf der Straße. Der Lärm vorbeirumpelnder Kutschen, das Zischen und Knallen der Peitschen auf den Rücken der Kutschpferde sowie das wütende Rufen der Fuhrleute drangen mühelos durch die dünnen Fensterscheiben herein. Passanten liefen schwatzend vorbei oder blieben sogar vor seinem Fenster stehen, um sich über die herbstliche feuchte Kälte, die sich bis in die Knochen fraß, zu beschweren.

»An Markttagen weht ein dermaßen bissiger Wind vom Lac Leman her, dass mir auf dem Markt fast die Nüsse vom Tisch gefegt werden«, beklagte sich eine Bäuerin.

»Wem sagst du das«, pflichtete ihr eine andere Frau bei. »Kaum habe ich den Hauseingang und Hinterhof meiner Herrschaften vom Schmutz des Sommers befreit, weht es die Blätter von den Bäumen an der Promenade heran.«

Daniel nickte gedankenverloren, doch er fand, dass diese Jahreszeit auch Vorteile mit sich brachte. Der beißende Gestank, der während der Sommermonate zwischen den engen Gassen der Stadt schwelte, wurde im Herbst und Winter ein wenig erträglicher. Einzig der üble Geruch warmen Blutes hing nun in der Luft, weil an besonders kalten Tagen bereits die ersten Schweine geschlachtet wurden. Der Beginn der dunklen Monate bedeutete für Daniel jedoch auch stets eine Zunahme der Kerzenverkäufe. Was ihn erneut daran erinnerte, dass er bis Ende des Jahres eine andere Lösung für seine Fabrik gefunden haben musste. Die Räume der Manufaktur waren zugig, alt und viel zu klein, und sie ließen zu wenig Tageslicht herein. Man merkte der Raumaufteilung zudem an, dass das Gebäude ursprünglich ein Wohnhaus gewesen war, das Séraphine mit ihrem Mann in eine Kerzenfabrik umgewandelt hatte. Damals mochte es durchaus genügt haben, den heutigen modernen Ansprüchen jedoch konnte das Gebäude nicht mehr gerecht werden. Daniel wünschte sich eine große Produktionshalle, in der alle Maschinen gleichzeitig Platz fanden. Aktuell mussten sie die einzelnen Produktionslinien sowie manche Arbeitsvorgänge noch auf verschiedene Zimmer aufteilen. Sein Bruder Julien und er hatten sich einige Hallen angeschaut, waren sich allerdings noch nicht einig, welche davon für sie in Frage kam. Daniel fand das Gebäude aus dem Nachlass von François-Louis Cailler sehr spannend, zumal es in einem der bekannten Industrieviertel der Stadt mit Anschluss an La Monneresse lag und zu einem unverschämt günstigen Preis zu haben war. Zudem lagen in der Nachbarschaft weitere Manufakturen, darunter auch solche mit wichtigen Rohstoffen für die Kerzenproduktion. Julien wiederum war noch immer auf der Suche nach einer Lösung in Bahnhofsnähe. Diese Räumlichkeiten waren jedoch extrem nachgefragt, und die wenigen, die noch leer standen, waren viel zu klein und zu teuer. Zudem belieferte ihre Firma Frères Peter nur Abnehmer in Vevey und benötigte daher keinen Bahnanschluss.

»*Bonjour,* Daniel.« Séraphine Clément erschien im Türrahmen. Sie trug ein dunkelviolett schimmerndes, hochgeschlossenes Kleid, einen dazu passenden Hut mit hellen Bändern ums Kinn und einen Mantel.

Daniel erhob sich sofort von seinem Schreibtisch, ging auf die ältere Dame zu und verneigte sich. »Séraphine, was für eine Freude! Was verschafft mir die Ehre?«

Ein feines Lächeln umspielte kurz ihre Mundwinkel, doch dann legte sie die Stirn in Falten. »Ich habe mich gefragt, ob du mir wohl bei einer Sache behilflich sein könntest, mein Junge. Allerdings weiß ich, dass du sehr beschäftigt bist ...« Sie sah sich im Raum um, als bemesse sie seine Arbeitslast anhand der vorherrschenden Unordentlichkeit.

»Für dich habe ich immer Zeit, Séraphine, was für eine Frage. Bitte, worum geht es? Möchtest du dich kurz setzen?« Er bot ihr einen Stuhl an, doch sie schüttelte den Kopf und ging im Raum auf und ab; das Rascheln ihres Kleids begleitete jeden ihrer Schritte.

»Es geht um Schokolade.« Sie blieb stehen und suchte seinen Blick. »Für mein Lebensmittelgeschäft.«

Daniel legte die Stirn in Falten und wartete, dass sie fortfuhr. Er verstand nicht, worauf sie hinauswollte. Aufgrund ihres Alters führte sie das Geschäft nur noch in reduziertem Rahmen und öffnete nur Montag, Mittwoch und Samstag. Ebenso hatte sie ihr Angebot verringert und sich auf erlesene Produkte – wie eben Schokolade – spezialisiert. Frischprodukte gab es ohnehin auf dem Markt.

»Natürlich biete ich schon lange Schokolade an, wie du weißt, Daniel. Doch meine Kunden scheinen der Sache ein wenig überdrüssig zu werden. Mir selbst geht es ähnlich. Mittlerweile gibt es kaum noch einen Unterschied zwischen den Schokoladen, die in der Apotheke zu medizinischen Zwecken erhältlich sind, und jenen, die wir zum Genuss konsumieren.« Sie ging zum Fenster und betrachtete die Menschen auf der Straße. Daniel folgte ihr mit dem Blick. Die beiden Plaudertaschen waren zwischenzeitlich weitergezogen. »Wenn aber jemand bei Madame Clément eine Schokolade kauft, sich das auch leisten kann, dann möchte er oder sie bei Gott kein nach irischem Moos, Eisen oder Quecksilber schmeckendes Mittel gegen Halsschmerzen, Blutarmut oder Syphilis, verstehst du, Daniel? Und selbstverständlich auch nicht einfach dasselbe ohne Quecksilber.« Sie holte keuchend Luft, so sehr schien das Thema sie zu beunruhigen; was Daniel erstaunte, denn sie erwähnte den Umstand gerade zum ersten Mal.

»Ich kannte François Cailler. Er war voller Ideen und Innovation, hat ständig mit dem Geschmack seiner Schokolade experimentiert. Seit seine Jungmannschaft jedoch die Geschicke übernommen hat, ist der Geist dieser Manufaktur verloren gegangen.« Sie warf theatralisch die Hände in die Luft. »Man könnte sogar so weit gehen zu sagen, dass sie von der Klasse zur Masse übergegangen sind. Ich aber möchte Feinkost verkaufen. Als Grundnahrungsmittel können wir auch Kartoffeln essen, wenn sie nicht gerade alle verfaulen wie 1840, aber das ist eine andere Geschichte.«

Daniel holte Luft, um etwas Verständnisvolles oder Einfühlsames zu sagen, weil seine ältere Freundin offenbar mit dem falschen Fuß aufgestanden war, doch sie war noch nicht fertig.

»Jedenfalls dachte ich mir, wir beide, du und ich« – sie unterstrich ihre Worte, indem sie auf seine und auf ihre eigene Brust zeigte –, »wir sollten den Caillers unbedingt einen Besuch abstatten und dieses Anliegen einmal anbringen. Zwar wurde mir gesagt, dass die Gebrüder heute zufällig beide außer Haus und auf Kundenbesuch sind, aber Mademoiselle Cailler – du erinnerst dich? – sollte vor Ort sein. Ich bin sicher, sie kann uns weiterhelfen, denn mein Anliegen duldet keinen Aufschub. Zudem lege ich besonderen Wert auf die Meinung einer Dame.«

Daniel musterte seine Mentorin nachdenklich. Bisher hatte sie nicht mit einer Silbe erwähnt, dass sie mit dem Produkt der Caillers dermaßen unzufrieden war. »Wie du meinst, Séraphine«, sagte er schließlich lächelnd und trat an seinen Schreibtisch. »Gib mir ein paar Minuten Zeit, damit ich meine Unterlagen wegräumen und Julien Bescheid geben kann.« Um zu verhindern, dass einer der Angestellten während seiner Abwesenheit in seinen Geschäftspapieren herumwühlte, schloss er alle heiklen Dokumente in der Schublade seines Schreibtischs ein und ließ den Schlüssel in die Hosentasche gleiten.

Eine Viertelstunde später machten sie sich in einer Kutsche auf den Weg zum Hauptsitz der Cailler-Manufakturen in der Nähe des Bahnhofs.

»Und wenn Fanny Cailler in einer der anderen Fabriken ist?«, überlegte Daniel laut.

»Ist sie nicht, wenn die Brüder außer Haus sind. Das weiß ich von ihrer Mutter, die ich kürzlich auf dem Markt getroffen habe.« Séraphine schien die Unterhaltung für beendet zu betrachten, denn sie schaute nun höchst interessiert aus dem Fenster. Einmal mehr wunderte sich Daniel über das rätselhafte Verhalten seiner älteren Freundin. Normalerweise ließ sie ihn immer sehr offen an ihren Gedanken teilhaben, jetzt jedoch beschlich ihn das Gefühl, dass sie ihm nur die Hälfte der Geschichte erzählt hatte.

Nach kurzer Fahrt erreichten sie die Schokoladenmanufaktur. Daniel war erst einmal hier gewesen, zusammen mit seinem Bruder Julien. Damals hatten sie sich im Büro der Gebrüder Cailler über den möglichen Kauf der Fabrik im Les Bosquets unterhalten.

Man sah dem Gebäude schon von weitem an, dass es sich um eine Fabrik handeln musste. Das zweistöckige schmutzig weiße Haus mit den beiden übereinanderliegenden Fensterreihen war lang gezogen wie eine Kaserne. Die Rundbogenfenster im Erdgeschoss waren etwas höher als die darüber und in viele kleine Glasvierecke unterteilt. Grüne Klappläden umrahmten die Fenster der zweiten Etage. Der Haupteingang, vor dem ihre Kutsche nun zum Stehen kam, war deutlich an der zweiflügligen Holztür mit dem separaten Dachvorbau zu erkennen. Vor einer anderen Doppeltür warteten mehrere Fuhrwerke, die mit Holzkisten und Fässern beladen waren. Dort musste der Lieferanteneingang der Manufaktur sein. Männer in groben Stoffhosen, schmutzigen, teils zerschlissenen Hemden und ausgetretenen Schuhen machten sich daran, die Ware von den Pferdewagen zu laden und ins Gebäudeinnere zu tragen. Das einzig Saubere an ihrer Erscheinung waren die Schürzen, die sie trugen.

Daniel öffnete die Tür der Kutsche, stieg aus und bot Séraphine die Hand. Diese nahm seine Hilfe mit einem dankbaren Lächeln an, raffte die Röcke und verließ das Gefährt.

Danach überließ Daniel seiner Mentorin die Führung, weil er immer noch nicht genau wusste, wie ihr Vorhaben im Detail aussah. Erhobenen Hauptes betrat sie, dicht gefolgt von Daniel, den Schatten der Eingangshalle. Es war erst drei Uhr nachmittags, doch die Kraft des Herbstlichts hatte bereits so stark nachgelassen, dass man Kerzen und Öllampen entzündet hatte.

Lärm erfüllte das Innere der Manufaktur. Stimmen und das Geräusch von Maschinen drangen aus den nebenan gelegenen Produktionsräumen. Anders als in Daniels Fabrik kam hier jedoch noch etwas dazu: Der betörende Duft gerösteter Kakaobohnen, vermischt mit der zartbitteren Note fester Schokolade lag in der Luft. Er schloss kurz die Augen und atmete tief ein. Köstlich.

Eine breite Steintreppe mit hölzernem Handlauf führte in die obere Etage, wo sich das Büro der Caillers befand. Zielsicher stieg Séraphine die Stufen hinauf und ging den Flur entlang; offenbar war sie nicht zum ersten Mal hier. Daniel folgte ihr neugierig. Die Tür zum Büro stand eine Handbreit offen. Trotzdem blieb Séraphine stehen, klopfte und wartete. Keine Antwort. Nach weiterem Klopfen und Warten drückte sie schließlich gegen die Tür, die knarzend aufschwang. Das Büro dahinter lag menschenleer im Halbdunkel des Nachmittags. Links stand ein wuchtiger Holzschreibtisch, auf dem mehrere Papierstapel, ein Tintenfass mit Griffel und sogar ein Aschenbecher lagen. Regale verdeckten einen Teil der Wände. Darin stapelten sich Bücher, Kunstgegenstände und vereinzelte Fotos. Rechts hatte man eine gemütliche Sitzecke mit rosa Stoffsesseln und einem kleinen Salontisch hergerichtet. Eine Häkeldecke und ein Arrangement aus Trockenblumen zierten das Tischchen. Daneben stand ein Wohnzimmerschrank aus Holz. Ein Teppich verlieh dem Raum zusätzliche Behaglichkeit.

Schon bei seinem letzten Besuch war Daniel aufgefallen, dass die Einrichtung dieses Büros durch den guten Geschmack einer Dame beeinflusst sein musste. Vielleicht sollten er und sein Bruder das für den geplanten neuen Fabrikstandort auch in Betracht ziehen. Behaglichkeit konnte bei Kundenbesuchen nie schaden, sinnierte er.

»Hm ...« Ein wenig ratlos drehte Séraphine sich zu Daniel um. »Lass uns runtergehen und jemanden nach Mademoiselle Cailler fragen. Sie muss hier irgendwo sein.«

Energischen Schrittes ging sie zurück zur Treppe. Daniel folgte ihr mit etwas Abstand, während er den Blick anerkennend durch die Gänge und die Empfangshalle schweifen ließ. In Gedanken richtete er bereits seine und Juliens neue Fabrik ein, obwohl sie noch nicht einmal ein geeignetes Gebäude gefunden hatten.

Nachdem sie mit sämtlichen Vorarbeitern und sogar den Frauen in der Wickelabteilung gesprochen hatten, wollten Séraphine und Daniel ihr Vorhaben schon aufgeben. Enttäuschung spiegelte sich auf Séraphines Gesicht, und sie wirkte erschöpft.

»Das ist doch nicht so schlimm«, versuchte Daniel sie zu trösten und legte ihr beschwichtigend eine Hand auf den Unterarm. »Wir können morgen oder an einem anderen Tag wieder herkommen. Lass es mich einfach wissen, ich begleite dich jederzeit«, schlug er vor.

In diesem Moment kam ein älterer Herr den Flur entlanggelaufen. Er ging etwas gebückt und zog ein Bein leicht hinter sich her.

»Ich habe gehört, Sie suchen Mademoiselle Cailler?« Er verbeugte sich vor ihnen und sah sie fragend an. »Ich habe den Auftrag, den Eingang im Auge zu behalten und die Chefin zu rufen, sollte jemand kommen.«

»Dann haben Sie Ihre Aufgabe ja vorzüglich gemeistert. Es hätte nicht mehr viel gefehlt, und wir wären wieder gegangen.« Entrüstung schwang in Séraphines Tonfall mit.

Der ältere Angestellte errötete leicht, strich die Handflächen an seiner Schürze ab und senkte den Blick. »Ich musste kurz menschlichen Bedürfnissen nachgeben, Madame, entschuldigen Sie dieses Versehen bitte vielmals.«

Séraphines Gesichtszüge entspannten sich, und eine leichte Röte färbte nun ihre Wangen. »Wie auch immer. Hauptsache, es hat noch geklappt. Bitte führen Sie uns zu Mademoiselle Cailler.«

Der Arbeiter riss die Augen auf und trat einige Schritte zurück. »D...das geht nicht. Bitte warten Sie hier, ich hole sie. So lautete der Auftrag. Die Chefin holen.« Eilig wandte er sich ab und lief davon.

»Was zum Henker geht hier heute vor? Findest du das alles nicht auch höchst seltsam, Daniel?« Séraphine schaute ihn mit hochgezogenen Augenbrauen an.

»In der Tat«, pflichtete er ihr bei, obwohl er keine Ahnung hatte, was hier normalerweise vorging, schließlich war er heute erst zum zweiten Mal hier.

Nach einigen Minuten kehrte der Alte keuchend und hinkend zurück. Verstohlen tupfte er sich mit einem karierten Tuch das Gesicht und die Glatze ab. Hinter ihm folgte, ein strahlendes Lächeln auf den Lippen, Fanny Cailler.

»Madame Clément, Monsieur Peter.« Sie knickste höflich. »Was verschafft mir die Ehre? Entschuldigen

Sie die Verwirrung. Wenn es mal schiefläuft, dann grad richtig.«

Daniel erwartete, dass seine Begleitung nicht an Kritik sparen würde, doch zu seiner Überraschung war Séraphine wie ausgewechselt. Freundlich winkte sie ab. »Ach was, machen Sie sich deshalb bloß keine Gedanken, Mademoiselle Cailler. Wir sind ja selbst Geschäftsinhaber, wir kennen die Tücken des Betriebsalltags zur Genüge.«

Mademoiselle Cailler wies lächelnd Richtung Treppe. »Bitte, wollen wir nicht in unser Büro gehen?«

Erst jetzt fiel Daniel auf, dass ihr schlichtes braunes Kleid am Rocksaum angesengt war und sie an Händen und Gesicht Rußspuren aufwies. Irgendein weißes Puder zuckerte zudem einige ihrer hellbraunen gelockten Haarsträhnen, die sich aus der Hochsteckfrisur gelöst hatten, und ihre geröteten Wangen rührten entweder daher, dass sie gestresst oder peinlich berührt war. Ihre Augen, deren Farbe Daniel von ihrer ersten Begegnung als eine Mischung aus Braun und Grün in Erinnerung hatte, leuchteten nun beinahe smaragdfarben.

Séraphine schienen diese kleinen Details ebenfalls nicht entgangen zu sein, denn ihr Blick glitt zwar beiläufig, aber prüfend über die Erscheinung der jungen Frau. Anders als Daniel behielt sie ihre Beobachtungen jedoch nicht für sich.

»Sie riechen, als hätten Sie gerade Schokolade produziert, Mademoiselle Cailler. Vermischt mit« – Séraphine suchte nach dem richtigen Wort – »Raucharomen.« Auf der Hälfte der Treppe ins Obergeschoss blieb sie stehen.

»Sagen Sie bloß, man hat Sie heute nicht nur mit der Fabrik alleine gelassen, sondern auch noch mit einem Notfall in der Produktion? Sollte dies der Fall sein, können wir mit unserem Anliegen natürlich gerne ein anderes Mal wiederkommen. So dringend ist es nicht.«

»Falls wir Ihnen zudem bei der Beseitigung etwaiger Unannehmlichkeiten helfen können, lassen Sie es uns gerne wissen. Mit Schwierigkeiten kennen wir Unternehmer uns bestens aus«, ergänzte Daniel.

Séraphine sah ihn anerkennend an und nickte schließlich. »So ist es.«

Ein verschmitztes Lächeln umspielte Mademoiselle Caillers Lippen und ließ sie sogleich jünger wirken. Sie senkte kurz den Blick, und Daniel sah, dass sie ausnehmend lange dunkle Wimpern besaß. So lang, wie er es noch selten bei einer Frau gesehen hatte.

»Nein, alles in bester Ordnung. Trotzdem vielen Dank.« Sie sah an sich hinab. »Bitte entschuldigen Sie meinen derangierten Auftritt. Ich habe nicht mit Kundenbesuch gerechnet. An den Tagen, an denen meine Brüder außer Haus sind, kommen für gewöhnlich keine Geschäftspartner oder Kunden hierher, bloß Lieferanten, bei denen ich mir keine Sorgen machen muss, dass mein Aussehen sie in die Flucht schlagen könnte.« Sie lachte verlegen und strich sich eine Locke aus dem Gesicht.

Séraphine machte keine Anstalten weiterzugehen, sondern wartete geduldig, bis Mademoiselle Cailler weitersprach.

»Ich … habe ein wenig bei der Arbeit mitgeholfen, dabei fing mein Rock Feuer.« Sie wurde noch eine Spur röter, und Daniel wurde den Eindruck nicht los, dass hinter dem Ruß auf ihrem Rock mehr steckte, als Mademoiselle Cailler zu erzählen bereit war.

Im Büro angekommen, wies Mademoiselle Cailler auf die gemütliche Sitzecke, und Séraphine und Daniel nahmen das Angebot dankend an.

»Wenn Sie sich bitte einen Moment gedulden, koche ich uns nebenan Tee und bringe einige Kekse.« Sie blieb unschlüssig stehen. »Oder lieber Kaffee?« Ihr Blick hüpfte von Daniel zu Séraphine und zurück.

»Unbedingt einen Kräuteraufguss. Mein Herz ist nicht mehr das jüngste, müssen Sie wissen«, entschied Daniels Mentorin, und er tat es ihr gleich, um nicht für unnötigen Aufwand zu sorgen.

Mademoiselle Cailler nickte beflissen, verließ den Raum und verschwand im Flur.

»Das Kind hat einen eigenwilligen Duft, findest du nicht auch? Selbst wenn ihr Rock Feuer fing und das durchaus seltsam riechen mag«, flüsterte Séraphine.

»Das ist mir in der Tat auch aufgefallen«, gab Daniel zurück und dachte nach. »Allerdings fällt es mir schwer, meine Wahrnehmung in Worte zu fassen. Unangenehm würde ich es jedoch nicht nennen. Im Gegenteil.«

Séraphine legte die Stirn in Falten. »Ganz recht. Eine Mischung aus würzig und süß, bitter und scharf. Interessant … findest du nicht auch?«

Mademoiselle Cailler blieb lange weg. Daniel glaubte schon, sie sei nun tatsächlich durch einen Notfall aufgehalten worden. Doch endlich, nach einer gefühlten Ewigkeit, erschien sie atemlos im Türrahmen. In der einen Hand trug sie eine Teekanne aus Porzellan, in der anderen eine kleine Holzkiste.

Sie räumte die Trockenblumen weg, stellte den Tee auf den Salontisch und holte Porzellantassen aus einem der Schränke. Die kleine Holzkiste trug sie zum Bürotisch, bevor sie in einem weiteren Wandschrank nach einem Teller kramte.

»Leider sind uns die Kekse ausgegangen, was mir sehr unangenehm ist. Ich habe nun nach einer alternativen Lösung gesucht ... und ... Ihnen etwas Schokolade mitgebracht.« Lächelnd stellte sie den Teller mit den braunen Stücken aus Bruchschokolade vor ihnen auf den Tisch und setzte sich. Sie goss allen Tee ein und wollte gerade etwas sagen, als Séraphine, die sich eben noch lauthals über die langweilige Schokolade des Hauses Cailler beklagt hatte, mit leuchtenden Augen nach einem Schokoladenstück griff.

»Oh, wie reizend von Ihnen!«, sagte sie.

Hastig ging Mademoiselle Cailler dazwischen. »Nicht!«

Die ältere Dame erstarrte mitten in der Bewegung, und ihre Gastgeberin errötete. »Bitte entschuldigen Sie meinen Ausbruch.« Sie sah die beiden verlegen an. »Es ist ... ich muss Ihnen bloß zuerst erklären, was Sie hier vor sich haben. Möglicherweise sind Ihre Geschmacksnerven nicht daran gewöhnt und könnten ... ein wenig ungehalten reagieren.«

»Wie meinen Sie das? Haben Sie die Schokolade etwa neu erfunden?«, scherzte Daniel und lachte. Er musterte Mademoiselle Cailler mit einer Mischung aus Neugierde und Erheiterung.

»Nein, das nicht, aber ...« Sie nahm eines der etwa keksgroßen Stückchen in die Hand und hob es hoch. »Ich würde es eher als Verfeinerung bezeichnen. Es ist ein Experiment.«

»Und wir sind Ihre Versuchskaninchen?« Er schmunzelte.

»Das ist mir furchtbar unangenehm. Wie ich schon sagte, sind uns die Kekse ausgegangen. Aber ich glaube ... so schlecht ist das hier nicht. Ihre Meinung interessiert mich, deshalb biete ich es an.« Sie nagte auf ihrer Unterlippe und legte das Schokoladenstück vor sich auf den Teller.

»Nun machen Sie es nicht so spannend. Was ist das? Ist es keine Schokolade?« Séraphine beugte sich neugierig über die Prototypen und kniff die Augen zusammen. »Sind das da etwa grüne Punkte?«

Mademoiselle Cailler nickte. »Giuseppe, einer unserer Fabrikarbeiter, kommt aus Italien. Aus Bronte auf Sizilien, um genau zu sein. Er hat mir neulich eine Spezialität aus seiner Stadt mitgebracht. Pistazien. Eine außerordentliche Frucht.« Sie leckte sich die trockenen Lippen und fuhr in ihrer Erzählung fort. »Man pflanzt auf acht weibliche Pflanzen eine männliche, und zwar so, dass das Männchen in Windrichtung steht und die Weibchen gegen den Wind. So werden die Pollen von den Männchen zum weiblichen Blütenstempel getragen. Sie wachsen auf Böden aus vulkanischem Gestein, sagt Giuseppe.« Mademoiselle Cailler holte tief Luft. Ihre Augen funkelten, und sie unterstrich jeden ihrer Sätze mit lebhaften Gesten. »Die Nuss hat eine gummiartige und harzige Konsistenz, eine smaragdgrüne Farbe und soll aufgrund des mineralstoffreichen Bodens sehr viele wertvolle Nährstoffe enthalten. In Sizilien wird sie, ähnlich der Schokolade, als Allheilmittel verwendet. Sie ist entwässernd, hilft gegen Infekte und hellt sogar das Gemüt auf! Eine nahezu perfekte *mariage*, wie ich finde ...« Sie nahm einen Schluck ihres Tees und hob den Finger, als Séraphine schon versucht war, erneut nach einem Stück Schokolade zu greifen. Offenbar war sie mit ihren Ausführungen noch nicht fertig.

»Da ist noch mehr«, sagte sie lächelnd. »Ich habe bei diesen Probehäppchen einen beinahe ketzerisch anmutenden Versuch gewagt. Ich bin gespannt, ob Sie es erraten, und was es in Ihnen auslöst. Bitte, kosten Sie.« Sie schob den Teller zuerst der älteren Dame hin und dann Daniel.

Er nahm eines der Schokoladenstückchen und betrachtete es neugierig. Tatsächlich sahen die fein gehackten Pistazienstücke darin aus wie Smaragdsplitter. Daneben entdeckte er jedoch noch weitere Sprenkel.

»Diamantstaub?«, fragte er lächelnd und deutete auf die weißen Körner.

Mademoiselle Cailler grinste und wackelte mit dem Kopf. »Vielleicht?«

Daniel nahm einen Bissen und schloss die Augen, um sich auf das Sinneserlebnis in seinem Mund zu konzentrieren. Süß und bitter schmolz die Schokolade auf seiner Zunge, durchmischt vom eigenwilligen Aroma der für ihn neuen Pistazie. Sie war süß und gleichzeitig kräftig-würzig. Plötzlich mischte sich noch ein anderer, zart dosierter, aber unverkennbar vorhandener Geschmack in diese ohnehin schon unkonventionelle Mischung.

»Salz?« Erstaunt öffnete er die Augen und traf auf den amüsierten Blick der jungen Frau. »Das ist ...« Er suchte nach Worten, während das Erlebnis in seinem Mund immer noch nachhallte.

»*Extraordinaire* ...«, stieß Séraphine entzückt aus und strahlte übers ganze Gesicht. »Unvergleichlich!« Sie streckte erneut die Hände nach dem Teller mit den Schokoladenstücken aus, und Mademoiselle Cailler schob ihn ihr hin.

»Bitte, bedienen Sie sich.«

Bevor Daniels ältere Freundin jedoch noch mehr aß, hielt sie inne. »Sie sagten vorhin: ›Ich habe.‹ Heißt das, diese Kreation ist Ihr Handwerk – oder vielmehr *Kunst*-werk?«

»Wie gesagt, wir hatten keine Kekse mehr, und mir fiel nichts Besseres ein. Diese hier waren die einzigen Köstlichkeiten, die ich in so kurzer Zeit auftreiben konnte, weil ich sie gestern frisch gemacht habe. Ich experimentiere gelegentlich mit Schokolade. Wie Papa.« Ein Schatten legte sich über Mademoiselle Caillers Gesichtszüge. Nun dämmerte es Daniel. Sie war an diesem Tag nicht mit einem Notfall in der Fabrik beschäftigt gewesen, sondern mit etwas, das niemand in dieser Firma gutheißen würde. Außer ihr Vater, und der lebte nicht mehr.

»François-Louis«, erinnerte sich Séraphine mit einem warmen Ton in der Stimme. »Ich kannte ihn. Das hier«, sie nahm endlich einen weiteren Bissen, »ähnelt seiner Handschrift. Er wäre sehr stolz auf Sie gewesen, Mademoiselle Cailler.«

Nachdem sie die Schokolade mit geschlossenen Augen genossen hatte, trank Séraphine ihren Tee leer und erhob sich. Daniel tat es ihr gleich.

Fanny Cailler sah zu ihnen beiden hoch. »Weshalb sind Sie beide eigentlich hergekommen?«, fragte sie und stand ebenfalls auf. »Wir haben noch gar nicht über Ihr Anliegen gesprochen. Ich bin Ihnen im Rahmen meiner bescheidenen Möglichkeiten natürlich sehr gerne behilflich oder leite es an meine Brüder weiter, wenn sie heute Abend in die Fabrik zurückkehren.« Sie faltete die Hände vor dem Bauch und wartete.

»Ach so.« Séraphine winkte ab. »Das hat sich erledigt, *ma chère*. Tun Sie mir einen Gefallen und lassen Sie mir fünf Kilogramm dieser Köstlichkeit zukommen. Und falls Sie noch weitere Kreationen anzubieten haben oder noch welche erschaffen, scheuen Sie sich nicht, mich in meinem Feinkostladen zu besuchen und mir eine Kostprobe vorbeizubringen. Ich bin unbedingt interessiert.«

Und mit diesen Worten verschwand sie im Flur und entfernte sich, was er am Rascheln ihres Kleids hörte.

Erstaunt sah er ihr nach und starrte auf den leeren Türrahmen, ehe er sich wieder Mademoiselle Cailler zuwandte, die nur wenige Schritte vor ihm stand.

»Verbindlichsten Dank auch meinerseits.« Er verneigte sich und setzte seinen Hut auf. Anstatt zu gehen, blieb er allerdings einfach stehen. »Gestatten Sie mir eine Bemerkung, Mademoiselle Cailler?«

»Aber natürlich.« Sie unterstrich ihre Worte mit einer bejahenden Geste. Neugierig sah sie ihm direkt in die Augen. Ihr dezenter Duft, der extravaganter nicht hätte sein können, wehte zu ihm herüber. Sein Herzschlag beschleunigte sich, und kurzzeitig vergaß er, was er sagen wollte.

»Hören Sie niemals auf damit«, sagte er deshalb nur und wandte sich der Tür zu. Auf der Schwelle jedoch blieb er noch einmal stehen und drehte sich um. »Ich meine mit der Schokolade.«

Gedankenversunken ging Daniel nach draußen, wo Séraphine bereits in der Kutsche saß. Mit einem letzten Blick hinauf zur ersten Etage, wo sich das Büro befand, stieg er schließlich ebenfalls ein und setzte sich seiner Mentorin gegenüber. Die musterte ihn flüchtig aus den Augenwinkeln und sah dann aus dem Fenster. Der Fuhrmann ließ die Peitsche knallen, und das Gefährt setzte sich in Bewegung.

Nach einer Weile sagte Séraphine, ohne den Blick vom Fenster abzuwenden: »Ich sehe, du bist der Schokolade ebenso verfallen wie ich.«

Kapitel 4

Alexandres Frau Marie saß in ihrem Schlafzimmer und stillte Elodie. Sie starrte aus dem Fenster zum Nachbarhaus hinüber, wo jetzt, am späten Nachmittag, das gelbliche Licht einer Öllampe hinter einer der Scheiben flackerte. Auch sie hatte eine Kerze angezündet und neben sich auf eine Holzkommode gestellt. Im November wurde es bereits früh dunkel, und die vorwinterliche Kälte kroch durch die dünnen Fensterscheiben und Ritzen ins Zimmer. Zum Glück hatte Marie daran gedacht, einen Bettwärmer – einen Behälter aus Metall, der mit heißen Kohlen gefüllt war – unter die Bettdecke zu stellen. So mussten sie nachts weniger frieren.

Umschlungen von einer warmen Wolldecke saß sie auf dem mit einem weichen karamellfarbenen Stoff bezogenen Sessel und lauschte den zufriedenen Saug- und Schmatzgeräuschen ihres Kindes. Ihre Schwiegermutter Louise hatte ihr den Sessel zu Elodies Geburt geschenkt. Eigentlich gehörte das edle Möbelstück eher in einen Salon, doch dort wollte man keine Mutter, die ihrem Säugling die Brust gab. Erst wenn ihre Kleine nach dem Stillen eingeschlafen war, durfte Marie unten zusammen mit der Familie das Abendessen einnehmen. So ziemte es sich.

Sie hatte mit Alexandre über die Anstellung einer Amme gesprochen, wie es sich die Damen der Oberschicht in den großen Städten dieser Welt leisteten, um durch das Stillen nicht vorzeitig zu altern. Doch bei fremdgestillten Kindern war die Säuglingssterblichkeit deutlich höher als bei Kindern, die von ihren eigenen Müttern gestillt wurden, und bisher konnte niemand sagen, woran das lag. Übertrugen die gewöhnlich aus sozial niedrigen Schichten stammenden Ammen etwa unbekannte Krankheiten auf das Neugeborene? Oder steckten sie sie am Ende mit einem verderblichen Charakter an? Marie seufzte. Vielleicht hatte Alexandre doch recht gehabt, als er meinte, dass er genug verdiene, damit sie sich in Ruhe um die Pflege und das Wohlergehen ihres gemeinsamen Kindes kümmern könne.

Die Geburt war erst ein halbes Jahr her, und ihr Körper hatte sich an die Neuerungen noch nicht gewöhnt, geschweige denn in die Normalität zurückgefunden. Dennoch wollte sie Alexandre nicht verärgern und bemühte sich, so lange wach zu bleiben, bis er sich gewaschen und aus seiner Alltagskleidung geschält hatte. Es hatte sich ohnehin vieles verändert zwischen ihnen, seit Marie schwanger geworden war und Elodie schließlich das Licht der Welt erblickt hatte.

Marie und Alexandre hatten sich im Geschäft von Maries Vater kennengelernt. Die Panchauds besaßen eine Apotheke, und Marie hatte ihrem Papa oft und gerne bei der Arbeit geholfen, auch wenn ihre Mutter das zunehmend missbilligt und ihr nahegelegt hatte, sich mit ihren einundzwanzig Jahren besser nach einem Ehemann umzusehen.

Wenn es um die Lieferung medizinischer Schokolade ging, hatten sie stets nur Kontakt mit Auguste Cailler, dem älteren der beiden Brüder gehabt. Geliefert wurde die Ware dann durch einen Angestellten.

Doch an einem schwülen Sommertag im August 1859, Marie erinnerte sich noch genau, betrat ein junger Mann, den sie noch nie zuvor gesehen hatte, die Apotheke. Da er sich maßgeblich von dem dunkelhaarigen, rundgesichtigen Auguste unterschied, hielt sie ihn zunächst für einen Fabrikarbeiter. Zudem trug er keinen Anzug, sondern eine schlichte saubere Stoffhose, ein beigefarbenes grobes Hemd und ein Béret. Er blieb an der Tür stehen und betrachtete sie so lange mit seinen grünbraunen Augen, dass sie errötete. Erst dann nahm er mit einem charmanten Lächeln den Hut vom Kopf und strich sich durch die hellbraunen Locken. Was Marie damals nicht wusste: Alexandre war, abgesehen von der Haar- und Augenfarbe, das exakte Abbild seines Vaters François-Louis: markante Kinnpartie, breite Wangenknochen, gerade Nase.

In den Minuten, bis Maries Vater schließlich aus dem Lagerraum der Apotheke hervortrat und den Cailler-Spross namentlich begrüßte, wechselten Marie und Alexandre kein Wort miteinander. Sie sahen sich nur an, musterten sich, verloren sich im Blick des jeweils anderen. Danach gab es für sie beide kein Zurück mehr. Natürlich hatten Maries Eltern nichts gegen den Industriellensohn einzuwenden, beharrten aber auf ordentlichen Verhältnissen. Sie mussten wohl gespürt haben, dass die beiden einander vollkommen verfallen waren.

»Ich will keinen Skandal in der Familie«, hatte ihre Mutter damals mit ernstem Blick gesagt. »Ich habe genug Erfahrung, meine Liebe. Die Art, wie ihr euch anseht ... das endet dort, wo nur Eheleute sich treffen sollten.«

Marie seufzte und sah auf Elodie hinab, die an ihrer Brust eingeschlafen war. Ihre Gedanken schweiften erneut in die Vergangenheit.

Damals war Alexandre genau das gewesen, was sie – unerfahren und im Rausch der Verliebtheit – gewollt hatte. Heute beschlich Marie gelegentlich das Gefühl, dass alles ein wenig zu schnell gegangen war.

In den Anfängen ihrer Beziehung hatte sie sich nach Alexandre verzehrt; seine Berührungen hatten wie Feuer auf ihrer Haut gebrannt und ihr Verlangen jede Nacht vergrößert. Stolz hatte sie erfüllt, wenn sie an seiner Seite durch die Straßen Veveys spaziert war und die neidvollen Blicke anderer heiratsfähiger Damen auf sich gespürt hatte. Stundenlang hatte sie fasziniert zugehört, wenn ihr Mann sich mit seinem Bruder über die Fabrik und die Geschäfte, aber auch über Politik und Wirtschaft unterhalten hatte, und oft genug war es sogar vorgekommen, dass sie selbst lebhaft mitdiskutierte. Diese gemeinsame Leidenschaft ergoss sich dann Nacht für Nacht in stürmischer Zweisamkeit.

Bis Marie schwanger wurde.

Von jenem Moment an trennten sich ihre Wege – wortlos und radikal. Aus den verschworenen Geliebten, aus dem Unternehmerpaar wurden plötzlich ein Mann und seine Frau. Und hier saß sie nun, gefangen in einer Rolle, die sie nie hatte haben wollen. Marie liebte ihre kleine Tochter, und sie war gerne Mutter, doch mit Elodies Ankunft hatten sich die Machtverhältnisse zu ihren Ungunsten verschoben. Früher hatte Alexandre sie als Gefährtin respektiert, sie verehrt und begehrt. Heute fühlte sie sich bloß noch wie eine leere Hülle, die ihre Pflichten zu erfüllen hatte. Die Verpflichtung, das Kleinkind zu versorgen, die Verpflichtung, ihrem Mann körperlich zur Verfügung zu stehen, die Verpflichtung, sich zusammen mit ihrer Schwiegermutter um das Gardinenmuster im Salon zu kümmern ... So hatte sie sich ihr Leben nicht vorgestellt.

Nachdenklich blickte Marie auf ihre kleine Tochter. Sie musste mit Alexandre darüber reden. Schließlich war er doch von Frauen umgeben, die sich in die Geschäfte einmischten, oder? Seine Mutter hatte die Fabrik schon zweimal vor dem Untergang gerettet und damals, als die Kinder noch klein gewesen waren, sogar alleine verantwortet. Und Fanny, nun ... obwohl Louise ihre Tochter gerne unter der Haube sähe, drängte sie sie nicht dazu – ganz anders als Maries Mutter es damals bei ihr getan hatte. Stattdessen durfte Fanny in den Tag hinein leben und sich in der Fabrik einbringen.

Missbilligend schüttelte Marie den Kopf. Bisher konnte es ihrer Schwägerin aber auch kein Mann recht machen. Fanny, verwöhnt wie sie war, verschmähte sie alle. Wie lange ihre Schwiegermutter das wohl noch tolerieren würde? Maries Mutter jedenfalls hätte es nicht geduldet, dass sie sich in diesem Alter nicht einmal darum *bemühte*, einen Mann kennenzulernen. Fanny war schon dreiundzwanzig, genau wie Marie! Wäre die Familie durch das Geschäft mit der Schokolade nicht zu solchem Reichtum gekommen, wäre das Thema wohl längst vom Tisch.

Elodie war endlich eingeschlafen, und Marie schob das nagende Gefühl in ihrer Brust, das sie stets empfand, wenn sie an ihre Schwägerin dachte, beiseite. Vorsichtig erhob sie sich und legte den Säugling in sein Bettchen. Dann zog sie leise die Vorhänge zu und nahm die Kerze mit. Die Tür zum Schlafzimmer, das als einziges in der ersten Etage lag, ließ sie offen, damit sie das Weinen ihrer kleinen Tochter unten im Esszimmer hören konnte, sollte Elodie nochmals erwachen und nach der Brust verlangen. Meistens jedoch war ihr jetzt eine kurze Pause vergönnt – wenn man das Nachtessen mit der Familie denn als solche bezeichnen wollte. Gedankenverloren blieb Marie am Kopf der Treppe nach unten stehen.

Louise wollte offenbar gerade nach ihr rufen, denn sie trat aus dem Esszimmer im Erdgeschoss und sah zu ihr herauf. »Da bist du ja. Das Abendessen ist fertig«, sagte sie. »Ach übrigens: Wir haben heute noch zwei Gäste zu Besuch. Es geht um etwas Geschäftliches.«

Marie nickte, stieg die Treppe hinab und folgte ihrer Schwiegermutter ins Esszimmer. Ihr war überhaupt nicht nach Besuch. Sie fühlte sich abgeschlagen, und es strengte sie an, die höfliche Gastgeberin zu mimen. Tief Luft holend straffte sie die Schultern und setzte ein freundliches Lächeln auf. Als sie das Speisezimmer betrat, sah sie die beiden Kerzenmacher-Brüder. Marie erinnerte sich daran, dass sie Interesse bekundet hatten, die alten Fabrikräumlichkeiten der Caillers zu kaufen. Sie begrüßte die beiden mit einem Knicks und setzte sich dann zu Fanny, Magalie und Louise ans untere Ende des Tisches. Die Herren saßen am oberen Tischende zusammen und unterhielten sich bereits lebhaft.

Chloé schenkte allen Wasser und Wein ein. Letzteren gab es unter der Woche nur, wenn wichtiger Besuch anstand. Marie hätte ein Glas des Rebensafts mehr als nötig gehabt, doch blieb ihr das verwehrt, solange sie Elodie stillte. Ein weiterer Verzicht, der sie verstimmte.

»*A votre santé!*« Auguste hob das Glas und prostete zuerst den Gästen und dann den Frauen des Hauses zu. Alexandre und Julien Peter taten es ihm gleich, wobei beide die Damen kaum eines Blickes würdigten. Einzig Daniel Peter wandte sich ihnen sichtbar zu, und für den Bruchteil einer Sekunde veränderte sich der Ausdruck in seinen Augen, als er Fanny zuprostete. Bevor Marie jedoch genauer hinschauen konnte, war es schon verschwunden und er bereits wieder ins Gespräch vertieft. Fanny ihrerseits versteckte die rosigen Wangen hinter ihrem Weinglas und nahm einen kräftigen Schluck.

Es wurde eine klare Suppe serviert, danach Braten mit Kartoffeln und Gemüse, und zum Schluss – wie konnte es anders sein – Schokolade. Und erneut geschah etwas Seltsames. Während alle nach einem Stück Schokolade griffen und es auf der Zunge zergehen ließen, betrachtete Daniel Peter sein Stück eingehend und schnupperte daran. Marie sah, wie er Fanny einen kurzen Blick zuwarf, grad so, als wollte er etwas sagen, dann aber schwieg und den Blick abwandte. Was ging hier vor?

Nach dem Essen erhoben sich die Herren, um im Salon noch eine Zigarre zu rauchen und weiterzureden. Marie hätte sich gerne entschuldigt und ins Bett gelegt. Irgendwie hatte sie jedoch den Eindruck, etwas zu verpassen, wenn sie jetzt nicht im Esszimmer bei den anderen Damen blieb, um vor dem Zubettgehen noch einen Tee zu trinken.

»Hoffen wir, die Verhandlungen sind erfolgreich«, eröffnete Louise das Gespräch und nippte an ihrer Porzellantasse.

In diesem Moment drang Elodies Weinen aus der oberen Etage zu ihnen herein. Marie seufzte und erhob sich. Vielleicht gelang es ihr ja, die Kleine rasch zum Einschlafen zu bringen, sodass sie nochmals ins Esszimmer zurückkehren konnte. Sie beeilte sich also, in die obere Etage zu gelangen, und nahm ihr Kind zu sich. Eilig machte sie ihre Brust frei, um Elodie zu stillen. Diese drehte jedoch nur schreiend den Kopf weg. Hunger war demnach nicht das Problem. Marie legte sie vorsichtig zurück in die Wiege und suchte in der Kommode neben ihrem Bett nach der Ölmischung, die ihr die Hebamme mitgegeben hatte. Die aus Anis, Fenchel, Kreuzkümmel und einem Trägeröl aus verschiedenen Nüssen bestehende Arznei sollte Neugeborenen bei Verdauungsbeschwerden helfen. Marie goss ein wenig Öl in die Hände, verrieb es und massierte damit Elodies

Bauch. Augenblicklich beruhigte sich die Kleine, hörte auf zu schreien und schaute Marie aus ihren großen blauen Augen an. Bald flackerte ihr Blick, als sie sich zunehmend entspannte, und schließlich schlief sie mit einem seligen Ausdruck auf dem winzigen Gesicht erneut ein.

Noch mehr als zuvor spürte Marie, dass sie jetzt am liebsten in ihr Bett gesunken wäre. Gedämpfte Stimmen, die vom Flur durch die bloß angelehnte Tür hereindrangen, ließen sie jedoch aufhorchen. Ihr Schlafzimmer lag in der Nähe der Treppe. Das Gemurmel kam von schräg gegenüber, wo sich die Tür zum Salon befand, der ebenfalls auf der ersten Etage lag und in den die Männer sich nach dem Essen zurückgezogen hatten. Mit angehaltenem Atem wagte Marie einen vorsichtigen Blick durch den Türspalt. Tatsächlich, auf dem oberen Treppenabsatz, nur wenige Meter von ihrem Zimmer entfernt, standen zwei schemenhafte Gestalten. Die rechte Person erkannte Marie sofort als Fanny, die linke verriet sich durch ihre tiefe Stimme, die trotz des dezenten Tonfalls auszumachen war. Da die Tür zum Salon geschlossen war, redeten die beiden zwar leise, aber laut genug, dass Marie sie mit etwas Anstrengung verstehen konnte.

»Madame Clément ist restlos begeistert von Ihrer Schokolade, Mademoiselle Cailler. Die Kunden reißen sie ihr förmlich aus der Hand«, murmelte Monsieur Peter und beugte sich ein wenig weiter zu Fanny hinunter.

»Das freut mich sehr. Diese Wertschätzung bedeutet mir sehr viel. Es ist stets ein schwerer Schritt, mit

einer eigenen Kreation an die Öffentlichkeit zu treten.«
Fanny sah zu ihm auf, und Marie konnte sich ein Grinsen nicht verkneifen. Die knisternde Spannung zwischen den beiden war förmlich mit Händen zu greifen. Noch viel mehr allerdings interessierte Marie der Inhalt des Gesprächs. Von welcher Schokolade sprachen die beiden da?

»Kürzlich haben Sie Madame Clément ein neues Produkt zur Verkostung überlassen. Mit Chili ...«

»Ich erinnere mich.«

»Madame Clément möchte gerne mehr davon bestellen. Und sie hat vollkommen recht, etwas Vergleichbares habe ich noch nie gekostet. Diese Bittersüße, vermischt mit Schärfe und ... einer rauchigen Note im Abgang – schlichtweg virtuos!«, sagte Monsieur Peter begeistert und sah sich erschrocken um, weil er plötzlich lauter gesprochen und dazu noch gestikuliert hatte.

Marie trat instinktiv einen Schritt zurück und verbarg sich tiefer im Schatten des halbdunklen Zimmers. Erst als sie sich erneut in Sicherheit wähnte, wagte sie einen weiteren Blick.

»Ich habe den Chili über dem Feuer getrocknet. Ein Feuer aus einheimischen Holzsorten«, erklärte Fanny.

Maries Herz schlug schneller. Langsam begriff sie. Selbst wenn sie in den letzten Wochen mit Elodie beschäftigt gewesen war, so hatte sie bei den gemeinsamen Essen mit der Familie doch stets mitbekommen, was in den Fabriken so lief. Das Wort Chili war dabei nie gefallen, daran hätte sie sich erinnert, war diese scharfe Frucht hierzulande doch gar nicht heimisch.

Fanny musste sie geschenkt bekommen haben. Schließlich wurde sie andauernd beschenkt, von heimlichen Verehrern, Leuten, die sich bei ihr wegen ihres bekannten Familiennamens einschmeicheln wollten oder Fabrikmitarbeitern, die einen Narren an ihr gefressen hatten – kurzum: von allen.

»Jedenfalls ... Madame Clément lässt fragen, ob Sie ihr noch mehr von dieser Sorte liefern können und wie lange Sie wohl brauchen, um die neue Kreation zu produzieren«, fuhr Monsieur Peter fort.

Es folgte ein kurzes Schweigen, und Marie wagte erneut einen Blick. Fanny zierte sich offenbar. Bevor sie jedoch etwas antworten konnte, griff Daniel Peter nach ihren Händen und sah ihr tief in die Augen.

»Ich weiß, dass dies keine offizielle Angelegenheit ist. Das ist auch Madame Clément bewusst. Wir sprechen mit niemandem darüber. Machen Sie sich also keine Sorgen, und lassen Sie sich mit der Produktion so viel Zeit, wie Sie benötigen. Dennoch, wenn ich mir eine Bemerkung erlauben dürfte?«

Fanny nickte zaghaft.

»Schweigen Sie nicht länger.«

»Sie kennen meine Familie nicht. Es ist nicht so einfach.«

In diesem Moment wurde die Tür zum Salon aufgerissen, und ein sichtlich angetrunkener Alexandre torkelte auf den Flur hinaus. Monsieur Peter und Fanny traten augenblicklich einen Schritt zurück und brachten genug Abstand zwischen sich, um nicht auffällig zu wirken.

»Monsieur Peter? Sie sind immer noch hier? Wollten Sie nicht aufbrechen?«

»Das ist korrekt. Ich habe mich nur kurz von Ihrer Schwester verabschiedet. Sie hat sich für meine Kerzenfabrik interessiert.« Und an Fanny gewandt sagte er: »Warum kommen Sie mich nächste Woche nicht einmal besuchen? Dann zeige ich Ihnen alles. Was sagen Sie?«

Fanny nickte und murmelte: »Sehr gerne, Monsieur Peter.«

Alexandre verabschiedete sich nun ein zweites Mal von Monsieur Peter und schickte sich an, den Flur hinunter Richtung Schlafzimmer zu torkeln. Marie beeilte sich, die Zimmertür möglichst geräuschlos hinter sich zu schließen, und gab vor, sich um Elodie zu kümmern, als Alexandre kurz darauf mit einem lauten Rumpeln in den Raum trat.

»Scht!«, fuhr sie ihn an. »Du weckst sie sonst wieder!«

Ihr Ehemann grinste nur dümmlich und begann sich zu entkleiden, was ihm nicht besonders gut gelang. Er musste sich dazu hinsetzen, weil er sonst umgefallen wäre.

Marie konnte das Gehörte nicht länger für sich behalten. »Macht Fanny eigene Schokolade bei euch? Davon wusste ich gar nichts, du hast nie etwas in der Art erwähnt«, begann sie zaghaft, doch es gelang ihr nicht, den Neid in ihrer Stimme zu unterdrücken.

Alexandre hielt inne und starrte sie an. »Wovon zum Teufel redest du? Fanny kümmert sich um die Frauen in der Wickelabteilung.«

»Nicht auch um die Frauen, die in anderen Abteilungen arbeiten? Sagtest du nicht, dass fast doppelt so viele Frauen wie Männer bei euch in den Fabriken mitwirken, weil sie die geschickteren Hände besitzen und damit für die Triage der Kakaobohnen sowie das Ausformen ebenfalls geeigneter sind?«, hakte Marie vorsichtig nach. Um nicht allzu neugierig zu wirken, beschäftigte sie sich damit, sich aus ihrer eigenen Kleidung zu schälen und diese sorgfältig zusammenzufalten.

»Ich will Fanny nicht in der Produktion haben. Das ist viel zu gefährlich. Das ist keine Arbeit für die Tochter des Firmengründers. In der Verpackungsabteilung kann weniger schieflaufen. So oder so kann sie sich ohnehin nicht um alles kümmern, wir haben ja mehrere Fabrikstandorte mit Wickelabteilungen. Warum fragst du mich so komische Sachen?« Er sah sie forschend an.

»Dann macht sie also keine eigene Schokolade?«

»Nein, natürlich nicht!« Alexandre stand leicht schwankend auf. »Sag mir, was los ist.« Er fasste sie am Arm und zwang sie, ihm in die Augen zu sehen. Sein Blick war getrübt, und sein Atem roch nach Alkohol, was bei ihm wirklich selten vorkam.

Gleichgültig zuckte Marie die Schultern. »Ich mag nicht lügen. Für mich klang es vorhin auf dem Flur so, als habe Daniel Peter für sich und Madame Clément eine spezielle Schokoladensorte bestellt. Eine, die Fanny kreiert und auch produziert hat.« So, nun war es raus, und Marie fühlte sich erleichtert. Nicht weil sie die Wahrheit gesagt hatte, sondern weil ihre Schwägerin offenbar tun und lassen konnte, was sie wollte, sogar hinter dem Rücken der Familie, die sie in ihrem Alter nach wie vor aushielt!

Diesem Daniel Peter würde es zudem genauso ergehen wie allen anderen vor ihm. Fanny würde sich von ihm den Hof machen lassen, nur um ihm dann erstaunt zu erklären, dass seine Wahrnehmung der Situation auf einem Missverständnis beruhe. So machte sie es doch immer.

»Wie kommst du zu so einer absurden Geschichte?« Alexandre glaubte ihr offenbar nicht.

Marie sah ihn an und reckte das Kinn vor. »Weil Daniel Peter etwas von Chili in der Schokolade sagte und ich mir fast sicher bin, dass ihr nichts Vergleichbares in eurem Sortiment führt. Er erwähnte ferner, dass dies ›keine offizielle Sache‹ sei und Fanny sich ruhig Zeit mit der Produktion lassen solle. Und dass sie ihr Schweigen endlich brechen solle.«

Alexandres Augen weiteten sich. »Das hat er gesagt? Ich fasse es nicht. Die kleine Fanny ... Ich hätte ahnen müssen, dass sie sich mit der Wickelabteilung nicht zufriedengibt.« Er setzte sich und strich sich gedankenverloren über die Bartstoppeln. »Ich werde morgen mit Maman reden und sie fragen, was zu tun ist. Sie soll dabei sein, wenn wir Fanny zur Rede stellen. Akzeptieren werden wir so etwas jedenfalls nicht.«

Plötzlich wirkte er müde und erschöpft, wie er so auf dem Holzstuhl an der Wand saß.

»Lassen wir uns den heutigen Abend nicht durch diese Kleinigkeit trüben. Das mit Fanny werden wir schon regeln. Sie hat in der Fabrik nichts zu sagen. Freuen wir uns vielmehr an der Tatsache, dass die Gebrüder Peter unserer Fabrik im Les Bosquets den Vorzug gegeben haben und wir den Kaufvertrag noch vor Ende des Jahres abschließen werden.« Mit einem zufriedenen Lächeln auf den Lippen erhob er sich und näherte sich Marie.

»Danke, dass du ehrlich zu mir warst, Marie. Das weiß ein Mann zu schätzen.« Er küsste sie sanft. »Leihe mir weiterhin deine Augen und Ohren. Ich möchte wissen, was in diesem Haus vor sich geht.«

An diesem Abend liebte er sie. Zärtlicher als sonst.

Kapitel 5

Fanny lief durch den langgezogenen Fabriksaal der Wickelabteilung im neuen Hauptquartier in La Clergère. Der Raum, der in der Mitte von viereckigen Steinsäulen getragen wurde, besaß zu beiden Seiten große Fensterfronten, die ihn mit Tageslicht fluteten. Arbeitslärm, vermischt mit den Gesprächen der Arbeiterinnen, erfüllte den Saal und hallte von den Wänden wider. An langen Holztischen saßen sie auf ihren Schemeln und verpackten die zu Tafeln geformte Schokolade in Stanniol und später in buntes Papier. Während einige der Frauen nur fürs Falten der Verpackung zuständig waren, beschäftigten sich andere den ganzen Tag damit, die Schokoladenerzeugnisse einzuwickeln oder die fertigen Produkte zum Eingang des Raums zu tragen, wo sie abgeholt und in Kisten verpackt wurden.

Obwohl sich das Heer der Arbeiterinnen, das ihr unterstellt war, aufgrund der braunen Arbeiterschürzen, die sie alle wie ein zweites Kleid über ihrer Kleidung trugen, und ihren zusammengebundenen Haaren optisch kaum voneinander unterschied, kannte Fanny zwischenzeitlich doch jede ihrer Damen persönlich.

Bernadette beispielsweise war oft zu spät, weil sie ihre kranke Mutter noch versorgen musste, ehe sie zur Arbeit kam. Florianne arbeitete am liebsten in der Nähe der Tür, weil sie dann stets mit den jungen Männern, die die fertigen Schokoladen abholten oder die Rohlinge brachten, kokettieren konnte. Yvette wiederum war schon etwas älter und nickte manchmal während der Arbeit ein. Sie brauchte die Anstellung jedoch dringend, weil ihr Mann aufgrund einer Verletzung am Bein nur eingeschränkt arbeiten konnte und somit nicht genug Geld für sie beide nach Hause brachte.

Wenn Fanny ihre fleißigen Bienchen dabei beobachtete, wie sie die Schokolade mit geschickten und routinierten Handbewegungen verpackten, überkam sie oft ein schlechtes Gewissen, und sie fühlte sich nutzlos. Lieber hätte sie selbst Hand angelegt, ein Handwerk verrichtet und dabei geschwitzt. Doch ihre Brüder hatten es ihr verboten, sich unter die Fabrikarbeiterinnen zu mischen. Sie meinten, es zieme sich nicht für die Tochter der Besitzerfamilie. Anstatt sich die Hände mit Kakao, Zucker, Staub oder Kohle schmutzig zu machen, musste Fanny also durch die Säle patrouillieren und den anderen dabei zusehen, wie sie arbeiteten.

»Können wir für diese Aufgabe nicht eine Aufseherin aus den Reihen der Arbeiterinnen bestimmen? Jemandem Verantwortung übertragen? Ich wüsste da einige, die das Zeug dazu hätten«, hatte Fanny schon mehrmals vorgeschlagen. Sie dachte dabei an Olivienne und Sophie, die beide sehr tüchtig und intelligent waren und sich auch außerhalb ihres Arbeitsbereichs für die Prozesse der Produktion interessierten. Das würde Fanny mehr Zeit gewähren, sich um die übergeordneten Abläufe in der Manufaktur zu kümmern. Sie könnte Entwicklungstendenzen auf dem Markt aufspüren, Bedürfnisse abklären oder gar wecken und neue Produkte entwerfen. Gerne würde sie auch im Namen der Firma zu Kunden gehen, so wie Auguste es immer tat.

»Das kommt überhaupt nicht in Frage«, hatte Alexandre ihr stets geantwortet und sich dann wie immer geschäftig seinen Papieren zugewandt. »Du weißt, dass die Firmenleitung keine Aufgabe für eine Frau ist, Fanny.« Damit war die Sache für ihn erledigt. Wenn sie Luft holte, um über genau diese Aussage zu debattieren, winkte er ab. »Geh jetzt an die Arbeit. Ohne deine Kontrolle machen die Arbeiterinnen, was sie wollen. Sie brauchen die Peitsche im Nacken, denn sie sind von Natur aus faul und nur auf ihren eigenen Vorteil bedacht.«

»Mademoiselle Cailler!«, der Ruf eines Mitarbeiters riss Fanny jäh aus ihren Grübeleien. Erstaunt wandte sie sich dem Eingang der Fabrikhalle zu, wo Gérard, einer von Alexandres direkten Untergebenen, ihr bedeutete, zu ihm zu kommen. War vielleicht etwas mit ihrem Bruder passiert? Eilig erkundigte sie sich nach dem Grund seines Erscheinens.

»Alexandre möchte Sie in seinem Büro sehen. Bitte folgen Sie mir«, war jedoch alles, was Gérard sagte, bevor er zu Boden sah.

Fanny hob erstaunt die Augenbrauen, tat jedoch, wie ihr geheißen.

»Ich bin gleich wieder zurück«, erklärte sie Olivienne, die ganz in der Nähe saß und der Konversation aufmerksam folgte. »Bitte übernimm du so lange, ja?«

Die Arbeiterin erhob sich sofort von ihrem Schemel, straffte die Schultern und nickte eifrig. »Selbstverständlich, Mademoiselle Cailler. Sie können sich auf mich verlassen.« Mit strengem Blick und geröteten Wangen beobachtete sie nun die Arbeit der anderen.

Fanny seufzte und folgte Gérard die Steintreppe hinauf ins Büro ihrer Brüder. Obwohl es beiden gehörte, war Auguste durch seine Tätigkeit im Außendienst selten da, sodass der Raum hauptsächlich von Alexandre genutzt wurde, der im Hintergrund die Fäden in der Hand hielt.

»Maman!« Erstaunt blieb Fanny in der Tür stehen, als sie ihre Mutter auf dem Besuchersofa sitzen sah. Deren ernste Miene verriet nichts Gutes.

»Wo ist Auguste?«, fragte Fanny daher. Ihr schwante Böses.

»Unterwegs, wie immer. Wir werden ihn später über die jüngsten Ereignisse aufklären«, antwortete Alexandre knapp und bedeutete Fanny, sich zu Maman auf das Sofa zu setzen. Er selbst blieb hinter seinem wuchtigen Schreibtisch sitzen und trommelte mit den Fingern auf die Tischplatte. Die Stirn in Falten gelegt, beobachtete er Fanny dabei, wie sie neben ihrer Mutter Platz nahm. Maman wich Fannys Blick aus und konzentrierte sich auf die Teetasse vor sich auf dem Salontisch.

»Möchtest du uns etwas sagen?«, begann Alexandre und musterte Fanny aus schmal zusammengekniffenen Augen. Sein Tonfall hatte etwas Lauerndes.

Fanny starrte ihn an und suchte dann verständnislos den Blick ihrer Mutter, die weiterhin schweigend ihren Tee trank. »Wozu soll ich etwas sagen? Kann mir vielleicht einmal jemand erklären, worum es hier überhaupt geht? Ich verstehe nicht ...«

Alexandre erhob sich ruckartig von seinem Ledersessel und stützte sich mit den Händen auf der Tischplatte seines Schreibpults ab. Eine Ader pochte an seiner Schläfe. »Verkauf mich nicht für dumm, kleine Schwester. Denk gut nach, ehe du antwortest, und wage es ja nicht, mich anzulügen, hast du verstanden?«

Fanny war froh, dass sie saß, denn sie fühlte, wie die Kraft ihre Beine verließ. Hatten Monsieur Peter und Madame Clément ihr nicht versichert, dass ihr Geheimnis bei ihnen gut aufgehoben war? Hatte vielleicht einer der Angestellten gepetzt? Zitternd atmete Fanny ein. Doch nachdem sie sich vom ersten Schreck erholt hatte, kehrte der Stolz zurück in ihre Seele.

»Ich habe nicht vor, mich zu entschuldigen, falls du das von mir hören willst, Bruder.« Sie straffte die Schultern und reckte das Kinn vor.

Ein böses Lachen, das an ein Knurren erinnerte, entwich seiner Kehle. »Das ist auch gar nicht nötig, denn damit ist die Sache nicht vom Tisch. Ich möchte es einfach aus deinem Mund hören, Fanny. Ist es wahr, dass du hinter unserem Rücken Schokolade produzierst und an unsere Kunden verkaufst? Ist es wahr?!« Den letzten Satz brüllte er richtiggehend und schlug mit der Faust auf den Tisch. Maman zuckte neben Fanny zusammen.

»Wer hat dir das erzählt?«, konterte Fanny mit einer Gegenfrage.

»Das spielt jetzt keine Rolle. Antworte mir!«, donnerte Alexandre.

»Tu, was er sagt, Fanny. Jede weitere Lüge macht die Sache nur noch schlimmer«, schaltete sich ihre Mutter nun ein und legte ihr die Hand auf den Oberschenkel.

Mit einer wütenden Bewegung fegte Fanny sie weg. »Ich habe bloß ein wenig Kakaobohnen geröstet, von Hand geschält, zerrieben und ein wenig experimentiert. Hinter all dem steckte keine Absicht. Ich hätte die Kundin unhöflich behandeln müssen und entsprechend verärgert, hätte ich mich anders verhalten. Eins führte zum anderen. Ich bin mir keiner Schuld bewusst.« Ohne Alexandre erneut zu Wort kommen zu lassen, berichtete Fanny von dem Tag, als Madame Clément zu ihr in die Fabrik gekommen war.

»Wie uneigennützig von dir, Madame Clément und Monsieur Peter ausgerechnet deine Kreation anzubieten. Konntest du in der gesamten Fabrik keine normale Schokolade finden?«, kommentierte Alexandre ihre Ausführung mit einem bitterbösen Lachen.

»Deine Schokolade ist langweilig, Alexandre, das war sie schon immer! Genauso langweilig wie du!«, warf Fanny ihrem Bruder wütend an den Kopf und hielt seinem Blick mühelos stand. »Habe ich dich nicht oft auf meine Ideen angesprochen? Tu bloß nicht so überrascht. Du wolltest mich nie anhören. Und nun habe ich dir, wenn auch unabsichtlich, bewiesen, dass ich recht habe. Weiterentwicklung, Kreativität und Forschung sind wichtig!«

Ihr Bruder schnaubte verächtlich und schüttelte den Kopf. Während er sich wieder setzte, sagte er gelangweilt: »Erklär du es ihr, Maman. Vielleicht versteht sie es dann.«

Mutter wandte sich Fanny zu und sah ihr mit einem gequälten Gesichtsausdruck in die Augen. »Fanny, Liebes, was du hier getan hast, ist rechtswidrig. Du hast die Firma mit deiner Arbeit konkurrenziert und den Gewinn auch noch in deine eigene Tasche gesteckt. Auch das verwendete Rohmaterial dürfte größtenteils Eigentum der Firma gewesen sein. Das ist alles verboten.«

Fanny ballte die Hände in ihrem Schoß zu Fäusten. »Rechtswidrig?«, echote sie ungläubig. »Ich bin auf derselben Seite wie ihr, ich gehöre zur Familie, das ist auch mein Erbe.« Sie sah ihren Bruder herausfordernd an. »Meine Kreationen weckten große Begeisterung. Ich bin bereit, mein Wissen mit der Firma zu teilen. Lasst mich zu den Leuten gehen und es ihnen vorstellen. Ich habe zudem noch viele neue Ideen und ...«

»Schluss jetzt.« Alexandre schnitt ihr mit einer herrischen Handbewegung das Wort ab. »Du wirst hier gar nichts, Fanny. Ich glaube, diesbezüglich war ich schon in der Vergangenheit deutlich genug.« Ein überheblicher Ausdruck erschien auf seinem Gesicht.

Fanny erhob sich und wollte gerade zu einer Erwiderung ansetzen, als ihre Mutter sie am Arm fasste, um sie sanft wieder aufs Sofa hinunterzuziehen, doch Fanny schüttelte ihre Hand weg.

»Fanny ... bitte. Mach es nicht noch schlimmer, als es ohnehin schon ist. Hör dir besser den Vorschlag deines Bruders an, wie wir diese Situation noch retten können.«

»Maman ... wovon sprichst du? Was soll das?« Fassungslos warf Fanny die Hände in die Luft und sah von einem zum anderen.

Maman seufzte: »Liebes, so versteh doch. Es gibt gute Gründe, warum deine Brüder und ich stets dagegen waren, dass du dich in die Geschicke der Firma einmischst. Ich habe all das am eigenen Leib erlebt und wünsche es keiner anderen Frau.« Sie stand auf, nahm Fannys Hände in ihre und sah sie eindringlich an. »Das hier ist keine Welt für uns Damen, du würdest am Ende daran zerbrechen. Es ist ein gefährliches Milieu. Wir möchten dich bloß beschützen. Dazu kommt, dass du später, solltest du eines Tages verheiratet sein, ohnehin nur noch mit der Erlaubnis deines Ehemanns wirst arbeiten können. Kein Mann möchte, dass seine Frau an der Spitze einer Manufaktur in Männerkreisen verkehrt. Keiner.«

Fanny schluckte leer. Sie musste sich erneut setzen, weil ihre Beine sonst unter ihr nachgegeben hätten. Das also war der Grund, warum man sie seit Jahren zurückstufte und kleinhielt. Ihr wurde ganz schwindlig, als sie erkannte, dass sie nie auch nur den Hauch einer Chance gehabt hatte. Sie war nicht einfach nur zu jung, um in der Firma Verantwortung zu übernehmen, wie Maman es ihr immer eingeredet hatte. Nein, sie war eine Frau, und daran ließ sich beim besten Willen nichts ändern. All die Hoffnung, die sie im Stillen gehegt hatte, war umsonst und diese Tür stets geschlossen gewesen.

Bemüht, das Zittern in ihrer Stimme zu unterdrücken, fragte sie: »Und was noch?«

Maman warf Alexandre einen auffordernden Blick zu. Dieser erhob sich von seinem Stuhl, kam um den Schreibtisch herum und marschierte im Raum auf und ab, während er erklärte: »Ganz einfach. Wir werden Madame Clément – um sie geht es ja schließlich – erklären, dass wir deine Kreation in unser Sortiment aufnehmen und sie diese jederzeit und in der gewünschten Menge nachbestellen kann. Wie jeder andere auch. Und dann werden wir eine neue Werbekampagne lancieren. Auguste wird weiterhin seine Arbeit bei den Kunden verrichten, und Madame Clément wird schnell vergessen haben, dass dein Schaffen anfänglich ein Geheimnis war.« Er drehte sich zu Fanny um und starrte sie mit kaltem Blick an.

»Dann ... darf ich also die Schokolade, die ich erfunden habe, herstellen?« Fannys Herzschlag beschleunigte sich. Hoffnungsvoll sah sie von Alexandre zu ihrer Mutter und wieder zurück.

»Natürlich nicht!«, schnauzte ihr Bruder sie an. »Was für eine außerordentlich törichte Idee! Du wirst uns die Rezepte geben. Sie wurden hier erfunden, und zudem mehrheitlich mit unseren Rohstoffen. Du, Fanny, wirst unseren Chocolatiers zeigen, wie man deine Schokolade macht, und dich dann wieder auf deine eigentlichen Aufgaben konzentrieren. Wenn du in Zukunft artig jene Arbeit verrichtest, die man von dir verlangt, wird schnell vergessen sein, was hier gerade passiert ist.«

Tränen brannten in Fannys Augenwinkeln. Sie schämte sich dafür, blinzelte hastig und sah zu Boden.

»Und, Fanny ...« Alexandre wartete, bis sie den Blick hob und ihn ansah. »Wag es nicht, uns etwas anderes als eben diese Rezepte zu geben. Wenn du mich für blöd verkaufst, werde ich dir das Leben zur Hölle machen. Hast du verstanden?«

Fanny starrte ihn an. Er war ihr ein Fremder geworden. Sie hatten sich nie nahegestanden, dennoch war Alexandre ihr Bruder gewesen. Bis heute.

»Das ist Diebstahl, Alexandre. Du schmückst dich mit fremden Federn. Schäm dich«, flüsterte sie und erhob sich. Und an ihre Mutter gewandt sagte sie: »Das wird dir irgendwann noch leidtun, Maman.«

Hocherhobenen Hauptes verließ sie das Büro, lief die Treppe hinunter und auf direktem Weg in ihr heimliches Atelier.

Erst dort gestattete sie sich die Tränen, die ihr schon die ganze Zeit in der Kehle gebrannt hatten. Sie fühlte sich so einsam. Ihre Gedanken schweiften zu Papa, der sie dieses Handwerk und insbesondere die damit verbundene Virtuosität gelehrt hatte. Warum nur hatte er Fanny so allein zurücklassen müssen?

Doch als sie an Papa dachte, tauchte noch ein weiterer Mann vor ihrem geistigen Auge auf. Monsieur Peter. Er hatte sie nicht verraten, da war sie sich sicher. Nein, im Gegenteil, er hatte sie ja geradezu gedrängt, zu ihrem Talent zu stehen und niemals aufzuhören.

Fanny dachte zurück an ihre Begegnung gestern Abend.

Sie hatte Daniel Peter immer wieder verstohlen beobachtet, während er lebhaft mit ihren Brüdern diskutierte, aß und lachte – ein dunkles, wohlklingendes Lachen. Jedes Mal, wenn der Blick seiner braunen Augen sie streifte, geriet ihr Herz ins Stolpern. Noch lebendiger war die Erinnerung an ihre spätere Begegnung im Halbdunkel des Flurs. Sein Duft war in ihre Nase gedrungen. Herb, vermischt mit Kräutern und einem feinen Hauch Bergamotte. Hätte man sich seinen Geruch wie Schokolade auf der Zunge zergehen lassen können, wäre es vermutlich eine Mischung aus bittersüßer und erdiger Frische gewesen.

Eine Schokolade, die ihresgleichen suchte.

Kapitel 6

Es war kurz vor zehn Uhr; bald würde Fannys Kutsche ankommen. Daniel betrachtete noch einmal seine Spiegelung im Fenster des Büros und strich sich den Schnurrbart glatt. In diesem Augenblick erschien Julien, die dunklen Haare wie immer zu einem ordentlichen Seitenscheitel gekämmt, im Türrahmen und blieb grinsend stehen. Er verschränkte die Arme vor der Brust.

»Seit wann bist du denn so eitel, Bruder? Machst du dich etwa für den anstehenden Damenbesuch hübsch?« Er feixte.

»Das wäre vollkommen übertrieben«, antwortete Daniel und klopfte sich einige Staubflusen von der dunklen Hose. »Ich bemühe mich aber stets, einen anständigen Eindruck zu machen, wenn Leute mein Geschäft betreten. Das gehört zum Beruf.«

»Aha.« Julien hob eine Augenbraue und deutete mit dem Kopf in Richtung des Fensters. »Da kommt sie, sie steigt gerade aus der Kutsche.« Er machte Anstalten zu gehen. »Ich schätze, ich komme lieber gegen Mittag noch einmal mit meinem Anliegen. Hoffentlich bist du dann noch ansprechbar.« Mit einem mehrdeutigen Grinsen verließ er das Büro und verschwand in der Fabrik.

Daniel strich sich die Hände an der Hose ab und kontrollierte den Sitz seiner Krawatte. Und da stand sie schon vor ihm – Fanny Cailler, in einem altrosafarbenen Kleid mit einem kleinen Kragen aus weißer Spitze. Die hellbraunen Haare trug sie geflochten und hochgesteckt unter einer gleichfarbigen Schute. Selbst ihre Wangen, die soeben kurz Bekanntschaft mit dem neblig grauen Novemberwetter gemacht hatten, wiesen denselben Pastellton auf.

Daniel musste sie ziemlich lange angestarrt haben, denn nach einer Weile bedrückenden Schweigens neigte Mademoiselle Cailler zur Begrüßung den Kopf und sagte lächelnd: »Guten Tag, Monsieur Peter. Herzlichen Dank nochmals für die Einladung in Ihre Fabrik.«

Daniel gab sich einen Ruck. »Entschuldigen Sie meine Unhöflichkeit.« Eilig verneigte er sich vor seiner Besucherin und schalt sich innerlich einen ungehobelten Esel. »Herzlich willkommen in meiner bescheidenen Manufaktur. Und bitte ... nennen Sie mich doch Daniel und streichen Sie das förmliche Sie, wenn es Ihnen recht ist.«

»Sehr gerne, und du nenn mich bitte Fanny«, erwiderte sie und sah sich im Raum um, während sie die Hände knetete. Daniel wollte sie gerade dazu auffordern, ihm zu folgen, als sie nach ihrer Tasche griff und rief: »Ach herrje, fast hätte ich es vergessen! Hier, bitte sehr.« Sie kramte in ihrem Beutel und förderte eine kleine Schachtel zutage. Als er diese mit fragend hochgezogenen Augenbrauen entgegennahm, zuckte sie die Schultern. »Nichts Besonderes. Bestimmt kannst du dir denken, was es ist. Es ist bloß eine kleine Aufmerksamkeit als Dank, dass du mich eingeladen hast.«

»Schokolade?« Er zwinkerte ihr zu und grinste. »Darf ich kosten? Ich bin furchtbar neugierig.«

»Nur zu.« Fanny machte eine auffordernde Geste und schmunzelte.

Mit vorsichtigen Bewegungen öffnete Daniel die Schachtel und entnahm ihr eines der darin sorgsam gestapelten Schokoladenstücke. Da diese nicht in Stanniol verpackt waren, ahnte er, dass es sich um eine von Fannys eigenen Kreationen handeln musste. Zaghaft, sich auf seine Geschmackssinne konzentrierend, nahm er einen Bissen und schloss mit einem genüsslichen Seufzen die Augen. »Ein Gedicht.«

»Schmeckt es dir? Es ... ist sehr gewagt.« Er hörte das Rascheln von Fannys Kleidung.

»Thymian, oder? Verwegen, in der Tat. Aber ... unglaublich. Das Gewürz ist so zart eingebracht, dass man es nur erkennt, wenn man ein Liebhaber davon ist. Wie ich.« Daniel sah sie wieder an und beobachtete, wie sich ihre Mundwinkel nach oben zogen.

»Das freut mich. Genau das war meine Absicht. Ich tüftle manchmal tagelang, bis ich die perfekte Balance zwischen den Geschmäckern gefunden habe. Erst dann gebe ich die Schokolade zum Probieren. Einen Liebhaber damit zu begeistern, ist mehr, als ich erwartet habe.« Plötzlich lief sie rot an. Offenbar war ihr bewusst geworden, was sie soeben gesagt hatte. »Einen Thymiankenner, meine ich«, murmelte sie und wandte sich hastig ab. »Möchtest du mir jetzt deine Manufaktur zeigen? Ich denke, wir haben fürs Erste genug über Schokolade geredet.«

Daniel legte die Schokoladenschachtel beiseite, führte Fanny aus dem Büro und startete den Rundgang durch seine Fabrik. »Verglichen mit euren modernen Schokoladenfabriken kann man bei diesem Gebäude nicht einmal von einer Manufaktur reden. Wir sind derzeit eher ein mittelgroßer Handwerksbetrieb, der aus allen Nähten platzt«, versuchte er die Tatsache zu entschuldigen, dass seine Kerzenfabrik in einem ehemaligen Wohnhaus mit niedrigen, schlecht beleuchteten Räumen untergebracht war. Die Tapeten blätterten von den Wänden, der Putz darunter ebenfalls, und der alte Holzboden war abgewetzt und uneben.

Sie betraten die erste Kammer, die sich direkt neben Daniels Büro befand. Dort war es stickig heiß und feucht. Die Luft dampfte geradezu, und die Fenster waren trotz der herbstlichen Kälte geöffnet. Sie waren aber nicht nur zu klein, um genügend Tageslicht hereinzulassen, sondern auch zu schmal, um für eine ausreichende Belüftung zu sorgen. Den Mitarbeitern, die hier arbeiteten, rann dementsprechend der Schweiß über die Gesichter.

Im Gegensatz zu den Caillers beschäftigte Daniel nur ein Dutzend Frauen und Männer, die die Maschinen bedienten und die Kerzen verpackten. Auch das sollte sich im neuen Jahr, nach ihrem Umzug in die Rue des Bosquets, ändern.

»Ich freue mich sehr auf unseren neuen Standort am Canal de la Monneresse«, gestand Daniel. »Wenn wir alles eingerichtet haben, führe ich dich gerne durch die moderne Fabrik. Wir beabsichtigen auch, neue Produktionsmethoden einzuführen und entsprechend modernere Maschinen anzuschaffen.« Er blieb vor einer der Drehreifen zur Kerzenherstellung stehen.

»Noch fabrizieren wir unsere Kerzen mittels des Ziehverfahrens und des Tauchverfahrens.« Er deutete auf die Vorrichtung vor ihnen, die soeben von Adèle, einer jungen Mitarbeiterin, überwacht wurde. »Hier werden mehrere Dochte gleichzeitig in Wachs getaucht. Dadurch wird der Faden von einer immer dicker werdenden Wachsschicht ummantelt. Dieser Vorgang wird so lange wiederholt, bis der gewünschte Kerzendurchmesser erreicht ist.«

Daniel wies auf den Kessel mit der heißen Wachsmischung. »Das ist Stearin. Es wird hauptsächlich aus pflanzlichem Palmöl oder aus tierischem Fett gewonnen und schmilzt bei sechzig Grad. Deshalb ist es hier so warm.«

Fanny warf einen neugierigen Blick in den Topf. »Kerzen werden also nicht mehr aus Talg hergestellt? Oder ist Stearin der Fachbegriff für das, was wir Normalsterblichen Talg nennen?« Sie sah ihn interessiert an, während sie Adèle aufmunternd zulächelte und sich mit einem Kopfnicken bei ihr für die Demonstration ihrer Arbeit bedankte.

»Stearin wurde in den Zwanzigerjahren erfunden, als immer mehr Menschen sich nicht stinkende und nicht tropfende Kerzen wünschten. Es hat die ursprünglichen Talgkerzen nach und nach abgelöst. Der Talg wurde ja damals aus Schlachtabfällen und Eingeweidefetten hergestellt – entsprechend penetrant war sein Geruch. Dazu kam, dass er nur ungleichmäßig und unsauber abbrannte.«

Daniel verließ den ersten Raum und führte Fanny in den nächsten, wo ihnen der Lärm zweier langgezogener, größerer Maschinen entgegenschlug, die von zwei seiner Angestellten bedient wurden. Beide sahen kurz von ihrer Arbeit auf und grüßten Fanny mit einer höflichen Verbeugung. Ihre Kleidung, ihre Hände und Gesichter wiesen Spuren von Staub und Schmierfetten auf.

Daniel beugte sich ein wenig näher zu Fanny hinüber, damit er nicht so laut schreien musste, während er mit seinen Erklärungen fortfuhr. Der zarte Duft nach Wildrosen stieg ihm in die Nase und löste ein Kribbeln und Ziehen in seiner Bauchgegend aus.

»Hier wird der noch ungeschnittene, einige Meter lange Docht über Walzen und Umlenklager von einer Spindel abgewickelt und wiederholt durch ein Bad aus heißem Stearin geführt. Dabei bleibt immer eine kleine Schicht Wachs am Docht haften. Je öfter der Faden durch das Wachsbad gezogen wird, umso dicker wird der Kerzenstrang. Dieser wird dann in die Länge der gewünschten Kerzen geschnitten, in Form gebracht und gelagert. Daher nennt man uns traditionellerweise auch immer noch Kerzenzieher.« Er lehnte sich wieder etwas zurück und beobachtete Fanny dabei, wie sie die

Apparatur von allen Seiten inspizierte und den Kerzen beim Entstehen zusah.

»Faszinierend!«, rief sie über den Lärm der Maschinen hinweg.

Daniel näherte sich Fanny erneut und erklärte, die Lippen dicht an ihrem Ohr: »Es gibt noch eine dritte Herstellungsmethode, die wenden wir aber nur bei speziellen Produkten aus Bienenwachs an: das Wickeln. Dazu haben wir in der oberen Etage eine eigene Abteilung. Hierbei setzen wir Bienenwachsplatten von Imkern ein. Die Wabenplatten werden erwärmt und um den Kerzendocht herumgewickelt. Das Kerzenwickeln ist die einfachste Form der Kerzenherstellung.«

Fanny lauschte seinen Worten sichtlich aufmerksam, und ihr Blick wanderte dabei wiederholt durch den Produktionsraum. Es schien, als wolle sie jedes Detail erfassen und verstehen, denn sie umrundete die Maschinen auch hier und bückte sich oder stellte sich auf die Zehenspitzen, um die Abläufe genauer beobachten zu können.

Nach einer Weile räusperte sich Daniel. »Eigentlich haben wir jetzt aber am Ende der Produktionskette begonnen.« Er deutete auf die Tür. »Im Raum gegenüber werden die Dochte geflochten.« Er wartete, bis Fanny ihm folgte, und ging dann schweigend neben ihr über den Flur. Erneut umschmeichelte ein Hauch von Wildrose seine Nase.

»Hier ist es.« Er führte sie in einen weiteren Raum, in dem drei Frauen damit beschäftigt waren, Dochtschnüre zu flechten. »Im Gegensatz zu früher stellen wir heute Dochte aus eng geflochtenen Baumwollsträngen her, anstatt bloß aus verdrehten. Bei dieser Technik behalten die Stränge beim Brennen ihre Höhe und damit eine regelmäßige Flamme bei. Ein Großteil des überschüssigen Dochtes wird verbrannt, sodass wir auf das Schnäuzen der Kerzen mittels Lichtputzschere verzichten können.« Er lächelte. »So haben wir also eine moderne Lichtquelle, die weder stinkt noch tropft noch rußt und einfach sich selbst überlassen werden kann, bis sie erlischt.«

Nachdem er ihr noch kurz einen Blick in die Bienenwachs-Wickelstube und das Verpackungszimmer gewährt hatte, führte Daniel Fanny zurück in sein Büro und bot ihr einen Sessel und eine Tasse Tee an. Während er etwas Zucker in seiner Tasse verrührte, erzählte er ihr: »Für unsere neue Produktionsstätte in der Rue des Bosquets wünsche ich mir allerdings noch viel mehr. Die Kerzenproduktion wurde zwischenzeitlich durch die Erfindung eines Engländers revolutioniert. Joseph Morgan erfand eine Maschine, mit der man Kerzen gießen kann. Damit soll er ungefähr 1500 Kerzen pro Stunde herstellen können! Somit würden Kerzen ein leicht erschwingliches Produkt für die große Masse werden. So eine Maschine möchte ich irgendwann anschaffen. Allerdings ...« Nachdenklich hielt er inne und nahm einen Schluck Tee.

Fanny hob den Blick und sah ihn fragend an.

»Allerdings frage ich mich, wie lange wir noch Kerzen produzieren können. Derzeit läuft es hervorragend, weshalb wir auch umziehen. Gerade der neue Standort unserer Fabrik erinnert mich aber auch daran, dass wir uns für die Zukunft eine Diversifizierungsstrategie ausdenken müssen, wenn wir langfristig im Geschäft bleiben wollen.«

Fanny legte die Stirn in Falten und nippte an ihrer Teetasse. »Warum der neue Standort?«, hakte sie nach.

»Nun ... unser neuer Nachbar ist Henri Nestlé«, erklärte Daniel zögerlich. Erkenntnis blitzte in Fannys Augen auf.

»Ah, stimmt, wie konnte ich das vergessen. Nestlé betreibt und unterhält unsere zwölf Gaslampen.« Sie lachte, wobei sich zwei Grübchen in ihren Wangen bildeten. »Die öffentliche Beleuchtung ist eines der meistdiskutierten Themen bei uns am Familientisch. Meine Brüder echauffieren sich regelmäßig über den Umstand, dass Vevey noch immer so spärlich beleuchtet wird und man den Bau eines Gaswerks mit Röhrennetz einfach nicht vorantreibt, ja, noch nicht einmal einen Entscheid gefällt hat.«

»Genau das meine ich.« Daniel dachte an seinen zukünftigen Nachbarn, der kürzlich ein portables Flüssiggas, vermutlich aus Knochenmehl und Ölen, hergestellt hatte und es nun der Stadt für die öffentliche Beleuchtung verkaufte. Und genau dieser Umstand brachte Daniel gelegentlich zum Nachdenken.

»Ich bin mir bewusst, dass ich mich dem Fortschritt nicht verschließen kann, aber manchmal fürchte ich mich ein wenig davor«, gestand er. »Anderseits: Kerzen hat es immer gegeben, schon zu Zeiten der Römer. Warum sollten sie jetzt auf einmal verschwinden? Gas stinkt, und das Licht der Gaslampen ist unangenehm hell. Die Grazie einer Kerze ist nicht zu unterschätzen.« Er schmunzelte.

»Absolut«, pflichtete ihm Fanny lächelnd bei und nahm den letzten Schluck Tee aus ihrer Tasse.

Nach einigen Augenblicken des Schweigens räusperte sie sich und sagte: »Ich denke, ich mache mich langsam auf den Heimweg. Es gibt in der Fabrik noch viel zu tun.« Sie erhob sich und strich ihren Rock glatt.

Daniel stand ebenfalls auf und blieb vor ihr stehen. Sie sahen sich einige Sekunden lang stumm an. Plötzlich durchzuckte ihn ein Gedanke, wohl eher eine Vision. »Thymian ...«, murmelte er. »Wir könnten spezielle Kerzen herstellen ... mit wohlriechenden Kräutern oder ätherischen Ölen. Ich könnte mit einem lokalen Parfümhersteller zusammenarbeiten.« Er holte tief Luft und unterstrich die über ihn hereinbrechende Ideenflut mit dynamischen Gesten. »Bunte Kerzen, Kugelkerzen ... Verstehst du? Die Kerze als Luxusartikel statt als Gebrauchsgegenstand. Ein bisschen wie Schokolade, aber aus Stearin«, beendete er seinen Monolog und versuchte, ein wenig Ruhe in seine wild durcheinanderwirbelnden Gedanken zu bringen. Er atmete tief durch und sah Fanny an. Zu seinem Erstaunen verschwand ihr Lächeln, und sie sah zu Boden.

»Siehst du, das meinte ich bei unserer allerersten Begegnung, als ich sagte, immerhin hast du eine eigene Fabrik, mit der du machen kannst, was du willst.« Als sie wieder hochsah, lag ein gequälter Ausdruck auf ihrem Gesicht. »Mir bleibt das leider verwehrt.«

Daniel verstand sofort. »Du hast dein Schweigen gebrochen, wie ich es dir geraten habe, aber du wurdest dafür bestraft, wie du es vermutet hast.« Er trat einen Schritt auf sie zu.

Sie nickte, und eine Träne sprang aus ihren Augenwinkeln. Beschämt wandte sie den Blick ab. Daniel hob ihr Kinn an, damit sie sich in die Augen sehen konnten. Vorsichtig fing er ihre Träne mit der Fingerspitze auf.

»Lass nicht zu, dass sie dich brechen«, flüsterte er. »*Lupus est homo homini* – Ein Wolf ist der Mensch dem Menschen.«

Fanny riss erstaunt die Augen auf und sah ihn mit einem Ausdruck an, der zwischen Respekt und Faszination schwankte.

Daniel zuckte entschuldigend mit den Schultern und lächelte. »Als ich neunzehn war, erkrankte mein Lateinprofessor. Das örtliche Schulamt bat mich, die Lateinklasse zu unterrichten. Keine einfache Sache, aber eine heimliche Passion meinerseits«, beantwortete er ihre unausgesprochene Frage nach seinen Fremdsprachenkenntnissen.

Er konnte es nicht genau beschreiben, aber etwas in Fannys Blick veränderte sich. Sie betrachtete ihn, als sähe sie ihn zum ersten Mal bewusst an.

Wärme durchflutete ihn, und sein Herzschlag beschleunigte sich. Er stand sehr nah bei ihr, viel zu nah.

»Sehen wir uns wieder?«, fragte er leise und ließ den Blick forschend über ihr Gesicht gleiten.

Ihre rosigen Lippen verzogen sich zu einem feinen Lächeln, als sie antwortete: »Sehr gerne.«

Daniel überlegte, wozu er diese wunderschöne Frau nur einladen könnte, doch ihm fiel einfach nichts Spektakuläres ein. Sie lebten in einer Zeit – und einer Stadt – der simplen Vergnügungen. Seit die Salle de l'Arc abgerissen worden war, um Platz für den neuen Bahnhof zu machen, hatte sich das kulturelle Angebot in Vevey drastisch reduziert.

Daniel zuckte entschuldigend mit den Schultern. »Ich hätte dich gerne zu einem Konzert oder einer Theateraufführung in die Salle de l'Arc eingeladen, doch im Moment konzentrieren sich sämtliche Aufführungen auf das Casino in der Rue des Anciens-Moulins, das mir nie besonders gut gefallen hat.« Er machte eine Pause und überlegte, ob sie seinen Vorschlag wohl als zu forsch empfinden würde. Schließlich gab er sich einen Ruck.

»Ich ... würde dich und deine Mutter gerne zu einem Abendessen bei mir zuhause einladen. Seit Maman vor drei Jahren gestorben ist, freut sich Papa stets, wenn wir Besuch bekommen und ausnahmsweise einmal reichhaltig gekocht und ein Glas Wein getrunken wird. Wenn es euch nicht stört, würde ich auch Séraphine Clément gerne mit einladen. Sie ist oft ähnlich einsam wie Papa. Was meinst du?« Er schluckte und lauschte dem Pochen seines Herzens.

Fannys Miene hellte sich augenblicklich auf, und sie antwortete ohne zu zögern: »Sehr gerne, Daniel, herzlichen Dank für die nette Einladung. Meine Mutter kann sich in unserem Haus zwar nicht über Einsamkeit beklagen, aber seit Papas Tod vor neun Jahren geht sie kaum mehr aus. Ich bin sicher, dass sie sehr gerne kommt.«

»Wie wäre es mit nächstem Sonntag? Am späteren Nachmittag? Die älteren Herrschaften bevorzugen es, das Abendessen nicht allzu spät einzunehmen«, schlug Daniel vor, und Fanny nickte. Doch dann erschien ein erschrockener Ausdruck auf ihrem Gesicht.

»Oh ... diesen Sonntag geht es nicht, da feiert meine Schwägerin Magalie ihren Geburtstag. Aber der Sonntag in einer Woche passt wunderbar. Ich werde es Maman gleich mitteilen, wenn ich zuhause bin.«

Sie verabschiedeten sich voneinander, und Daniel sah ihr durchs Fenster hindurch zu, wie sie eine Kutsche bestieg. Während er beobachtete, wie sich das Gefährt entfernte, übermannte ihn ein Gefühl, das er so noch nie empfunden hatte.

Er hätte Fanny gerne hierbehalten. Am liebsten für immer.

Kapitel 7

Louise musterte ihre Tochter, die ihr in der Kutsche gegenübersaß. Fanny hielt den Blick aus dem Fenster gerichtet und signalisierte damit klar, dass sie keine Unterhaltung wünschte. Sie trug eines ihrer Sonntagskleider, ein Kostüm aus dunkel schimmerndem auberginefarbenem Stoff, das vorne mit Knöpfen und am Hals mit einer Schleife versehen war. Der Rock bestand aus zwei Lagen, wovon die oberste an der Seite gerafft war und der Kleidung einen asymmetrischen Schnitt verlieh. Dazu trug sie über ihren geflochtenen Haaren einen neckischen Hut mit einer großen Feder. Damit sie an diesem Dezemberabend nicht fror, hatte sie sich einen Mantelumhang aus dunkler Wolle um die Schultern gelegt und ihre Hände in einen Fellmuff gesteckt, genau wie Louise.

»Wir haben nie darüber gesprochen, Fanny, aber ...« Louise legte eine Pause ein, um die Aufmerksamkeit ihrer Tochter zu erlangen. Betont langsam drehte diese den Kopf und sah sie an. Auch wenn sie befürchtete, dass Fanny sie gleich anfauchen würde, so wollte Louise die Dinge trotzdem ansprechen. Ihr war klar, dass sie damit etwas spät war und die Unterhaltung daher nur noch rein formeller Natur sein würde. Dafür hatte sie jedoch ihre Gründe.

Vorsichtig fuhr sie fort: »Du bist dir schon bewusst, dass diese Einladung auch noch einen tieferen Sinn hat als bloß den, uns beide mit nettem Essen zu versorgen, nicht wahr?«

Fanny presste die Lippen zusammen, und ihre Augen verengten sich. »Ich bin nicht so naiv, wie du denkst, Maman«, erwiderte sie trocken und wollte sich wieder abwenden.

»Gut.« Louise nickte und bemühte sich um ein versöhnliches Lächeln. »Dann bist du dir auch bewusst, dass es bei diesen Ritualen stets eine Kommunikation zwischen den Zeilen gibt.«

Fanny starrte sie nun sichtlich verärgert an. »Maman, versuchst du mir etwa zu sagen, dass Daniel Peter mich heiraten will und ich – ohne es zu wissen – schon zugesagt habe?« Sie schüttelte den Kopf und lachte trocken.

Louise verstand, dass es unangenehm sein musste, solch persönliche Themen mit der eigenen Mutter zu diskutieren. Doch auch wenn sie heutzutage in modernen Zeiten lebten, gab es gewisse Gepflogenheiten und unausgesprochene Regeln, die es einzuhalten galt. Louise war sich bei ihrer Tochter manchmal nicht sicher, ob sie diese nicht kannte, nicht kennen wollte oder – noch schlimmer – sich bewusst darüber hinwegsetzte.

»Ich wollte vor allem sagen, dass man sich die Zusage zu so einem Nachtessen gut überlegen sollte, denn man sagt zwar vordergründig einem simplen Essen zu, im Sinne des Spiels zwischen ...«, sie räusperte sich, weil ihr das Gespräch unangenehm war, »... den Geschlechtern ist es aber weit mehr als das. Ich hoffe bloß, dass du dir bewusst bist, welche Signale du damit gesendet und welche Hoffnungen du mit deiner Zusage geweckt hast.«

Röte kroch Fannys Hals hinauf und ließ ihre Wangen glühen. Louise tat, als bemerke sie es nicht, und fuhr fort: »Ich denke da einfach an vergangene Begebenheiten, wo sich Ähnliches zugetragen hat und du dich dann über die für dich scheinbar überraschenden Absichten des jeweiligen Herrn lustig gemacht hast. Es wäre mir ein Anliegen, wenn das in diesem Fall, angesichts der Tatsache, dass Daniel Peter ein gebildeter und angesehener Geschäftsmann ist, nicht passieren würde. Zudem hat er uns die alten Fabrikräumlichkeiten für einen stattlichen Preis abgekauft.«

»Ist es für eine solche Diskussion nicht reichlich spät, Maman?« Fanny schnaubte, ob aus Belustigung, Empörung oder Scham, war nicht auszumachen. »Hätten wir das nicht letzte Woche besprechen müssen, als ich dir von der Einladung erzählt habe? Dann hätten wir immerhin noch die Möglichkeit gehabt, sie abzusagen, sollte ich das ›Spiel zwischen den Geschlechtern‹ falsch verstanden haben.«

Nun war es an Louise, den Blick zu senken. Da hatte ihre Tochter natürlich recht. Louise hatte tatsächlich in der vergangenen Woche kurz darüber nachgedacht, dieses Gespräch mit ihr zu führen, dann aber beschlossen, lieber keine schlafenden Hunde zu wecken. Womöglich hätte Fanny die Einladung tatsächlich kurzfristig abgesagt und den armen Monsieur Peter mit ihrem Verhalten brüskiert. Und sei es nur aus Trotz Louise gegenüber.

Sie beschloss, ihrer Tochter die Wahrheit zu gestehen. »Um ehrlich zu sein, hatte ich Angst, du würdest dich vielleicht umentscheiden«, sagte sie. »Was ich eigentlich sagen möchte, ist Folgendes: Es wäre mir sehr recht, wenn du dich für diesen Mann erwärmen könntest, Fanny. Abgesehen vom Offensichtlichen« – dabei dachte Louise an seinen derzeitigen geschäftlichen Erfolg und seine Stellung als Fabrikbesitzer –, »scheint er mir ein Mann von Ehre zu sein. Bitte stoße ihn nicht vor den Kopf, wie du es bei anderen zuvor getan hast.«

»Ich weiß«, antwortete ihre Tochter knapp und blickte demonstrativ aus dem Fenster.

Louise kannte sie gut genug, um zu wissen, woher ihre Verärgerung rührte. Fanny mochte es nicht, wenn man sie zu etwas zwang oder gesellschaftlichen Gehorsam von ihr verlangte. Ein wenig Hoffnung bestand jedoch im vorliegenden Fall. Sie konnte sich in ihrer Tochter selbstverständlich täuschen, aber ... möglicherweise empfand Fanny tatsächlich etwas für diesen Kerzenmacher. Selbst wenn sie sorgsam versuchte, es zu verbergen.

»Er ist nicht wie die anderen zuvor, Maman. Er erinnert mich in seinem Wesen an ...« Fanny brach ab und biss sich auf die Lippen.

Louise schwieg, doch im Stillen dachte sie: *An Papa, ich weiß.*

In diesem Augenblick hielt die Kutsche vor Daniel Peters Haus.

»Wir sind da«, erklärte Louise und lächelte ihrer Tochter aufmunternd zu. »Das wird bestimmt ein sehr netter Abend.«

Sie fassten ihre Röcke und stiegen aus der Kutsche. Schneeflocken tanzten durch die Luft, und die Straße war mit einer feinen Schicht Neuschnee gezuckert. Da die nächste Gaslaterne, eine der sagenhaften zwölf, weit entfernt stand, lag die Gasse, in der sich das Haus befand, im Dunkeln. Das einzige Licht kam aus den umliegenden Fenstern und vermochte das düstere, verwinkelte Sträßchen nur spärlich zu beleuchten. Gottlob wurde nun vor ihnen die Tür aufgerissen, und ein Herr in Louises Alter erschien in der hell erleuchteten Türöffnung.

»*Bienvenue mesdames!*«, begrüßte sie der untersetzte, etwas rundliche Herr mit Mondgesicht, ordentlichem Seitenscheitel und grau meliertem Schnurrbart und lächelte sie strahlend an. »Ich freue mich ja so, dass Sie heute hier sind. Es ist viel zu lange her, seit wir Gäste hatten.« Er kam ihnen entgegen und verneigte sich. »Ich bin Daniels Vater«, erklärte er überflüssigerweise. »Nennen Sie mich doch einfach Jean Samuel oder nur Jean, wie es Ihnen beliebt.«

»Sehr erfreut. Louise-Albertine oder einfach Louise«, erwiderte Louise und neigte den Kopf zur Begrüßung. Zu ihrer Erleichterung hatte Fanny nicht all ihre Manieren vergessen und machte es ihr nach. Jean winkte hektisch und bat sie ins Haus.

»So kommt doch rein, meine werten Damen. Es ist so ungastlich draußen in den Gassen. Das einzig Erfreuliche am Winter ist, dass er die üblen Gerüche für eine Weile vertreibt.«

Da stimmte ihm Louise lachend zu. Sie traten in eine warm erleuchtete Diele. Jean half ihnen, die Mäntel und Hüte abzulegen, und redete dabei ununterbrochen weiter. Über die karge und trostlose Uferpromenade, den neuen Bahnhof und schließlich sogar über das Polizeigesetz, das die Leerung der Latrinen und die Lagerung des Inhalts derselben für alle Bewohner der Stadt regelte.

»Ich habe gehört, es ist eine hygienische Revolution im Gange. Die Maison Gétaz produziert diese fortschrittlichen Wasserklosetts. Das nützt natürlich nichts, wenn das entsprechende Abwassersystem dazu fehlt, wo soll denn all der ...«

»Papa, ich bitte dich. Das sind doch keine Themen, die man mit Damen vor dem Nachtessen bespricht. Du vergraulst unsere Gäste noch, wenn du so weitermachst.« Daniel erschien im Flur, um sie zu begrüßen. »Bitte entschuldigen Sie, Madame Cailler. Mein Vater pflegt nicht oft Umgang mit Damen und vergisst daher manchmal, dass unsere Tischgespräche über den rasanten Fortschritt und die gesellschaftlichen Probleme keinesfalls zur höflichen Konversation mit weiblichen Gästen gehören. Als Metzgermeister wird er zudem oft mit weniger appetitlichen Themen konfrontiert und scheint dabei zu übersehen, dass das nicht der Alltag aller Menschen ist.«

»Nenn mich doch Louise«, bat Louise Daniel. »Und mach dir betreffend der Gesprächsthemen keine Sorgen. Meine Tochter und ich sind nicht so zart besaitet, wie man annimmt. Wir sind ungeschönte Männergespräche bei Tisch gewohnt. Meine Söhne Auguste und Alexandre unterhalten sich oft und gerne über Land, Leute und natürlich den Fortschritt – in allen Bereichen.« Sie trat zur Seite, um Platz für Fanny zu machen, damit diese Daniel ebenfalls begrüßen konnte.

»Daniel, es ist mir eine Freude, dich wiederzusehen. Herzlichen Dank nochmals für die freundliche Einladung«, sagte sie und strahlte ihn an.

Daniel und Jean führten die Damen ins gemütlich eingerichtete Esszimmer, wo Madame Clément bereits am Tisch Platz genommen hatte. Auch sie trug ein hochgeschlossenes dunkles Kleid neuster Mode, allerdings war es nicht so ausgefallen wie Fannys. Sie begrüßten sich gegenseitig, wobei Madame Clément das Privileg zukam, nicht aufstehen zu müssen.

»Ich danke Ihnen. Meine alten Beine möchten heute leider wieder einmal nicht so, wie ich will«, entschuldigte sie sich und verzog das Gesicht zu einer gequälten Grimasse, um ihre Worte zu unterstreichen. »Ich freue mich trotzdem außerordentlich, dass wir alle in gemütlicher Runde hier zusammensitzen dürfen. Danke, dass Sie einverstanden waren, eine alte Dame wie mich dabeizuhaben. Mein Haus ist so groß und leer, dass ich

mich manchmal mit meinem Echo unterhalten muss.«
Sie lächelte spitzbübisch.

»Wir freuen uns sehr, dass Sie hier sind, Madame
Clément«, erwiderte Fanny höflich und legte ihr eine
Hand auf die Schulter, um ihre Worte zu bekräftigen.
Louise war stolz auf ihre Tochter. Offenbar war ihre
Erziehung doch nicht ganz an ihr abgeprallt. Ihr Dick-
kopf musste einfach in der passenden Stimmung sein.
Was heute erstaunlicherweise der Fall zu sein schien ...

Madame Clément rümpfte die Nase und unterstrich
ihre Worte mit einer großzügigen Geste. »Ach bitte,
nennen Sie mich doch alle Séraphine. Wie absurd, sich
an einem so schönen Abend wie diesem zu siezen, als
wären wir Fremde. Bitte lasst uns wie Freunde reden.«

Nachdem die Formalitäten geklärt waren, setzten sie
sich, und eine Hausangestellte mit weißer Schürze goss
ihnen Wasser und Wein ein.

»Ein ausgezeichneter Pinot Noir aus den Rebbergen
rund um Vevey«, referierte Jean sofort. »Ein sanfter,
vollmundiger Tropfen, der vorzüglich zu den Speisen
passt, die wir heute vorbereitet haben. Riecht mal.« Er
schnupperte an seinem Glas und schloss genießerisch
die Augen. »Er duftet nach Früchten, mit einem Hauch
von Mandel und Veilchen.«

Louise sah, wie Fanny und Daniel sich einen Blick
zuwarfen und sich heimlich ein Grinsen verkniffen.

Während Jean einen Vortrag über *le terroir*, einen
schillernden Begriff aus der Weinkunde, hielt, ließ sie
den Blick durchs Esszimmer gleiten. Erstaunt stellte sie
fest, dass man dem Raum das Fehlen einer Frau nicht

ansah. Die Wände waren mit einer dunkelgrünen Tapete mit hellgrünen Ornamenten, die an Tannenzapfen erinnerten, bedeckt und die Stühle mit weinroten Samtpolstern bezogen. Möbel aus dunkel lackiertem Holz mit geschwungenen Beinen füllten die Ecken des Raums. Zwischen zwei Vasen mit Trockenblumen stand das Gemälde einer Frau, vermutlich Daniels Mutter. Sie besaß dieselben verträumt in die Ferne blickenden Augen wie ihr Sohn. Auch das schmale Gesicht sowie die gerade Nase stammten offenbar von ihr, denn mit seinem Vater wies Daniel kaum Ähnlichkeit auf. Goldfarbene Vorhänge, die die Fenster säumten und das helle Holz des Bodens aufgriffen, rundeten die Einrichtung des Esszimmers ab. Und natürlich gab es überall Kerzen, auf den Möbeln wie auch auf dem Tisch. Öllampen waren in diesem Haus verständlicherweise verpönt. Louise mochte den sanften gelbgoldenen Schimmer, den das Kerzenlicht auf die Gesichter der Anwesenden warf. Einzig Fannys Wangen leuchteten in der Farbe reifer Kirschen. Auch sie erweckte den Eindruck, als folge sie Jeans Ausführungen nicht mit voller Aufmerksamkeit, denn ihr Blick wanderte immer wieder zu Daniel, mit dem sie eine stumme Zwiesprache zu führen schien.

Plötzlich durchflutete Wärme Louises Herz. Vielleicht wurde doch noch alles gut.

»... Pilze, Insekten und Würmer verändern die Erde, in der die Rebe wächst, und gestalten so den Geschmack der Trauben mit«, beendete Jean seinen Vortrag, als die Vorspeise serviert wurde. Seinen Ausführungen folgte Schweigen.

»Oh! Malakoff!«, stieß Séraphine entzückt aus und legte sich die Hand aufs Herz. »Meine Leibspeise. Wen kümmert es da, dass meine Taille nach dem heutigen Abendessen noch mehr aus der Form fallen wird. Dafür haben wir ja raffinierte Schnitte und eine schmeichelhafte Mode, nicht wahr?« Sie zwinkerte Louise und Fanny zu und wandte sich dann mit scherzhaft erhobenem Zeigefinger an Daniel: »Du Schlingel. Du weißt ganz genau, dass ich da nie widerstehen kann!« Sie seufzte in gespielter Theatralik und nahm dann einen Schluck von ihrem Wein.

Alle Anwesenden lachten, und Louise stimmte Séraphine heimlich zu. Sie liebte die gebackenen Käsebällchen, die zuerst mehrere Stunden in Wein eingelegt, dick durch den Teig gezogen und am Ende goldbraun frittiert wurden.

Nach der deftigen Vorspeise gab es eine Pause, die Jean nutzte, um den Hauptgang anzukündigen: »Es geht mit einem *boutefas* mit *papet vaudois* als Beilage weiter, meine Lieben.« Er hielt kurz inne und beugte sich dann über den Tisch. »Die Wurst, die ich speziell für Abende wie diesen angefertigt habe, ist drei Kilogramm schwer und macht ihrem Namen *boute la faim*, Verjagt den Hunger, alle Ehre! Niemand wird hungrig aus dem Peter-Haus gehen, so wahr ich als Metzgermeister vor euch stehe!« Er ließ die fleischige Faust auf den Tisch krachen, dass die Gläser klirrten. Séraphine kicherte amüsiert; ihre Wangen waren schon verdächtig rosig. Auch Louise ließ sich vom Temperament des Seniors anstecken und lachte, während sie aus dem Augenwinkel beobachtete, wie Fanny und Daniel das Schauspiel ein weiteres Mal nutzten, um bedeutungsvolle Blicke auszutauschen.

»Ich sage euch, so eine Wurst, das ist keine einfache Sache«, erklärte Jean, von der lachenden Menge angestachelt, und nahm noch einen kräftigen Schluck Pinot Noir. »Ich hacke Schweinefleisch, mische es mit Speck, Pökelsalz und erlesenen Kräutern und Gewürzen und dann, dann stopfe ich es in den Blinddarm des armen Schweins, das bereits seinen Hintern für die Wurst geopfert hat, und ...«

»Papa! Ich bitte dich!«, fuhr Daniel entsetzt dazwischen. »Verschone uns mit diesen widerlichen Details. Wenn du so weitermachst, können wir beide die drei Kilogramm schwere Kugel allein verzehren. Das kann unmöglich dein Ziel sein.«

Erneut lachten alle, diesmal, weil Jean seinen Sohn so entgeistert ansah und sich offenbar erst jetzt bewusst wurde, was er da gesagt hatte.

»Aber so stellt man die Wurst nun einmal her«, verteidigte er sich und griff schmollend nach seinem Weinglas.

Und dann wurde die sagenhafte Wurst, die aussah wie ein Laib Brot, auch endlich serviert.

»Lasst noch ein wenig Platz für die Nachspeise«, warnte Jean, nachdem sie alle noch einmal nachgenommen hatten. »Es gibt *salée au sucre*, die berühmteste Rahmtorte unserer Region!«

»Großer Gott!«, entfuhr es Séraphine, und sie hielt sich den vollen Bauch. »Es ist doch noch nicht Weihnachten!«

Louise dachte dasselbe. Wo sollte sie denn mit dem rahmig-süßen Mürbeteiggebäck noch hin?

»Aber so etwas Ähnliches, schätze ich«, bemerkte Jean und zwinkerte den beiden jungen Leuten am Tisch zu. »Es ist uns Peter-Männern eine große Ehre, so viele Damen am Tisch zu haben. Das kommt selten genug vor. Da möchten wir uns natürlich von unserer allerbesten Gastgeberseite zeigen.«

Daniel schnaubte. »Das ist dir ja wirklich vorzüglich gelungen, Papa«, warf er ein und hob dazu eine Augenbraue.

Nachdem sie auch noch ein Stück des Kuchens gekostet hatten, wurde es allmählich still am Tisch. Die Gespräche erstarben, und die Müdigkeit übermannte alle Anwesenden. Séraphine hatte die Augen bereits gelegentlich geschlossen, und Jean blinzelte immer öfter. Auch Louise fühlte, dass sie sich jetzt gerne hinlegen wollte. Nur die Jungmannschaft sah kein bisschen müde aus. Fanny nestelte an den Knöpfen ihres Kleids herum oder strich sich eine lose Haarsträhne hinters Ohr, während Daniel das leere Weinglas mit den Fingern drehte und die Kontur seines Schnauzbartes nachfuhr. Immer wieder sahen sie sich an, musterten sich stumm oder lächelten sich zu. Fannys grünbraune Augen bekamen einen dunklen Schimmer und eine Tiefe, die Louise darin noch nie gesehen hatte, und Daniels Blick spiegelte dieses dumpfe Brodeln.

Plötzlich fuhr Séraphine mit einem Grunzen hoch und errötete. »Entschuldigung, ich muss eingeschlafen sein. Zeit für mich, nach Hause zu fahren«, erklärte sie und erhob sich umständlich von ihrem Stuhl.

»Für uns ist es ebenfalls Zeit, den Heimweg anzutreten. Unsere Gastgeber möchten jetzt sicher ihre Ruhe«, verkündete auch Louise.

Jean und Daniel führten die Damen in die Diele und halfen ihnen mit den Mänteln und Hüten.

»Fanny? Hättest du kurz einen Moment?«, fragte Daniel.

»Aber sicher, gerne. Was gibt es denn?« Fanny vergewisserte sich mit einem Blick bei Louise, ob sie noch warten würde, und diese nickte selbstverständlich und gab sich redlich Mühe, weder zu schmunzeln noch sonst eine verräterische Mimik zu zeigen. Innerlich lachte ihr Herz jedoch – nein, es jubelte.

Daniel führte Fanny in ein Nebenzimmer und schloss die Tür.

Séraphine, Jean und Louise sahen sich lächelnd an und warteten schweigend.

Nach nur zehn Minuten öffnete sich die Tür wieder, und die beiden jungen Leute traten in den Flur. Mit geröteten Wangen und leuchtenden Augen hielten sie sich an der Hand.

»Na endlich«, bemerkte Séraphine trocken. »Dann können wir ja jetzt beruhigt nach Hause gehen und unseren Rausch ausschlafen.« Mit diesen Worten öffnete sie die Tür und trat auf die Straße.

Jean und Louise sahen sich an und schmunzelten.

Kapitel 8

An diesem Abend war Fanny dankbar, dass sie im neuen Haus in der Rue du Clos ein eigenes Zimmer hatte. So bemerkte ihre Mutter nicht, dass sie in dieser Nacht vermutlich gar nicht schlafen würde. Ihr Herz schlug immer noch viel zu schnell, und die Augen ließen sich einfach nicht schließen. Während ihr die Gedanken wild durch den Kopf wirbelten, starrte sie an die Zimmerdecke und atmete. Mit einem stillen Lächeln fuhr sie sich mit den Fingerspitzen über die Lippen. Immer und immer wieder spulte Fanny die Bilder in ihrer Erinnerung ab. Sie wollte jenen Augenblick, den sie mit Daniel im Nebenzimmer des Flurs verbracht hatte, erneut erleben, kein Detail vergessen. Dabei konnte sich Fanny nicht einmal mehr erinnern, wie der Raum ausgesehen und um welche Art von Zimmer es sich überhaupt gehandelt hatte. In ihren Gedanken sah sie nur Daniel.

Er hatte Séraphine nach dem Abendessen in deren Mantel geholfen und sich dann zu ihr, Fanny, umgedreht. Doch statt ihr wie erwartet ebenfalls mit dem Ankleiden zu helfen, hatte er sie gefragt: »Fanny? Hättest du kurz einen Moment?«

117

»Aber sicher, gerne. Was gibt es denn?«, hatte Fanny ihm geantwortet und kurz ihre Mutter angesehen. Maman nickte, und Fanny folgte Daniel, der sie durch die nächstbeste Tür im Flur führte, wobei er im Vorbeigehen nach einem Kerzenständer griff. Sorgfältig schloss er die Tür hinter ihnen beiden und stellte die Kerze auf eine Kommode.

Einen Moment lang standen sie schweigend da, und Fanny spürte ein übermächtiges Kribbeln im gesamten Körper. Ihr Herzschlag beschleunigte sich. Sie schluckte leer und sah zu Daniel auf.

Der räusperte sich schließlich und sah ihr tief in die Augen. »Fanny ...« Er verstummte. »Es fällt mir schwer, meine Gefühle in Worte zu fassen, aber lass es mich versuchen.« Erneut machte er eine Pause, und diesmal nahm er ihre Hände in seine. »Ich hätte nicht damit gerechnet, jemals für eine Frau ... so etwas zu empfinden.« Er lachte trocken. »Die Fabrik war mein Leben, mein Bruder mein einziger Freund. Die Damen, die mir gelegentlich vorgestellt wurden, langweilten mich. Sie hatten keine eigene Meinung, keine Ideen und nur einen Lebensinhalt: möglichst rasch gewinnbringend zu heiraten. Sie wollten einfach Madame Peter sein, nur das. Wer sie wirklich waren, tief in ihrem Innern, was sie wirklich ausmachte, das wussten sie gar nicht.« Er drückte Fannys Hände fester. »Aber dann bin ich dir begegnet.« Er lachte und legte den Kopf in den Nacken. »Erinnerst du dich noch, wie empört deine Freunde in Bex waren, als du mir sagtest, dass ich wenigstens eine eigene Fabrik hätte, mit der ich machen dürfte, was ich wolle?« Ein Schmunzeln erhellte seine Gesichtszüge, die im Schein der einzelnen Kerze einen goldenen Schimmer aufwiesen. »So etwas habe ich noch nie zuvor gehört. An diesem Tag habe ich es noch nicht einmal bemerkt, Fanny, aber ... ich habe Feuer gefangen. Du besitzt einen eigenen Kopf und – wie ich später erkannte – visionäre Ideen. Du steckst voller Überraschungen und Talent. Fanny ... ich ...« Er brach ab und holte tief Luft. »Ich habe mich in dich verliebt, und das raubt mir den Verstand.«

Einige Sekunden sah Fanny ihn wortlos an, musterte ihn und jedes Detail in seinem Gesicht. Die warmen braunen Augen, die gerade Nase, schließlich die markante Kinnpartie. Dann fühlte sie, wie seine Worte ihr Herz erreichten und dort auf Resonanz stießen. Sie erwiderte den Druck seiner warmen, rauen Hände und trat einen Schritt auf ihn zu. Sein herber Duft drang in ihre Nase und ließ ihren Puls ansteigen.

»Daniel ...« Sie räusperte sich, weil ihre Stimme nur ein heiseres Krächzen war. »Ich erlebe, wie meine Brüder mich behandeln, und ich sehe, wie meine Mutter nicht die Kraft hat, sich gegen die althergebrachten Konventionen aufzulehnen. Aber da ist etwas in mir« – sie legte sich eine Hand aufs Herz –, »das brodelt und schreit; das wütend ist und ausbrechen will und ... es hat so viele Ideen! Ich möchte so viel mehr sein als bloß eine Ehefrau und Mutter. Bisher war ich der Meinung, dass mich die Liebe zu einem Mann und ihre unweigerlichen Folgen knechten und genau in diese Rolle zwingen würden. Ich fürchtete um meine ohnehin schon so beschränkte Freiheit.« Sie senkte den Blick. »Doch so kraftvoll meine Wut und meine Leidenschaft auch waren« – ihre Lippen bebten, und sie ballte die freie Hand zur Faust –, »so fühlte ich mich doch sehr allein auf dieser Welt.« Während sie zu Daniel hochsah, kullerte eine Träne über ihre Wange.

Wie schon einmal fing er den salzigen Tropfen mit seiner Fingerspitze auf.

»Aber dann kamst du«, fuhr sie fort und holte tief Luft. »Du bist ein Schöpfergeist wie ich. Ein Mann, der mich ermutigt und wertschätzt, wie es sonst keiner tut. Eines Tages wachte ich auf, und das Gefühl der Einsamkeit war verschwunden. Ich hatte auf dieser Welt einen Komplizen gefunden – ja sogar mehr als das ...« Sie sah Daniel in die Augen. »Ich habe mich auch in dich verliebt, Daniel. Und ich fürchte mich sehr davor, denn so etwas wie für dich habe ich noch nie für einen anderen Menschen empfunden.«

Daniel sah sie ernst an. »Ich möchte dich gern öfter sehen, Fanny Cailler. Am liebsten jeden Tag. Kannst du dir vorstellen, den Rest deines Lebens an meiner Seite zu verbringen? Als meine Komplizin?« Er lächelte sie an.

Sie erwiderte sein Lächeln, sah kurz zu Boden und nickte dann, als sie ihn wieder ansah. »Ja«, sagte sie. »Das kann ich mir nicht nur vorstellen, das wünsche ich mir sogar von ganzem Herzen. Ich hoffe, dass dein Gesicht jeden Abend das Letzte und jeden Morgen, wenn ich die Augen aufschlage, das Erste ist, das ich sehe. Für immer.«

»Dann bin ich der glücklichste Mann der Welt«, flüsterte er, nahm ihr Gesicht in seine Hände und küsste sie. Zärtlich und ohne Hast.

Nach einer Weile, in der sich ihre Lippen immer wieder berührt, liebkost und gegenseitig erforscht hatten, lösten sie sich voneinander.

»Gehen wir nach draußen, sonst könnte es unschicklich wirken«, flüsterte Daniel und nahm ihre Hand.

Als sie auf den Flur hinaustraten, fiel es Fanny schwer, einen klaren Gedanken zu fassen. Das Blut rauschte in ihren Ohren, und ihre Lippen prickelten von Daniels Berührung ...

Fanny seufzte, als ihre Erinnerung an dieser Stelle angelangt war. Wärme durchflutete ihren Körper, und ein bisher unbekanntes Ziehen machte sich in ihrem Unterleib bemerkbar. Am liebsten hätte sie alles noch einmal erlebt. Sie stellte sich vor, was wohl geschehen wäre, wenn dieser Kuss nicht in unmittelbarer Nähe ihrer Eltern stattgefunden hätte, sondern an einem verlassenen Ort, wo nur sie beide gewesen wären ...

Obwohl niemand ihre Gedanken lesen konnte und es im Zimmer dunkel war, fühlte Fanny, wie die Schamesröte ihren Hals hinaufkroch und in ihren Wangen pochte.

Am nächsten Morgen stand Fanny wie jeden Tag um halb fünf Uhr auf, damit sie pünktlich um sechs in der Fabrik war, wenn die Arbeiterinnen kamen. Bei Cailler herrschten in vielerlei Hinsicht fortschrittliche Bedingungen. So waren ihre Brüder, was die Arbeitszeiten anbelangte, sehr progressiv eingestellt. Während einige Fabriken immer noch Arbeitstage mit vierzehn bis sechzehn Stunden verlangten, hatte man bei Cailler den Wert von regelmäßigen Mahlzeiten und Freizeit erkannt. Ihre Fabrikarbeiter arbeiteten von sechs Uhr morgens bis zwölf Uhr und dann nochmals von ein Uhr bis sieben Uhr abends; an Sonntagen und Feiertagen standen die Maschinen still. Auguste und Alexandre schätzten es, dass es ihnen so auch selbst möglich war, zum Mittag- und Nachtessen zuhause zu sein, auch wenn sie abends manchmal noch weiterarbeiteten, Preislisten und neue Produkte besprachen oder Kundenbesuche planten.

Den Vormittag verbrachte Fanny wie in Trance. Sie konnte sich aufgrund der mehrheitlich durchwachten Nacht kaum auf ihre Arbeit konzentrieren. Dazu kam, dass ihr am Mittag die Aufgabe bevorstand, den Rest ihrer Familie über die Verlobung mit Daniel Peter zu unterrichten.

Um zwölf Uhr legten die Frauen in der Wickelabteilung die Arbeit nieder, und Fanny lief mit ihren beiden Brüdern nach Hause, wo Chloé bereits das Mittagessen vorbereitet hatte.

Anders als sonst war die Tischunterhaltung an diesem Tag eher einsilbig. Einzig Isabelle und Alice tuschelten und lachten und wurden hin und wieder von Magalie zurechtgewiesen. Auguste und Alexandre wussten selbstverständlich von Fannys und Mamas Einladung ins Haus Peter und warteten ganz offensichtlich darauf, dass es entweder eine Katastrophe oder eine frohe

Botschaft zu verkünden gab. Vermutlich rechneten sie eher mit Ersterem.

Fanny beschloss, es möglichst rasch hinter sich zu bringen. Sie legte das Besteck nieder und räusperte sich. Sofort erstarben jegliche Geräusche am Tisch, und alle Augenpaare richteten sich auf sie. Auguste verschränkte die Arme vor der Brust, und Alexandre hob spöttisch eine Augenbraue. Fanny beschloss, beides zu ignorieren, reckte das Kinn vor und sagte: »Ich habe mich mit Daniel Peter verlobt.«

Nachdem das geklärt war, griff sie wieder nach Messer und Gabel und aß weiter.

Alexandres blechernes Lachen ließ sie jedoch innehalten. »Es geschehen tatsächlich noch Zeichen und Wunder«, bemerkte ihr Bruder und sah sie eindringlich an. »Wann findet denn die Hochzeit statt?«

»Das haben wir noch nicht festgelegt. Vermutlich im Frühling oder im Herbst«, antwortete Fanny knapp und widmete sich erneut ihrem Essen.

»Gut zu wissen. Dann werde ich mich langsam nach einer neuen Aufseherin für die Wickelabteilung umsehen müssen. Olivienne wäre geeignet, sagtest du einmal?«

Fanny starrte ihren Bruder entgeistert an. Ihre Schwägerin Marie, die neben ihm saß, lächelte leicht, senkte den Blick und tat, als sei sie mit ihrem Essen beschäftigt. Maman räusperte sich, um eingreifen zu können, sollte sich die Diskussion in die falsche Richtung entwickeln. Fanny kannte sie gut genug, um das zu erkennen.

»Wie meinst du das? Warum soll ich denn nicht mehr in der Fabrik arbeiten? Daniel erlaubt es mir selbstverständlich, weiterhin meiner Tätigkeit nachzugehen.« Sie sah ihren Bruder forschend an. War es nicht das, was sie ihr kürzlich gesagt hatten? Dass sie die Erlaubnis ihres Ehemanns brauchte? Nun, Daniel gehörte nicht zu jenen altmodischen Zeitgenossen, die sie in ihrem Tun einschränken würden. Im Gegenteil.

»Das hat er gesagt? Hast du ihn das gleich nach seinem Antrag gefragt?« Alexandre lachte. »Zuzutrauen wäre es dir.«

»Ich brauche ihn nicht zu fragen. Ich weiß, wie seine Antwort lautet«, erwiderte Fanny wütend und schlug mit ihrer zierlichen Faust so hart auf die Tischplatte, dass die Teller klirrten und ihre Hand schmerzhaft pulsierte – was sie sich natürlich nicht anmerken ließ.

Marie sah sie entgeistert an und wagte dann einen scheuen Blick zu ihrem Gatten.

Nun lachte auch Auguste, der der Unterhaltung bis jetzt stumm gefolgt war. »Meine Güte, da hat sich unser Herr Peter aber eine ordentliche Kratzbürste eingefangen. Wir müssen dem Himmel danken, dass er bereit ist, dich zu heiraten. Er wird dir schon noch Manieren beibringen, wenn er erst einmal vollumfänglich über dich verfügen kann.« Auguste gab ein meckerndes Lachen von sich, und Magalie errötete bei seinen Worten.

»Es reicht jetzt, alle drei«, schaltete sich Maman ein. »Eigentlich hätte das eine freudige Botschaft sein sollen, nun ist mir der Appetit allerdings gänzlich vergangen bei eurem Gezanke.« Mit diesen Worten schob sie ihren Teller von sich und erhob sich. Die beiden kleinen Mädchen sahen ihrer Großmutter mit großen Augen hinterher.

Alexandre warf die Hände in die Luft. »Maman, was soll das? Ich muss doch die Arbeitseinteilung in der Fabrik planen. Jetzt, wo Fanny bald einen Ehemann hat, ist es doch naheliegend, dass sie entweder gar nicht mehr arbeitet, Kinder kriegt oder dann halt in seiner Manufaktur mitarbeitet, oder nicht? Das waren doch auch deine Worte.«

Nun schob auch Fanny den Stuhl zurück und starrte ihren Bruder vorwurfsvoll an. »Sag doch gleich, dass du mich loswerden willst und nun endlich einen guten Grund dafür gefunden hast, du Feigling.« Sie zeigte mit dem Finger auf Auguste. »Und du redest so beschämend dummes Zeug, dass ich mich ernsthaft frage, ob wir derselben Familie entstammen. Magalie und die Kinder können einem ehrlich leidtun!«

Sie wandte sich ab, lief aus dem Zimmer und knallte die Tür hinter sich zu. Maman, die sich gerade anschickte, die Treppe zum Salon hinaufzusteigen, sah sie schweigend an. Fanny presste die Lippen zusammen, drehte sich um und ging zur Garderobe, wo sie ihren Umhang vom Haken nahm. Die Eingangstür hinter sich zuwerfend, trat sie hinaus auf die Straße.

Sie wollte zu ihrer besten Freundin Martine. Montags war sie immer zuhause und nicht in der Glasfabrik ihres Mannes, weil sie mit den Angestellten den Wochenplan für die Einkäufe und den Haushalt durchging. Zudem musste sie sich aufgrund ihres Zustands etwas schonen. Martine erwartete nämlich ihr erstes Kind.

Da ihre beste Freundin ebenfalls im Stadtzentrum und praktisch um die Ecke wohnte, beschloss Fanny, den Weg zu Fuß zurückzulegen. Die kalte Dezemberluft, die ihr auf der Straße entgegenschlug, tat ihr gut. Sie blieb kurz stehen, schloss die Augen und atmete tief ein. Dann setzte sie ihren Fußmarsch fort. Wut pochte in ihrem Schädel, sodass sie Kopfschmerzen verspürte. Dennoch achtete sie darauf, nicht auf den mit leichtem Schnee bedeckten Pflastersteinen auszurutschen. Das hätte gerade noch gefehlt. Am Himmel über ihr türmten sich graue Schneewolken und legten sich wie ein Deckel über die um diese Jahreszeit ohnehin düsteren Gassen.

Martine riss überrascht die Augen auf, als sie ihre Freundin vor der Tür stehen sah.

»Fanny!« Sie trat einen Schritt zur Seite, damit Fanny eintreten konnte. »Was für eine Freude, dich hier zu sehen. Bist du nicht bei der Arbeit?«

»Heute nicht mehr.« Fanny winkte ab und bedeutete Martine mit einer Handbewegung zu warten, bis sie ihr die ganze Geschichte erzählte.

Die Freundin führte sie in den gemütlich eingerichteten Salon und bot ihr einen der mit blauem Samt bezogenen Holzstühle an. Eine blau-weiße Häkeldecke bedeckte den runden Tisch, der vor einem Kamin aus hellem Marmor stand. Darin flackerte ein Feuer, das den Raum mit Wärme erfüllte. Die Fenster, zu denen in dieser Jahreszeit kaum noch Licht hereinkam, waren von schweren blauen Vorhängen gesäumt.

Martine zündete einige Kerzen an und stellte sie auf den Tisch. »Tee und Gebäck kommen gleich. Ich gebe Claudine rasch den Auftrag, Wasser aufzusetzen und uns etwas zum Naschen zusammenzustellen. Wir haben zwar gerade erst das Mittagessen beendet, aber du siehst aus, als könntest du was Süßes vertragen.« Mit diesen Worten und einem langen Blick in Fannys Richtung verschwand Martine im Flur, während sich Fanny die klammen Finger am Feuer wärmte.

Eine Viertelstunde später kehrte Martine zurück, und sie setzten sich.

»Nun erzähl schon, was führt dich so überraschend zu mir?«

Bevor Fanny antworten konnte, klopfte Claudine und brachte ein Tablett mit Tee und *tarte au vin cuit*.

»Mmh«, stieß Fanny aus. Sie liebte den Mürbeteigkuchen, der aus stundenlang eingekochtem Birnen- oder Süßapfelsaft hergestellt wurde. Nachdem sie sich mit einem Stück des Kuchens und einem Schluck warmen Tees gestärkt hatte, begann Fanny zu erzählen. Dabei ließ sie die unerfreuliche Diskussion am Mittag vorerst aus, damit sie ihre Freude nicht trübte.

»Ich habe mich mit Daniel verlobt, Martine!«, platzte es aus ihr heraus, und sie spürte, wie sich ihre Wangen beim bloßen Gedanken daran erwärmten.

Martine riss die Augen auf und ergriff die Hand ihrer Freundin. »Ich freue mich so unglaublich für dich!« Sie umarmte Fanny. »Ich sagte doch, dass er nicht so ist wie die anderen. Er hat mich so oft an dich erinnert. Die schöpferischen Ideen, der verträumte Blick, sein scharfer Geist.« Sie seufzte. »Das ist so romantisch! Ich glaube, er hat dich wirklich gern, so wie du eure Begegnungen jeweils geschildert hast.«

Fanny lächelte, doch sie konnte ihre beste Freundin nicht täuschen, die sie nun misstrauisch musterte, bevor sie schließlich erklärte: »Deine Augen lächeln nicht, Liebes. Was ist los?«

Fanny seufzte und erzählte Martine von den abfälligen Kommentaren ihrer Brüder am Mittagstisch. »Sie haben nur auf einen Grund gewartet, um mich loszuwerden.«

Ihre Freundin starrte sie entsetzt an. Vorsichtig fragte sie: »Deine Maman auch?«

Fanny fuhr mit dem Finger über die Tischdecke und spielte mit dem Löffel ihrer Teetasse. Sie ließ sich mit der Antwort einige Sekunden Zeit, dann sah sie Martine an. Es gelang ihr nicht, die Verbitterung gänzlich aus ihrer Stimme zu streichen, als sie sagte: »Maman möchte das Beste für mich, ohne dabei meine Wünsche zu respektieren. Sie denkt, dass ich zu jung bin, um die richtigen Entscheidungen zu treffen. Geordnete Verhältnisse, das geschützte Leben einer Ehefrau, das sind die Dinge, die sie als sinnvoll erachtet. Sie hat die Hoffnung, dass sich alles von alleine regelt, wenn ich nur erst verheiratet bin. Meine Brüder hingegen wollen nicht einmal so lange warten. Sie fürchten sich davor, dass Daniel mir zu viele Freiheiten gewähren könnte.«

Martine schwieg und wartete.

Fannys Lippen zitterten, als sie weitersprach: »Vielleicht ist es tatsächlich das Beste, wenn ich das loslasse, was ich nicht behalten kann. Ich bin müde, Martine. Ich kämpfe gegen übermächtige Feinde.« Tränen rannen ihr über die Wangen; ihre Schultern bebten, und ein Schluchzen entwich ihrer Kehle. »Wie es aussieht, werde ich wohl meine geliebte Schokolade aufgeben müssen.«

Kapitel 9

Marie hatte sich an diesem milden Märzabend früher als sonst in ihr Zimmer zurückgezogen. Elodie schlief zufrieden und satt in ihrem Bettchen. Seit sie Brei aß und weniger oft gestillt werden musste, hatte Marie wieder etwas mehr Freiheit. Sie genoss es dann, beim Licht einer Kerze in ihrer Kammer zu sitzen und zu sticken oder zu häkeln. Das beruhigte sie und vertrieb die Langeweile, die sich wiederholt in ihr ausbreitete. Elodies Bedürfnisse zu stillen, hielt sie beschäftigt, doch es erfüllte sie nicht. Innerlich sehnte sie sich nach mehr.

Seit sich ihre Schwägerin Fanny im Dezember mit diesem Kerzenmacher verlobt hatte, stand sie noch mehr im Mittelpunkt der Familie als sonst. Die bevorstehende Hochzeit im Mai war fast täglich Gesprächsthema. Gleichzeitig vermieden es alle, über Fannys Anstellung in der Schokoladenfabrik zu reden. Doch von Alexandre wusste Marie, dass er und Auguste an ihrem Entschluss festhalten würden: Sobald Fanny verheiratet und in ihr neues Zuhause gezogen war, sollte sie ihre Arbeit in der Manufaktur niederlegen, und Louise unterstützte ihre beiden Söhne in diesem Entscheid.

Marie wurde aus ihren Gedanken gerissen, als Alexandre, der seinen Bruder nach dem Abendessen ins Haus nebenan begleitet hatte, das Zimmer betrat. Auguste hatte sich plötzlich unwohl gefühlt, über Kopf- und Gliederschmerzen geklagt und sich beim Essen ständig den Bauch gehalten. Mit gläsernem Blick und geröteten Wangen hatte er gesagt: »Ich bin furchtbar erschöpft heute. Ich sollte mich jetzt hinlegen.« Doch bei dem Versuch aufzustehen, hatten beinahe seine Beine unter ihm nachgegeben. Er konnte sich gerade noch am Tisch festhalten. Alexandre hatte ihn dann auf Wunsch seiner Mutter nach Hause gebracht.

»Wie geht es Auguste?«, fragte Marie und legte ihre Stickerei beiseite.

»Ich vermute, dass er erhöhte Temperatur hat. Er braucht jetzt Ruhe, morgen geht es ihm bestimmt schon viel besser.«

»Gut, hoffen wir das Beste.« Marie wartete, bis Alexandre seinen Anzug ausgezogen hatte. Dann stand sie auf und schlang ihre Arme um seine Mitte. Während sie ihre Brüste an seinen Rücken drückte, öffnete sie die Knöpfe seines Hemds und fuhr mit den Fingerspitzen über seinen Bauch. Langsam drehte er sich zu ihr um. Einige Sekunden lang glitt sein Blick forschend über ihr Gesicht. Schließlich zog er sie näher zu sich heran und küsste sie. Während er sich noch aus den Resten seiner Kleidung schälte, drängte er sie zum Bett.

Marie sah zu Elodie hinüber, die friedlich schlief. Nach dem Beischlaf stand Marie auf, ging zum Waschbecken hinüber und wusch sich. Dann setzte sie sich ins Bett und wartete, bis ihr Mann sich zu ihr gesellte.

Er wusch sich ebenfalls kurz und streifte sich dann sein Nachthemd über, das die Wölbung seines Bauchansatzes nicht komplett zu kaschieren vermochte. Als er ungelenk zu ihr ins Bett kletterte, stellte Marie einmal mehr fest, dass die Jahre auch an Alexandre nicht spurlos vorbeigegangen waren. Sie sah ihn an. »Alexandre?«

»Hm?« Er hatte sich hingelegt und hielt die Augen schon halb geschlossen.

»Fanny wird bald nicht mehr in der Schokoladenmanufaktur mithelfen, oder?«

Sie wertete sein Grunzen als ein Ja.

»Ist es da nicht etwas riskant, eine Arbeiterin wie Olivienne mit der Aufsicht über die Frauen zu betrauen? Wäre es nicht sicherer, bei solchen bedeutsamen Positionen jemanden aus der Familie einzusetzen?«

Alexandre öffnete die Augen und sah sie fragend an. »Wie meinst du das? Seit wann bist du denn auf Fannys Seite? Soll ich sie etwa weiterbeschäftigen, damit sie mir noch mehr Unannehmlichkeiten bereitet wie im Fall von Madame Clément? Ich sage dir, es wird höchste Zeit, dass sie endlich verschwindet.«

Marie schüttelte den Kopf und fühlte ihr Herz schneller schlagen. Jetzt oder nie. Sie fasste all ihren Mut zusammen und räusperte sich. »Ich dachte dabei auch nicht an Fanny, denn ich teile deine Bedenken durchaus. Viel eher dachte ich an ... mich.« So, nun war es raus. Gespannt beobachtete sie Alexandres Mimik. Der riss erstaunt die Augen auf, lachte jedoch nicht. Die körperliche Ertüchtigung hatte ihn entspannt, genau wie Marie es gehofft hatte.

Da er nach einigen Sekunden immer noch schwieg, fuhr sie vorsichtig fort: »Ich meine, natürlich würde ich es anders handhaben als deine Schwester. Ich würde genau das tun, was du von mir verlangst.«

Nun setzte sich Alexandre ebenfalls im Bett auf und musterte sie. Noch immer war nicht auszumachen, wie er über Maries Vorschlag dachte. »Was ist mit Elodie? Ich möchte, dass du ihr eine gute Mutter bist. Und was ist, wenn du wieder schwanger wirst? Dann wirst du dich um das Neugeborene kümmern müssen.«

Dieses Argument hatte Marie erwartet und sich ihre Antwort bereits seit Wochen zurechtgelegt. »Elodie ist bald ein Jahr alt und muss nicht mehr so oft gestillt werden. Wir könnten für sie ein Kindermädchen einstellen, das mich unterstützt. Möglicherweise möchte auch deine Mutter diese Aufgabe übernehmen. Ich habe das Gefühl, dass die Enkelkinder sie mit großer Freude erfüllen.« Sie ließ diese Worte auf ihren Mann wirken, um nicht den Eindruck zu erwecken, sie habe ihre Rede auswendig gelernt. »Was eine mögliche Schwangerschaft anbelangt, nun, darüber können wir dann sprechen, wenn es so weit ist, oder nicht? Mit der Unterstützung einer deiner verantwortungsvolleren Arbeiterinnen ließe sich die Arbeit, auch wenn ich nur teilweise vor Ort bin, möglicherweise gut organisieren.« Sie ließ Alexandre erneut Zeit, ihre Worte zu verdauen. Liebevoll strich sie ihm das Haar aus der Stirn. »Schau mal, wichtig ist doch, dass wir als Familie zusammenhalten und die wichtigen Positionen unter uns aufteilen. Bloß Fanny, da bin ich deiner Meinung, ist die falsche Person dafür. Sie ist in erster Linie sich selbst treu und nicht der Familie.«

»Ich weiß nicht, ob ich das für eine gute Idee halte, Marie. Fest steht nur, dass Fanny nicht mehr länger bei uns bleiben kann.« Mit diesen Worten blies er die Kerze auf dem Nachttisch neben dem Bett aus, legte sich hin und wandte ihr den Rücken zu.

Marie war dankbar, dass die Dunkelheit sie umschloss, damit man ihr die Enttäuschung nicht ansah. Die Hände zu Fäusten geballt, ließ sie ihren Tränen freien Lauf, während ihr Ehemann wohlig schnarchte. Nach ein paar Minuten jedoch atmete sie tief durch und ließ sich in ihr Kissen sinken.

So leicht würde sie sich nicht geschlagen geben. Sie konnte warten.

Drei Tage später war Auguste immer noch nicht bei der Arbeit. Zwischenzeitlich lag er mit hohem Fieber im Bett. Magalie und Louise riefen Doktor Richard, der vorerst verschiedene Krankheiten in Betracht zog. Sicher war, dass Auguste jetzt absolute Bettruhe brauchte, damit sein Körper das Fieber bekämpfen konnte. Louise half Magalie dabei, Tee und Wickel zuzubereiten. Der Patient musste gelegentlich gewaschen und das Zimmer mit frischer Luft versorgt werden, hatte ihnen der Arzt ans Herz gelegt. Zusätzlich hatte er ihnen irgendwelche anregenden und schmerzstillenden Arzneien dagelassen. Marie unterstützte Magalie mit den Kindern, indem sie mit ihnen spielte oder Spaziergänge unternahm.

Es verging eine Woche, und trotzdem war keine Besserung in Sicht – im Gegenteil. Als Marie ihren Schwager eines Morgens zusammen mit Magalie an seinem Krankenlager besuchte, erschrak sie richtiggehend. Im Raum stank es, und die Luft war so stickig, dass sie Mühe hatte zu atmen. Auguste lag schweißgebadet im Bett. Er war benommen und nicht ansprechbar.

Louise und Fanny traten in Begleitung von Doktor Richard ins Zimmer.

Er begrüßte sie alle und setzte seine Ledertasche auf dem Boden ab. Während er Auguste untersuchte, stellte er ihnen zahlreiche Fragen. Zum Schluss setzte er sich auf den Bettrand und öffnete den Mund des Patienten.

»Großer Gott«, murmelte er und suchte den Blick der anwesenden Familienmitglieder. Louise, Fanny und Magalie eilten sofort herbei und schauten ängstlich zwischen dem Arzt und Auguste hin und her.

»Was haben Sie gefunden, Doktor?«, wollte Louise wissen.

»Nun ...« Er zögerte. »Ich hatte die Hoffnung, mich zu täuschen. Fieber kann schließlich auf viele Erkrankungen hindeuten, und die anderen Symptome waren nebelhaft.« Er holte tief Luft und öffnete nochmals den Mund des Erkrankten. »Aber sehen Sie seine Zunge? Die lässt leider keinen Zweifel mehr zu. Der dicke grauweiße Belag auf dem Hauptteil, wobei Spitze und Ränder himbeerrot verfärbt sind, sind die charakteristischen Merkmale für Typhus.« Bedeutend leiser und mit gesenktem Blick fügte er noch an: »Es tut mir furchtbar leid. Wir können nur hoffen, dass sein Körper stark genug ist, die Erkrankung zu bekämpfen.«

Der Arzt stand auf und reinigte sich die Hände an einem Tuch, bevor er sich erneut den Frauen zuwandte. »Es ist nun von enormer Bedeutung, dass Sie das Zimmer regelmäßig mit frischer Luft versorgen und ihm meine Tinkturen gemäß Anleitung verabreichen.«

Er stand auf und packte seine Sachen zusammen. »Ich werde übermorgen erneut nach Monsieur Cailler sehen. Bis dahin: Beten Sie für ihn.«

Nachdem der Arzt gegangen war, herrschte bleierne Stille im Raum. Louise und Magalie hatten jegliche Farbe im Gesicht verloren, und Fanny stand da und starrte ihren Bruder an, der sich im Fieber hin und her wälzte.

»Soll ich mit den Mädchen ein wenig an die frische Luft gehen?«, bot Marie an. »Elodie würde ein kleiner Spaziergang im Wagen auch guttun.«

Magalie nickte dankbar, und es war ihr anzusehen, dass sie die Tränen nicht mehr lange würde zurückhalten können.

Als die dritte Krankheitswoche anbrach, ging es Auguste immer noch nicht besser. Die bisherigen Symptome hatten sich verstärkt, das Fieber blieb hoch. Zusätzlich quälte ihn nun auch noch ein schrecklicher Husten, und aus der anfänglichen Verstopfung war ein erbsenbreiartiger Durchfall geworden. Wenn er überhaupt ansprechbar war, klagte er über Muskelschmerzen. Der Arzt wirkte bei jedem seiner Besuche ratloser. Er wusste zwar, woran ihr Schwager litt, doch gab es, abgesehen von einer schmerzlindernden Tinktur, keine wirksamen Arzneien oder Hilfsmittel gegen diese Krankheit, die derzeit so viele Menschen heimsuchte und nicht selten ins Grab brachte. Daran wollte Marie aber gar nicht denken.

Ihr Mann Alexandre hatte seinen Bruder bislang nur zweimal an seinem Krankenlager besucht. »Ich bin kein Arzt, und er schläft sowieso. Es ist niemandem geholfen, wenn ich wertvolle Zeit in seinem Zimmer vergeude, anstatt in der Manufaktur nach dem Rechten zu sehen. Jetzt, wo er fehlt, bleibt schließlich alles an mir hängen«, hatte er zu Marie gesagt.

In der vierten Woche nach Einsetzen des Fiebers erlag Auguste schließlich seiner Krankheit. Als hätte er noch gewartet, bis alle versammelt waren, ging er erst von dieser Welt, als Louise, Fanny und Marie mit Magalie und den Mädchen zu ihrem täglichen Morgenbesuch erschienen. Einen Abendbesuch würde es an diesem Tag nicht mehr geben.

Magalies Schreie, als sie am Bett ihres Mannes zusammenbrach, brannten sich tief in Maries Gedächtnis ein. »Er atmet nicht mehr ...«, murmelte sie zuerst ungläubig, dann immer lauter. »Er atmet nicht mehr!«

Marie nahm Elodie auf den Arm und beobachtete, wie ihre Schwägerin die beiden Mädchen schluchzend an sich zog und Fanny nach der Hand ihrer Mutter griff, um diese zu stützen. Was erwartete man nun von ihr? Sollte sie etwas sagen? Unentschlossen blieb Marie stehen, ließ ihren Blick erneut zu Auguste schweifen und schluckte leer.

Schließlich berührte Marie ihre Schwiegermutter am Arm und flüsterte: »Ich werde mir eine Kutsche rufen und in die Fabrik fahren.«

Louise wandte den Kopf und sah sie mit geröteten Augen an. »Danke, meine Liebe. Lass Elodie ruhig hier. Wir kümmern uns um sie.«

Sie nahm Marie ihre Tochter ab, die zum Glück noch zu klein war, um zu verstehen, was um sie herum geschah, und Marie verließ leise den Raum, um sich eine Kutsche zu rufen.

Vor dem Fabrikgebäude angekommen, ging sie mit langsamen Schritten auf den Haupteingang zu. Ohne die verdutzt dreinblickenden Fabrikarbeiter zu begrüßen, stieg sie die Steintreppe hinauf in die erste Etage und blieb vor Alexandres Büro stehen. Sie atmete tief durch, klopfte und wartete, bis er ihr die Tür öffnete.

Schweigend sah Alexandre sie an. Dann trat er zur Seite, damit sie eintreten konnte. Während Marie sich noch immer schweigend auf das Besuchersofa setzte, ging Alexandre zum Fenster, schob die Hände in die Hosentaschen und starrte hinaus auf die Straße. »Marie, ich werde dich hier in der Fabrik brauchen.«

Kapitel 10

Louise saß in ihrem Salon auf dem Sofa und starrte hinaus in den Regen. Sie hatte in den letzten Tagen so viel geweint, dass ihre Tränendrüsen schon ausgetrocknet waren und nur noch eine grenzenlose innere Leere zurückgeblieben war.

Noch im Dezember hatte sie geglaubt, endlich Frieden finden zu können. Obwohl es lange nicht danach ausgesehen hatte, hatte nun auch ihre Fanny ihr Glück in Daniel Peter gefunden. Das neue Jahr hätte ein Jubeljahr werden sollen. Im Mai die Hochzeit, im September ihr, Louises, sechzigster Geburtstag. In diesem Alter vermochte niemand zu sagen, wie viele Jahre im Kreis der Lieben ihr noch blieben, und Louise hatte im Dezember das Gefühl gehabt, loslassen zu können, wenn es der Herr von ihr verlangte, denn sie hatte all ihre Kinder in Sicherheit gewusst, die eine eingebettet in eine solide Zukunft und eine liebevolle Familie, und die anderen ... nun, die vermochten sich selbst zu helfen. Was konnte man sich als Mutter mehr vom Leben wünschen?

Stattdessen jedoch hatte sie gestern ihr eigenes Kind zu Grabe tragen müssen. Diese moderne neue Welt war ein sonderbarer Ort geworden, die Naturgesetze spielten verrückt. Wie sonst war es zu erklären, dass ihr kleiner Auguste vor ihr hatte gehen müssen? Das ergab doch keinen Sinn, es war nicht recht. Er hatte noch das ganze Leben vor sich gehabt, hinterließ eine Witwe und zwei Kinder, ließ seinen Bruder mit der Manufaktur allein und fehlte einfach überall. Er fehlte ihnen allen.

Louise dachte zurück an diesen einen besonderen Tag, an dem sie zum ersten Mal von ihrem kleinen Auguste erfahren hatte. Ihre Blutung war schon länger ausgeblieben, und sie hatte Veränderungen an ihrem Körper bemerkt. Nach einer Untersuchung beim Arzt hatte sie dann schließlich Gewissheit gehabt: Sie trug ein kleines Wesen unter ihrem Herzen. Von einem auf den anderen Tag hatte sich ihr Leben nun vollkommen verändert, denn sie musste ja plötzlich für zwei Sorge tragen. Jedes Mal, wenn sie die Bewegungen in ihrem Bauch spürte, erfüllte sich ihr Herz mit Wärme. Doch zugleich fürchtete sie sich vor den Schmerzen und Gefahren der bevorstehenden Geburt. Würde ihr Kind leben? Würde es gesund sein?

Doch all ihre Ängste und Beschwerden lösten sich in dem Augenblick in Luft auf, als sie den zerknitterten, empört schreienden Winzling in ihren Armen hielt. Schon als Neugeborenes hatte Auguste flauschige dunkle Haare gehabt. Louise hatte sich noch nie so glücklich, so entspannt und gleichzeitig so stolz gefühlt wie in jenen ersten Minuten seines Lebens. Ihr Erstgeborener war so ein wunderbarer Säugling gewesen, genügsam und aufgeweckt. Er bereitete ihr und

François so viel Freude, brachte sie so oft zum Lachen. Später, als er größer wurde, lachten jedoch manchmal die anderen Kinder über ihn, weil er gelegentlich etwas länger brauchte, um die Dinge in der Schule zu verstehen. Doch Auguste besaß einen unbeugsamen Willen, wollte lernen, besser werden und machte seine Eltern stets stolz. Als Jugendlicher kam ein impulsiver Zug dazu, aber er lernte auch da aus seinen Fehlern und bemühte sich, auf die Ratschläge seiner Familie zu hören. Nicht selten hatte es Louise geschmerzt, zusehen zu müssen, wie schnell sein kleiner Bruder Alexandre ihn übertrumpfte. Ihrem zweiten Sohn fiel vieles leichter, er hatte nie lernen müssen, sich etwas zu erkämpfen. Mit Kalkül und Raffinesse gelang es ihm stets, nicht nur seinen älteren Bruder, sondern auch andere Menschen nach seinem Willen zu formen.

Louise wusste, dass Auguste all dies gespürt hatte, und doch hatte er es mit Fassung ertragen, weil er Alexandre geliebt und seine eigenen Grenzen respektiert hatte. So hatte er sich auch nicht gegen seine Mutter aufgelehnt, als diese vorschlug, seinem jüngeren Bruder die Leitung der Firma zu überlassen, während er selbst sich mit seinem geselligen Wesen eher um die Kundenkontakte kümmern sollte. Natürlich, manchmal war er die Sachen zu kopflos angegangen, und es fehlte ihm an Feingefühl, was nicht selten für Ärger und Turbulenzen in der Familie gesorgt hatte.

Viel lieber hätte Louise sich jedoch weiterhin über sein ungestümes Wesen geärgert, als ihn auf dem Friedhof von St. Martin der Erde übergeben zu müssen.

Ihr Frieden war zerstört. Zum wiederholten Mal sah sie sich nicht nur einer familiären Tragödie gegenüber, sondern auch einer konkreten Bedrohung für das Erbe der Caillers. Louise hatte die Firma schon zweimal gerettet, und sie würde nun erneut dabei helfen müssen, eine Lösung für die Zukunft zu finden.

Fannys Hochzeit würde zudem ebenfalls um ein Jahr verschoben werden müssen, denn es gehörte sich nicht, nach dem Tod eines nahen Angehörigen ausgelassen zu feiern.

Louise wusste nicht mehr, wie viele Stunden sie so am Fenster gesessen und nachgedacht hatte. Draußen setzte zwischenzeitlich die Dämmerung ein, und Chloé erschien im Türrahmen, um das Abendessen anzukündigen. Louise hatte keinen Hunger. Wenn sie ihrer Familie jedoch nicht zur Last fallen wollte, musste sie essen, damit sie bei Kräften blieb. Eine depressive, geschwächte alte Frau nützte in der jetzigen Situation niemandem etwas.

Müde erhob sie sich und begleitete Chloé ins Esszimmer, wo bereits alle auf sie warteten. Magalie und die Kinder saßen bleich und mit geröteten Augen am Tisch und starrten mit glasigen Blicken auf ihre Teller, während Marie, Fanny und Alexandre sich in gedämpftem Tonfall über das Wetter unterhielten.

Mit vorsichtigen Schritten näherte Louise sich ihrem Platz am Kopfende des Tisches. Der Anblick von Augustes leerem Stuhl rechts von ihr schnürte ihr die Kehle zu, und ihr wurde schwindlig. Mit zitternden Knien krallte sie sich an der Stuhllehne fest und setzte sich langsam. Es gab eine *soupe au choux*, eine Suppe mit Kabisstücken und Kartoffeln. Louise stocherte schweigend und lustlos in ihrem Teller herum, zwang sich jedoch zu einigen Löffeln der würzigen Brühe, weil Alexandre sie mit einem strengen Blick bedachte. Niemand wagte das Offensichtliche anzusprechen, weil sich alle davor fürchteten, als pietätlos zu gelten. Als Mutter und Herrin des Hauses war Louise die Einzige, der man dieses Privileg zugestand. Also tat sie einmal mehr ihre Pflicht.

»Ich habe Schmerzen, und mir ist schlecht; keiner Mutter auf dieser Welt würde es anders gehen«, begann sie, und ihre Hände zitterten, sodass sie den Löffel hinlegen musste. »Dennoch müssen wir den Tatsachen ins Auge sehen. Das wäre auch Augustes Wunsch gewesen.« Sie schluckte leer; sein Name fühlte sich auf ihrer Zunge seltsam fremd und falsch an. »Wie wollen wir die Lücke, die er in der Fabrik hinterlassen hat, füllen? Er hat eine wichtige Position in der Manufaktur bekleidet, denn er war die Brücke zwischen uns und der Außenwelt, und diese Aufgabe hat er stets vorzüglich gemeistert.« Nun war es um ihre Beherrschung geschehen. Tränen liefen über ihr Gesicht. Beschämt senkte Louise den Blick und tupfte sich die nassen Wangen mit der Serviette ab. »Entschuldigt«, murmelte sie heiser.

Plötzlich spürte sie eine warme Hand auf ihrem Unterarm. »Alles gut, Maman. Lass mich das regeln. Nimm dir die Zeit, die du brauchst, um zu trauern«, sagte Alexandre und sah sie dabei mit festem Blick an.

145

»Alexandre hat recht, Maman, wir werden uns um alles kümmern, auch um dich. Wir sind doch eine Familie«, pflichtete Fanny ihrem Bruder bei und sah Louise mit feucht schimmernden Augen an. Ihre Lippen bebten, als sie weitersprach. »Machen wir Auguste stolz, indem wir das weiterführen, was er uns hinterlassen hat. Sein Verlust soll nicht umsonst gewesen sein.« Nun kullerte auch bei Fanny eine Träne über die Wange. Sie schniefte verhalten und wischte sie sich mit einem Lächeln aus dem Gesicht.

»Ganz genau«, bekräftigte Alexandre. »Und darüber wollte ich mit euch sprechen. Es ist zwar erst einen Tag her, seit wir unseren Bruder beerdigt haben, aber wir wissen alle, dass das Geschäft chaotische Zustände nicht lange verzeiht. Es ist wichtig, dass wir den Betrieb in möglichst geregelten Bahnen weiterführen und für Auguste einen Ersatz finden, bevor uns die Kunden davonlaufen.« Alexandre räusperte sich und nahm einen Löffel Suppe. Louise sah, dass Fanny ihren Bruder erwartungsvoll anschaute.

Alexandre stellte die Ellenbogen auf den Tisch und verschränkte die Hände ineinander. »Wenn es schon zu dieser erzwungenen Veränderung in unserem Leben kommt, dann sollten wir diese dazu nutzen, etwas wirklich Neues auf die Beine zu stellen.« Er ließ seine Worte bedeutungsvoll im Raum stehen, und keine der Frauen wagte, etwas zu sagen oder ihn zu einer Erklärung zu drängen.

»Ich dachte«, fuhr er schließlich fort, »wenn wir in Auguste schon einen hervorragenden und routinierten Verkäufer und Kundenbetreuer verlieren, sollten wir diese Position generell überdenken. Warum nicht einmal etwas Unkonventionelles wagen? Wir leben in einer Zeit rasanten Fortschritts, nicht nur in der Technik, sondern auch in der Gesellschaft.« Erneut schwieg er, um seine Worte wirken zu lassen.

Louises Blick glitt zu ihrer Tochter, die nun mit leicht geröteten Wangen dasaß und sich die Hände an ihrem Kleid abstrich.

»In modernen Zeiten wie diesen könnten wir uns von zahlreichen Konkurrenten im Geschäftsleben abgrenzen, wenn wir ... diese Position neu mit einer Frau bekleiden würden.«

Fanny riss die Augen auf und sah ihre Mutter an. Ein scheues Lächeln erhellte ihre Gesichtszüge.

Doch Alexandre ergriff nun die Hand seiner Frau Marie. »Deshalb wird Marie mich zukünftig unterstützen. Ich werde ihr alles beibringen, was nötig ist. Mit ihrer raschen Auffassungsgabe, ihrem Fleiß und Geschäftssinn wird es nicht lange dauern, bis ich ihr erste Aufgaben übertragen kann.«

Er hatte noch nicht ganz geendet, als Fanny mit einem Ruck vom Tisch aufstand und dabei ihren Stuhl umwarf. Tränen rannen ihr über die Wangen, und sie hielt sich die Hand vor den Mund, um den Schrei, der aus ihrer Kehle kam, zu dämpfen. Ohne ein Wort rannte sie aus dem Zimmer und schlug die Tür hinter sich zu.

Louise holte schwer Luft und seufzte. Sie war müde, sehr müde.

»Musste das sein, Alexandre? Einen Tag nach der Beerdigung deines Bruders?«, murmelte sie matt und schob den vollen Suppenteller nun endgültig von sich.

Ihr Sohn sah sie an, und sein nüchterner, emotionsloser Blick erschreckte sie, selbst wenn er ihr nicht neu war.

»Du weißt genau, warum ich das getan habe, Maman«, erwiderte er, und als sie seine Worte nicht kommentierte, fuhr er fort: »Marie ist meine Frau und stammt selbst aus einer Kaufmannsfamilie. Ihr Vater führte eine Apotheke, Geschäftsprozesse und Kundenkontakt sind ihr also geläufig.« Er nahm einen Schluck Wasser und leckte sich über die Lippen. »Zumal wir beide wissen, wie Fanny ist. Als meine Schwester liebe ich sie. Diese Liebe darf mich aber nicht blind machen, sodass das Lebenswerk unseres Vaters, die Schokoladenfabrik, darunter leidet.« Er lachte blechern. »Du weißt so gut wie ich, dass Fanny unzuverlässig und ungehorsam ist. Stets macht sie ihr eigenes Ding und widersetzt sich mir. Muss ich dich daran erinnern, dass sie Madame Clément unerlaubt Schokolade verkauft hat? Produkte, die weder kontrolliert noch über Rezepte festgelegt waren?« Er warf die Hände in die Luft. »Fanny ist dabei, eine eigene Familie zu gründen, in der sie ihrem eigenen Ehemann unterstehen wird. Hier dagegen wissen wir nicht, was wir als Nächstes von ihr zu erwarten haben. In ihrer verschrobenen Weltanschauung schuldet sie nur sich selbst Rechenschaft. Es ist für uns alle besser, wenn sie sich in ihrer neuen Familie arrangiert und dort versucht einzufügen. Hier stiftet sie nur Unruhe. Du weißt, dass ich recht habe, Maman.«

Louise zögerte mit ihrer Antwort. Schließlich sagte sie: »Aus geschäftlicher Sicht pflichte ich dir bei, dass es das Beste ist, wenn sich Fanny bei ihrem zukünftigen Ehemann Daniel nützlich macht und Marie dich hier unterstützt. Ich denke, dass sie dort langfristig besser zurechtkommt. Nicht zuletzt deshalb, weil ihr beide euch nicht vertragt.« Diese Bemerkung, die sie mit einem vorwurfsvollen Unterton würzte, konnte sie sich nicht verkneifen. Ihr Herz gehörte all ihren Kindern. »Dennoch hast du deine Schwester tief verletzt. Wie kann mir das als Mutter egal sein?« Sie schüttelte den Kopf. »All die Jahre hat sie gehofft und gewartet, unsere Fanny. Nie hat sie verstanden, warum wir sie von der Führung der Manufaktur fernhalten wollten. Und nun das.« Louise erhob sich. »Mit deinem Entscheid, Alexandre, den du ohne Rücksprache mit mir getroffen hast, bringst du auch mich in eine unmögliche Situation. Fanny wird mich nun für eine Lügnerin halten, habe ich ihr doch gesagt, dass die Spitze der Fabrik kein Ort für Frauen ist.«

»Aber sie gehört nicht in unsere Fabrik!«, brüllte Alexandre, der sich nun ebenfalls erhoben hatte. »Das wird mit Fanny nicht funktionieren!« Er schlug mit der Faust auf den Tisch, dass das Besteck klirrte.

Louise ging zur Tür. Auf der Schwelle jedoch drehte sie sich noch einmal um. Kummer und Trauer erstickten fast ihr Herz. »Ich weiß, aber musst du es ihr auf diese Weise sagen?« Mit diesen Worten wandte sie sich ab und verließ das Zimmer.

Mit langsamen Schritten ging sie die Treppe hinauf in den zweiten Stock und klopfte an Fannys geschlossene Zimmertür.

»Geh weg!«

»Fanny, ich bitte dich. Lass uns reden. Wir sind immer noch eine Familie«, bat Louise in sanftem Ton.

»Nein, das sind wir nicht, und ich frage mich, ob wir das überhaupt je waren.«

Louise öffnete die Tür. »Es bringt doch nichts, wenn wir uns durch das Holz hindurch anbrüllen, Fanny.« Ohne auf eine Antwort zu warten, setzte sie sich neben ihre Tochter aufs Bett und legte ihr den Arm um die Schultern. Noch immer schluchzte Fanny unablässig. »Ich verstehe, dass du verletzt bist. Glaub mir, ich wusste nichts von Alexandres Absicht, Augustes Posten an seine Frau zu vergeben. Dem hätte ich unter keinen Umständen zugestimmt. Und zwar deinetwegen.«

Sie merkte, dass sich ihre Tochter ein wenig entspannte, und fuhr fort: »Glaubst du wirklich, dass das mit deinem Bruder und seiner Frau funktionieren wird? Warum lässt du ihn nicht einfach die Konsequenzen seines Handelns erfahren?« Sie strich ihr ein paar feuchte Haarsträhnen aus dem Gesicht. »Ich habe nicht gelogen, als ich sagte, dass die Manufaktur kein Ort für dich ist. Es ist auch kein Ort für Marie, insbesondere nicht, wenn sie alleine bei den Kunden vorstellig werden soll. Dein Bruder weiß das, aber es ist ihm wichtiger, dass er im Augenblick jemanden an Augustes Stelle weiß, den er kontrollieren kann. Zumindest glaubt er das.«

»Marie wird bestimmt weitere Kinder kriegen, und dann?«, warf Fanny ein.

Louise zuckte die Schultern. »Ich denke, dass er sie dann wieder von der Front abziehen und ersetzen wird.« Sie seufzte. »Fanny, es bringt nichts, dich gegen Dinge zu wehren, die du nicht ändern kannst. Deine Zukunft lag nie in der Schokoladenfabrik. Die Gründe dafür kennst du. Zudem seid ihr beide, Alexandre und du, wie Tag und Nacht, ihr seid zu unterschiedlich. Das würde nicht funktionieren.«

Fanny wandte den Kopf und sah sie mit verquollenen Augen an. »Tag und Nacht könnten sich ergänzen, Maman. Sie wären dann viel mehr als nur sie selbst. Zusammen könnten sie ein größeres Ganzes werden.«

Louise lächelte. »Das sieht die Sonne so, mein Herz, nicht aber die Nacht. Die Dunkelheit fühlt sich durch das Licht bedroht. Sie kann damit nicht umgehen.« Liebevoll nahm sie die Hand ihrer Tochter in ihre. »Manchmal tut es furchtbar weh, wenn sich eine Tür im Leben schließt und ein Traum zerplatzt. Aber du hast Daniel. Warum baust du dir nicht zusammen mit ihm eine Zukunft auf, steckst deine Kreativität und Leidenschaft in seine Firma? Im Gegensatz zu deinem Bruder verehrt und unterstützt er dich. Ich habe das Gefühl, dass dich dieser Weg langfristig glücklicher machen wird.«

Fanny schluckte leer, und erneut drängten Tränen in ihre Augen. »Es ist aber Schokolade, die mein Herz mit Freude erfüllt, nicht Kerzenwachs.«

Louise schloss ihre Tochter in die Arme. »Lass los, mein Schatz. Steh dir nicht selbst im Weg.«

Fanny löste sich aus ihrer Umarmung und sah sie mit einer Klarheit an, die Louise ein Frösteln über den Rücken jagte. »Maman, ich kann nicht ändern, wer ich bin, und ich kann mir nicht aussuchen, wen oder was ich liebe. Es gibt zwei Dinge auf dieser Welt, die ich liebe: Daniel und Schokolade. Das werden weder du noch Alexandre ändern.« Mit diesen Worten stand sie auf, ging zum Fenster und starrte in die Dunkelheit.

Kapitel 11

Fanny betrachtete sich im Spiegel und legte den Kopf schief. »Na ja, es ist nicht ganz so wie ihres, aber ich bin ja auch nicht die Königin von England, oder?« Sie lachte.

»Du siehst sogar noch hübscher aus als Victoria«, flüsterte Martine ehrfürchtig und zupfte Fannys Schleier zurecht, der an einer Krone aus getrockneten Blumen befestigt war. »Das Cremeweiß steht dir hervorragend und bildet einen wunderschönen Kontrast zu deinen Haaren und Augen.«

Maman war von Fannys Idee, sich von der modebewussten englischen Königin und deren unkonventionellem Brautkleid inspirieren zu lassen, alles andere als begeistert gewesen. Seit Fanny jedoch ein Bild der damals frisch vermählten Monarchin aus dem Jahr 1840 in einem alten Frauenmagazin bei Séraphine Clément erblickt hatte, hatte sie dieses Kleid nicht mehr losgelassen. Natürlich war ihre Version viel schlichter, was Material und Schnitt anbelangte. Sie hatte sich ihr Brautkleid bei einer lokalen Kleidermacherin anfertigen lassen – Zeit dafür hatte sie ja aufgrund ihrer verschobenen Hochzeit mehr als genug gehabt. Madelaine, die Schneiderin, hatte ihr vorgeschlagen, Ärmel und Kragen mit Spitze zu verzieren und eine Satinschleife an der Taille anzubringen.

Obwohl es schon mehr als zwanzig Jahre her war, seit Königin Victoria mit den damals vorherrschenden Traditionen rund um die Brautmode gebrochen hatte, etablierte sich ihr Stil nur zögerlich. Während sich andere Königshäuser und der Adel schneller zu einer Trendwende hinreißen ließen, war es in bürgerlichen Kreisen immer noch üblich, dass man in Schwarz heiratete oder sein bestes Sonntagskleid anzog.

Fannys Mutter verstand den Willen ihrer Tochter daher nicht. »Was willst du denn mit dem Kleid machen, wenn der Hochzeitstag vorbei ist?«

»Es an Sonntagen tragen, Maman, was denn sonst!«, hatte ihr Fanny geantwortet »Oder es aufheben, bis eine meiner Nichten heiratet.«

Die Diskussion um das Kleid war allerdings schnell in den Hintergrund getreten, als Fanny und Daniel auch noch verkündet hatten, sich zivil trauen lassen zu wollen.

»Ich bin unheimlich aufgeregt«, gestand Martine ihrer Freundin zum gefühlt hundertsten Mal. »Schließlich bin ich noch nie bei einer Ziviltrauung gewesen.«

Fanny lachte. »Ich fürchte, du wirst furchtbar enttäuscht sein. Maman jedenfalls hat sich von ihrer Enttäuschung über unseren Entscheid immer noch nicht erholt.« Sie drehte sich zu Martine um. »Ist es nicht unheimlich romantisch, so schlicht zu heiraten? Ohne Verse und Psalmen und ohne diese düsteren Gesänge? Fernab dieser kalten Steingebäude, die sie Gotteshäuser nennen? Ich finde, es zeugt von tiefer Zuneigung, wenn man all die Rituale, Prozesse und religiösen Mahnungen nicht braucht, denn dann bleibt nur noch die Liebe zwischen zwei Menschen übrig. Nackt und ungeschönt«, schwärmte Fanny. »Das ist wahrhaft romantisch.«

Als Auguste noch lebte, hatten sich ihre Brüder oft über den schleppenden Fortschritt in Vevey geärgert. Was das Eheschließungsrecht anbelangte, hatte der Kanton Waadt allerdings bereits vor Fannys Geburt als erster in der Schweiz Neuland betreten, indem er den heiratswilligen jungen Menschen die Wahl zwischen einer kirchlichen und einer zivilen Trauung ließ.

»Ich finde eure Entscheidung jedenfalls sehr mutig.« Martine betrachtete Fanny mit einem zufriedenen Lächeln. »Los, hol dir endlich, was dir zusteht. Du hast lange genug gewartet.«

Gemeinsam verließen sie Fannys Zimmer.

An der Tür blieb Fanny stehen und sah noch ein letztes Mal zurück. »Heute gehe ich endgültig fort von hier. Auf in ein neues Leben und in ein neues Zuhause.« Wehmütig strich ihr Blick über das abgewetzte Holzbett, die Wände mit den türkisfarbenen Tapeten und filigranen zartrosa Blütenmustern und blieb am kleinen Frisiertisch hängen. Er war ein Geschenk ihrer Mutter zum zehnten Geburtstag gewesen und hatte früher in deren Mädchenzimmer gestanden. Eines Tages würde er vielleicht einem Mädchen gehören, das zuerst noch geboren werden musste. Den zweiflügligen dunklen Holzschrank in der Ecke zwischen den zwei Fenstern hatte Fanny bereits leer geräumt. All ihre Kleidungsstücke waren zusammen mit diversen anderen nützlichen Dingen in ihrer Aussteuertruhe verstaut. Seit ihrer Verlobung hatte sie Heimtextilien, Essgeschirr und weitere im Haushalt benötigte Utensilien gesammelt. Maman würde ihr zudem einige Möbel für ihr neues Zuhause überlassen.

Fanny seufzte und schloss die Tür. Schmerz und unbändige Freude tobten gleichzeitig in ihrer Brust.

Als sie an Martines Seite die Treppen hinunterstieg und im Erdgeschoss ankam, warteten schon alle auf sie. Maman hatte ihr neuestes schwarzes Sonntagskleid und einen Hut mit einer wuchtigen, seidig schimmernden Schleife angezogen, den sie extra für die Hochzeit hatte anfertigen lassen. Magalie und die Mädchen trugen identische königsblaue Kleider mit dazu passenden blau-schwarz gestreiften Schuten. Marie und Alexandre würden sich erst auf der Straße zu ihnen gesellen, da sie nach Augustes Tod das Haus mit Magalie und den Kindern getauscht hatten. Magalie war um die Nähe zu ihrer Schwiegermutter und deren Hilfe dankbar, während Marie endlich ihren Freiraum bekam. So jedenfalls hatte es Fanny aufgefasst, als Alexandre einen Monat nach dem Tod seines Bruders mit dem Vorschlag angekommen war. Doch darüber wollte sie am heutigen

Tag lieber nicht nachdenken, denn es brachte ihr Blut jedes Mal in Wallung und bescherte ihr pochende Kopfschmerzen.

»Fanny, *ma belle*! Wie wunderschön du aussiehst!«, stieß Maman aus. Sie wischte sich beiläufig eine Träne aus den Augenwinkeln und versuchte, das Zittern ihrer Mundwinkel hinter einem Lächeln zu verbergen, als sie auf Fanny zutrat und sie fest in ihre Arme schloss. »Mein kleines Mädchen, wie groß du geworden bist. Erst gestern habe ich dich noch in den Schlaf gewiegt, und nun ...« Die Stimme versagte ihr, und sie winkte ab. »Lasst uns gehen«, hauchte sie und lief zur Tür.

»Tante Fanny, du bist zauberhaft!«, sagte Isabelle und strahlte sie an. »Wenn ich groß bin, möchte ich auch einmal in so einem Kleid heiraten!«

Fanny raffte ihr Hochzeitskleid und ging in die Knie. »Du darfst es gerne haben, wenn du einmal heiratest. Erinnere mich daran, ja?« Zärtlich strich sie ihrer Nichte über die Wange. Das Mädchen strahlte. »Das werde ich!«

Sie traten auf die Straße. Eine goldene Herbstsonne wärmte ihre Gesichter. Zusammen mit dem strahlend blauen Himmel glaubte man für einen Moment, der Sommer sei für den bevorstehenden Nachmittag noch einmal zurückgekehrt.

Vor der Haustür warteten Alexandre und Marie, er in seinem dunklen Sonntagsanzug mit Krawatte und Hut, sie in einem tannengrünen Kleid mit Federhut, die kleine Elodie, die ein Kleidchen in Altrosa trug, an der Hand.

»Hallo«, begrüßte Fanny die beiden.

»*Bonjour*«, erwiderten sie ihren Gruß. »Schön siehst du aus«, fügte Marie noch an.

»Danke. Wollen wir? Ah, da ist ja auch Guillaume!« Sie winkte dem Ehemann ihrer besten Freundin zu.

»Mein Mann hat sich für deine Hochzeit extra einen neuen Anzug schneidern lassen, weil er sich in seinem alten geschämt hätte«, kicherte Martine.

»Und deshalb durftest du dir auch etwas Neues aussuchen«, schlussfolgerte Fanny mit einem Blick auf Martines hellblaues Kleid und ihren neckischen kleinen Hut, der mit Schleifen und Federn ausgestattet war. Ihre Freundin nickte lachend und nahm Guillaumes Hand.

Gemeinsam gingen sie zum Zivilstandesamt, das sich nur einige Häuser weiter an der Rue des Chenevières befand. Vor dem Eingang warteten bereits Daniel, sein Vater Jean und natürlich Séraphine. Gleich neben ihnen stand Julien mit seiner Gattin Orélie, ein hageres Geschöpf mit mausgrauen Haaren, eng beisammenstehenden Augen und schmalem Mund. Fanny hatte sie noch nie lächeln sehen. Daniel hatte zudem das Ehepaar Nestlé eingeladen. Der schmächtige, aber energisch wirkende Henri und seine zartgliedrige, blasse Frau Clémentine wohnten und arbeiteten gleich neben Daniels und Juliens neuer Fabrik in der Rue des Bosquets, und man traf sich gelegentlich auf eine Tasse Kaffee oder zu einem Abendessen. Auch Fanny hatte bereits mehrere Sonntage mit den Nestlés verbracht und fühlte sich Clémentine sehr verbunden.

In diesem Moment wurde ihr schmerzlich bewusst, wer heute fehlte. Das war ein weiterer Grund gewesen, warum sie und Daniel sich gegen eine traditionelle kirchliche Trauung entschieden hatten. Seit Menschengedenken war es nämlich die Aufgabe des Brautvaters, seine Tochter an der Hand in die Kirche zu führen und dort in die Obhut ihres zukünftigen Ehemanns zu übergeben. Fanny jedoch hätte Alexandre darum bitten müssen, Papas Stelle einzunehmen, und das konnte sie nicht. Nicht nach allem, was in den vergangenen eineinhalb Jahren geschehen war. Der heutige Tag sollte nicht von diesen Erinnerungen getrübt werden, und so schob Fanny auch jetzt diese Gedanken für den Augenblick beiseite.

Lieber richtete sie ihre ganze Aufmerksamkeit auf Daniel. Ihr Herzschlag beschleunigte sich, als sie ihren zukünftigen Ehemann ansah. Er trug einen dunklen Gehrock, dazu ein weißes Hemd mit Krawatte und einen schwarzen Zylinderhut. Selbst Jean, der als Metzger wenig von »feinen Leuten« hielt, hatte sich in seinen besten Sonntagsanzug gezwängt. Offensichtlich trug er ihn nicht oft, denn es war ihm nicht gelungen, die Knöpfe seiner Jacke zu schließen.

Daniel trat auf Fanny zu und reichte ihr seine Hand. Die Wärme seiner rauen Finger, die die ihren umschlossen, beruhigte ihre Nerven. Sie holte tief Luft und sah ihn lächelnd an.

»Du siehst wunderschön aus. Wie eine Königin«, flüsterte Daniel ihr ins Ohr, denn er wusste natürlich von ihrem Traum, ein weißes Kleid wie Queen Victoria zu tragen.

Gemeinsam betraten sie das Zivilstandesamt und stiegen die Steintreppe empor ins obere Stockwerk, wo man bereits auf sie wartete.

Der Zivilbeamte, ein hagerer Mann mittleren Alters mit schütterem braunem Haar und dunklen Augen, begrüßte sie mit einer formellen Verbeugung und bat sie in die Stube. Vor einem hölzernen Schreibtisch hatte er vier schmucklose Holzstühle aufgestellt; den Rest des Zimmers füllten Holzbänke. Der Tisch war bis auf einige Papiere und einen Füllfederhalter leer. Dicke rote Vorhänge zierten die Fenster und verliehen der Amtsstube einen Hauch Behaglichkeit.

»Bitte setzen Sie sich.« Monsieur Dubois wies auf die vier Stühle für das Brautpaar und die Trauzeugen sowie die zwei Reihen weiterer Sitzgelegenheiten für die Gäste.

Fanny suchte Daniels Blick. Dabei ließ sie seine Hand keine Sekunde los. Sie setzten sich und wurden von ihren beiden Trauzeugen, Martine und Julien, flankiert.

Der Beamte erklärte ihnen den Inhalt des Trauscheins, ihre Rechte und Pflichten, doch Fanny hörte ihm gar nicht richtig zu.

Endlich war es so weit. Durch Augustes Tod hatte sich das Leben der Familie Cailler radikal verändert. Fanny hatte keinen Fuß mehr in die Schokoladenfabrik gesetzt und sich stattdessen in Daniels und Juliens Kerzenmanufaktur nützlich gemacht.

Doch so sehr sie und Daniel darauf gebrannt hatten, endlich zu heiraten, hatte der Anstand es erfordert, zuerst angemessen um Auguste zu trauern und die Probleme, die sein Tod für seine junge Familie aufwarf, weitgehend zu lösen. Die Hochzeit musste entsprechend um ein Jahr verschoben werden, und da es nicht üblich war, in den Sommermonaten zu heiraten, hatten sie bis Oktober warten müssen. Aber heute endlich war ihr großer Tag – ein Freitag, weil die Leute in diesem Kanton traditionellerweise immer freitags heirateten.

»Haben Sie noch Fragen?« Der Zivilbeamte sah sie beide mit prüfendem Blick an.

Daniel schüttelte den Kopf, und Fanny, die kein Wort mitbekommen hatte, bestätigte: »Nein, es ist alles klar.«

»Dann möchte ich Sie bitten, sich zu mir zu gesellen, um das vorliegende Amtspapier zu unterzeichnen, damit Ihre Verbindung Rechtsgültigkeit erlangt. Danach bitte ich auch die beiden Trauzeugen, nach vorne zu kommen, um das rechtmäßige Zustandekommen dieser Ehe durch ihre Unterschrift zu bezeugen«, fuhr Monsieur Dubois mit dem formellen Ablauf fort. »Zuvor wollen wir allerdings noch das Ehegelübde austauschen.« Zum ersten Mal verzog ein mildes Lächeln die ansonsten steinerne Miene des Beamten.

Auf Fannys und Daniels Wunsch hin hatte er sich dazu bereit erklärt, der Trauung einen stilvollen Rahmen zu verleihen, auch wenn dieser rein rechtlich nicht nötig gewesen wäre. Mit einer freundlichen Geste bat er Braut und Bräutigam zu sich und bedeutete Martine und Julien, im Hintergrund zu warten. Dann wühlte er in einer Tasche und förderte eine dicke weiße Kerze mit einer grünen Schleife zutage.

»Ich dachte mir, das könnte passen«, murmelte er und stellte die Kerze vor ihnen auf den Schreibtisch.

»Fanny-Louise Cailler und Daniel Peter ...« Er machte eine bedeutungsvolle Pause und sah sie der Reihe nach an. »Wir sind heute hier zusammengekommen, weil Sie beide sich dazu entschlossen haben, den Rest Ihres Lebenswegs gemeinsam zu beschreiten. Seite an Seite.« Erneut folgte eine bedeutungsvolle Pause. »Doch es liegt in der Natur des Lebens, dass nicht immer die Sonne scheint. Manchmal wird es düster.« Er nahm die Kerze in die Hand und hielt sie hoch. »Gelegentlich wird es so dunkel, dass man sogar an der gegenseitigen Liebe zweifelt und vergisst, warum man sich einst liebte und die Ehe einging.« Er reichte Fanny die Kerze zur Verwahrung. »Wann immer dies geschieht, möge euch diese Kerze an den heutigen glücklichen Tag erinnern. Ihr Licht soll euch helfen, den Weg in der Dunkelheit, aber insbesondere einander zu finden. Zündet sie in Zeiten der Not und des Verdrusses an, damit sie euch stets daran erinnert, was wirklich wichtig ist im Leben. Sie wird euch den Weg weisen.«

Fannys Kehle war wie zugeschnürt, und als sie Daniel ansah, erkannte sie auch in seinen Augen ein verräterisches Schimmern. Unauffällig tupfte sie sich mit dem Finger eine Träne aus den Augenwinkeln und lächelte.

»Nun denn.« Monsieur Dubois sah sie mit festem Blick an. »Sind Sie beide bereit für diese Ehe? So reichen Sie sich die Hand und antworten mit einem klaren Ja.«

Fanny stellte die Kerze ab, wandte sich Daniel zu, der ihre Hände mit seinen umschloss, und sagte: »Ja, ich bin bereit.«

Der Zivilbeamte sah Daniel an und wartete.

»Ja, ich bin bereit«, antwortete dieser mit klarer, fester Stimme und sah Fanny dabei tief in die Augen.

»Dann möchte ich Sie und die Zeugen nun bitten, diesen Willen mittels einer rechtsgültigen Unterschrift zu bestätigen.«

Mit zittriger Hand tauchte Fanny die Schreibfeder in die Tinte und unterzeichnete die Heiratsurkunde mit ihrem neuen Namen – Fanny-Louise Peter –, bevor sie die Feder an Daniel weiterreichte.

Als alle das Dokument unterschrieben hatten, sah Monsieur Dubois sie freundlich an, und dieses Mal zuckte tatsächlich ein Lächeln um seine Mundwinkel. »Nun denn, hiermit sind Sie beide ab sofort Mann und Frau. Sie dürfen nun gerne die Ringe als Zeichen ihrer Zugehörigkeit und Verbundenheit austauschen und ...«, Röte färbte seine Wangen, »... die Braut küssen.«

Julien trat neben seinen Bruder und reichte ihm eine mit Samt bezogene Schatulle, in der sich die beiden schlichten goldenen Trauringe befanden. Vorsichtig griff Daniel nach Fannys Ring und streifte ihn ihr über den Finger.

Ihr Herzschlag beschleunigte sich, als sie nach dem größeren der zwei Goldringe griff und ihn ihrem Ehemann an den Ringfinger steckte.

Einige Sekunden verharrten sie so und sahen sich einfach nur an. Dann beugte sich Daniel nach vorne und legte seine Lippen sanft auf ihre.

»Ich liebe dich, Fanny«, flüsterte er.

»Und ich liebe dich, Daniel«, antwortete Fanny und spürte, wie sich eine Träne aus ihren Augenwinkeln löste und heiß die Wange hinabrann.

Kapitel 12

Daniel strich Fanny liebevoll über die Wange. Doch bevor er seine Braut ein weiteres Mal küssen konnte, stand plötzlich Papa mit verräterisch geröteten Augen vor ihm. Ohne ein Wort schloss er Daniel in die Arme und klopfte ihm auf die Schulter.

»Ich bin so stolz auf dich, Junge. Mögen euch viele gemeinsame Jahre des Glücks und eine große Schar Kinder beschert sein!« Sein Vater trat einen Schritt zurück und sah Daniel mit ernstem Blick an. »Ich wünsche dir, dass du deine Fanny bis zu jenem Tag behalten darfst, an dem du diese Welt verlassen musst. Möge sie dir keinen Tag früher genommen werden.« Dann sah er mit einem wehmütigen Lächeln zu Boden und wandte sich ab. Er hatte Mamans Tod noch immer nicht verkraftet.

Daniel legte ihm eine Hand auf die Schulter. Dabei schweiften seine eigenen Gedanken jedoch nicht wie die seines Vaters in die Vergangenheit, sondern in eine unbekannte Ferne, seine und Fannys gemeinsame Zukunft. Würde es ihm vergönnt sein, an der Hand seiner geliebten Frau alt zu werden? Er war sich sicher:

Eines Tages würde er mit einer noch größeren Liebe und Dankbarkeit auf ihre gemeinsamen Spuren zurückblicken, als er sie jetzt schon empfand.

Lächelnd kehrte Daniel in die Gegenwart zurück und stellte sich dem Trubel der Hochzeitsgesellschaft. Dem Beispiel seines Vaters folgend, gratulierten ihm und Fanny nun auch die übrigen Familienmitglieder sowie die Nestlés, manche durch einen kräftigen Händedruck, andere mit einer Umarmung.

»Ist es nicht Schicksal, dass ihr euch gefunden habt, Daniel?« Séraphine schloss ihn in die Arme – zum ersten Mal, seit sie sich kannten. »Stell dir bloß vor, ich hätte damals keinen schokoladigen Notfall gehabt, genau an jenem Tag, als Fanny allein in der Fabrik war. Du wärst nie in den Genuss ihrer sinnlichen Kreationen gekommen und hättest sie womöglich schlicht übersehen«, sinnierte sie, schaute ihn lange an und lächelte. Dann strich sie ihm mit der Hand über die Wange, so wie es früher Maman getan hatte, als er ein kleiner Junge gewesen war. »So aber bist du ihr augenblicklich verfallen.« Séraphine seufzte. »Manchmal sind die Wege des Herrn einfach unergründlich«. Mit diesen Worten wandte sie sich ab und gesellte sich zu Jean.

»So unergründlich nun auch wieder nicht«, murmelte Daniel schmunzelnd.

Er sah sich um. Gelächter und Gespräche erfüllten die Amtsstube; alle wirkten entspannt und freuten sich mit dem Brautpaar. Nachdem alle Glückwünsche überbracht waren, klopfte Daniel auf den Schreibtisch des

Zivilbeamten und wartete geduldig, bis alle ihn erwartungsvoll ansahen.

»Wollen wir dann?«, fragte er lächelnd. »Die Kutschen warten bestimmt schon. Jetzt wird gefeiert!«

Sofort kam Bewegung in die Hochzeitsgesellschaft, und alle beeilten sich, nach draußen zu kommen, wo sie von den warmen Strahlen der bereits tief stehenden Herbstsonne empfangen wurden.

Voller Genugtuung verfolgte Daniel, wie Fanny plötzlich die Augen aufriss und einen entzückten Schrei ausstieß, denn auf der Straße vor dem Standesamt warteten verschiedene, mit opulenten Trockenblumenbouquets und bunten Stoffbändern geschmückte Droschken darauf, die Hochzeitsgäste zu Daniels und Juliens Fabrik zu fahren, wo die Hochzeitsfeier stattfinden sollte. Der vorderste Zweispänner war für Daniel und Fanny vorgesehen und ausschließlich mit weißen Rosen und Schleifen verziert. Alle Gefährte waren offen, sodass insbesondere das Brautpaar in den Straßen von Vevey bewundert werden konnte. Fanny und Daniel hatten sich für eine offizielle Heiratsanzeige entschieden, was zur Folge hatte, dass sich zahlreiche Schaulustige um sie versammelt hatten.

Daniel reichte Fanny die Hand und half ihr einzusteigen. Als er sich vergewissert hatte, dass sich Papa um Séraphine und Alexandre und Julien um die restlichen Damen kümmerten, bestieg auch er die Droschke und setzte sich neben seine Braut. Mit einem glücklichen Lächeln griff er nach ihrer Hand.

»Die Kutsche mit deiner Aussteuer ist bereits auf dem Weg zu deinem neuen Zuhause«, erklärte er grinsend. »Jetzt gibt es kein Zurück mehr, Madame Peter.«

Fanny verzog den Mund zu einem schelmischen Schmunzeln. »Glaub bloß nicht, dass du mich je wieder loswirst!« Sie nahm seine Hand und drückte sie. »Ich bin sehr glücklich. So glücklich, wie ich es noch nie zuvor in meinem Leben war.«

Daniel beugte sich zu ihr und küsste sie. »Ich auch, mein Schatz. Ich auch.« Insgeheim wünschte er sich, dass das immer so bleiben würde, und dachte dabei flüchtig an die Kerze, die ihnen Monsieur Dubois überlassen hatte.

Als ihre Droschken losfuhren, winkten und jubelten die Leute ihnen zu, und die Hochzeitsgesellschaft winkte lächelnd zurück. Schon nach zehn Minuten erreichten sie die Rue des Bosquets und die Fabrik. Sofort sprang Daniel aus der Kutsche und half seiner Braut beim Aussteigen. Gar kein einfaches Unterfangen, wenn man ein so kostbares Kleid trug.

Den Blick auf die Vorderfront der Kerzenfabrik gerichtet, blieb Fanny neben der Droschke stehen. Gespannt beobachtete Daniel ihre Reaktion. Mit leicht geöffnetem Mund und staunend aufgerissenen Augen musterte sie das Gebäude. Die Fabrikarbeiterinnen hatten die helle Fassade der an ein zweistöckiges Herrenhaus erinnernden Manufaktur mit bunten Stoffbändern dekoriert und diese, zu Schleifen gebunden, an die Balustraden der bogenförmigen Fenster geknüpft. Die Arbeiter und Arbeiterinnen hatten ihre besten Sonntagskleider angezogen und warteten vor dem Lieferanteneingang der Produktionshalle auf die Ankunft des Brautpaars. Daniel hatte sie alle gemeinsam mit ihren Familien zu der Hochzeitsfeier eingeladen und ihnen den Tag frei gegeben. Fanny und auch Julien hatten seine Idee unterstützt. Nebst den Fabrikmitarbeitern hatten sie auch noch einige wichtige Geschäftspartner mit ihren Gattinnen zu den Hochzeitsfeierlichkeiten eingeladen.

»Hoch sollen sie leben!«, riefen die Fabrikarbeiter und Gäste, als Daniel Hand in Hand mit seiner Braut durch die Menge zum Eingang schritt. »Hoch lebe das Brautpaar!«

Im Inneren der Halle war alles vorbildlich hergerichtet. Die Angestellten hatten das Tagesgeschäft schon vor zwei Tagen niedergelegt, um die Werktische und Apparate beiseitezuräumen, langgezogene Holztische mit Bänken aufzustellen und eine kleine Bühne für die Musik bereitzustellen. Während sich die Männer um die grobe Arbeit und die Reinigung der Halle gekümmert hatten, bemühten sich die Arbeiterinnen mit großem Eifer darum, die Tische festlich herzurichten. Die langen Tischreihen waren mit weißen Tüchern gedeckt, mit Bändern, Kerzen und Trockenblumen geschmückt und mit Geschirr und Besteck ausgestattet worden. Auch das Büfett, auf dem bald das Essen und die Getränke aufgetragen wurden, hatten sie im gleichen Stil dekoriert.

Daniel hatte die Metzgerei seines Vaters, lokale Bäckereien und Landfrauen darum gebeten, die Speisen für die Hochzeit zuzubereiten.

»Es sieht wunderschön aus!«, flüsterte Fanny und ließ den Blick durch die großzügige, sonst schmucklose Halle gleiten. Daniel pflichtete ihr mit einem Nicken bei. Er war stolz auf seine Angestellten. Sehr sogar.

»Danke, Madame, es freut uns außerordentlich, wenn es Ihnen gefällt«, sagte eine junge Arbeiterin, die in diesem Moment neben ihnen zum Stehen kam. »Herzlichen Glückwunsch zu Ihrer Vermählung. Ich freue mich sehr für Sie und wünsche Ihnen nur das Allerbeste!« Sie knickste und errötete. »Und zudem ... Sie sind eine wunderschöne Braut, wenn ich mir die Bemerkung erlauben darf.«

»Aber, Josephine, du musst uns doch nicht wie Adlige behandeln!«, sagte Daniel lachend. »Ich habe ein großes Lob und Dankeschön auszusprechen. Das habt ihr vorzüglich hingekriegt. Man möchte fast glauben, wir befänden uns in einem königlichen Tanzsaal!«

Josephine wurde noch eine Spur röter. »Danke schön!« Hastig wandte sie sich ab und lief davon, um einige Nachbesserungen an der Dekoration auf den Tischen vorzunehmen.

»Monsieur, sollen wir den Gästen schon einmal ein kühles Glas *Fendant* als Aperitif und dazu ein paar Häppchen anbieten?«, fragte eine stämmige Dame mit Schürze und hochgesteckten Haaren, die Daniel als eine der Landfrauen erkannte.

»Sehr gerne. Vielen Dank, das ist sehr aufmerksam von Ihnen«, antwortete er.

Etwas später traf auch noch die Musikformation ein, eine Gruppe aus Männern und Frauen, die verschiedene Streich- und Blasinstrumente spielten. Bereits nach kurzer Zeit erfüllte eine ausgelassene Stimmung den Saal. Die vergnügliche Musik vermischte sich mit dem Gelächter und den immer lauter werdenden Gesprächen der Hochzeitsgäste, und der Wein förderte die Überschwänglichkeit der Festgemeinschaft zusätzlich.

Bei Anbruch der Dämmerung wurden die Speisen fürs Büfett aufgetragen. Von einem frisch geschlachteten und über dem offenen Feuer gerösteten Schwein bis hin zu den traditionellen Gerichten der Region gab es alles. Ein *papet vaudois* war ebenso vertreten wie *perches frites*, frittierte Egli-Fischfilets aus dem Lac Leman, und panierter *tomme de chèvre*. Ergänzt wurde das Ganze durch diverse klassische Fleischerzeugnisse sowie *ramequin*, einen Brot-Käse-Auflauf. Neben dem Hauptspeisenbüfett gab es ein üppiges Nachtischbüfett. Auch dort wurde alles angeboten, was das waadtländische Herz begehrte. *Salée au sucre*, ein Hefegebäck mit Rahm, *tarte à la raisinée*, ein Kuchen mit Obstdicksaft, *bricelets*, Waffeln und verschiedene Konfekte.

Mit einem zufriedenen Lächeln stellte Daniel fest, dass die Leute schon bald sangen und tanzten, während die Kinder unter den Tischen verstecken spielten oder fröhlich durch die Fabrikräumlichkeiten jagten. Nur Séraphine, Jean und Louise wollten ihre alten Knochen schonen und hielten sich stattdessen an den Rotwein, was nicht weniger gesellig zu sein schien, wenn Daniel ihre geröteten Wangen und die glänzenden Augen betrachtete.

Nach dem Dessert trat Josephine zu Daniel. »Es ist jetzt alles bereit, Monsieur«, flüsterte sie verschwörerisch.

Daniel erhob sich und gab den Musikern ein Zeichen, worauf diese ihr Spiel unterbrachen. Dann klopfte er mit dem Messer gegen sein Weinglas, um die Aufmerksamkeit aller Anwesenden auf sich zu ziehen.

»Herzlichen Dank! Ich unterbreche nur ungern, doch bin ich mir sicher, dass ihr bei der nächsten Darbietung dabei sein möchtet.« Er wandte sich Fanny zu, die ihn mit großen Augen ansah, und nahm ihre Hand. »Fanny, *mon amour*. Ich möchte dir jetzt dein Hochzeitsgeschenk zeigen. Gestattest du?«

Seine Frau erhob sich und ließ sich von ihm führen. Er begleitete sie aus dem Saal hinaus und zum hinteren Teil der Fabrik. Ihre Gäste folgten ihnen murmelnd und kichernd. Vor einer Tür, die mit einem massiven Vorhängeschloss verriegelt war, blieb er stehen und wandte sich lächelnd an seine Braut.

»Du erinnerst dich, dass es verboten war, diesen Raum zu betreten, da er angeblich mit gefährlichen chemischen Substanzen verunreinigt war? Und dass wir deshalb eine Schließvorrichtung anbringen mussten?«

Ein Kichern und Raunen ging durch die Menge, die teilweise in das Geheimnis eingeweiht war und mitgeholfen hatte, alles vorzubereiten.

Fanny nickte und sah ihn ratlos an. Schließlich zuckte sie die Schultern und lachte. »Los, spann mich nicht länger auf die Folter. Was ist da drin?«

»Schau selbst nach.« Daniel reichte ihr den Schlüssel für das Vorhängeschloss und atmete möglichst unauffällig tief durch. Er war jetzt mindestens so aufgeregt wie eben vor der Trauung. Würde sie sein Geschenk mögen? Es verstehen? Oder würde sie sich von seiner Idee verletzt fühlen? Unruhig wechselte er von einem Fuß auf den anderen und strich sich die Hände an seiner Hose ab.

Mit einem hörbaren Klick gelang es Fanny, das Schloss zu öffnen. Bevor sie die Tür aufschob, warf sie Daniel einen schelmischen Blick zu, in dem vermutlich nur er selbst und Louise Unsicherheit aufflackern sahen.

Mit einer Handbewegung bedeutete Daniel seiner Frau, die Tür zu öffnen.

Vorsichtig drückte Fanny sie auf.

Der Raum war stockdunkel.

Fanny wandte sich erneut fragend an Daniel, als Josephine vortrat und ihr lächelnd eine Kerze reichte. »Die werden Sie brauchen, Madame.«

Dankend nahm Fanny das Licht an und betrat den Raum.

Alle Gespräche erstarben, und es wurde so still, als würden die Anwesenden um sie herum den Atem anhalten.

Dann durchschnitt ein Schluchzen die Stille. Fannys Schluchzen.

Ratlos starrten nun alle Daniel an. Der trat langsam hinter seiner Frau in den halb dunklen Raum und legte ihr die Hände auf die Schultern. Noch bevor er etwas sagen konnte, ließ sie die Kerze fallen und umarmte ihn. Ihre Tränen nässten seinen Hals.

»Es ist genau dasselbe. Ich erkenne es, selbst im Schein der Kerze«, schluchzte sie. »Der Kratzer am Kessel ... ist derselbe. Ich erinnere mich noch an den Tag, als er durch eine Unachtsamkeit entstand. Und alles ... einfach alles ... trägt noch den bittersüßen Duft von ...« Erneut wurde sie von einem heftigen Schluchzen unterbrochen. Sie sah Daniel in die Augen, während Tränen über ihre Wangen liefen. Mit bebenden Lippen flüsterte sie: »Von Schokolade.«

Daniel nahm ihr Gesicht in beide Hände und küsste sie. »Genau, Fanny. Das ist dein Schokoladenatelier. Es ist klein und weit davon entfernt, modern zu sein, aber es hat alles, was du brauchst.«

»Es ist nicht irgendein Schokoladenatelier, es ist Papas, aus der Rue des Moulins«, flüsterte sie und küsste Daniel.

»Die Sachen lagen oben im Haus auf dem Dachboden herum«, schaltete sich Louise ein. »Ich war zu sentimental, sie zu entsorgen.« Sie sah Daniel von der Seite her an. »Eines Tages, nach eurer Verlobung, kam Daniel mit der Idee, hier in der Fabrik ein Schokoladenatelier für dich einzurichten. Ein einfaches Atelier, keine Manufaktur. Ein Ort, an dem du kreativ und für dich sein kannst. Und da erinnerte ich mich an Papas alte Utensilien auf dem Dachboden.«

Fanny löste sich aus Daniels Umarmung und schlang die Arme um ihre Mutter. »Danke, Maman«, krächzte sie mit tränenerstickter Stimme.

Daniel sah sich um. Die Gesichter seiner Arbeiter und Arbeiterinnen sowie jene von Papa und Séraphine zeigten nicht weniger Ergriffenheit, als er selbst bei Fannys Reaktion empfand. Julien und Henri Nestlé lächelten ihm zu, und Clémentine klammerte sich an den Arm ihres Ehemanns und tupfte sich verstohlen die Wangen mit einem Spitzentaschentuch ab. Auch einige der anderen geladenen Gäste kämpften mit der Rührung.

Selbst Alexandre lächelte, wobei jedoch ein Muskel an seinem Kinn verräterisch zuckte und er sich krampfhaft bemühte, den Blick starr geradeaus zu halten. Marie hatte den Blick gesenkt und unterhielt sich mit der kleinen Elodie.

Schließlich löste sich Fanny von ihrer Mutter und trat vor die Menge. »Ich danke euch allen, die ihr mitgeholfen habt, damit diese Überraschung gelingt, von tiefstem Herzen!« Sie legte sich eine Hand aufs Herz. »Dieses Geschenk, so alt und abgenutzt es erscheinen mag, bedeutet mir unendlich viel mehr, als ihr euch vermutlich vorstellen könnt.« Sie machte eine Pause und schluckte leer. »Es bedeutet mir einfach alles.« Ihre Lippen bebten bei den letzten Worten, weshalb sie rasch zu Boden sah und tief Luft holte.

Daniel legte seinen Arm um sie. »Und nun lasst uns zurück in die Halle gehen und feiern, bis die Sonne aufgeht!«, rief er lächelnd.

Sofort wurden sie vom Lärm trampelnder Füße, aufgeregter Gespräche und fröhlichen Gelächters überrollt.

»Ist alles in Ordnung?«, fragte Daniel zaghaft und sah Fanny an.

»Nicht nur in Ordnung, Daniel. Du hast mich heute zum glücklichsten Menschen der Welt gemacht!« Zärtlich nahm sie seine Hand und führte ihn zurück in die Halle zu den Feierlichkeiten.

Kapitel 13

Fanny saß im Wohnzimmer ihres Hauses, trank Kräutertee und starrte aus dem Fenster. »Fast schon wie meine Mutter«, dachte sie schmunzelnd, nur dass ihr Salon in der Rue des Bosquets weniger überladen und opulent war als jener von Maman. Abgesehen von einigen massiven Holzmöbeln, einem dunkelblauen Sofa und Häkeldecken auf den Tischen gab es kaum Zierrat. Fanny beschränkte sich auf ein paar gerahmte Fotos und Gemälde von lokalen Künstlern.

Die Dämmerung legte sich über Vevey. Bald würde Daniel aus der Fabrik nebenan zum Abendessen heimkehren. Sie selbst hatte sich heute schon etwas früher von der Arbeit zurückgezogen. Seufzend strich sie sich über die bereits gut sichtbare Wölbung ihres Bauchs. Die Schwangerschaft ließ sie schneller ermüden, und ihre Beine schmerzten gelegentlich. Heute war es genau ein Jahr her, seit sie und Daniel geheiratet hatten – ob er wohl daran dachte?

Ihre Gedanken schweiften zurück zu jenem Tag, der sie so unendlich glücklich gemacht und bisweilen nachdenklich gestimmt hatte.

Sie erinnerte sich an die vielen frohen Farben, die Freude der Fabrikarbeiter über die Einladung, das gute Essen, die ausgelassene Musik – und natürlich an den Moment, als Daniel ihr sein Hochzeitsgeschenk überreicht hatte.

Diese Tür ins Ungewisse zu entriegeln, hatte ihr gleichermaßen das Herz geöffnet und gebrochen. Für einen Augenblick war sie wieder das kleine Mädchen von damals, nur dass Papas warme, raue Hand in ihrer fehlte. Dafür war Daniel da gewesen, der sich nicht davor fürchtete, die wahre Fanny zu erleben und zu lieben.

Ganz im Gegensatz zu ihrem Bruder Alexandre. Als Fanny dort in der Tür zu ihrem eigenen Schokoladenatelier gestanden hatte, spürte sie ein Kribbeln im Nacken und wusste intuitiv, dass ihr Bruder sie anstarrte. Sie umarmte Daniel und Maman, bedankte sich mit tränennassen Augen bei beiden für dieses wundervolle Geschenk; dabei streifte ihr Blick schließlich Alexandre. Dessen Gesicht war zu einem Lächeln verzerrt, das eher an eine Fratze erinnerte. Eisige Kälte lag in seinen Augen, und seine Frau Marie bemühte sich sichtlich, gar keinen Blickkontakt mit Fanny aufzunehmen.

Auch als sie schließlich alle gemeinsam wieder in die große Halle zurückkehrten, beobachtete Fanny, wie Alexandre leise und fahrig gestikulierend auf Marie einredete, deren Wangen sich röteten, während sie Elodie, die sie beide verständnislos ansah, über die Haare strich.

Wenig später dann sah Fanny, wie ihr Bruder zu Maman hinüberging, die bereits wieder mit Séraphine und Jean an ihrem Tisch saß. Fanny konnte nicht hören, was sie redeten, doch das war auch nicht nötig, denn Maman sah ihren Bruder irritiert an und machte eine alles einschließende Geste. Dabei schweifte ihr Blick zu der großen Fabrikuhr an der Stirnseite der Produktionshalle. Alexandre presste die Lippen zusammen, schloss kurz die Augen und sagte dann etwas zu Maman. Als diese ihm nicht antwortete, verzog er den Mund, nickte und fasste Marie an der Hand. Fanny erkannte, dass ihre Mutter vergebens versuchte, ihn zu beschwichtigen, und verfolgte dann, wie Alexandre und Marie auf sie und Daniel zusteuerten.

»Wir gehen«, erklärte ihr Bruder knapp, wobei sich seine Nasenflügel blähten.

Fanny und Daniel sahen ihn erstaunt an.

»Geht es euch nicht gut? Können wir helfen?«, fragte Daniel, dem die vorangegangenen Szenen offensichtlich entgangen waren. Doch Fanny legte ihm sanft die Hand auf den Arm und schüttelte den Kopf.

»Ich glaube, es fehlt ihnen nichts. Habe ich recht, Bruder?«

Alexandre schnaubte, und obwohl ihn Marie zu beschwichtigen und davon abzuhalten versuchte, zischte er: »Das ist deine Hochzeit, Schwesterherz, deshalb halte ich mich hier und jetzt zurück. Nur ein gut gemeinter Ratschlag an dieser Stelle: Sei eine tüchtige Hausfrau und nutze dein *Atelier*, um die Mäuler deiner Kinder und deines Mannes zu stopfen. Sollte ich je erfahren, dass deine Schokolade auf dem herkömmlichen Markt zirkuliert ...« Das Wort »Atelier« betonte er dabei so abfällig, als bereite ihm die bloße Aussprache schon Schmerzen. Und bevor Fanny etwas erwidern konnte, hob er den Zeigefinger, beugte sich nach vorne und knurrte: »Das wirst du Mutter doch sicher nicht antun wollen, oder? Nach all den Sorgen, die du ihr ohnehin schon beschert hast, willst du doch nicht, dass sie auf ihre alten Tage noch mehr Kummer hat, nicht wahr? Zumal du ohnehin verlieren würdest.«

»Es reicht jetzt, Alexandre«, sagte Daniel ruhig und sah ihren Bruder eindringlich an.

Dieser fasste Marie am Arm und zog sie und Elodie ohne eine Erwiderung zum Ausgang.

Daniel sah den dreien hinterher, bevor er sich mit bedeutungsvollem Blick an Fanny wandte. Doch sie wussten beide, dass jetzt nicht die Zeit war, alles zu besprechen. Fanny drückte Daniel einen Kuss auf die Wange und ging zu ihrer Mutter hinüber, die gottlob als Einzige der Anwesenden etwas von diesem unerfreulichen Zwischenfall mitbekommen hatte.

Louise begrüßte Fanny mit einem wehmütigen Lächeln und bedeutete ihr, sich zu ihr zu setzen. Sie tätschelte ihre Hand und seufzte leise. »Alexandre wusste nicht, dass ich Daniel Papas alte Utensilien überlassen habe. Ich musste ihn schließlich nicht um Erlaubnis bitten, die Apparate weiterzuverschenken, denn für seine Manufaktur sind sie zwischenzeitlich nutzlos und lagen nur noch bei uns auf dem Dachboden herum. Das sind sentimentale Erinnerungsstücke einer alternden Frau. Es geht ihn nichts an, was ich damit mache.«

»Das sieht er offenbar anders«, antwortete Fanny und spielte mit einer Gabel, die auf dem Tisch lag. »Er ist mein Bruder, aber er hasst mich.«

Maman schüttelte den Kopf, legte einen Arm um Fanny und zog sie an sich. »Nein, er fürchtet dich, Liebes. Das war schon immer so. Deshalb droht er dir.«

Erstaunt hob Fanny den Blick und sah ihre Mutter an. »Aber er kann mir nichts anhaben, oder? Das macht ihn vermutlich noch wütender.« Sie konnte sich nicht davon abhalten, verwegen zu grinsen.

»Nein, er kann dir nichts tun, solange du nicht seine Betriebsgeheimnisse für deine ausgibst. Wenn du etwas Eigenes kreierst, ist er machtlos, weil du nicht mehr bei ihm in der Manufaktur arbeitest.« Louise schwieg und seufzte, dann sah sie Fanny eindringlich an. »Es ist lächerlich, dass er denkt, ein einziger Schokoladenkessel könnte seine Fabrik konkurrieren. Dennoch bitte ich dich, ihn nicht zu provozieren. Ich möchte keine Feindschaft unter meinen verbliebenen Kindern. Lebe deine Passion, und verschenke deine Kunst an Freunde und Familie.«

Fanny senkte den Blick, schluckte leer und nickte. »Etwas anderes hatte ich nie im Sinn, Maman.« Sie erhob sich, entschuldigte sich und suchte Daniel, den sie bei seinen Fabrikarbeitern fand. Doch obwohl sie sich bemühte, wollte die Fröhlichkeit nicht mehr in ihr Gemüt zurückkehren. Ein Schatten hatte sich darübergelegt.

Nach der nahrhaften Mitternachtssuppe, bestehend aus Kartoffeln, Gemüse und Speck, beschlossen Daniel und Fanny, sich von der Hochzeitsgesellschaft zurückzuziehen. Sie erhoben sich, und Daniel bat um Aufmerksamkeit. Ihre Gäste schauten sie neugierig an, nicht wenige mit einem unverhohlenen Grinsen auf dem Gesicht.

»Geschätzte Familienmitglieder, Gäste und Freunde, ein wunderschöner Tag neigt sich dem Ende zu. Ein Tag, an den Fanny und ich uns stets mit Freude und Dankbarkeit erinnern werden. Herzlichen Dank euch allen, dass ihr diesen speziellen Moment in unserem Leben durch eure Anwesenheit unvergesslich gemacht habt.« Daniel verneigte sich. Während er sich erneut räusperte, bedachte er Fanny mit einem schelmischen Seitenblick und ergriff ihre Hand. »Ich hoffe, ihr versteht, dass meine frisch angetraute Ehefrau und ich nun ein wenig Zeit für uns brauchen.« Gelächter begleitete seine Worte. »Im Gegensatz zu mir kehrt meine Gattin heute nicht mehr in ihr altes Zuhause zurück und muss sich mit einer völlig neuen Umgebung vertraut machen. Aber« – Daniel hob den Finger – »bloß weil wir bereits nach einem halben Tag Ehe so erschöpft sind, dass wir kurz nach Mitternacht aufgeben, heißt das nicht, dass ihr das auch müsst.« Erneut begleiteten einige Lacher seine Worte. »Für Musik, Speis und Trank ist so lange gesorgt, bis ihr genug davon habt. Es versteht sich zudem von selbst, dass am Samstag, der nun angebrochen ist, nicht gearbeitet wird. Den Montag gehen wir ruhig an, zuerst müssen wir alles wieder an seinen richtigen Platz stellen.« Daniel nickte, um das Ende seiner Rede anzudeuten. Ein letztes Mal erhob er sein Glas. »Auf euer Wohl!«

Die Hochzeitsgäste klatschten in die Hände oder klopften auf den Tisch, dann nahm die Musik das Spiel auf Daniels Zeichen erneut auf.

Fanny sah ihren Mann an.

»Los, gehen wir«, murmelte er und zog sie mit sich hinaus in die kühle Nachtluft. Der Platz vor der Fabrik war mit Fackeln beleuchtet, sodass sie den Heimweg zum Nachbargebäude, das ihnen als Wohnhaus diente, mühelos fanden.

Vor der Tür blieb Daniel stehen.

»Wir haben heute mit vielen Traditionen gebrochen, angefangen bei deinem Kleid. Nun frage ich mich ...« Er sah sie an und wartete auf eine Antwort auf seine unausgesprochene Frage.

»Ja, Daniel, du darfst mich über die Schwelle tragen«, flüsterte Fanny und grinste.

Vorsichtig hob Daniel sie hoch und trug sie über die Schwelle ihres gemeinsamen Heims. Als er sie im dunklen Flur absetzte, schwiegen beide. Fanny konnte seinen Atem hören und spürte ihn wie eine Brise auf ihrer Nasenspitze. Ohne Hast schlang er die Arme um sie, beugte sich vor und küsste sie. Dann tastete er sich zu einer Kommode vor, holte eine Kerze heraus und zündete sie an. Das gelbliche Flackern verlieh ihren Gesichtern einen goldenen Schimmer. Still nahm er ihre Hand und führte sie zur Treppe ins Obergeschoss.

Mit dem Kauf der Fabrik war Daniel in das dazugehörige Nebenhaus gezogen und hatte dieses renoviert.

Früher hatte es den Arbeitern der umliegenden Fabriken als Wohnquartier gedient. Bei ihren gelegentlichen Besuchen zum Kaffee oder Tee mit Maman hatte Fanny in den letzten Wochen zwar die Wohnräume im Erdgeschoss kennengelernt, die Schlafgemächer in der oberen Etage jedoch nie betreten.

Als sie nun in ihr neues Schlafzimmer traten, schnappte Fanny entzückt nach Luft. Mitten im Raum stand ein großes Himmelbett mit gedrechselten Holzpfosten, einem schlichten Holzdach und weißen Tüllvorhängen.

»Mein Großvater war Schreiner«, erklärte Daniel lächelnd, als er Fannys Gesichtsausdruck sah. »Das Bett gehörte einst ihm, es ist selbst gebaut. Er hat es mir geschenkt, weil ich sein Lieblingsenkel war. Die Vorhänge habe ich eigens für unsere Hochzeit anfertigen lassen, damit du dich hier bei mir wohlfühlst.«

Fanny schlang die Arme um Daniels Mitte und kuschelte sich wohlig an ihn, während sie den Blick weiter durch den Raum gleiten ließ. Nebst einem Massivholzschrank, einer Kommode und zwei Stühlen gab es im Zimmer noch ein weiteres Möbelstück.

»Mein Frisiertisch!« Erstaunt sah sie Daniel an. Dieser lächelte.

»Deine Mutter bestand darauf. Sie sagte, sie habe ihn dir zum zehnten Geburtstag geschenkt, und somit gehöre er immer zu dir. Bis du ihn eines Tages weiterschenken möchtest.«

Fanny schluckte leer und spürte, wie ihre Augen feucht wurden. »So viel Liebe an einem Tag, das … überfordert mich«, flüsterte sie.

Daniel strich ihr eine Haarsträhne aus dem Gesicht und legte das Kinn auf ihren Scheitel. »Weil es so viele Menschen auf dieser Welt gibt, die dich lieben, Fanny. Vergiss das nie.«

Schweigend standen sie da, Arm in Arm, und blickten auf das Bett.

»Fürchtest du dich?«, flüsterte Daniel nach einer Weile.

Stumm schüttelte Fanny den Kopf und lauschte dem etwas schnelleren Pochen ihres Herzens. Dann nahm sie Daniels Hand und drehte sich um, damit er die Knöpfe ihres Kleids öffnen konnte. Als er ihr das Hochzeitskleid von den Schultern streifte, fühlte es sich an, als habe sie dadurch noch viel mehr abgelegt. Ihre Kindheit, die damit einhergehende Abhängigkeit, aber auch die Fanny, die sie bisher gewesen war.

Still half sie Daniel, sich aus seinem Hochzeitsanzug zu schälen, bis sie beide im unsteten Flackern einer einzigen Kerze nackt voreinander standen. Fanny spürte Daniels liebevollen, anerkennenden Blick, der sanft über ihren Körper glitt. Dann nahm er ihre Hand und führte sie zum Himmelbett. Er schob die Vorhänge beiseite, kletterte hinein und streckte ihr die Hand entgegen.

Fanny folgte seiner wortlosen Einladung. Sie vertraute darauf, dass er wusste, was zu tun war, und ihr nicht wehtun würde. Als er seine Finger sanft über ihren Körper tanzen ließ, schloss sie die Augen und gab sich seiner Berührung hin. Hitze und Schaudern wechselten sich ab, wie bei der Schokolade, die süß und scharf zugleich sein konnte. Nach einiger Zeit verschmolzen die Aromen der Schokolade mit den Sinnen des Menschen, bis er sich fühlte, als sei er selbst diese Düfte und Geschmäcker. Genauso war es mit ihr und Daniel. Wo er aufhörte und sie anfing, konnte sie nicht mehr sagen ...

Daniels sanfter Kuss auf ihrer Wange riss Fanny aus ihren Erinnerungen. Sie hatte ihn nicht einmal reinkommen hören.

»Woran denkst du?«, fragte er mit einem Schmunzeln. Als sie nicht direkt antwortete und spürte, wie sich ihre Wangen wärmten, winkte er ab.

»Du möchtest es nicht sagen, auch gut. Geht es euch beiden gut?« Er strich ihr über den Bauch und legte dann sein Ohr darauf.

»Uns geht es sehr gut, wir sind nur müde und ... hungrig«, gestand sie und ließ sich von ihrem Mann beim Aufstehen helfen, auch wenn das im jetzigen Stadium ihrer Schwangerschaft überhaupt nicht nötig gewesen wäre. Schließlich war sie erst im sechsten Monat. Sie wusste aber, dass sich ihr Gatte geliebt und gebraucht fühlte, wenn sie nicht immer darauf bestand, alles selbst zu bewerkstelligen.

»Das trifft sich gut, dem Duft nach hat uns Etienne nämlich etwas Köstliches zubereitet. Gehen wir ins Esszimmer und machen es uns gemütlich.«

Fanny folgte ihm nachdenklich, denn ein Teil ihrer Gedanken war bei der Sinnlichkeit der Schokolade hängen geblieben. Einer Verführung der Sinne, die ebenso spürbar war wie andere Formen körperlicher Magie ...

War es nicht ein Verbrechen an der Schöpfung, diesen Genuss vor der Menschheit geheim zu halten? Bloß weil Alexandre es so wollte?

»Ich habe ein Geschenk für dich«, unterbrach Daniel ihre Grübeleien ein weiteres Mal und reichte ihr ein samtenes Stoffsäckchen mit einer Seidenschleife. Er hatte also offensichtlich daran gedacht, dass heute ihr Hochzeitstag war.

Mit klopfendem Herzen öffnete Fanny die Schleife des Präsents und sog die Luft ein. Ihre Finger zitterten, als sie eine filigrane Brosche zutage förderte.

Daniel erhob sich, um ihr beim Befestigen des Schmuckstücks auf ihrem Kleid zu helfen. Während er mit sanfter Stimme sprach, spürte sie seinen warmen Atem auf ihrem Hals. »Sie ist aus Silber gefertigt und mit Diamanten verziert.« Die Schmuckspange hatte die Form eines großen Blatts, das sich aus den Einzelteilen kleinerer Blättchen ergab. »Die Brustnadel besitzt die Form der Blätter des Kakaobaums.« Lächelnd sah Daniel sie an. »Sie steht dir wunderbar. Gefällt sie dir?«

Fanny schluckte und nickte gerührt. Tief Luft holend schlang sie die Arme um den Hals ihres Mannes und drückte ihn an sich.

In diesem Moment wusste sie eines mit absoluter Sicherheit: Die meisten Liebesgeschichten gipfelten in einer glücklichen Hochzeit. Bei ihrer Geschichte war die jedoch bloß der Anfang gewesen.

Kapitel 14

Wärme breitete sich in Daniels Herz aus, während er die kleine Louise dabei beobachtete, wie sie, fröhlich vor sich hin brabbelnd, über den Boden des Wohnzimmers krabbelte. Mit ihren hellbraunen Locken und den markanten Grübchen war seine Tochter äußerlich ein Abbild seiner Frau Fanny. Die Augenfarbe konnte noch variieren, schließlich war Klein-Louise erst acht Monate alt, doch Daniel glaubte, dass sich Fannys Grünbraun durchsetzen würde.

»Na, möchtest du spielen? Schau mal.« Fanny schüttelte eine Holzrassel und reichte sie dann dem Mädchen, das sie gierig an sich nahm.

Lächelnd trank Daniel einen Schluck Kaffee und las die Tageszeitung, das *Journal de Genève*, vom vergangenen Freitag und dem gestrigen Samstag. Als führende Zeitung der Region für Politik, Finanzen und Wirtschaft informierte sie stets zuverlässig über das Weltgeschehen in und teilweise auch außerhalb der Schweiz.

Daniel hatte es in den vergangenen beiden Tagen vermieden, die Nachrichten zu lesen, denn sie gefielen ihm ganz und gar nicht. Entsprechend widerwillig blätterte er jetzt die Titelseite um. Hauptthema war wieder einmal die Einfuhr von Petroleum aus Übersee. Seit vor einem guten halben Jahr, im April 1865, der amerikanische Bürgerkrieg ein Ende gefunden hatte, kam die Industrialisierung dort drüben richtig in Schwung. Schon 1859 hatte ein Oberst Drake in Pennsylvania eine unterirdische Ölquelle entdeckt, und nur wenige Jahre später hatte dieser John D. Rockefeller zusammen mit einem Geschäftspartner eine Erdölraffinerie in Cleveland gegründet. Nun war es so weit: Auch Europa schrie nach gutem und billigem Licht und Schmieröl. Dieser Nachfrage kam Rockefeller gerne nach und versuchte aktuell, jeden Konkurrenten in diesen Breitengraden zu unterbieten oder gar dessen Geschäft zu übernehmen. Das Petroleum hatte die Schweiz definitiv erreicht. Auch Vevey hatte vor zwei Jahren endlich ein zentrales Gaswerk erstellt und versorgte seither die gesamte Stadt über ein Leitungsnetz. Daniels Nachbar und Freund Henri Nestlé hatte seine eigenen Gaslieferungen an die Stadt deshalb einstellen müssen und war nun gezwungen, nach neuen Einnahmequellen zu suchen. Das war zwar ärgerlich, aber gemäß der Erzählung seines Freundes von Anfang an so vereinbart gewesen. Die Stadt hatte damals bloß nach einer Übergangslösung gesucht. Zur damaligen Zeit war Daniel dankbar, ja sogar zuversichtlich gewesen, dass das stinkende Gas die Kerzen nicht gänzlich aus den Hotels und Privathaushalten vertreiben konnte, auch wenn sein Umsatz durch die neuen Beleuchtungsmethoden ein bisschen zurückgegangen war. Doch nun kam dieses braune Gift, dieses Petroleum aus Übersee. Zähflüssig wie Blut.

Im Frühling hatte Daniel beschlossen, erst einmal abzuwarten und nicht gleich in Panik zu verfallen. Möglicherweise tangierten diese Entwicklungen den Kerzenhandel nur in überschaubarem Ausmaß. Das schöne Wetter im Sommer, so vermutete Daniel, hatte dazu geführt, dass weniger Kerzen benötigt wurden als in anderen Jahren. Nun aber stand die dunkle Jahreszeit vor der Tür, und die Bestellungen, die normalerweise frühzeitig und in Planung des Winters bei ihm und Julien eingingen, blieben aus. Stattdessen schossen Petroleumlampen wie Pilze aus dem Boden.

Das beunruhigte Daniel, und er trommelte gedankenverloren mit den Fingern auf den Tisch. Manchmal, wenn er nachts deswegen nicht schlafen konnte, grübelte er über Möglichkeiten nach, die Kerzen und ihre altehrwürdige Schönheit wieder populärer zu machen. Er hatte Julien auch schon darauf angesprochen und vorgeschlagen, raffiniertere Werbung zu gestalten. Er dachte dabei an Plakate, die die behagliche Stimmung des Kerzenlichts hervorhoben. Auch fand er die Idee, aus den Kerzen ein olfaktorisches Genussmittel zu machen, nach wie vor einen zweiten Gedanken wert.

»Ist alles in Ordnung?« Fanny, die am Boden bei Louise saß, blickte zu ihm hoch. »Du siehst so besorgt und müde aus.«

»Alles bestens. Ich bin nur gerade in Gedanken versunken«, beruhigte er sie, unterstrich seine Worte mit einem Lächeln und erhob sich vom Frühstückstisch. »Aber ich lege mich tatsächlich noch einmal ein wenig hin. Diese Woche war in der Fabrik sehr viel los.« Was nicht stimmte. In Wahrheit hatten er und Julien jeden noch so kleinen Auftrag zusammengekratzt, um die Fabrikarbeiter nicht nach Hause schicken zu müssen. Sein Bruder hatte am Freitag schließlich das ausgesprochen, was sie insgeheim beide schon lange dachten: Wenn das so weiterging, würden sie den Mitarbeiterbestand Ende des Jahres reduzieren müssen. Selbst eine neue Strategie, die mit etwas Glück irgendwann die ersehnte Wende brachte, konnte nicht über Nacht umgesetzt werden.

Fanny betrachtete ihn mit liebevollem Blick. »Ja, ruh dich aus, mein Lieber, sodass du am Nachmittag, wenn wir bei Nestlés zum Kaffee eingeladen sind, wieder wohlauf bist. Clémentine hat eine Spezialität aus ihrer alten Heimat Frankfurt gebacken.« Fanny widmete sich erneut Louise, die soeben versuchte, die Rassel mit ihren ersten zwei Zähnen zu zerbeißen.

Daniel legte sich auf das Sofa und schloss die Augen. Es gelang ihm jedoch nicht, direkt einzuschlafen. Irgendwann musste er Fanny über die Situation in der Kerzenfabrik aufklären, noch war aber nicht der richtige Zeitpunkt. Er wollte ihr nämlich nicht nur die Probleme, sondern auch mögliche Lösungsansätze präsentieren können. Dank der Tatsache, dass sie seit Louises Geburt Anfang Februar zu Hause geblieben war, hatte sie bisher nichts bemerkt.

Nach einer Weile schlief Daniel dann doch auf dem Sofa ein. Als er erwachte, wurde bereits das Mittagessen serviert. Heute hatten sie sich auf kalte Speisen und Brot geeinigt. Erfahrungsgemäß würde es Clémentine nicht bei einem simplen Gebäck belassen, wenn sie ihre Freunde einlud, sondern ihnen zahlreiche weitere Köstlichkeiten aus ihrer Heimat auftischen, und Fanny hatte erklärt, sich deshalb nicht den Appetit mit einem üppigen Mittagessen ruinieren zu wollen. Daniel war das auch recht, er war in letzter Zeit ohnehin nicht sehr hungrig.

Gegen drei Uhr nachmittags, nachdem Louise ihren Mittagsschlaf beendet hatte und wieder voller Energie war, spazierten sie zum Nachbargrundstück hinüber, auf dem nicht nur die Fabrik, sondern auch das Heim der Nestlés lag.

Es war Daniels Freund Henri gewesen, der ihn dazu inspiriert hatte, das Nebengebäude der Kerzenmanufaktur in ein Wohnhaus umzubauen, damit er und Fanny nach der Hochzeit dort leben konnten.

Das Wohnhaus der Nestlés, ein dreistöckiges Gebäude, lag inmitten ihres Fabrikgeländes hinter einem weiteren zweistöckigen Wohngebäude mit gedeckten Holzbalkonen verborgen. Das vordere Haus diente den Arbeitern als Unterkunft. Daniel war immer wieder aufs Neue beeindruckt, wie sehr sich seine Freunde um das Wohlergehen ihrer Arbeiter kümmerten. Clémentine beispielsweise, die selbst kinderlos geblieben war, kümmerte sich gerne um die Kinder der Arbeiterinnen, wenn diese in der Fabrik waren, insbesondere jetzt, da ihre Pflegetochter Emma schon zwanzig Jahre alt war und eigene Pläne schmiedete. Im Gegensatz zu anderen Manufakturbesitzern sprachen sich die Nestlés vehement gegen das zu frühe Einsetzen von Kindern als Fabrikarbeiter aus. Diese Ansicht teilten auch Daniel und seine Frau, insbesondere, seit sie selbst Eltern geworden waren.

Als sie den Türklopfer betätigten, um ihre Ankunft anzukündigen, dauerte es bloß wenige Sekunden, ehe die schwere Holztür aufgerissen wurde und Clémentine im Türrahmen stand. Sie trug ein beiges Kleid mit Spitzenkragen, das ihre Haut wächsern aussehen ließ und die blauen Schatten unter ihren Augen noch unterstrich. Nicht zum ersten Mal fragte sich Daniel, ob es ihr wirklich gut ging. Henri platzierte ihm gegenüber gelegentlich nebulöse Bemerkungen, wollte jedoch nicht näher darauf eingehen, und das respektierte Daniel.

»Fanny!« Clémentine umarmte Daniels Frau innig – so gut es ging jedenfalls, denn Fanny trug Louise auf dem Arm. Sofort wandte sich Clémentine dem kleinen Mädchen zu und strich ihm liebevoll über die rosigen Wangen und die verstrubbelten Haare. »Wen haben wir denn da? Was bist du aber groß geworden, kleine Prinzessin! Darf ich sie einmal halten?« Clémentine sah Fanny bittend an.

»Aber natürlich.« Fanny reichte ihr Louise, die sich alles andere als scheu zeigte und ihr vergnügt quiekend in die Nase kniff. Daniel sah, dass Clémentines Augen eigentümlich schimmerten und ihre Mundwinkel leicht zitterten, als sie das Mädchen kurz an ihre Brust drückte und es Fanny dann zurückgab.

»Was für ein Sonnenschein!«, flüsterte sie, atmete tief ein und begrüßte nun endlich auch Daniel, bevor sie ihre Gäste ins Haus bat.

Ein düsterer Flur empfing sie.

»Ich bin noch nicht dazu gekommen, die Petroleumla...« Sie stockte und sah Daniel schuldbewusst an. »Die Petroleumlampen und Kerzen anzuzünden. Ich vergesse immer wieder, wie schnell das Licht hier im November nachmittags schwindet.« Sie kramte in einer Schublade nach Streichhölzern und zündete eine Kerze an.

Daniel nahm ihr die Aussage nicht übel, schließlich handelte ihr Mann zwischenzeitlich mit den heiß begehrten Lampen. Nicht weil er daran besonderen Gefallen fand, sondern weil ihn die Notwendigkeit dazu zwang. Henri Nestlé, der aus Deutschland stammte und ursprünglich das Apothekerhandwerk gelernt hatte, verkehrte aktuell unter der Bezeichnung »Chemiker und Kaufmann« und war ein wahrer Tausendsassa. Aufgrund seines Erfindungsreichtums und seiner Fachkenntnisse war er im Laufe der Jahre in verschiedenen Branchen tätig gewesen. Nach dem Bau des städtischen Gaswerks hatte sich Henri unweigerlich und zum wiederholten Mal neu orientieren müssen. Er besaß nun eine Stampfe, mit der er Knochen und Guano zu Kunstdünger verarbeitete und Steine für die Bauindustrie zerkleinerte. Zudem nannte er eine Schneidemaschine, mit der er Süßholz für die Apotheken in verkaufsgerechte Stücke schnitt, sein Eigen und handelte zusätzlich mit den neuen Leuchtmitteln. Er passte sich an, das war alles.

Sie folgten Clémentine die Treppe hinauf in die erste Etage. Oben angekommen wartete Henri bereits auf sie und begrüßte sie freundschaftlich.

Seit Daniel ihn kannte, trug er einen kurz geschnittenen rotbraunen Bart und kämmte sich die Haare aus der Stirn. Eine gerade Nase und ein energischer Zug um den Mund des Hausherrn ließen erahnen, warum es ihm immer wieder gelang, sich im Leben neu zu positionieren, wenn es nötig war.

Das Wohnzimmer der Nestlés war um einiges opulenter eingerichtet als ihr eigenes. Ein wuchtiger Kristallkronleuchter, der mit Kerzen bestückt war, hing von der Decke, und schwere dunkel lackierte Holzmöbel mit Zierdecken füllten die Ecken des Raums, in dessen Mitte ein massiver Holztisch und mit rotbraunem Stoff bezogene Stühle standen.

Der Salontisch war bereits mit diversen Köstlichkeiten gedeckt.

»Setzt euch doch bitte.« Henri zeigte auf die Stühle. »Tee und Kaffee werden gleich aufgetragen. Für eure Tochter hat meine Frau einen Brei zubereitet. Ich hoffe, er schmeckt ihr.«

»Ach, das wäre doch nicht nötig gewesen. Wie aufmerksam, vielen Dank!« Fanny berührte Clémentine am Arm, und Daniel lächelte dankbar.

»Ich hätte sie ja gerne vom Tisch mitessen lassen, aber Bethmännchen und Frankfurter Würstchen mit

Brot dürften mit bloß zwei Zähnen noch etwas schwer zu bewältigen sein«, scherzte Henris Frau.

Daniel beugte sich neugierig über die Speisen. »Deutsche Würstchen? Da bin ich mal gespannt, ob sie mit unseren mithalten können. Das Gebäck kenne ich nicht. Woraus wird es gemacht?« Er zeigte auf die Teigkugeln, die mit Eigelb glasiert und mit halbierten Mandeln dekoriert waren.

»Bethmännchen sind eine Spezialität aus Frankfurt am Main. Sie bestehen aus einer Art Marzipan, das aus gemahlenen Mandeln, Puderzucker und Rosenwasser hergestellt und zu kleinen Bällchen geformt wird. Am Ende wird das Ganze noch verziert«, erklärte Clémentine. »Bitte bedient euch!« Sie schob ihnen die Teller hin. In diesem Augenblick erschien eine Angestellte der Nestlés und brachte ein Tablett mit Tee, Kaffee und Zubehör sowie einem Schälchen mit Brei und einem Löffel.

»Darf ich Louise den Brei geben?«, fragte Clémentine an Fanny gewandt.

Diese nickte und reichte ihr das kleine Mädchen. Louise, die einen untrüglichen Sinn für Essbares besaß, steckte sofort ihre Finger in das Püree und schleckte sie ab.

»Da hat aber jemand Hunger, hm?« Zärtlich lächelte Clémentine sie an und gab ihr einen Löffel. Die Mahlzeit schien der Kleinen zu schmecken, denn sie verlangte auf der Stelle nach mehr. Nachdem sie jedoch die halbe Schale verschlungen hatte, wurde sie unruhig und wollte zurück auf den Boden. Auch daran hatte ihre

Gastgeberin gedacht, wie Daniel nicht ohne Bewunderung feststellte. Sie holte eine warme Decke vom Sofa, breitete sie auf dem Salonboden aus und setzte Louise darauf. Dann stellte sie ihr eine Holzkiste mit verschiedenen Spielzeugen hin – aus Knochen oder Holz geschnitzte Tiere und Figuren, Rasseln und bunt bemalte Klötze. Verzückt räumte das Mädchen die Kiste aus und brabbelte zufrieden, während Clémentine sich mit ihr über die Utensilien unterhielt und ihr abwechslungsweise welche reichte.

Daniel beobachtete indes seine Frau. Fanny genoss die kurze Pause sichtlich, denn sie bediente sich herzhaft mit Speisen und nippte an dem Kräuteraufguss. Clémentine hatte ihnen schon öfters angeboten, auf Louise zu schauen, sollte Fanny einmal ihre Hilfe benötigen, und da sich ihr kleines Mädchen bei der Freundin offenbar sehr wohlfühlte, würden sie das bestimmt bald einmal in Betracht ziehen.

Die drei Erwachsenen sahen Louise und Clémentine lächelnd zu. Nach einer Weile jedoch bemerkte Henri stirnrunzelnd: »Ist es nicht tragisch, dass unsere moderne Gesellschaft nach wie vor eine derart hohe Säuglingssterblichkeit zu beklagen hat? Clémentine und mich beschäftigt das sehr.«

»In der Tat, das ist es«, pflichtete ihm Daniel bei und sah Louise nachdenklich an.

Fanny ergänzte: »Nicht alle Frauen sind so privilegiert wie wir und können es sich leisten, ihr Kind zu stillen oder, im Falle der Adligen, eine Amme anzustellen.«

Clémentine sah zu ihnen auf. »Da gebe ich Fanny vollkommen recht. Ich sehe es immer wieder bei unseren Fabrikarbeiterinnen. Sie können es sich nicht leisten, während der Säuglingszeit der Kinder nicht arbeiten zu gehen. Sie brauchen das Geld und zudem auch ihre körperlichen Kräfte. Also werden die Kinder nur mangelhaft oder gar nicht gestillt. Das ist ein großes Problem.«

»Aber ... du hast doch diese Milchpaste entwickelt, die diesem Problem der Mangelernährung nicht gestillter Säuglinge entgegenwirken soll«, sagte Daniel, der sich an ein Gespräch mit seinem Freund vor einiger Zeit erinnerte.

Henri strich sich nachdenklich über den Bart und schwieg ein paar Sekunden, bevor er antwortete: »Das Problem ist, dass es neue wissenschaftliche Erkenntnisse gibt, wodurch ich einsehen muss, dass meine Erfindung nicht mehr zeitgemäß ist. Nach dem neuesten Stand der Wissenschaft entspricht eingedickte Milch mit Zuckerzusatz nicht den Anforderungen an eine gesunde und vollwertige Säuglingsnahrung, zumal Tiermilch für die Kleinsten unter uns nach wie vor sehr schwer verdaulich ist.« Er trommelte mit den Fingern auf den Tisch.

»Welche Erkenntnisse?«, hakte Daniel nach, den das Thema zwar interessierte, der aber nichts von solchen Entwicklungen mitbekommen hatte und von Nahrungsmitteln und Chemie kaum etwas verstand. Sein Freund Henri hingegen war als gelernter Apotheker natürlich in seinem Element.

»Nun, Justus von Liebig hat im Frühjahr in seiner Zeitschrift *Annalen der Chemie und Pharmacie* eine Analyse der Muttermilch und die daraus resultierenden Erkenntnisse veröffentlicht. Er hat ein Rezept für eine ›Neue Suppe für Säuglinge‹ zusammengestellt, die in ihrer Zusammensetzung der Muttermilch ähnelt. Damit wurde mein bisheriges Produkt hinfällig, denn ich bin Wissenschaftler genug, um einzusehen, wenn etwas den falschen Ansatz verfolgt.«

»Das tut mir leid«, sagte Daniel betroffen und nahm einen Schluck Kaffee. Henris Fähigkeit, sich und sein Tun dermaßen schonungslos zu überdenken, beeindruckte ihn.

»Nun«, fuhr Henri fort, ohne auf Daniels Bemerkung weiter einzugehen. »Das Problem unserer Kinder ist damit aber nach wie vor nicht gelöst, denn Liebigs Rezept, so genial es von den Inhaltsstoffen her sein mag, ist viel zu aufwendig in der Herstellung. Man benötigt Mehl, Malz, Milch und Potasche in bester Qualität, die dann nach einem komplizierten Rezept eine halbe Stunde lang zubereitet werden müssen. Keine Mutter kann diesen Aufwand betreiben. Jedenfalls keine meiner Fabrikarbeiterinnen, die abends todmüde ins Bett fallen.« Henri schob sich ein Bethmännchen in den Mund und kaute nachdenklich.

»Apropos Neugeborene«, schaltete sich nun Clémentine ein. »Wann kommt eigentlich Alexandres und Maries Kind auf die Welt? Eine Bekannte hat sie kürzlich auf dem Markt gesehen, das Bäuchlein ist schon sehr gut sichtbar.«

»Wie sie mir mitgeteilt hat, wird die Geburt des Kindes zu Anfang Februar des neuen Jahres erwartet«, antwortete Fanny knapp und griff nach einem Stück Brot, das sie mit Wurst belegte. »Vorzügliche Würste. Ich kann gar nicht genug davon bekommen«, lobte sie ihre Gastgeberin und verzog die Lippen zu einem dünnen Lächeln.

»Ach ja?«, erwiderte diese. »Und wer übernimmt dann Maries Arbeit in der Firma, während sie sich um das Neugeborene kümmert? Sie werden doch wohl keine Amme zuziehen, da hört man im Augenblick ja üble Geschichten. Zudem haben sie nun lange genug auf ein zweites Kind gewartet, also nehme ich an, dass sie kein Risiko eingehen möchten.«

»Zu deiner Frage mit der Firma: Das weiß ich nicht«, antwortete Fanny eine Spur zu schroff, griff nach einem Bethmännchen und stopfte es sich in den Mund. Clémentine, die von Fannys Zerwürfnis mit ihrem Bruder wusste, wechselte einen vielsagenden Blick mit Daniel und Henri.

Vorsichtig streckte Daniel die Hand aus und berührte Fannys Finger. Die presste den Mund zusammen und starrte ins Leere.

»Wie ich hörte, ist die Cailler-Fabrik schon jetzt ziemlich am Anschlag«, bemerkte Henri beiläufig. »Und das noch vor der Geburt des Kindes.«

Fanny und Daniel sahen ihren Freund an.

»Woher hast du diese Information?«, fragte Fanny, bevor Daniel dazu kam. »Ich habe nichts dergleichen gehört, wenn es mich auch nicht verwundern würde.

Die Schwangerschaft setzt Marie schon länger ziemlich zu. Sie leidet unter anhaltenden Erschöpfungszuständen, Wassereinlagerungen und Übelkeit.«

Henri zuckte die Schultern. »Es spielt keine Rolle, woher ich das habe. Tatsache ist, dass die Fabrik der steigenden Nachfrage nach Schokolade kaum mehr gerecht wird. Der Markt wächst, und Alexandre hat seit Augustes Tod keinen gleichrangigen Geschäftspartner mehr. So sehr ich Frauen in der Arbeitswelt begrüße, so offen muss ich auch gestehen, dass die Zeit für eine Frau im Außendienst noch nicht reif ist. Marie ist kein vollständiger Ersatz für Auguste. Nicht in dieser Position. Zudem versteht sie nichts vom Handwerk.«

»Interessant. Uns gegenüber würde er das natürlich niemals zugeben«, schnaubte Fanny.

Daniels Gedanken schweiften ab. Henris Worte machten ihn hellhörig.

»Vielleicht doch, wenn er verzweifelt genug ist«, meinte Clémentine mit einem geheimnisvollen Lächeln.

»Du denkst, ich soll ihm meine Hilfe anbieten? Warum sollte ich das tun? Er würde sie ohnehin nicht annehmen. Zudem würde das Alexandres Problem keinesfalls lösen, denn ich bin auch eine Frau und könnte Auguste somit ebenso wenig ersetzen«, schlussfolgerte Fanny.

Abgesehen von Louises Brabbeln herrschte Schweigen im Raum. Es war in diesem kurzzeitigen Vakuum, als eine Idee in Daniels Kopf aufflackerte. Er war selbst überrascht, dass ihm das bisher nie in den Sinn gekommen war. Je mehr er in der immer noch anhaltenden Stille über diesen Gedankeneinfall nachdachte, desto schneller schlug sein Herz. Sollte er die anderen einweihen? Ihre Reaktion beobachten? Womöglich wäre es ganz hilfreich, diese Inspiration mit Freunden wie den Nestlés zu teilen, die etwas vom Unternehmertum verstanden. Sie würden ehrlich zu ihm sein.

Nach einer Weile räusperte er sich schließlich.

»Warum bieten wir Alexandre nicht einfach unsere Unterstützung an?«, sagte er langsam und beobachtete die Wirkung seiner Worte. Henri, Fanny und Clémentine sahen ihn alle gleichermaßen verwirrt an und warteten darauf, dass er seinen Gedanken weiter ausführte.

Daniel nahm einen Schluck seines zwischenzeitlich kalten Kaffees und faltete die Hände. Er musste seine Idee gemächlich, geordnet und möglichst einfach formulieren, um keine Verwirrung zu stiften. Doch dazu musste er natürlich zuerst selbst ein wenig Ordnung im kreativen Chaos seiner Gedanken schaffen.

»Die Caillers können der Nachfrage nach Schokolade nicht mehr beikommen. Und sie haben Probleme mit den internen Strukturen, was sich erneut negativ auf die Befriedigung der steigenden Kauflust ihrer Kunden auswirken wird.« Er machte eine Pause, um seinen Zuhörern Zeit zu lassen, das Gehörte zu verarbeiten.

»Was wäre also, wenn ein externer Dienstleister Elemente dieser Aufgaben übernehmen würde? Genauer gesagt: Fanny und ich könnten Alexandre unsere Unterstützung anbieten und mit ihm eine Gesellschaft zur Herstellung von Schokolade gründen. Wir könnten einen Teil der Produktion sowie des Vertriebs für ihn übernehmen.«

Daniel wartete gespannt auf eine Reaktion seiner Zuhörer.

Noch bevor sonst jemand etwas sagen konnte, spann Henri Daniels Gedanken schon weiter: »Du meinst, du würdest zusätzliche Fabrikräumlichkeiten erwerben und dort zusammen mit deiner Frau, die als Chocolatière arbeiten würde, eine Außenstelle der Firma Cailler bilden? Deine Aufgaben wären dann Verkauf und Vertrieb der Produkte unter dem Patronat der Caillers?«

Daniel nickte. »So ähnlich, ja.« Er zögerte kurz und fuhr dann fort: »Niemand würde Alexandre seine Position streitig machen. Wir wären bloß eine Zweigstelle, finanziert und ausgestattet durch eigene Mittel. Er müsste seine Firma also weder mit seiner Schwester noch mit mir teilen, was ihm ja seit Anbeginn ein Dorn im Auge war, wie wir wissen.«

»Dennoch hätte er aus seiner Sicht einige Vorteile: Er wäre nicht mehr von der Anwesenheit seiner Frau oder einer gleichwertigen Person abhängig und könnte mehr Marktanteile übernehmen«, schlussfolgerte Henri.

Abwartend sah Daniel Fanny an, die bis jetzt nichts zu der Unterhaltung beigetragen hatte.

»Was meinst du mit *so ähnlich*?«, fragte sie schließlich und musterte ihn eingehend.

Daniel lächelte. Natürlich waren ihr das kurze Zögern und das Schwanken in seiner Stimme nicht entgangen. Er seufzte und legte die Hände auf den Tisch.

»Ich würde keine neuen Fabrikräumlichkeiten erwerben, sondern Teile meiner jetzigen Kerzenfabrik in eine Schokoladenfabrik umgestalten.«

Fanny starrte ihn mit großen Augen an, und Daniel wusste, dass sie sofort verstanden hatte.

»Was ist mit der Kerzenfabrik, Daniel?«, fragte Fanny nun auch mit zitternder Stimme.

Daniel sah auf den Tisch, holte tief Luft und hob den Blick erneut. »Das Geschäft mit den Kerzen schwindet. Ihr alle wisst oder ahnt es bestimmt. Die Tageszeitungen sind voll von Berichten über die neuen Beleuchtungsmittel. Ich wollte es lange nicht wahrhaben und suchte auch permanent nach möglichen Auswegen, doch nun, da es auf das Ende des Jahres zugeht, muss ich ehrlich sein: Unsere Kerzenfabrik kann keine zwei Familienstämme mehr ernähren. Julien und ich sehen uns gezwungen, die Manufaktur zu verkleinern. Einer von uns beiden wird sich nach einem anderen Tätigkeitsfeld umsehen müssen. Zumindest so lange, bis uns eine Trendwende gelungen ist«, fügte Daniel hinzu und faltete die Hände auf dem Tisch.

Fanny sah ihn an und schluckte. »Und das sagst du mir jetzt? Hier? Einfach so?« Ihre Stimme war kaum mehr als ein raues Flüstern.

Daniel raufte sich die Haare und seufzte. Clémentine stand auf und legte die Hände auf Fannys Schultern, um sie zu beruhigen.

»Ich trage dieses Wissen seit Wochen mit mir herum und wusste nicht, wie ich es dir sagen sollte. Die Idee mit der Schokoladenfabrik ist mir gerade eben erst gekommen. Es war nicht meine Absicht, die Diskussion von der Schokoladenmanufaktur auf die Kerzenfabrik zu lenken, das musst du mir glauben.« Daniel spielte mit den Ecken der Tischdecke. »Aber ich fürchte, es ist derzeit unsere einzige Option.« Er sah seinen Freund Henri an.

Der lehnte sich in seinem Stuhl zurück und verschränkte die Arme vor der Brust. »Aus unternehmerischer Sicht ist das ein sinnvoller Plan«, bestätigte er. »Der Schokoladenmarkt boomt, und Cailler ist in einer instabilen Position.«

Daniel sah seine Frau an. Fanny saß auf ihrem Stuhl und blickte schweigend vor sich hin. Nach einer gefühlten Ewigkeit schließlich wandte sie sich ihm zu und sah ihm fest in die Augen. Was sie darin sah, schien sie in ihrem Entschluss zu bestätigen, denn sie erhob sich langsam von ihrem Stuhl und strich ihr Kleid glatt.

»Gut, ich werde meinen Bruder und Marie sowie Maman zum Abendessen einladen und ihnen vorschlagen, dass wir in das Schokoladengeschäft meiner Familie mit einsteigen. Aber« – sie holte tief Luft, streckte den Rücken durch und schob das Kinn vor – »ich werde nicht betteln.«

Kapitel 15

Louise ließ sich von ihrem Sohn aus der Kutsche helfen und trat dann zur Seite, damit Marie ebenfalls aussteigen konnte. Die vierjährige Elodie hatten sie heute Abend bei Magalie und den Mädchen gelassen, da Fanny angekündigt hatte, dass es sich bei dem Abendessen um etwas Geschäftliches handle. Zudem hatte Fanny darauf bestanden, dass Louise Alexandre und Marie begleitete, was diese skeptisch stimmte. Warum wollte ihre Tochter sie unbedingt dabeihaben?

Griesgrämig betätigte Alexandre den Türklopfer, und als kurz darauf die Tür geöffnet wurde und Daniel im Dämmerlicht des Flurs erschien, um sie hereinzubitten, blieb Louise keine Zeit mehr, länger über das bevorstehende Treffen mit Fanny und ihrem Schwiegersohn nachzudenken. Nachdem sich durch die Heirat und das aufmerksame Hochzeitsgeschenk an Fanny ihrer Meinung nach alles so wunderbar gefügt hatte, hatte Louise tatsächlich gehofft, dass ihr auf ihre alten Tage endlich Frieden vergönnt sein würde. Das unbestimmte Zwicken in ihrem Magen belehrte sie jedoch eines Besseren.

»Willkommen. Bitte, kommt herein«, begrüßte Daniel sie höflich, machte eine einladende Handbewegung und trat zur Seite. Zum Glück befand sich das Esszimmer im Erdgeschoss, dachte Louise, denn Marie tat sich mittlerweile schwer mit dem Treppensteigen.

Jetzt erschien auch Fanny im Türrahmen zum Esszimmer. Sofort lief sie auf Louise zu und schloss sie in ihre Arme. »Maman, schön, dass du gekommen bist, ich danke dir.« Dann begrüßte sie ihren Bruder und ihre Schwägerin freundlich, aber mit der üblichen Distanziertheit.

Louise war etwas enttäuscht, dass ihre kleine Enkelin offenbar nach einem frühen Nachtessen bereits ins Bett gebracht worden war. Sie war vollkommen vernarrt in das kleine tollpatschige Wesen mit dem sonnigen Gemüt. Nicht zuletzt deshalb, weil das Mädchen sie an ihre eigene Tochter in diesem Alter erinnerte.

Fanny bat alle, einzutreten und sich zu setzen. Louise mochte die schlichte Behaglichkeit des Esszimmers im Heim ihrer Tochter sehr. Ein grüner Kachelofen in der Ecke sorgte für eine angenehme Temperatur. Verschiedene Nuancen von Ecru verliehen dem Zimmer Freundlichkeit, und der Boden aus dunkelbraunem Holz, der mit rot gemusterten Teppichen belegt war, wirkte unkompliziert und behaglich. Rotbraune Holzstühle waren um einen ovalen Tisch gruppiert, den Fanny mit einem weißen Tischtuch und dazu passenden Servietten, Porzellangeschirr, Silberbesteck und Kristallgläsern gedeckt hatte.

Eine Angestellte unterstützte sie bei der Bedienung der Gäste und bot Wasser und Rotwein an, nachdem sich alle gesetzt hatten.

»Danke, ich möchte keinen Wein.« Alexandre legte die Hand auf sein Weinglas.

Daniel sah ihn erstaunt an, und auch Louise war überrascht, dass ihr Sohn ein Glas Rebensaft von sich wies.

»Ich fühle mich seit einigen Tagen nicht gut«, erklärte dieser und legte sich die Serviette auf den Schoß. »Ich habe Kopfschmerzen, und meine Beine tun weh. Da mein Magen zudem etwas sensibel reagiert, werde ich heute mit Bedacht essen.«

»Ich habe heute ein einfaches, ausgewogenes Gericht kochen lassen: *papet vaudois*«, erklärte Fanny, die sich gleichfalls gesetzt hatte und der Angestellten dankend zunickte.

Während des Abendessens unterhielten sie sich über belanglose Themen wie die Kinder und das Wetter. Schwierige Sujets wie Politik oder Wirtschaft wurden vorsichtshalber vermieden. Als ihnen der Gesprächsstoff auszugehen drohte, fragte Louise nach Jean, aber auch dieses Thema hielt sie alle nicht lange beschäftigt. Ihr fiel auf, dass sich ihr Sohn immer wieder verstohlen mit einem Stofftaschentuch über Stirn und Nacken tupfte.

Irgendwann erstarb das Klirren des Bestecks, und die Teller waren leer. Als die Angestellte die Gedecke abgeräumt und die Tür zum Esszimmer hinter sich geschlossen hatte, breitete sich Schweigen im Raum aus. Louise sah, wie Daniel und Fanny einen Blick wechselten, bevor Fanny mit einem leisen Seufzen ihre Serviette zusammenfaltete und auf den Tisch legte.

»Mir ist bewusst, dass heute Abend alle ein wenig angespannt sind und niemand solche Treffen mag. Mir geht es nicht anders«, begann sie schließlich und nahm einen kräftigen Schluck von ihrem Rotwein. »Dennoch gibt es etwas, das wir wie vernünftige Erwachsene besprechen müssen.« Sie schaute Daniel an. Louise folgte ihrem Blick und sah, wie dieser ihre Tochter mit einem Lächeln ermunterte weiterzusprechen.

»Der Schokoladenmarkt scheint zu boomen, die Nachfrage steigt«, zählte Fanny die Fakten auf.

Alexandre nickte, während eine leichte Röte seine Wangen färbte. Allein schon der Umstand, dass seine Schwester dieses leidige Thema überhaupt anschnitt, musste sein Blut in Wallung bringen.

»Und wenn der Markt wächst, braucht man als Unternehmer mehr Produktionsmöglichkeiten, um dieses Wachstum abzufangen.« Fanny schwieg einen Moment, und Louise spürte, wie ihr Unbehagen wuchs. Sie wusste, was jetzt kommen würde. »Um es kurz zu machen«, fuhr Fanny schließlich, an Alexandre gewandt, fort, »Daniel und ich möchten dir vorschlagen, eine Zweigstelle unter dem Markennamen Cailler zu eröffnen, um dich bei der Produktion und dem Vertrieb von Schokolade zu unterstützen. Selbstverständlich mit eigenen Mitteln und auf eigenes Risiko.« Sie sah Daniel an, der nun das Wort ergriff.

»Während ich mich mit den unternehmerischen Abläufen wie dem Kundenkontakt, Verkauf und der Bewerbung der Produkte gut auskenne, besitzt meine Frau das handwerkliche Wissen, um die Schokolade produzieren zu können.« Er machte eine kurze Pause, nahm einen Schluck Wasser und fuhr fort: »Sie wäre auch bereit, jene Kreationen, die wir in unserer Fabrik herstellen und die von dir, Alexandre, genehmigt und freigegeben werden, als Eigentum der Cailler-Manufaktur zu betiteln.«

»Was sagst du dazu, Alexandre?«, ergriff nun Fanny wieder das Wort.

Louises Sohn verzog das Gesicht und hielt sich den Bauch. »Es tut mir leid, aber ich fürchte, dass heute nicht der Moment ist, um geschäftliche Belange zu diskutieren. Ich fühle mich nicht besonders, und solcherlei Dinge müssen gründlich durchdacht sein. Ich kann euch also heute keine Antwort auf diese Frage geben.«

»Natürlich haben wir auch nicht direkt eine Antwort erwartet, sondern erhoffen uns vielmehr, dass du dir einmal Gedanken dazu machst und uns wissen lässt, ob eine Zusammenarbeit auf diese Weise für dich denkbar wäre«, erklärte Fanny, während Daniel zustimmend nickte.

»Ich werde darüber nachdenken und mich dann wieder melden.« Alexandre erhob sich mit schmerzhaft verzogenem Gesicht und bedeutete Marie, ebenfalls aufzustehen.

»Wir bedanken uns für das gute Abendessen«, beeilte sich diese zu sagen, während Alexandre bereits im Flur verschwunden war.

Auch Louise erhob sich. »Danke für die Einladung und das vorzügliche *papet vaudois*.« Sie umarmte Fanny zum Abschied. »Ich tue mein Bestes, damit er eure Anfrage wohlwollend behandelt«, fügte sie noch leise an.

Vor dem Haus hatte Alexandre bereits eine Kutsche gerufen und stieg als Erster in den Wagen. Stöhnend legte er sich auf die Bank, während seine schwangere Frau mühselig ins Wageninnere kletterte und sich auf der gegenüberliegenden Seite niederließ. Louise folgte ihr und setzte sich neben sie. Schweißperlen glänzten auf dem Gesicht ihres Sohnes.

»Wenn du dich so schlecht gefühlt hast, warum hast du das Essen mit deiner Schwester nicht abgesagt?«, fragte sie. Auch wenn ihr Sohn zwischenzeitlich erwachsen war und Louise ihm nichts mehr vorzuschreiben hatte, so fühlte sie sich gelegentlich dennoch verpflichtet, ihn zurechtzuweisen. »Du hast dich Fanny und Daniel gegenüber sehr unhöflich verhalten. Sie haben klar kommuniziert, dass sie ein Gespräch wünschen, und uns freundlicherweise zusätzlich zum Abendessen eingeladen. Nun hast du das Essen genossen und die Kommunikation verweigert.« Verärgert wandte sie den Blick ab und starrte aus dem Fenster in die Dunkelheit.

»Von genossen kann überhaupt nicht die Rede sein, denn ich habe stechende Bauchschmerzen«, beklagte sich Alexandre. »Und ich habe nicht abgesagt, weil ich wissen musste, was sie wieder ausheckt«, presste er zwischen zusammengebissenen Zähnen hervor.

»Sie heckt überhaupt nichts aus! Sie hat dir eine anständige Frage gestellt und einen meines Erachtens sehr versöhnlichen Vorschlag gemacht, wenn man bedenkt, wie schwer es ihr gefallen sein muss, die Rechte ihrer

Kreationen an dich abzutreten.« Louise sah ihn an, doch er ließ die Augen geschlossen.

Plötzlich lachte er blechern. Dabei hielt er sich den Bauch.

»Ach Maman, wie alt musst du noch werden, bis du die perfiden Spiele deiner Tochter durchschaust?«

Louise beschloss, darauf gar nicht erst zu antworten. Das hingegen reizte und verärgerte Alexandre noch mehr. »Denkst du, ich bin blind und taub, Maman? Denkst du, ich wüsste nicht, warum sie mir so stümperhaft Honig ums Maul schmieren?« Er lachte. »Die Zeitungen sind voll davon. Das Petroleum erobert die Welt und somit auch die Schweiz. Und das Gleiche hört man auch durch die schmutzigen Gassen von Vevey hallen.«

»Was hört man? Und seit wann interessiert dich das Gerede der Leute?«, fuhr Louise ihn an.

»Die Arbeiter reden. Sie berichten von Tagen, an denen die Maschinen in der Kerzenmanufaktur fast gänzlich stillstehen und man sie mit Reinigungsarbeiten beschäftigt. Ihnen allen ist bewusst, dass ihre Anstellung an einem seidenen Faden hängt. Die Gebrüder Peter gehen dunklen Zeiten entgegen, im wahrsten Sinne des Wortes. Bald hat es sich in der Rue des Bosquets ausgeflackert.«

Louise sah ihren Sohn an, als wäre er ein Fremder. Wie hatte aus dem süßen kleinen Jungen, den sie unter Blut, Tränen und Schweiß auf diese Welt gepresst hatte, nur so ein kaltherziges Wesen werden können? Wo und wann hatte sie dermaßen versagt, dass er sich zu einem

Mann entwickelt hatte, der seinem Vater, würde er noch leben, bloß Schande bereitet hätte? Und er war noch nicht fertig.

»Sie denken wohl, ich merke nicht, was hier gespielt wird. Die beiden wollen mir weismachen, dass ich ihre Unterstützung brauche. Pah!« Er schnaubte verächtlich.

»Vielleicht solltest du einmal daran denken, dass du über die Hilfe deiner Schwester und ihres Mannes noch froh sein wirst, wenn man bedenkt, dass Marie demnächst für längere Zeit ausfällt, weil sie sich um euer Neugeborenes kümmern muss. Den Außendienst hat sie ja schon länger verlassen, auch dort fehlt dir eine geeignete Person.« Louise sah ihre Schwiegertochter auffordernd an und verschränkte die Arme vor der Brust. Sie wusste schließlich selbst, wie viel Arbeit ein Säugling mit sich brachte. An eine Rückkehr in die Fabrik war da vorerst gar nicht zu denken.

Doch wie zu erwarten, schwieg Marie.

Nun richtete sich Alexandre unter Stöhnen auf und funkelte Louise böse an. »Was ist eigentlich mit dir los, Maman? Hast du den Verstand verloren? Du warst doch auch einmal eine Geschäftsfrau, oder? Zuerst muss ich mich darüber ärgern, dass meine eigene Schwester hinter meinem Rücken Schokolade verkauft und die Fabrik betrügt, und nun soll ich ihr über die Hintertür erneut Zugang verschaffen? Wir wissen doch alle, dass Fanny, kaum im Bann der Schokolade« – er machte eine übertrieben theatralische Geste und rollte mit den Augen – »überall ihre Nase reinstecken und alles aufmischen wird. Wir waren uns daher einig, dass es das Beste ist, wenn sie in Daniels Kerzenfabrik mithilft.« Er zeigte mit dem Finger auf sie. »Du ... du warst ebenfalls dieser Meinung, weil du deine Tochter nämlich kennst!«

Louise sah ihn regungslos an. »Wann bist du bloß so herzlos geworden, Sohn? Deine Schwester hat ein kleines Kind, in dem dasselbe Blut fließt wie in deinen Adern. Sie bittet dich um Hilfe, weil ihre Existenz in Gefahr ist. Dazu ist sie sogar bereit, ihren Stolz über Bord zu werfen.« Sie lachte trocken. »Glaub mir, das Allerletzte, was Fanny möchte, ist, sich dir als Untergebene anzubieten. Dennoch hat sie es getan.« Plötzlich war sie nicht mehr zu bremsen. Denn wenn sich Louise einmal in Rage redete, dann richtig. »Zudem unterschätzt du Daniel. Er mag das Pech haben, in der falschen Branche gelandet zu sein. Da ist er aber in diesen Zeiten rasanten Fortschritts bei weitem nicht der Einzige. Er könnte dir sehr von Nutzen sein, weil er vom Führen eines Geschäfts etwas versteht und weil er es als dein Schwager niemals wagen würde, dich zu hintergehen.«

Alexandre lachte. »Das sind die illusorischen Vorstellungen einer Mutter, die all ihre Kinder gerne versorgt sieht«, krächzte er. »Es wäre allerdings nicht das erste Mal in der Menschheitsgeschichte, dass ein Mann von seinem eigen Fleisch und Blut betrogen wird. Spar dir den Aufwand, Maman. Überleg lieber, wie du Fanny und ihrem Mann auf andere Weise helfen kannst.«

Louise hatte Mühe zu atmen. Ihre Kehle fühlte sich an wie zugeschnürt, und sie spürte das verräterische Brennen von Tränen in ihren Augenwinkeln. In diesem

Augenblick fragte sie sich, ob es damals wirklich richtig gewesen war, Fanny zu drängen, aus dem Familiengeschäft auszusteigen und bei ihrem Ehemann zu arbeiten. Hätte sie in jenen Tagen geahnt, dass ihre Tochter deshalb einmal in Not geraten würde, hätte sie alles dafür getan, sie in der Schokoladenfabrik zu behalten. Doch nun war es zu spät.

Kapitel 16

Als Marie zwei Tage später früh um halb sechs aufwachte, lag Alexandre schweißgebadet neben ihr im Bett. Seit sie bei Fanny und Daniel zu Besuch gewesen waren, hatten sich sein Unwohlsein und seine Verdauungsbeschwerden noch verschlechtert. Vorsichtig legte sie ihm ihre Hand auf die geröteten Wangen und zog sie entsetzt zurück.

»Du glühst ja«, flüsterte sie und beschloss, ihre Schwiegermutter und einen Arzt zu rufen. Erstere, damit sie ihr mit der kleinen Elodie und dem Haushalt helfen konnte, und Letzteren, um nach ihrem Mann zu sehen. Normalerweise rief sie nicht bei jedem simplen Fieberschub einen Mediziner, doch die Abfolge der Ereignisse beängstigte Marie. Es war nicht das erste Mal, dass sie so etwas sah.

Sie fröstelte, während sie sich stöhnend und umständlich hochrappelte. Der Bauch war ihr zunehmend im Weg. Sie hatte furchtbar geschlafen, und ihr Rücken schmerzte. Vorsichtig sah sie nach ihrer Tochter, die noch friedlich in ihrem Bettchen schlief, zündete eine Kerze an, goss etwas Wasser aus einem Krug in die Waschschüssel und wusch sich den Schweiß der Nacht vom Leib. Danach kleidete sie sich, so gut es mit diesem Bauch und ohne Hilfe eben ging, an und trat auf den Flur. Der Geruch nach Feuer, gedämpfte Stimmen und ein matter Lichtschein drangen aus dem Erdgeschoss nach oben. Die Angestellten waren bereits wach und damit beschäftigt, die Räume zu heizen und die Mahlzeiten vorzubereiten. Heute brachten sie zudem die Wäsche der Familie zu den Waschfrauen ans Ufer des Lac Leman. Diese hatten in der Lokalzeitung mit attraktiven Preisen von nur zwei Franken geworben, wenn man ihnen zusätzlich eine Zwischenmahlzeit bereitstellte, ansonsten kostete es etwas mehr.

Marie rief nach Lune, der Jüngsten unter den Hausangestellten, die auch sofort erschien. Mit weit aufgerissenen Augen starrte die junge Frau Marie im Halbdunkel des Flurs an, trocknete sich die Hände an der Schürze und fragte: »Alles in Ordnung, Madame? Kann ich Ihnen behilflich sein, können Sie nicht schlafen?« Ihr Blick wanderte weiter zur Treppe, wo sie vermutlich den Herrn des Hauses erwartete, der sonst stets vor Marie aufstand.

»Meinem Mann geht es schlechter, ich fürchte, dass er Fieber hat. Holen Sie Doktor Richard und geben dann meiner Schwiegermutter Louise Bescheid.«

Während Lune loseilte, ging Marie in die Küche und verlangte nach einem Kräuteraufguss sowie heißem Wasser, um ihren Mann zu waschen und ihm Kräuterwickel auf die Stirn zu legen.

Eine Stunde später saßen sie zusammen mit dem Arzt an Alexandres Bett, während Lune Elodie in den

Salon brachte, um sie dort zu waschen, anzukleiden und ihr Frühstück zu geben.

Doktor Richard untersuchte Alexandre mit geübten Bewegungen, während dieser immer wieder schmerzhaft stöhnte und etwas vor sich hin murmelte.

»Zum jetzigen Zeitpunkt kann ich keine näheren Angaben zu seiner Erkrankung machen«, erklärte der Arzt und sah Marie an. »Ich überlasse Ihnen einige Arzneimittel zur Anregung der Verdauung sowie zur Behandlung des fiebrigen Zustands. In einigen Tagen sehen wir weiter.« Er kramte in seiner Ledertasche und förderte zwei braune Glasfläschchen zutage. Eines öffnete er und gab dem Patienten drei Tropfen auf die Zunge. Dem scharfen Geruch nach musste es sich dabei um in Alkohol gelöste Pflanzenextrakte handeln. Der Arzt hob das zweite Fläschchen hoch. »Hiervon geben Sie ihm fünf Tropfen, in Wasser aufgelöst. Er soll alle zwei Stunden ein Glas davon trinken«, erklärte er und stellte das Fläschchen auf den Nachttisch neben dem Bett. Dann erhob er sich und verabschiedete sich von ihnen.

Marie brachte ihn noch zur Tür und bedankte sich. Doch ihr ungutes Gefühl blieb, nicht zuletzt, weil Louise aschgrau im Gesicht war und aussah, als sei sie in den letzten dreißig Minuten um Jahre gealtert. Sie verlangte nach einem Tee und setzte sich zu Elodie und Lune in den Salon, wo sie stumm vor sich hin starrte.

Marie fühlte sich ebenfalls erschöpft. Doch noch bevor sie sich setzen konnte, kam eine der Hausangestellten, die an Alexandres Zimmer Wache gestanden hatte, ins Wohnzimmer geeilt.

»Madame, Ihr Mann schickt mich, um Sie zu holen. Er ist schwach, aber wach.«

Sofort erhob sich auch Louise vom Sofa, doch die Angestellte erklärte verlegen: »Entschuldigen Sie, Madame Cailler, aber Ihr Sohn verlangte ausdrücklich nach seiner Frau und sagte: ›Sorgen Sie dafür, dass nur Marie kommt. Mit meiner Mutter spreche ich später.‹« Sie verneigte sich mit einem gequälten Lächeln. »Es tut mir sehr leid, Madame. Darf ich Ihnen vielleicht noch etwas bringen, um Ihnen das Warten angenehmer zu machen? Tee, Kaffee, ein Gebäck oder ein Stück Schokolade zur Stärkung?«

»Schokolade wäre sehr nett, danke.« Louise setzte sich wieder, und Marie entging nicht, dass ihre Hände zitterten, als sie sie auf die Sofalehne legte.

Sie verließ den Salon und ging über den Flur zu ihrem Schlafgemach hinüber. Vor der Tür holte sie tief Luft und betrat das halbdunkle Zimmer. Es roch nach einer Mischung aus Körperausdünstungen und Kräutertinkturen.

»Marie ...«, krächzte Alexandre und bedeutete ihr, sich auf die Bettkante zu setzen. Er hatte sich etwas aufgerichtet und lehnte mit dem Oberkörper an einem Kissen. Schweißperlen glänzten auf seiner Stirn.

Sie schluckte leer, setzte sich zu ihm und griff nach seiner heißen, trockenen Hand.

»Marie«, wiederholte er und räusperte sich. »Mir bleibt nicht mehr viel Zeit, und ich möchte, dass du mir nun genau zuhörst.« Er hielt inne und fixierte sie mit trübem Blick.

»Sag nicht solche Sachen, das kann man nicht wissen. Doktor Richard ist ein fähiger ...«

»Doch, das kann man wissen. Wenn man kein Narr ist, dann weiß man es, Marie«, unterbrach er sie. »Davonlaufen hilft nichts, das ist nur Zeitverschwendung. Also, habe ich deine Aufmerksamkeit, und versprichst du mir, dass du genau das tust, was ich dir sage?« Er drückte ihre Hand so fest, dass es wehtat.

Marie schluckte die Tränen hinunter, sah ihn an und nickte.

»Gut.« Er atmete ein und verzog dabei das Gesicht. Noch schienen Doktor Richards Kräuterarzneien nicht zu wirken.

»Ich möchte, dass du noch heute zu Monsieur Lefebvre, meinem Advokaten, gehst. In der Firma gibt es im Regal mit den Ordnern ein Geheimfach. Dieses öffnest du, entnimmst ihm das Bündel mit den Akten und nimmst es mit.« Er wartete und vergewisserte sich, dass sie ihn verstanden hatte.

Marie hörte das Rauschen des Blutes in ihrem Kopf, und ihr Herz schlug viel zu schnell. In diesem Augenblick bewegte sich ihr Bauch. Das ungeborene Leben in ihrem Inneren spürte ihren Aufruhr. Doch damit ihr Mann fortfahren konnte, nickte sie auch dieses Mal bloß stumm.

Er erklärte ihr ausführlich, wo die Dokumente zu finden waren.

»Marie, du musst bei Monsieur Lefebvre abklären, was wir beide tun können, damit du alle Rechte an der Firma übernehmen kannst. Noch leben meine Mutter und meine Schwester, und ich bin mir nicht sicher, welchen Anteil der Gesetzgeber im Falle meines Ablebens für sie vorgesehen hat. Was auch immer ich tun kann, um unsere Ansprüche und die unserer Kinder zu schützen, muss nun getan werden, solange ich es noch unterschreiben kann.« Er ließ sich erschöpft in die Kissen fallen. »Fanny hat ihre Mitgift bekommen, von mir aus kann sie auch das Haus haben, aber ich will sie aus der Firma raus wissen. Das hat oberste Priorität, Marie. Sie werden dich nach meinem Tod bearbeiten, du darfst dich nicht erweichen lassen!«

Ihre Lippen zitterten, und es gelang ihr nicht mehr, die Tränen zurückzuhalten.

»Hör auf zu heulen!«, fauchte Alexandre sie an. »Du musst jetzt stark sein. Du darfst dich durch die Geburt des Kindes und deine Aufgabe als Mutter nicht von den wichtigen Dingen im Leben ablenken lassen. Besorg dir eine Amme oder sorg für eine andere Lösung. Eine Vernachlässigung der Firma kommt jedenfalls nicht in Frage. Du wolltest mich bei meinen Geschäften unterstützen, nun tu es auch! Meine Kinder sollen eines Tages mein Lebenswerk erben. Das wird aber nicht gelingen, wenn du jetzt schwächelst. Hast du verstanden? Versprich es mir!«

»Ich verspreche es dir«, hauchte Marie, schniefte und wischte sich die Tränen aus dem Gesicht. »Ich schwöre es im Namen unserer Kinder.« Hatte sie nicht jahrelang darauf hingearbeitet? Hatte sie ihre Rolle als Ehefrau und Mutter nicht verflucht und sich männliche Freiheiten gewünscht? Hatte sie sich nicht stets über die Narrenfreiheit ihrer Schwägerin geärgert?

Allerdings hatte sie sich die Umstände, die zu mehr Eigenständigkeit und Anerkennung führen sollten, anders vorgestellt. Weniger einsam.

Marie tat, wie ihr Alexandre geheißen hatte, und erledigte alle rechtlichen und formellen Angelegenheiten in seinem Sinne. Monsieur Lefebvre kam sogar persönlich vorbei, damit ihr Mann alle notwendigen Papiere zu seinem letzten Willen unterschreiben konnte.

Eine Woche später ging es Alexandre dermaßen schlecht, dass er meist nur noch benommen dalag. Sämtliche Symptome hatten sich verstärkt. Es überraschte daher niemanden, als Doktor Richard auch bei Alexandre die charakteristische Typhuszunge vorfand – ein dicker grauweißer Belag auf der Zungenmitte, während Spitze und Ränder himbeerrot verfärbt waren.

»Es tut mir leid«, erklärte der Arzt schließlich mit gedämpfter Stimme. »Ich kann nichts mehr für ihn tun.«

Obwohl Alexandre sie schon vor Tagen auf das Unvermeidliche vorbereitet hatte, brach Marie am Krankenbett zusammen. Ein kleiner Teil von ihr hatte immer noch gehofft.

»Ich teile es Fanny mit«, war alles, was Louise sagte, bevor sie das Krankenzimmer und das Haus ihres Sohnes verließ.

Eine Woche später tat Alexandre seinen letzten Atemzug. Bevor er für immer die Augen schloss, sah er Marie noch einmal an und flüsterte: »Denk an dein Versprechen.«

Kapitel 17

Drei Monate später. Eine blasse Februarsonne kämpfte sich ihrem Höchststand entgegen. Bei Maximaltemperaturen von sechs Grad Celsius war der Frühling in Vevey derzeit bloß ein Wunschgedanke. Es dauerte gewöhnlich bis Mitte März, bis sich hier in Seenähe ein milderes Klima bemerkbar machte.

»Sie hat ihn *wie* getauft?« Fanny schnappte empört nach Luft, blieb stehen und starrte ihre Mutter an. Möglicherweise hatte sie sich im Lärm der Betriebsamkeit auf der Place du Marché verhört. Umgeben vom Château de Couvreur mit seinen zahlreichen himmelwärts ragenden Türmen, La Grenette, dem städtischen Weizenspeicher, und dem Seeufer flanierten die Leute mit ihren Körben über den Wochenmarkt. Dabei unterhielten sie sich über das Warenangebot, ihre täglichen Sorgen und die Familie. Der Duft von warmen Speisen lag jetzt, kurz vor dem Mittag, in der Luft und ließ Fannys Magen knurren.

»Alexandre-François-Louis Cailler. Das ist doch ein sehr traditioneller Name«, antwortete Maman diplomatisch und blieb vor einem Stand mit gebrauchten

Holzspielzeugen stehen. Mit einem höflichen Lächeln grüßte sie nebenbei einige vorbeilaufende Frauen.

»Nein«, widersprach Fanny zischend. »Es ist nicht traditionell, es ist eine Schande, dass sie Papas Name verwendet. Sie ist eine angeheiratete Cailler, reißt sich die Fabrik und das Haus unter den Nagel und tauft ihren Sohn nach ihrem Schwiegervater, den sie nie kennengelernt hat. Das ist dekadent!« Erschrocken blickte sie sich um, ob jemand ihren Ausbruch mitbekommen hatte. »Sie will sich doch bloß mit fremden Federn schmücken. Papas Name umgibt immer noch eine besondere Aura.« Dieses Mal bemühte sie sich, mit gesenkter Stimme zu reden.

»Ich verstehe deine Wut, Fanny, aber wir können die Dinge nicht ändern.« Ihre Mutter griff nach einem bunt bemalten Miniatur-Schaukelpferd und hob es hoch, um es von allen Seiten zu betrachten. »Was meinst du, würde das Louise gefallen?«

»Sie hat doch schon so viele Sachen, Maman. Clémentine schenkt ihr andauernd irgendwas.« Fanny beachtete das Spielzeug überhaupt nicht.

Ihre Mutter ließ sich die gute Laune nicht verderben und kaufte das Holzpferdchen. Seit Alexandres Tod hatte sie sich verändert. Sie kümmerte sich ausgiebig um die unwichtigen Dinge im Leben und hatte für die gravierenden Sachen bloß noch ein Schulterzucken übrig. Verzückt betrachtete sie ihre Errungenschaft und legte sie mit einem glücklichen Lächeln in ihren Korb.

»Wir könnten doch mit Marie reden, oder nicht?«, fuhr Fanny fort. »Du bist immer noch die Mutter ihres verstorbenen Ehemanns und die Frau des Begründers der Schokoladenfabrik, die sie jetzt führt.« Fanny lief weiter, ohne die Waren in der Auslage zu beachten. Ihre Gedanken waren weit weg, und ihr Kopf schmerzte vom vielen Nachdenken. »Schließlich kann sie über den Nachlass verfügen, wie sie möchte. Sie kann jederzeit Teile der Fabrik verkaufen oder Partner mit ins Boot holen.«

»Fanny?« Maman blieb stehen und sah sie an.

Fanny tat es ihr gleich. Ihr war bisher nicht einmal aufgefallen, dass sie förmlich durch die Menge gestürmt war.

»Das Leben hat mich so einiges gelehrt, aber am eindrücklichsten hat es mir gezeigt, dass es tut, was ihm beliebt. Und nicht, was wir wollen.« Ihre Mutter lief langsam weiter und ließ den Blick über die Place du Marché schweifen, als sähe sie sie zum ersten Mal. »Wir können uns dagegen wehren, doch damit schaden wir bloß uns selbst. Oder wir versuchen, neue Wege zu gehen.«

Bevor Fanny etwas erwidern konnte, kam eine ältere Frau in einem schlichten braunen Kleid mit Haube vor ihr zum Stehen und versperrte ihr den Weg. Mit zusammengezogenen Augenbrauen starrte die Frau Fanny an. Ihre zusammengepressten Lippen zitterten, als sie einen unverschämten Blick in deren Einkaufskorb warf.

»Oh, haben wir etwas Schönes eingekauft?«, knurrte sie und verzog den Mund zu einem verbitterten Lächeln.

Fanny verstand nicht. »Kann ich Ihnen irgendwie helfen, Madame?« Hilfesuchend schaute sie ihre Mutter an. Ob die wohl wusste, was hier vor sich ging? Kannte sie die Frau?

»Es ist eure Schuld, dass ich meinen Enkelkindern kein solches Holzpferdchen schenken kann!«, spie die Frau plötzlich und wies mit ihrem gekrümmten, ledrigen Finger auf Mamans Einkaufskorb. »Uns geht das Geld aus, weil mein Baptiste seit Anfang des Jahres keine Anstellung mehr hat!«

Langsam dämmerte es Fanny, und ihr Mund wurde trocken. »Bestimmt findet ein guter Arbeiter wie er sofort eine neue Aufgabe in einer der zahlreichen anderen Industriemanufakturen?« Sie schluckte leer und bemühte sich um ein Lächeln. »Habt ihr bei Nestlés gegenüber gefragt?«

»Wir haben überall gefragt, junge Frau. Mein Mann ist zu alt, zu langsam. Das sei zu gefährlich mit den neuen Maschinen, sagen sie.«

»Das tut mir leid«, stammelte Fanny. Ihre Eingeweide zogen sich bei dem Gedanken an Baptiste zusammen, an den sie sich ebenso gut erinnern konnte wie an alle anderen. Er war einer der älteren Fabrikarbeiter gewesen, denen man die Anstellung gekündigt hatte, um den jungen Familienvätern den Vortritt zu lassen.

Die betagte Frau lachte abfällig und entblößte dabei ihre Zahnlücken. »Lass das geheuchelte Mitleid. Leute eures Standes wissen doch überhaupt nicht, wie wir leben müssen. Du musst ja nicht einmal arbeiten!«, fuhr sie Fanny an. »Das alles wäre nie passiert, wenn er weiterhin in der Kerzenfabrik arbeiten könnte.« Sie schüttelte ungläubig den Kopf. »Aber die feinen Herrschaften, die haben ihre Schäfchen im Trockenen, nicht wahr? Du musstest weder aus deinem schönen Haus ausziehen noch sonst auf irgendwas verzichten. Habe ich recht?« Sie winkte ab, als Fanny zu einer Erklärung ansetzen wollte.

Und wenn Fanny ehrlich war, hatte sie sowieso keine. Jedenfalls keine, die das Leid dieser Frau gemindert hätte.

»Schämt euch!« Die Frau spuckte Fanny vor die Füße, lief an ihr vorbei und stieß sie grob mit dem Ellenbogen zur Seite.

Fanny atmete ein paarmal tief ein und aus. Erst jetzt bemerkte sie, dass ihre Hände, die den Korb umklammert hielten, zitterten.

»Verstehst du jetzt, warum mir Maries Verhalten so sauer aufstößt? Hätten wir zusammenarbeiten können, so wie Daniel und ich es Alexandre vorgeschlagen haben, hätten unsere Leute noch immer Arbeit. So aber blieb uns nichts anderes übrig, als unfaire Entscheidungen zu treffen.« Fanny spürte einen dicken Kloß in ihrem Hals und drängte die Tränen in ihren Augen zurück.

»Ich dachte, die Heirat mit Daniel würde deine Probleme lösen«, murmelte Maman gedankenverloren und schlenderte langsam weiter. »Aber es ist wie ein Fluch.«

Verdutzt sah Fanny sie an. »Willst du damit etwa andeuten, ich hätte Daniel geheiratet, weil er eine eigene Fabrik hat? Oder weil ich Probleme hatte, die ich nicht selbst lösen konnte?«

Ihre Mutter drehte sich um. »So habe ich das nicht gemeint.«

»Und was für ein Fluch? Wovon sprichst du eigentlich?« Fanny suchte Mamans Blick.

Diese seufzte. »Von der Schokolade, Liebes. Hört es denn nie auf? Wenn dein Papa gewusst hätte, dass seine Erfindung unsere Familie so entzweit, hätte er sich bestimmt geweigert, das Ganze weiterzuverfolgen.«

»Ja, und wenn er geahnt hätte, dass sein Lebenswerk einmal in die gierigen Klauen einer Fremden gelangt und man mich ausschließt, dann hätte er mir eine eigene Schokoladenfabrik gekauft!«, schnaubte Fanny und ballte die Hände zu Fäusten. Wütend lief sie an ihrer Mutter vorbei.

Lange hielt die Wut jedoch nicht an, dann breitete sich an ihrer Stelle Schmerz aus.

Die kleine Louise schlief bereits in ihrem Bettchen, als Daniel von der Arbeit nach Hause kam, um mit Fanny ein schweigsames Abendessen einzunehmen, während jeder seinen Gedanken nachhing.

»Fanny?«, unterbrach Daniel schließlich die Stille.

Fragend hob sie den Blick und wartete.

Er trommelte mit den Fingern auf den Tisch. »Ich weiß, du hörst das nicht gerne, aber könntest du dir vorstellen, dass wir nochmals mit Marie reden? Sie fragen, ob sie jetzt eine Möglichkeit der Zusammenarbeit mit der Cailler-Fabrik sieht? Immerhin dürfte sich ihre Ausgangslage nun stark verändert haben. Auguste und Alexandre, Gott hab sie selig, sind weg, und sie selbst hat überhaupt keine Ahnung von der Materie oder davon, wie man ein Geschäft führt.«

Fanny schwieg und fuhr das Muster der Tischdecke mit der Fingerspitze nach.

»Die Sache ist die ... Da wir jetzt die Hälfte unserer Belegschaft entlassen haben und nur noch die Hälfte unserer Räumlichkeiten nutzen, braucht es in der Kerzenfabrik auch keine zwei Geschäftsführer mehr ... Die Einnahmen reichen nicht, um zwei Familien zu ernähren.« Bei den letzten Worten wich Daniel Fannys Blick aus und presste den Mund zusammen.

Sie streckte die Hand aus und umschloss seine Finger. »Daniel, ich bin es leid zu betteln. Ich gehe nicht noch einmal dorthin und lasse mich dermaßen erniedrigen. Was für eine verkehrte Welt ist das, in der ich eine Fremde darum bitten muss, mir einen Teil meines Geburtsrechts zu überlassen?« Fanny schnaubte und schüttelte den Kopf. »Nein, noch einmal werde ich das nicht tun. Vorher gründe ich selbst eine Schokoladenfabrik.«

Stille.

Sie spürte, wie Daniel sie ansah.

Und erst jetzt wurde Fanny die Bedeutung dessen bewusst, was sie da gerade gesagt hatte. Die feinen Härchen in ihrem Nacken stellten sich auf, und ihr wurde warm. Es war, als wäre in ihrem Gehirn eine Maschine angesprungen, die immer schneller rotierte. Ruckartig hob sie den Kopf und sah Daniel direkt in die Augen.

»Wieso eigentlich nicht?« Er drückte ihre Hand fester. »Wieso eigentlich nicht?!« Abrupt lehnte er sich in seinem Stuhl zurück. »Wir haben eine halb leerstehende Fabrik, ein Schokoladenatelier und ... eine Chocolatière.«

»Das Atelier ist veraltet und stammt noch aus den Urzeiten der Tafelschokolade. Damit sind wir längerfristig weder überlebensfähig, noch können wir es mit der Konkurrenz aufnehmen«, dämpfte Fanny seine Euphorie. »Dennoch ist es ein Ansatz, den wir weiterverfolgen können.«

Daniel sprang auf und warf dabei fast den Stuhl um. »Wir könnten endlich die Schokolade kreieren, die du schon immer anbieten wolltest. Wenn du neue Sachen erfindest, kann dir Cailler nichts anhaben!« Er lief im Raum auf und ab und drehte die Spitzen seines Schnurrbarts zwischen Daumen und Zeigefinger.

Auch Fanny stand auf und blieb vor Daniel stehen. »Lass uns eine Flasche guten Weins öffnen und gemeinsam darüber nachdenken, wie wir weiterfahren wollen.« Sanft strich sie ihm mit den Fingerspitzen über die Brust und küsste ihn. Er schloss sie in die Arme, und Fanny legte den Kopf an seine Brust. Sein herber Duft nach Kräutern umhüllte sie und gab ihr Geborgenheit und Sicherheit. Es war lange her, seit sie sich so nahe gewesen waren. Bei all dem Chaos, das ihre Arbeit, Louise und das Familienleben stets mit sich brachten, hatte Fanny beinahe vergessen, was sie an ihrem Mann so liebte: dass er ihr ein Gefährte war, mehr als alle anderen auf dieser Welt. Ein echter Freund.

»Du willst dieses Abenteuer wirklich wagen? Eine Schokoladenfabrik gründen?«, fragte Fanny, nachdem sie es sich mit einer guten Flasche Wein und zwei Gläsern gemütlich gemacht hatten. Sie konnte immer noch nicht glauben, was sie da gerade vor wenigen Minuten gesagt hatten.

Daniel seufzte. »Fanny, die Kerzenfabrik kann uns nicht länger ernähren. Julien und ich forschen an neuen Möglichkeiten, Kerzen auf dem Markt zu positionieren, aber der Wandel ist schneller. Ich frage mich, ob es nicht sinnvoller ist, loszulassen und in etwas zu investieren, das eine Zukunft hat. Warum nehmen wir uns nicht ein Beispiel an unserem Freund Henri, der sich über die Jahre hinweg immer wieder neu erfinden musste?« Er spielte mit einem Fussel auf der Tischdecke. »Ich bin bereit, einen Neuanfang zu wagen. Für dich, für unsere kleine Louise und« – er lächelte zärtlich und griff nach ihrer Hand – »für all die kleinen Menschen, die unser Leben noch bereichern werden.«

Fanny sah ihn lange nachdenklich an. Der Aufbau einer neuen Firma musste seriös geplant werden; sie durften nicht vorschnell handeln. Schließlich sagte sie: »Also gut, lass es uns wagen.« Sie trank einen Schluck von ihrem Wein. »Zuerst brauchen wir eine Produktpalette. Das wiederum erfordert einige Monate für die Ausarbeitung der Ideen und Rezepturen. Danach beginnt die Testphase, bei der uns Séraphine helfen könnte. Ich lade sie gleich morgen ein, um mit ihr einige Ideen zu besprechen und sie zu fragen, ob sie uns dabei unterstützen würde, die neuen Kreationen unter die Leute zu bringen.« Ihr war zwar bewusst, dass Séraphine Clément in ihrem Alter nur noch teilweise und immer weniger arbeitete, dennoch war Fanny sich sicher, dass ihre alte Freundin ihnen beim Start der Schokoladenfabrik behilflich sein würde, und sei es bloß durch ihre zahlreichen Bekanntschaften.

Erneut nahm sie einen Schluck Wein und ließ ihn langsam in ihrem Mund kreisen, während sie der Stimme in ihrem Kopf lauschte. »Es liegt in der Natur der Sache, dass die Produkte nach dem ersten Kundenkontakt überarbeitet und verfeinert werden müssen. All das erfordert Zeit.«

Als Fanny den Blick hob, lächelte Daniel ihr zu. »Während du dich um das Handwerkliche kümmerst, organisiere ich die Gründung einer neuen Firma, überlege mir, wie wir unsere Manufaktur strukturieren wollen, und erkundige mich über die Branche und den Markt.« Er rieb sich die Hände und strich sie dann an der Hose ab. »Es ist jetzt Februar. Ein realistisches Ziel erscheint mir, zu Beginn des kommenden Jahres, also auf den Stichtag 1. Januar 1867, mit der neuen Firma zu starten.«

Es war bestimmt nicht nur dem Wein geschuldet, dass Fannys Wangen glühten. Auch Daniels Gesicht war vor Eifer gerötet. Einige Minuten hingen sie beide ihren Gedanken nach und verarbeiteten das Gesagte.

»Ich weiß, es ist noch etwas früh, aber ...« Fanny nagte an ihrer Unterlippe. »Wie wollen wir uns nennen? Die Firma, wie soll sie heißen?«

Daniel lehnte sich in seinem Stuhl zurück, faltete die Hände vor dem Bauch und sah an die Decke.

»Wir brauchen etwas, das uns als das, was wir sind, kennzeichnet. Gefährten, Partner«, überlegte er laut.

»Peter-Cailler et Compagnie«, murmelte Fanny und sah Daniel an. »Es spricht nichts dagegen, den Namen, mit dem mein Vater in der Schweiz berühmt wurde, zu verwenden, denn es ist auch meiner.«

Daniel und Fanny sahen sich an und lächelten zufrieden.

Kapitel 18

Marie saß im Büro der Schokoladenfabrik, die einst ihrem Mann gehört hatte, und blätterte in den Preislisten der Rohstoffe. Ein Jahr war es nun schon her, seit ihr Gatte, ebenfalls an einem düsteren Novembertag wie diesem, gestorben war. Neben dem Sofa, das für den Empfang von Kunden diente, stand ein Stubenwagen. Der kleine Alexandre-François-Louis machte darin ein Mittagsschläfchen. Marie hörte seine lauten Atemzüge, die fast im Gleichklang mit dem Ticken der Standuhr schwangen. Da er noch auf ihre Brust angewiesen war, hatte sie sich kurzerhand dazu entschieden, den Säugling mit in die Fabrik zu nehmen. Sandrine, ihr Kindermädchen, half ihr bei der Betreuung des Kleinen und gönnte sich gerade eine Mittagspause. Die inzwischen fünfjährige Elodie blieb bei Magalie und ihren Cousinen, mit denen sie spielen durfte, wenn sie nicht in der Schule waren.

Ihr Blick glitt über die Regale mit Ordnern und Büchern, Zahlen und Rezepten. Seit Alexandres Tod versuchte sie noch immer, sich in der Fabrik einen Überblick zu verschaffen. Doch nach wie vor musste sie die leitenden Angestellten um Hilfe bitten. Und selbst wenn diese ihr, wie es der Anstand gebot, Auskunft auf ihre Fragen gaben, spürte Marie ihre Zurückhaltung. Sie teilten weder Ideen noch Meinungen mit ihr, und manchmal wurde sie das Gefühl nicht los, dass ihr nützliche Zusatzinformationen vorenthalten wurden, wenn sie nicht ausdrücklich danach fragte. Niemand sprach es aus, aber es stand in großen, unsichtbaren Lettern im Raum: *Du bist keine Cailler. Du hast keine Ahnung von Schokolade.*

Sie schluckte leer und blinzelte das Brennen in ihren Augenwinkeln weg. Die Angestellten lagen bei beidem richtig. Dennoch bemühte sich Marie, die Fabrik weiterzuführen, um die Arbeitsplätze erhalten und ihren Kindern eine Zukunft bieten zu können. Das hier war ihr rechtmäßiges Erbe, und es war ihre Pflicht, es so lange zu verwalten, bis Elodie und Alexandre selbst entscheiden konnten, ob sie es wollten oder nicht.

Doch Marie waren Gerüchte zu Ohren gekommen. Seit dem Frühjahr betrieb ihre Schwägerin Fanny ihr kleines Schokoladenatelier aktiver als zuvor. Man hörte von neuen Kreationen und Prototypen, die allerdings nirgends offiziell zum Verkauf angeboten wurden. Alexandre hatte seiner Schwester zwar mehr als einmal deutlich gemacht, dass er es nicht akzeptieren würde, wenn sie die Manufaktur konkurrierte, doch hinter verschlossenen Türen hatte er auch gesagt: »Natürlich kann ich meiner Schwester mit rechtlichen Folgen drohen, und ein Advokat könnte sie in ihrem Tun auch eine Zeit lang einschränken oder stören, letzten Endes aber kann ich ihr nicht verbieten, selbst Schokolade herzustellen und zu verkaufen. Niemand kann das.«

Marie hatte ihre Schwägerin nie unterschätzt und würde es auch jetzt nicht tun. Ganz sicher wusste Fanny genauso gut wie ihr Bruder, dass dessen Worte bloß leere Drohungen gewesen waren. Und derzeit häuften sich die Gerüchte über das Schokoladenatelier in der Rue des Bosquets. Einige Angestellte der Nestlé-Fabrik gegenüber hatten sich kürzlich darüber unterhalten, dass Maschinen und Apparate angeliefert worden waren, was alle überrascht hatte, denn es war allgemein bekannt, dass es Daniels Kerzenfabrik nicht gut ging und er Leute entlassen hatte, die nun teilweise bei seinem Nachbarn Unterschlupf gefunden hatten. Zur Fabrikation von Kerzen benötigte er also keine weiteren Geräte, da hätte er wohl eher welche verkauft. Woher Fanny und Daniel das Geld für diese Investition genommen hatten, konnte Marie nur vermuten. Fanny war schon immer eine verwöhnte Göre gewesen. Daran hatte sich offenbar bis heute nichts geändert.

Manchmal ertappte sich Marie bei dem Gedanken, dass es besser gewesen wäre, Fannys und Daniels Angebot anzunehmen. Eine Zusammenarbeit hätte ihr so manch schlaflose Nacht erspart ... Doch jedes Mal, wenn diese ketzerischen Überlegungen aufkamen, schämte sie sich. Schließlich hatte sie ihrem Mann am Sterbebett ein Versprechen gegeben, und das galt es zu halten.

Derzeit gründete Maries einzige Hoffnung darauf, dass ihre Schwägerin bald anderweitig beschäftigt sein würde. Fannys leicht gewölbter Bauch ließ vermuten, dass ein zweites Kind auf dem Weg war.

Alexandre wimmerte im Stubenwagen und riss Marie aus ihren Gedanken. Die nächste Zwischenmahlzeit war fällig. Während sie ihn stillte, kehrte Sandrine von ihrer Mittagspause zurück, sodass Marie ihn, als er satt war, an sein Kindermädchen weiterreichen konnte. Sandrines nussbraune Augen leuchteten, als sie den Säugling an sich nahm. Sie war ganz vernarrt in ihn.

Lächelnd erhob sich Marie von der Couch und richtete ihre Kleidung. »Denkst du, ihr kommt eine Weile ohne mich klar?«, fragte sie.

»Aber sicher, beim Spielen vergeht die Zeit meist rasend schnell.« Sie reichte Alexandre ein Stofftier und machte damit einige komische Geräusche, die ihn prompt zum Lachen brachten. Quiekend fuchtelte er mit seinen winzigen Armen und versuchte, den Bären zu packen.

Marie zog einen Mantel an, betrat den Flur und warf noch einen letzten Blick auf die beiden, bevor sie die Tür hinter sich schloss. Dann beeilte sie sich, die Treppe hinunter ins Erdgeschoss zu gelangen, und trat auf die Straße.

Ein beißender Wind pfiff ihr um die Ohren, und ein grauer Wolkendeckel lag über den Dächern von Vevey. Fröstelnd zog sie ihren Mantel enger um den Leib und rief eine Kutsche. Sie hätte den kurzen Weg auf die andere Seite der Bahngleise auch zu Fuß gehen können, was ihr bei diesem ungastlichen Wetter jedoch zu kalt war. Als der Fuhrmann sie fragte, wo er sie hinbringen dürfe, zögerte sie. Schließlich gab sie sich einen Ruck. »Rue des Bosquets«, murmelte sie, wich seinem Blick aus und stieg ein.

Das Schaukeln des Gefährts entspannte sie zwar ein wenig, doch ihre Gedanken blieben bei ihrer Schwägerin. Das Gerede der Leute war nämlich sogar noch weiter gegangen. Manche hatten behauptet, dass man Fannys neue Kreationen in Madame Cléments Feinkostladen probieren und seine Meinung dazu abgeben könne. Eine äußerst unkonventionelle Vorgehensweise, wie Marie fand, die jedoch darauf hindeutete, dass Fanny ihre Schokoladen verfeinern wollte, um sie mehrheitstauglich zu machen. Von allem, was Marie bisher gehört hatte, war diese Entwicklung und die damit einhergehende Vermutung für sie die gefährlichste.

Sobald das Gefährt in die Rue des Bosquets einbog, bedeutete sie dem Kutscher anzuhalten, damit sie aussteigen konnte. Sie wollte den Rest zu Fuß gehen.

Verstohlen sah sie sich auf der Quartierstraße um. Die meisten Gebäude hier waren Fabriken, deren Hauptfassaden auf die andere Seite zeigten, hin zum Canal de la Monneresse, von dem sie das Wasser für ihre maschinellen Arbeitsabläufe benötigten. Marie bog auf den großen Platz der Nestlé-Manufaktur ein, die ihrem Ziel am nächsten war. Dabei musste sie eilig zur Seite treten, als ein Pferdefuhrwerk an ihr vorbei auf den Vorhof der Fabrik einbog. Vor den Produktionshallen herrschte reges Treiben. Wagen fuhren vor und wieder weg, Ware wurde ab- oder aufgeladen, und überall eilten Arbeiter umher, die Säcke und Kisten schleppten. Schweiß nässte ihren Haaransatz und rann ihnen die Schläfen hinab. Das geschäftige Chaos kam Marie zugute, so lief sie nicht so schnell Gefahr, entdeckt zu werden. Neben den Fabrikarbeitern gab es auch besser gekleidete Herrschaften, die in Gruppen zusammenstanden und sich unterhielten, da fiel sie mit ihrem schlichten grauen Kleid und der Haube kaum auf.

»*Bonjour Madame*, kann ich Ihnen helfen? Suchen Sie etwas oder jemanden?«

Marie zuckte zusammen. Erschrocken drehte sie sich um und starrte die bleiche, elfenhafte Frau mit den braunen Haaren vor sich an. Ein feines Lächeln huschte über die zarten Gesichtszüge, die in einem bizarren Kontrast zu den von dunklen Schatten umrahmten müden Augen standen. »Entschuldigen Sie, ich wollte mich nicht anschleichen und Sie erschrecken. Ich war da drüben im Arbeiterhaus bei den Kindern und habe gesehen, dass Sie suchend umherlaufen. Deshalb nahm ich an, dass Sie das erste Mal hier sind und vielleicht Hilfe benötigen«, erklärte ihr Gegenüber mit leiser, hoher Stimme.

Marie legte sich die Hand auf ihr hämmerndes Herz und bemühte sich um ein Lächeln. Sie räusperte sich mehrmals, ehe sie in der Lage war zu sprechen. Das wiederum verschaffte ihr etwas Zeit, eine geeignete Antwort zu formulieren.

»Ach, wie unhöflich von mir!«, kam ihr die Frau gerade in dem Moment zuvor, als sie schon Luft holte, um sich zu erklären. »Ich bin Clémentine Nestlé, ich habe mich gar nicht vorgestellt.« Die Dame neigte den Kopf zur Begrüßung. Marie hatte die Nestlés natürlich an Daniels und Fannys Hochzeit vor drei Jahren gesehen, war ihnen jedoch seither nicht mehr über den Weg gelaufen. Dazu kam, dass das Paar bei den Feierlichkeiten am anderen Ende des Tisches platziert gewesen war. Zudem hatte sich Madame Nestlé verändert. Es gab Gerüchte über ihren schlechten Gesundheitszustand und ihr melancholisches Wesen, weshalb sie kaum noch in der Stadt anzutreffen war. Das erklärte vielleicht auch ihren verklärten Blick und die darin ersichtliche Verwirrung.

»Érnestine ... Panchaud«, stammelte Marie, weil ihr auf die Schnelle nichts Besseres einfiel, als den Vornamen ihrer Mutter sowie ihren eigenen Mädchennamen zu nennen. Blieb zu hoffen, dass Madame Nestlé die Apotheke ihrer Eltern nicht kannte und sich tatsächlich nicht an Marie erinnerte. Das Geschäft ihrer Familie lag glücklicherweise am anderen Ende der Stadt, was sie zuversichtlich stimmte.

Madame Nestlés Stirn legte sich in Falten, und sie wackelte mit dem Kopf. »Ich hatte das seltsame Gefühl, dass wir uns kennen müssten, das scheint aber nicht der Fall zu sein«, bemerkte sie und musterte Marie erneut mit diesem verträumten Ausdruck in den Augen.

Einige Sekunden sprach niemand ein Wort. Das Schweigen wurde bereits unangenehm, als sich Marie an die Frage ihres Gegenübers erinnerte. »Ach so, Sie fragten mich, ob ich jemanden suche.« Sie senkte den

Blick und gab vor, ein wenig verlegen zu sein. »Es ist mir etwas unangenehm, aber ... in den Gassen von Vevey berichten die Leute von einem außergewöhnlichen Chocolatier in der Nähe Ihrer Fabrik. Ich war gerade in der Gegend und dachte, ich erkundige mich einmal. Leider habe ich nicht viel Zeit, weil ich in wenigen Minuten einen Arzttermin habe.« Sie machte eine Pause, um ihre Worte wirken zu lassen. Erkenntnis blitzte in den Augen ihrer Gesprächspartnerin auf, doch sie wartete höflich, ob Marie noch etwas sagen wollte.

»Man munkelt, die schokoladigen Kreationen seien überaus eigenwillig. Ist das wahr?« Marie hob die Augenbrauen, um ihre Arglosigkeit zu unterstreichen, und wischte sich die feuchten Hände an ihrem Mantel ab. »Möglicherweise wären die Produkte etwas für ... meinen Feinkostladen. Sie wissen schon, die Kunden werden stets anspruchsvoller und ihre Gaumen immer verwöhnter.«

Madame Nestlé strahlte über das ganze Gesicht. »Nein, es gibt hier keinen Chocolatier, Madame, aber eine Chocolatière. Madame Peter, gleich da drüben. Heute ist sie leider nicht da, sonst hätte ich sie beide miteinander bekannt gemacht.« Sie wies mit dem Zeigefinger auf das gegenüberliegende Gebäude. »Aber Sie haben ja heute ohnehin keine Zeit, wie Sie sagten«, fügte sie an, als sie sich mit einem entschuldigenden Kopfschütteln an Maries einleitende Worte erinnerte. »Die Schokoladenfabrik ist allerdings erst im Aufbau, und es werden noch keine Produkte verkauft. Derzeit befinden sich die Fabrikate noch in der Testphase.

Wenn Sie sich jedoch bereits zum jetzigen Zeitpunkt ein Bild des Könnens von Frau Peter machen möchten, darf ich Sie gerne an Madame Séraphine Cléments Feinkostladen im Quartier du Centre in der Nähe der Place du Marché verweisen. Dort können Sie auf Anfrage die gegenwärtigen Prototypen kosten und bewerten.« Sie faltete die Hände vor dem Körper. »Natürlich dürfen Sie bei Bedarf auch Ihr Händlerinteresse anmelden und Ihre Kontaktdaten hinterlassen. Madame Clément leitet beides sehr gerne weiter.«

Marie schluckte leer und lächelte krampfhaft. Ihr Puls beschleunigte sich. Plötzlich war ihr trotz der winterlichen Temperaturen überhaupt nicht mehr kalt.

Hier entstand also tatsächlich eine Schokoladenfabrik. Um Fassung bemüht, schaute Marie zu dem Gebäude gegenüber, das auch Daniels Kerzenfabrik beherbergte. Dann sah sie Madame Nestlé erneut an. »Ich danke Ihnen vielmals für die wertvolle Auskunft. Nun muss ich mich aber wirklich beeilen.« Hastig grüßte sie zum Abschied, machte auf dem Absatz kehrt und lief zurück in die Rue des Bosquets. Den Rückweg bewältigte sie zu Fuß, um ihres inneren Aufruhrs Herr zu werden.

Wie hatte sie bloß so unüberlegt an diesem Ort auftauchen können? Das hätte ins Auge gehen können, und wäre es auch beinahe, wenn Madame Nestlé nicht so ein verwirrtes Wesen besäße. Es war nicht einmal sicher, dass sie sich später nicht doch noch an Maries richtigen Namen erinnerte.

Allerdings ... war es nicht Maries gutes Recht, sich über die Machenschaften ihrer Schwägerin zu informieren? Müsste es nicht vielmehr Fanny unangenehm sein statt ihr selbst? Immerhin war die es, die das Erbe der Caillers sabotierte, indem sie der Manufaktur ihrer Familie Konkurrenz machte. Alexandre, Gott hab ihn selig, würde sich im Grab umdrehen, wenn er wüsste, was hier gerade passierte.

Die Schokoladenfabrik ist allerdings erst im Aufbau, hallten Clémentine Nestlés Worte in Maries Kopf nach.

Als sie ihre eigene Fabrik erreichte, lief sie zielstrebig daran vorbei. Den kleinen Alexandre konnte sie problemlos noch eine Weile in Sandrines Obhut belassen. Energischen Schrittes schlug sie den Weg zum Quartier du Centre ein. Wo sich Madame Cléments Geschäft befand, wusste sie. Was sie dort genau vorhatte, musste sie sich zwar erst überlegen, doch noch hatte sie einige Straßen Zeit, um sich ein Vorgehen zurechtzulegen. Nachdem sie gefühlt durch die halbe Stadt marschiert war, bog sie endlich mit schmerzenden Füßen in die Rue du Centre ein.

Obwohl zwischenzeitlich das an Novembernachmittagen übliche Zwielicht eingesetzt hatte und alle umliegenden Geschäfte bereits die Beleuchtung angemacht hatten, sah Marie schon von weitem, dass Madame Cléments Feinkostgeschäft im Dunkeln lag.

Ein wenig atemlos blieb sie vor dem Schaufenster stehen. Es dauerte eine Weile, bis ihr Bewusstsein die Worte, die ihre Augen lasen, verarbeitet hatte.

An der Tür hing ein Schild, das jemand hastig von Hand beschriftet hatte.

Madame Clément ist von uns gegangen, bitte haben Sie Verständnis, stand da in krakeligen Lettern.

Marie las den Text noch einige Male, um sicherzugehen, dass sie nicht aus Versehen ein Wort vergessen oder falsch gelesen hatte. Doch es bestand kein Zweifel, die alte Dame war verstorben.

»Ach du meine Güte, wie furchtbar!«

Marie zuckte zusammen und drehte sich um. Sie hatte den Mann mit Gehrock und Zylinder gar nicht kommen hören. Das war auch nicht weiter verwunderlich, wenn man bedachte, dass die Gassen von ratternden Kutschen, schnaubenden Pferden und gelegentlichen Rufen erfüllt waren.

Der Herr, der einen gepflegten und sorgsam frisierten Schnauz trug, starrte das Schild ebenfalls mehrere Sekunden fassungslos an, dann wandte er sich Marie zu.

»Sind Sie auch Stammkundin bei Madame Clément?«, erkundigte er sich.

Marie überlegte fieberhaft und schüttelte schließlich den Kopf. »Ich wollte soeben die neuen Schokoladenkreationen probieren, die Madame Clément gelegentlich ihren Kunden zur Verköstigung anbietet. Wie es aussieht, komme ich allerdings zu spät.«

»Das tut mir leid für Sie, da haben Sie etwas verpasst, Madame ...« Er sah sie fragend an.

»Panchaud«, bediente sich Marie erneut ihres Mädchennamens und beschloss, die Gunst der Stunde gleich zu nutzen. »Aus Ihren Worten leite ich ab, dass Sie die schokoladigen Schöpfungen bereits kosten konnten. Darf ich fragen, welche das waren und wie sie geschmeckt haben?«

Der Herr stellte sich ihr als Monsieur Moulin vor, zupfte seinen Schnurrbart zurecht und starrte erneut mit bedrückter Miene auf die krakeligen Lettern, die Madame Cléments irdisches Ende besiegelten. »Es handelt sich um außergewöhnliche Kreationen, nicht alle nach meinem Geschmack, aber an Genialität kaum zu überbieten. Lassen Sie mich nachdenken ...« Er legte die Stirn in Falten. »Es gab Bruchschokolade mit Komponenten wie getrockneten, sauren Beeren oder Früchten, die man nur an seltenen Orten oder zu bestimmten Jahreszeiten findet – wie Walderdbeeren.« Er überlegte und kratzte sich am Kopf. »Dann wiederum waren ganze Nüsse beigemischt oder Süßes mit Saurem vermengt. Eine Kostprobe beinhaltete nebst Salzkristallen sogar Stücke von Brezeln und Rahmkaramellbonbons. Und ...« Er verengte die Augen, dann plötzlich hellten sich seine Gesichtszüge auf. »Jetzt fällt es mir wieder ein! Es gab auch Mischungen mit Edelgewürzen wie Safran oder Pfeffer. Man musste sich an manchen Geschmack zuerst gewöhnen, denn gewisse Aromen entwickeln sich erst mit der Zeit am Gaumen. Und wie gesagt, gelegentlich konnte ich mich für ein Aroma auch nach einiger Zeit nicht erwärmen. Dafür meine Frau.« Er schmunzelte.

Maries Herzschlag beschleunigte sich, und sie versuchte krampfhaft, sich die Dinge, die der Fremde soeben aufgezählt hatte, zu merken. Nichts davon wollte sie vergessen, bis sie zurück in der Manufaktur war und ihr Stift und Papier zur Verfügung standen.

»Das ist unglaublich! Ich bin wirklich untröstlich, dass ich die Verköstigung bisher verpasst habe. Gibt es noch andere Orte, an denen die Kostproben angeboten werden?«

Der Herr schüttelte den Kopf. »Soweit ich weiß nicht.«

Gut, das war vorerst alles, was Marie wissen musste. »Ich danke Ihnen vielmals für die geschätzte Auskunft, Monsieur Moulin, und wünsche Ihnen einen schönen Tag.«

Sie drehte sich um und begab sich auf den Rückweg zu ihrer Fabrik. Zaghaft zogen sich ihre Mundwinkel nach oben, und eine Last fiel von ihren Schultern. Sie hatte plötzlich das Gefühl, wieder besser atmen zu können, und genoss das kühle Prickeln der Novemberluft auf ihren Wangen. Ihre Gedanken rasten. War es verwerflich, um seine eigene und die Zukunft seiner Kinder zu kämpfen? Wäre es nicht vielmehr sündhaft, jene Chancen, die einem das Leben darbot, zu verschmähen? Marie konnte nicht Nacht für Nacht um Hilfe bitten und sie dann, so sie vor ihrer Tür stand, davonjagen.

Sie wünschte niemandem den Tod und bedauerte es, dass Madame Clément, von der sie nie etwas Schlechtes gehört hatte, diese Welt verlassen musste. Und doch brachte ihr gerade dieser Umstand nun neue Hoffnung.

Fanny hatte ihre einzige Verbündete im Schokoladengeschäft verloren. Es sollte ihr nicht besser ergehen als Marie, die mit allem alleine dastand.

Und nicht nur das – sie kannte nun Fannys Ideen.

Kapitel 19

Schweigend spazierten Daniel und Fanny an der Uferpromenade des Lac Leman entlang. Unter ihren Schuhen knirschte der Schnee. Einige Möwen kreischten über ihren Köpfen, und das Schnattern der Enten
schallte zu ihnen herüber. Der frostige Dezemberwind,
der vom See herüberwehte, zerrte an ihren Haaren und
Hüten, und die Farbe des Wassers hatte ein eisiges Blau
angenommen. Zähe, nebelartige Wolken bedeckten den
Himmel und blieben an den Bergspitzen, die den See
umrahmten, hängen. Dort hatte sich, ebenso wie in Vevey, bereits der erste Schnee abgesetzt.

Daniels Gedanken schweiften zurück in den November.

Séraphine Clément mit ihren knapp siebzig Jahren
hatte ein schönes Alter erreicht und war friedlich von
dieser Welt gegangen. Ihr Herz hatte still und leise im
Schlaf aufgehört zu schlagen, und nach einem derart
reichhaltigen Leben wie dem ihren war ihr der Frieden
mehr als vergönnt.

Dennoch hinterließ sie eine Lücke in Daniels Leben. Obwohl sie ihm erst vor wenigen Jahren erlaubt

hatte, sie zu duzen oder gar bei ihrem Vornamen anzusprechen, hatte er von Anfang an gespürt, wie sehr sie
ihn liebte. Damals, als er im Sommer 1852 angefangen
hatte, bei der Witwe Clément, wie sie überall genannt
wurde, in deren Lebensmittelladen zu arbeiten, hatte
sie ihn einen »jungen Flegel« geschimpft, wenn er nicht
alles zu ihrer Zufriedenheit erledigt hatte. Unter ihrem
strengen Blick lernte Daniel jedoch schnell. Bald schon
zuckte über ihr vordergründig steinernes Antlitz der
Anflug eines Lächelns, und etwas, das er als Respekt
entlarvte, blitzte in ihren Augen auf. Mit lobenden Worten hatte Séraphine Clément stets gespart, dafür zeigte
sie ihre Wertschätzung, indem sie Daniel eine Stunde
früher nach Hause gehen ließ oder ihm erlaubte, etwas
von ihrem erlesenen Angebot zu kosten.

Nie und nimmer hätte sie ihm und Julien ihre Kerzenfabrik übergeben, wäre sie nicht davon überzeugt
gewesen, ihr Lebenswerk in den allerbesten Händen zu
wissen. Daneben verdankte Daniel es hauptsächlich Séraphines feinem Gespür für Menschen und Situationen,
dass er seine Fanny überhaupt erst kennen- und lieben
gelernt hatte. Auch war die ältere Dame seinem einsa-
men Vater eine unterhaltsame Gesellschafterin gewesen, die dieser bei Abendessen im Kreis der Familie stets
sehr geschätzt hatte. Und was hätten Daniel und Fanny
ohne Séraphines freimütige Einwilligung gemacht, ihre
Schokoladenkreationen in deren Lebensmittelgeschäft
verköstigen zu lassen?

Doch nun war sie fort, und was blieb, war einzig die
Erinnerung. Vor zwei Wochen hatte ihre Beisetzung

auf dem Friedhof der Kirche St. Martin stattgefunden. Zahlreiche Menschen hatten um sie getrauert und von ihr Abschied genommen, und nachdem alle gegangen waren, war Daniel mit Fanny nochmals zu ihrem Grab zurückgekehrt, um sich endgültig von ihr zu verabschieden.

»Du wirst mir fehlen, meine Freundin«, hatte er geflüstert.

Daniel atmete tief ein und blickte hinaus auf den winterlichen See. Dann räusperte er sich.

»Wie geht es nun mit unserer Schokolade weiter?«, fragte er schließlich und wandte sich Fanny zu. Bisher hatten beide vermieden, darüber zu sprechen, was Séraphines Tod für ihre neue Geschäftsidee bedeutete. Diese weltlichen Dinge hatten in den Tagen der Trauer keinen Platz in ihren Herzen gehabt. Dennoch war nun, nachdem etwas Ruhe eingekehrt war, der Zeitpunkt gekommen, der Wahrheit ins Gesicht zu sehen. Sie hatten durch den Tod ihrer lieben Freundin eine wichtige Unterstützerin verloren. In nur einem Monat schon beabsichtigten sie, mit Peter-Cailler et Compagnie an die Öffentlichkeit zu gehen und die Produktion zu starten.

Fanny zuckte die Schultern. »Ich schätze, wir müssen mit dem anfangen, was wir bereits haben. Es liegt immerhin eine mehrmonatige Testphase der Produkte hinter uns. Lass uns mit einem kleinen, aber feinen Sortiment beginnen, bestehend aus den Favoriten von Séraphines Kunden.«

Daniel nickte. »Das klingt vernünftig.« Allerdings gab es da noch ein Problem, von dem Fanny offenbar noch nichts ahnte. Er selbst hatte es auch erst am Tag zuvor erfahren, als er in einer Kutsche die Place du Marché überquert hatte, um einige delikate Lieferungen – teure Gewürze, Trockenfrüchte und Nüsse – abzuholen, die mit dem Dampfschiff angekommen waren. Daniel hatte gerade wieder in seine Droschke steigen wollen, als ein Plakat seine Aufmerksamkeit erregt hatte:

Für jeden Gaumen etwas dabei: süß, sauer, salzig oder gar bitter. Cailler wünscht (be)sinnliche Weihnachten.

Daniel war das Blut in den Adern gefroren.

Cailler machte Werbung für eine neue Schokoladenkreation, versetzt mit ...

Entsetzt hatte er auf die Kisten mit der Ware gestarrt, die er selbst soeben abgeholt hatte, und dann wieder auf die Werbeplakate von Cailler.

Getrocknete Beeren und Früchte, Nüsse sowie Safran, Vanille und Pfeffer. Sogar Salzkristalle, Stücke von Brezeln und Rahmkaramellbonbons hatten nicht gefehlt ...

»Die Place du Marché ist voll von Plakaten«, begann er jetzt zögerlich, während er noch immer überlegte, wie er seiner geliebten Frau die Neuigkeit möglichst schonend beibringen konnte.

»Ja und? Das ist sie doch immer? Was hat das denn mit uns zu tun?« Fanny musterte ihn verständnislos.

Daniel richtete seinen Hut. Er schluckte leer und holte tief Luft. »Nun, die Sache ist die ... Cailler – also Marie, nehme ich an – wirbt mit Plakaten für das Weihnachtsgeschäft.«

Fanny blieb abrupt stehen und wandte sich ihm nun so zu, dass sie ihm geradewegs in die Augen sehen konnte. Und was sie dort sah, schien ihr nicht besonders gut zu gefallen, denn sie riss in düsterer Vorahnung die Augen auf.

»Sag es mir, Daniel. Was weißt du?«, verlangte sie, und ihre Stimme klang hart, während ihr Kiefer sich verkrampfte.

»Sie werben mit neuen Schokoladensorten zu Weihnachten. In verschiedenen Geschmacksrichtungen. In deinen Geschmacksrichtungen, Fanny.« Er griff nach der Hand seiner Frau.

Ihre Lippen zitterten, und ihre Stirn legte sich in tiefe Falten. »Aber wie ... wie ...«, stammelte sie und rückte ihren Fellhut zurecht, obwohl er perfekt saß.

»Ich weiß es nicht. Aber es sind zweifelsfrei deine Kombinationen, und zwar einige davon. Möglicherweise haben sie es von einem von Séraphines Kunden. In einer kleinen Stadt wie dieser wird geredet. Marie nutzt Séraphines Tod schamlos aus. Zudem macht sie sich den Umstand zunutze, dass unsere Firma noch nicht offiziell gegründet ist, und versucht nun, deine Kreationen als ihre eigenen auszugeben und sich damit auf dem Markt zu behaupten. Das ist skandalös.« Daniel blieb stehen und sah Fanny an.

Die betrachtete ihn nachdenklich. »Im Zweifelsfall können Séraphines Kunden doch bestimmt bezeugen, dass die Kreationen zuerst von mir kamen, oder?«

Daniel seufzte. »Aber willst du dich auf diesen Kampf wirklich einlassen? Vielleicht hätten wir sie doch zuerst fragen sollen, ob sie nun, da Alexandre gestorben ist, eine Zusammenarbeit mit uns in Betracht zieht. Ein

Miteinander wäre weit besser gewesen als dieses boshafte Gegeneinander.« Er seufzte. »Gegen eine dermaßen etablierte Firma werden wir als neue Marktteilnehmer kaum eine Chance haben. Jetzt sowieso nicht mehr, da sie unsere Einzigartigkeit abgekupfert hat.« Er hatte sich wirklich auf das neue Abenteuer gefreut. Doch nun würde ihr Start vermutlich ziemlich schwierig werden.

Fanny trat einen Schritt zurück, presste die Lippen zusammen und kreuzte die Arme vor der Brust. »Willst du jetzt etwa aufgeben? Nachdem wir ein Jahr lang alles so sorgfältig geplant haben? Bloß weil Marie mit schönen Worten um sich wirft? Sie hat doch von den ausgewogenen Rezepturen überhaupt keine Ahnung und ist selbst keine Chocolatière. Natürlich hat sie fähige Mitarbeiter, aber dass die die Virtuosität besitzen, die es braucht, um so etwas in den perfekten Mengen zu mischen, wage ich zu bezweifeln. In so kurzer Zeit gelingt das ohnehin nicht ohne Qualitätseinbußen.« Fanny überlegte. »Dazu kommt, dass alle weiteren Produkte, die ich erfinde, unter dem Patronat der neuen Firma laufen werden. Diese wird sie nicht duplizieren können, ohne dass ihr ein Advokat im Nacken sitzt. Dann wird eine Klage sehr viel einfacher zu bewerkstelligen sein als jetzt.« Fanny holte tief Luft, und ihre Wangen färbten sich noch röter, als sie es von der Kälte ohnehin schon waren. »Diese intrigante Ziege will uns doch bloß einschüchtern, damit wir aufgeben.« Sie trat wieder einen Schritt auf Daniel zu und tippte mit dem Zeigefinger auf seine Brust. »Aber ich sage dir, so wahr ich hier stehe, das werde ich nicht zulassen! Und du wirst mir dabei helfen.«

Nun konnte sich Daniel ein Schmunzeln nicht mehr verkneifen. So ernst die Lage auch war, so sehr liebte er es, wenn sich Fanny dermaßen in Rage redete. Diese Leidenschaft, dieser mädchenhafte Stolz und dieser Trotz waren es, die er an seiner Frau verehrte.

»Natürlich werde ich dir dabei helfen, das steht ja wohl außer Frage.«

Sofort lichteten sich die Gewitterwolken auf ihrem Antlitz, und sie lächelte ebenfalls.

Daniel beugte sich nach vorne, nahm ihr Gesicht in beide Hände und küsste sie. »Fanny, ich liebe dich, und ich werde immer an deiner Seite sein, egal, was das Leben bereithält.«

In dieser Nacht konnte Daniel nicht einschlafen. Lautlos drehte er den Kopf und musterte seine schlafende Frau neben sich. Ihr Brustkorb und die bereits gut sichtbare Wölbung ihres Bauches hoben und senkten sich im Takt ihrer Atemzüge. Er dachte daran, dass im Mai des kommenden Jahres ein zweites Kind versorgt werden musste, und an den herben Rückschlag, den Maries Schachzug ihnen und ihren Plänen soeben verpasst hatte. Um gegen die Übermacht von Cailler anzukommen, brauchte Fanny nun einen vollwertigen Partner und Komplizen, jemanden, der nicht nur von Geschäftsführung etwas verstand, sondern auch von der Materie selbst. Aber die Schokolade war das Handwerk seiner Frau – oder?

Ruckartig setzte er sich im Bett auf, um besser nachdenken zu können. Er holte tief Luft und trommelte mit den Fingerspitzen auf die Bettdecke.

Er hatte dieses Jahr seinen dreißigsten Geburtstag gefeiert. Sein bester Freund Henri war bereits zweiundfünfzig und hatte erst kürzlich wieder etwas vollkommen Neues erfunden, woraufhin er seine gesamte Berufstätigkeit nun neu ausrichten würde. Oft schon hatte er zu Daniel gesagt: »Ich habe einen gesunden Intellekt und zwei arbeitsame Hände. Solange ich keines von beidem verliere, können mir die Launen des Lebens nichts anhaben.« Wie recht er damit hatte.

Auch Daniel hatte sich nie gescheut, zu arbeiten und neue Fertigkeiten zu erwerben. Um nun seiner Frau eine Stütze zu sein und auf einem Markt bestehen zu können, der schon von anderen großen Namen beherrscht wurde, musste er das Handwerk des Chocolatiers erlernen. Nur so würde es ihnen beiden gelingen, gemeinsam ihren eigenen Weg zu gehen und etwas Großartiges zu erschaffen. Doch Daniel wollte es nicht von Fanny lernen, die ihm sicherlich eine grandiose Lehrmeisterin gewesen wäre. Nein, er wollte einen komplett neuen Blickwinkel auf die Materie sowie fremde Anreize, um das Talent seiner Frau noch zu ergänzen.

Nun war erst recht nicht mehr an Schlaf zu denken. Daniel erhob sich, warf sich einen Mantel über und ging in den Salon. Wenn er schon nicht schlafen konnte, so wollte er wenigstens versuchen, seine chaotischen Gedanken auf Papier festzuhalten, damit sie ihm nicht wieder davonflogen. Er zündete eine Kerze an, kramte im Sekretär seiner Frau nach Papier und griff nach Schreibgriffel und Tintenfass.

Sein Cousin Raphaël in Lyon hatte ihm in seinen seltenen Briefen, die meist einmal im Jahr zu Weihnachten kamen, davon berichtet, dass sich in seinem erweiterten Freundeskreis der Spross einer Schokoladenfamilie mit eigener Manufaktur befand. Normalerweise entsprach es nicht Daniels Art, jemanden, den er seit seiner Kindheit nicht mehr gesehen hatte, um einen Gefallen zu bitten, doch heute überwand er seine Skrupel, setzte sich hin und schrieb Raphaël einen Brief, der mit den Worten endete:

Aus all diesen Gründen, cher Raphaël, bitte ich Dich um unserer Verwandtschaft willen um einen großen Gefallen. Mein innigster Wunsch ist es, in der Schokoladenfabrik Deiner Bekannten eine Anstellung zu finden, um mehr über den faszinierenden Beruf des Chocolatiers zu erlernen. Meine Treue, Dankbarkeit und Schuld Dir gegenüber wären bis ans Ende meiner irdischen Tage gültig. Wo auch immer ich Dir und Deiner Familie behilflich sein kann, sei Dir meiner uneingeschränkten Unterstützung gewiss.

In freundschaftlicher Verbundenheit, Dein Schweizer Cousin Daniel

Eineinhalb Monate später, Anfang Februar 1867, antwortete Raphaël. Er hatte mit seinen Bekannten bereits alles in die Wege geleitet.
Lyon und die Schokolade warten auf dich!, waren seine letzten Worte im Brief. Daniel ließ das Papier

sinken und sah seine hochschwangere Frau über den Tisch hinweg an. Mit einer Mischung aus Neugierde und Angst erwiderte sie seinen Blick.

»Es hat geklappt, ich werde nach Lyon reisen. Gleich zu Beginn der nächsten Woche möchte ich aufbrechen, um möglichst wenig Zeit zu verlieren. Vor dem ersten Schnee werde ich zurück sein.« Er stand auf und lief, die Hände hinter dem Rücken verschränkt, im Esszimmer auf und ab. Im Kopf ging er bereits eine Liste mit all den Dingen durch, die er einpacken und organisieren musste.

»So bald schon …« Fannys sonst kräftige Stimme war nur noch ein leises Flüstern. Als er sich umdrehte und sie ansah, bemerkte er das Schimmern von Tränen in ihren Augen. Dabei strich sie sich immer wieder über die Wölbung ihres Bauchs.

Mit wenigen Schritten war Daniel bei ihr und umarmte sie.

»Fanny, Liebes. Ich versuche, zur Geburt herzureisen.« Er spürte selbst, dass dies wohl nicht die richtigen Worte waren.

»Du versuchst es?«, sagte Fanny und suchte seinen Blick. »Das heißt, du wirst nicht kommen.« Sie presste die Lippen zusammen und starrte auf den Tisch.

»Ich werde alles daransetzen herzukommen. Versprochen.«

Sie nickte wortlos.

Daniel drückte ihr einen Kuss auf die Wange. »Wir stehen das durch. Gemeinsam schaffen wird das. Du wirst sehen, die Zeit vergeht, als wär's bloß ein Augenblick. Viel Arbeit wartet auf uns beide.« Zärtlich strich er ihr eine Haarsträhne aus dem Gesicht. »Und du bist hier in allerbesten Händen. Du hast Clémentine, Martine und deine Maman.«

»Schreib mir wenigstens hin und wieder«, flehte Fanny.

»Das werde ich«, versprach er und drückte ihr einen Kuss auf die Stirn.

Eine Woche später stand Daniel mit seinem Koffer vor dem Haus und wartete auf die Kutsche, die ihn zur Schiffsanlegestelle bringen würde. Von der Place du Marché aus wollte er über den See bis nach Genf und von dort weiter mit der Postkutsche bis nach Lyon in Frankreich.

Als er sich Fanny zuwandte, um sich von ihr zu verabschieden, spürte er einen dicken Kloß im Hals. Er zwang sich zu einem Lächeln, das ihm jedoch kläglich misslang. Seine Frau weinte, und mit ihr auch die kleine Louise, die zwar nicht verstand, was los war, jedoch die Trauer ihrer Eltern spürte.

»Ich liebe euch«, flüsterte er, als er sie und Louise in die Arme schloss, hin und her wiegte und ihren Duft einatmete.

»Wir werden dich schrecklich vermissen«, antwortete Fanny mit erstickter Stimme und wischte sich die Tränen aus dem Gesicht. »Beeil dich, ja?«

Daniel nickte, wandte sich ab und stieg in die Kutsche.

Als die Pferde anzogen, sah er ein letztes Mal aus dem Fenster. Da standen sie, seine Frau, das noch ungeborene Wesen in ihrem Bauch und sein kleines Mädchen.

Als der Zweispänner um die Ecke bog, straffte Daniel die Schultern und atmete tief ein. Er war entschlossen, in den nächsten Monaten sein Allerbestes zu geben, um die Zukunft seiner geliebten Menschen zu sichern. Der Weg, den er gewählt hatte, war sicher nicht der einfachste, doch mit ein bisschen Glück würde er sie ihrem gemeinsamen Traum einen großen Schritt näher bringen.

Kapitel 20

Fanny legte den drei Monate alten François in seinen Stubenwagen und deckte ihn zu. Er hatte die Augen schon geschlossen, bevor er mit dem Kopf auch nur das Kissen berührte. Mit dem Finger strich sie ihm über die kleine Stupsnase und den rötlich schimmernden Haarflaum. Als sie hochsah, traf sie auf Clémentines Blick. Ihre Freundin lächelte, doch ihre Augen waren vom Schmerz beherrscht. Rasch wandte Clémentine den Blick ab und beobachtete stattdessen die zweijährige Louise, die selbstvergessen ein Lied sang und ihrer Puppe die Haare kämmte.

»Wollen wir ins Schokoladenatelier gehen? Dann kann ich dir meine neuesten Kreationen vorführen«, schlug Fanny vor und rief nach dem Kindermädchen. Louanne erschien, nickte und setzte sich zu Louise auf den Boden.

»Von einem Atelier kann doch gar nicht mehr die Rede sein«, scherzte Clémentine, und Fanny war dankbar, dass sie ihr scheues Lächeln wiedergefunden hatte.

Es belastete sie stets sehr, ihre Freundin in Gegenwart ihrer Kinder so leiden zu sehen. Es musste furchtbar sein, überall glückliche Mütter zu beobachten, wenn man selbst mit Kinderlosigkeit gestraft war.

Fanny stieß die zweiflüglige Tür zu den Fabrikräumlichkeiten auf und bat Clémentine einzutreten. Im Vorbeigehen warf sie kurz einen Blick ins Büro und grüßte Julien, der sich nach wie vor gewissenhaft um die Kerzenproduktion im anderen Teil des Gebäudes kümmerte.

In der Schokoladenfabrik war es still, denn außer Fanny gab es keine weiteren Mitarbeiter. Zwischenzeitlich waren ihre alten Atelierutensilien allerdings bereits durch zeitgemäße maschinell betriebene Apparate ersetzt worden. Die Decke des langgezogenen Raums mit den aneinandergereihten Fenstern war mit Rohren verschiedener Dicke überzogen. Sie bedienten die Geräte mit dem für den Antrieb nötigen Wasser. Die Erbstücke ihres Vaters, die Daniel ihr zur Hochzeit geschenkt hatte, dienten Fanny nun dazu, eigene Produkte auszutüfteln und die perfekten Rezepturen zusammenzustellen. Danach übernahmen die neuen Maschinen die Arbeit. So musste sie die Kakaobohnen nicht mehr von Hand rösten und schälen. Hatte das Zartreiben der Kakaomasse im Kessel über dem Kohlefeuer in den Anfängen der Schokoladenproduktion viel Muskelkraft erfordert, erledigte auch diese Arbeit nun eine durch Wasserkraft betriebene Maschine. Einzig das Beimischen von Zucker sowie anderen speziellen Zutaten und das Abfüllen der fertigen Masse übernahm Fanny noch selbst.

Danach rüttelte eine weitere Apparatur die gemischte Schokoladenmasse so lange in den Formen, bis sie vollkommen glatt war. Das Geld für die Neuanschaffung hatten sie von Maman bekommen. Es stammte aus Papas Nachlass. Insbesondere der Umstand, dass Marie nun die familieneigene Fabrik weiterführte, hatte Fannys Mutter dazu bewogen, ihr und Daniel diese Starthilfe in Form eines Darlehens zu gewähren.

»Ich hoffe, du magst meine neueste Idee.« Fanny sah Clémentine von der Seite her an und führte sie in einen Nebenraum, der ihr als Kreativstätte diente. »Hier, koste mal.« Sie reichte ihr ein Stück Schokolade, das bei genauem Hinsehen helle goldgelbe Punkte aufwies.

»Soll ich raten?«, fragte Clémentine, schloss die Augen und schob es sich in den Mund.

»Unbedingt!« Fanny liebte es zu hören, was man aus ihrer Schokolade herausschmeckte, denn das war bei jedem Menschen unterschiedlich. Manche beschrieben das Erlebnis und ihre Gefühle in Metaphern, andere wiederum zählten schlicht die Zutaten auf, die sie zu erkennen glaubten.

»Geröstete Nüsse, ich weiß allerdings nicht, welche Sorte.« Clémentine rollte die Augen, während sie sich auf das Geschmackserlebnis in ihrem Mund konzentrierte. Dann legte sie die Stirn in Falten. »Kann es sein, dass da Honig drin ist?« Verdutzt sah sie Fanny an.

Die klatschte entzückt in die Hände. »Ganz genau! Ich habe mich gefragt, warum man die Schokolade eigentlich stets mit Zucker süßen muss. Es gibt doch zahlreiche andere Süßstoffe in der Natur.« Sie griff selbst nach einem Schokoladenstück und ließ es auf der Zunge zergehen. »Honig hat natürlicherweise viele wertvolle Eigenschaften. Meine Mutter sagte stets, dass ich eine Tasse Milch mit viel Honig trinken soll, wenn ich Husten oder Halsschmerzen hatte. Ich erinnere mich gut, dass insbesondere der Honig Linderung verschafft hat.«

»Das ist genial, Fanny!«, lobte Clémentine und griff bereits zum nächsten Stück. »Deine Schokolade ist also nicht nur ein Genussmittel, sondern trägt auch noch zur Gesundheit bei.«

»Richtig, denn auch dem Kakao sagt man eine gesundheitsfördernde Wirkung nach. Er soll gut fürs Herz und fürs Gemüt sein.« Fanny hob ein Stück hoch und betrachtete es von allen Seiten. »Die Mandelsplitter sollen das Genusserlebnis etwas spannender gestalten. Ich liebe es, wenn Schokolade nicht nur schmilzt, sondern mit knusprigen Komponenten vermischt ist. Die Röstaromen der Nüsse brechen zudem die Süße der Komposition und machen die Schokolade so ausgewogener und eleganter. Ich hoffe, meine Kunden werden die neue Idee ebenso überzeugend finden wie ich.«

Zwischenzeitlich hatte sich Fanny einen bescheidenen und erlesenen Kundenstamm an Privatpersonen und Feinkostläden aufgebaut. Zusammen mit dem Geld, das Daniel aus Frankreich sandte, reichte es zum Leben. Das Ziel ihrer Schokoladenfabrik war längerfristig jedoch nicht, ein Nischenprodukt herzustellen, sondern einen Teil des Markts für sich zu beanspruchen. Bis dahin war es allerdings noch ein weiter Weg, denn Cailler, Suchard, Kohler und andere dominierten nach wie vor erfolgreich das Schokoladengeschäft. Nicht zuletzt deshalb hatte sie Daniels Idee, sich Inspiration im Ausland zu holen, zugestimmt. Sie mussten sich abgrenzen.

Plötzlich schien Clémentine etwas einzufallen. »Was ist mit Marie? Hast du wieder einmal etwas von ihr gehört seit unserem letzten Treffen?«

Fanny zuckte die Schultern. »Wir reden immer noch nicht miteinander, wenn ich ihr zufällig über den Weg laufe. Allerdings, der Junge ist süß, das muss ich zugeben. Er sieht seinem Vater sehr ähnlich. Hoffen wir, dass er bloß sein Gesicht und nicht seinen Charakter geerbt hat.« Sie seufzte und sah zu Boden. »Marie und ich wissen beide, dass das, was sie getan hat, nicht in Ordnung war, ich aber nichts dagegen unternehmen kann.« Sie machte erneut eine Pause und dachte darüber nach, ob es Begebenheiten gab, die sie Clémentine noch nicht erzählt hatte. »Kürzlich habe ich mich dazu durchgerungen, ihre Version meiner Ideen zu kosten. Auch wenn mein Urteil durch meine Emotionen möglicherweise beeinträchtigt ist, so denke ich als Chocolatière trotzdem, dass ihr die Umsetzung nicht besonders gut gelungen ist. Die Schokoladenkreationen verkaufen sich, aber sie sind nie zu einem Kassenschlager geworden. Eine Kopie ist halt doch immer nur der Schatten seines Originals.«

Clémentine griff nach ihrer Hand. »Ich schäme mich so furchtbar, dass ich Marie damals auf dem Fabrikgelände nicht erkannt habe. Ich war in Gedanken weit weg. Du weißt, dass mir die dunkle Jahreszeit arg zusetzt.«

Fanny streichelte lächelnd ihre Hand. »Bitte, Clémentine, gräme dich nicht wegen solcher Oberflächlichkeiten. Wenn nicht auf diesem Weg, so hätte Marie die gewünschten Informationen auf einem anderen erhalten. Entscheidend war bloß, was sie damit gemacht hat.«

Einen Augenblick lang schwiegen sie nachdenklich.

»Weißt du schon, wann Daniel aus Lyon zurückkommt?«, fragte Clémentine schließlich. »Bestimmt wird es ihn freuen, gemeinsam mit dir die neuen Produkte auf den Markt zu bringen. Wirst du ihm schreiben und von der Honigschokolade erzählen?«

Ein Schatten legte sich über Fannys Herz, und sie senkte den Blick. Ihre Freundin, die den Stimmungswechsel sofort spürte, trat neben sie und berührte sie am Unterarm.

»Er hat sich also immer noch nicht gemeldet«, vermutete Clémentine.

Fanny sah auf ihre Schuhspitzen und schüttelte den Kopf. Daniel hatte versprochen, zur Geburt ihres gemeinsamen Sohnes François im Mai zurückzukommen, und war nicht erschienen. Zwischenzeitlich war es August.

»Seit seiner Abreise im Februar habe ich von ihm bloß drei Briefe bekommen, den letzten im Juni, nachdem er die Geburt seines Sohnes verpasst hat«, wiederholte Fanny die Geschichte, die Clémentine längst kannte. Eine Träne tropfte auf den staubigen Steinboden der Fabrikhalle. Die Reise in die Schweiz sowie die Rückreise nach Lyon hätten eine zu lange Abwesenheit in der Schokoladenfabrik zur Folge gehabt, hatte er seinen Entscheid begründet.

»Was nützt es mir, dass er sich entschuldigt hat? Er war nicht da, als ich ihn gebraucht hätte«, fasste Fanny ihre Kränkung zum wiederholten Mal in Worte und schniefte. Clémentine wischte ihr die Tränen mit einem Taschentuch von den Wangen.

»Er war nicht da, um meine Hand zu halten, als die Schmerzen mich ohnmächtig werden ließen und man fürchten musste, dass ich die Augen nicht mehr öffnen würde. Er hätte nicht einmal Gelegenheit gehabt, sich zu verabschieden«, murmelte Fanny.

Ihre Freundin schwieg, legte den Arm um sie und wiegte sie sanft hin und her.

»Manchmal, wenn ich nachts nicht schlafen kann, stelle ich mir Daniel in Lyon vor, wie er dort eine andere Frau liebt und mit ihr eine Familie gründet. Vielleicht wird er nicht mehr zurückkommen und ist bloß zu feige, es mir zu sagen.« Ein heftiges Schluchzen schüttelte Fanny. Es war in diesen Nächten, dass sie manchmal sogar die Kerze anzündete, die ihnen der Zivilbeamte Monsieur Dubois zur Hochzeit geschenkt hatte.

»Sch, sch«, versuchte Clémentine, sie zu beruhigen. »So etwas darfst du nicht denken.«

»Wenn er mich vermissen würde, dann würde er sich doch öfter melden, mir in seinen Briefen von seinem Heimweh und seiner Liebe schreiben, oder nicht?« Fanny schüttelte hoffnungslos den Kopf. Sie hatte es schon oft durchdacht. Auch in den Augen ihrer Mutter sah sie das Bedauern und die stumme Bestätigung für die schmerzhafte Realität. Kein Mann, der so lange ohne eine geschriebene Zeile wegblieb, war einer Frau treu. Wenn er denn überhaupt je wieder zurückkehrte. Den Französinnen sagte man ein äußerst betörendes Wesen nach, besonders jenen aus den urbanen Gegenden.

»Henri sagt selten, dass er mich liebt, er zeigt es mir.« Ein verträumtes Lächeln erschien auf Clémentines Gesichtszügen. »Er fragt mich stets, wie mein Tag war und was ich alles gemacht habe. Dabei hört er mir aufmerksam zu. Manchmal lädt er mich an den Wochenenden zu einer Bahnfahrt oder einem Ausflug mit der Kutsche ein. Im Sommer bringt er mir gerne spontan Blumen oder ein anderes kleines Geschenk vom Markt mit.« Sie sah Fanny an. »Was ich damit sagen will, ist, dass Männer nicht genauso funktionieren wie wir Frauen. Ausführliche emotionale Briefe sind möglicherweise nicht Daniels Stärke. Ich bin mir sicher, dass er euch nur ungern verlassen hat und all diese Mühsal und die Einsamkeit in der Fremde nur auf sich nahm, um mit dir zusammen die Schokoladenfabrik führen zu können. Das ist sein Opfer und seine Art, dir seine Liebe zu zeigen. Ich müsste mich in Daniel als Mensch sehr täuschen, wenn es anders wäre.«

Die Beklemmung, die Fannys Brustkorb zusammengedrückt hatte, löste sich ein wenig, ein Schatten blieb dennoch zurück. Gewissheit hatte sie erst, wenn ihr

Mann vor ihr stand und sie ihm in die Augen sehen konnte.

Sie holte tief Luft, straffte die Schultern und zwang sich zu einem Lächeln. »Nun erzähl aber ein wenig von euch, Clémentine. Wie läuft es mit der neuen Erfindung deines Mannes?«

»Das Kindermehl ist gut gestartet. Wir sind immer noch dabei, es der breiten Bevölkerung vorzustellen. Schritt für Schritt steigen aber der Bekanntheitsgrad und die Beliebtheit des Produkts. So eine Entwicklung braucht Zeit.« Sie seufzte. »Viel mehr als der geschäftliche Erfolg jedoch freut mich der Umstand, dass wir tatsächlich dazu beitragen können, die Säuglingssterblichkeit mit unserem Produkt zu senken.« Clémentine unterstrich ihre Worte mit lebhaften Gesten. »Du weißt, wie sehr mir unsere Kinderchen am Herzen liegen. Du bist eine gesegnete Frau und Mutter, Fanny, dass du deine Kinder ohne Probleme stillen kannst und dir auch die Zeit dafür nehmen darfst.« Trauer huschte über ihre Gesichtszüge, sie hatte sich jedoch sofort wieder unter Kontrolle und lächelte.

»Ich finde es bewundernswert, dass sich dein Mann so viele Jahre lang mit dieser Thematik auseinandergesetzt hat«, sagte Fanny. »Keinem ist es bisher gelungen, Justus von Liebigs Analyse der Muttermilch so effektiv zu nutzen und umzusetzen.« Und im Stillen dachte sie, dass es genau so eine Erfindung wäre, die sie und Daniel bräuchten, um sich von der Masse der marktbeherrschenden Schokoladenproduzenten abzusetzen.

»Henri hatte viele schlaflose Nächte, bis sein Milchmehl in Bezug auf die Qualität und die Haltbarkeit seinen hohen Ansprüchen gerecht wurde. Ich kann gar nicht mehr sagen, wie oft er mit seinen Versuchen gescheitert ist. Aber nun können wir der Welt endlich einen vollwertigen Muttermilchersatz in Pulverform anbieten.« Clémentine machte eine kurze Pause. »Allerdings muss ich gestehen, dass uns nach wie vor viel Skepsis entgegenweht. Die unkonventionelle Form des Produkts löst bei Leuten, die weder einen chemischen noch pharmazeutischen Hintergrund haben, gelegentlich Bedenken aus. Unsere Fabrikarbeiterinnen sind jedoch begeistert. Wir versorgen sie zwischenzeitlich kostenlos mit dem Kindermehl, es ist Bestandteil ihrer Entlohnung.«

»Das freut mich so sehr für euch beide, Clémentine! Ich hoffe von Herzen, dass ihr mit dieser Erfindung Erfolge weit über die Grenzen dieser bescheidenen Stadt hinaus feiern werdet. Ihr habt es verdient.« Fanny umarmte ihre Freundin. Clémentines Euphorie war ansteckend und inspirierend.

Nachdem sich ihre Nachbarin verabschiedet hatte, blieb Fanny noch eine Weile in ihrem Atelier und dachte nach. Vielleicht sollte sie auch einmal eine spezielle Blockschokolade für Kinder mischen. Die Honigschokolade mit ihrem natürlichen Süßstoff und den zahlreichen guten Eigenschaften der Inhaltsstoffe kam der Sache ja schon recht nah. Allerdings war Schokolade aufgrund ihrer Bitterstoffe immer noch vielen Kindern zu herb.

Sie würde diesen Gedanken im Hinterkopf behalten.

Kapitel 21

Louise betrachtete sich ein letztes Mal mit kritischem Blick im Spiegel. Magalie hatte ihr einen Hut ausgeliehen, der sehr gut zu ihrem auberginefarbenen, mit Spitzen verzierten Kleid passte.

Obwohl zwischenzeitlich beide ihrer Schwiegertöchter Witwen waren, hatte Louise vor zwei Jahren beschlossen, ihren Wohnort bei Magalie zu belassen, Marie aber natürlich jederzeit mit den Kindern zu unterstützen, wenn diese es wünschte.

Neben ihren Enkeln gab es allerdings nicht mehr viel, das Louise in ihrem Leben Freude bereitete, weshalb sie gern zugesagt hatte, als Daniels Vater Jean sie für diesen Abend ins Theater einlud. Die letzte Gelegenheit, bei der sie sich so hübsch hergerichtet hatte, war die Hochzeit ihrer Tochter Fanny gewesen. Natürlich unternahm sie gelegentlich mit einer Freundin einen Spaziergang, andere Aktivitäten wie eine Bahnfahrt, ein Konzert oder eine Theateraufführung vermied sie jedoch meist, da man sie oft nur höflichkeitshalber und aus Mitleid einlud. Es fühlte sich schrecklich an, neben all den Paaren alleine weinen zu müssen, wenn der Held auf der Bühne starb oder seine große Liebe verlor. Mit Jean ins Theater zu gehen, war dagegen etwas völlig anderes, denn ihr jeweiliger Verlust schien sie beide zu verbinden. Beide waren sie unfähig, noch einmal zu lieben, und beide verstanden sie, dass das so in Ordnung war.

Leider mussten sie noch immer mit dem Casino vorliebnehmen, das als kulturelles Mehrzweckgebäude fungierte, denn ein richtiges Theater gab es in Vevey noch immer nicht. Die Einweihung eines solchen stand jedoch kurz bevor. Man munkelte, dass es im Frühjahr 1868 seine Tore öffnen sollte und somit sogar noch vor jenem in Lausanne in Betrieb genommen werden könnte. Die Société de la Salle de Concerts et de Spectacles, die sich für ein neues Theatergebäude einsetzte, war bereits vor vier Jahren gegründet worden. Louise konnte sich deshalb so gut an die Jahreszahl erinnern, weil im Herbst desselben Jahres Fannys und Daniels Hochzeit stattgefunden hatte. Da die Aktiengesellschaft von den wichtigsten Unternehmern und Politikern der Stadt geleitet und finanziert wurde und sich sogar die Gemeinde beteiligt hatte, würde Vevey nun endlich ein eigenes schönes Theater bekommen. Bis dieser Tag jedoch anbrach, blieb ihnen nur das Casino.

Gerade als Louise in den Flur trat, betätigte jemand den Türklopfer. Das musste Jean sein, er war pünktlich. Magalie eilte herbei, um die Tür zu öffnen, und bat den Gast herein, während Louise die Treppe hinunterstieg.

Jean nahm den Hut vom Kopf und verbeugte sich lächelnd. »Du siehst heute Abend bezaubernd aus, Louise, wenn du mir diese Bemerkung erlaubst.«

»Sie sei dir ausnahmsweise gestattet«, scherzte Louise und hakte sich bei ihm unter. »Und du siehst heute aus, als würdest du mich zu einer Hochzeit begleiten.«

»Eine Hoch-Zeit würde ich es auch nennen, denn ich war schon so lange nicht mehr bei einer Theateraufführung, dass ich mich an meine letzte nicht einmal mehr erinnern kann.« Lächelnd führte er sie vors Haus, von wo aus sie zu Fuß zum Casino liefen, das nur wenige Straßen entfernt lag.

Louise genoss den lauen Augustabend und die Tatsache, dass es um diese Uhrzeit immer noch hell war. In den Gassen Veveys herrschte rege Betriebsamkeit. Die Menschen nutzten das gute Wetter, um sich draußen zu unterhalten, ein Glas Wein zu trinken, Karten zu spielen oder ein wenig spazieren zu gehen.

Das Casino, ein zweistöckiges Gebäude mit Arkaden im Erdgeschoss und großen, bodentiefen Saalfenstern in der ersten Etage, befand sich inmitten der verwinkelten Gassen der Stadt. Eine Uhr über dem Haupteingang verlieh dem Bauwerk äußerlich Ähnlichkeit mit dem Bahnhof. Über eine kurze Steintreppe gelangte man in den Säulengang und von dort durch eine zweiflügelige Tür in den Vorraum des Casinos. Dieser wurde von zahlreichen Gaslampen und einem Kronleuchter erhellt. Rote Samtteppiche bedeckten die gewundene Treppe, die in den oberen Stock und zum Aufführungssaal hinaufführte. Geschmackvolle Landschaftsmalereien zierten die Wände, und Steinskulpturen unterstrichen die Tatsache, dass dieses Haus für Kunst jeglicher Art lebte.

Louise winkte einigen Bekannten, während sie sich von Jean die Treppe hinauf und zu ihrem Platz führen ließ. Höflich wartete er, bis sie ihre Röcke drapiert und sich gesetzt hatte, bevor auch er sich mit einem zufriedenen Schmunzeln auf den Lippen niederließ.

Louises Blick schweifte durch den großen Mehrzwecksaal, an dessen Ende heute eine Holzbühne aufgebaut war. Die rotbraune Holzdecke und die wuchtigen senfgelben Vorhänge vor den bodentiefen Fenstern verliehen ihm eine weniger pompöse als vielmehr gemütliche Atmosphäre. Weniger gemütlich allerdings waren die schlichten Holzstühle, die man heute Abend für die Besucher aufgestellt hatte.

Das Theaterstück, das vor einem ebenfalls recht rudimentären Bühnenbild aufgeführt werden sollte, spielte in Vevey. Mit viel Witz und Sinn für überspitzte Dramaturgie sowie zirzensischem Talent erzählten die Schauspieler eine tragische Liebesgeschichte vor dem Hintergrund des alle fünfundzwanzig Jahre stattfindenden Winzerfests. Dabei fehlten auch Mord und Totschlag nicht.

Louise erlebte einen Sturm der Gefühle. Manchmal tat ihr der Bauch weh vor Lachen und sie hatte Mühe, in ihrem Korsett nach Luft zu schnappen. Dann wiederum musste ihr Jean dezent ein Stofftaschentuch reichen, damit sie ihre feuchten Augen abtupfen konnte.

Nachdem die Geschichte mit einem glücklichen Ende und der nicht standesgemäßen Hochzeit der beiden Protagonisten geendet hatte, klatschten die Zuschauer frenetisch Beifall.

»Ich habe mich schon lange nicht mehr so lebendig gefühlt«, gestand Louise und sah, dass auch Jeans Wangen von der emotionalen Darbietung gerötet waren.

»In der Tat, meine Liebe, es hat gutgetan zu spüren, dass man noch alles in sich hat. Von der Trauer über den Humor bis hin zur Glückseligkeit.«

Als Louise mit Jean durch das Foyer hindurch Richtung Ausgang lief, glaubte sie, ein weiteres bekanntes Gesicht zu erkennen. Sie schärfte den Blick. Eine hochgewachsene junge Frau mit hellem glattem Haar, das sie zu einem sorgfältigen Knoten am Hinterkopf hochgesteckt hatte, steuerte ein paar Reihen vor ihnen ebenfalls auf die zweiflüglige Tür zu, die auf die Straße hinausführte.

»Ist das nicht ...?« Louise reckte den Hals und versuchte, mehr zu sehen. Auf der Gasse angelangt, blieb die Frau nur wenige Meter vor ihnen stehen, drehte ihnen jedoch den Rücken zu. »Marie?«, vervollständigte sie ihren angebrochenen Satz.

Louise beobachtete, wie ihre Schwiegertochter sich mit einigen anderen Leuten unterhielt und dabei bei einem Mann unterhakte, den Louise nicht kannte und dessen Gesicht sie nicht sehen konnte. Plötzlich hielt Marie sich die Hand vor den Mund und sagte etwas zu ihrem stattlichen Begleiter. Dieser berührte sie beruhigend an der Schulter, drehte sich um und steuerte erneut auf den Eingang des Casinos zu. Er wollte gerade an Louise und Jean vorbeilaufen, als er Louises Begleiter sah und lächelte.

»Monsieur Peter!«, grüßte er erfreut und blieb stehen. »Was für ein Zufall! Waren Sie auch bei der Theatervorstellung?«

»*Bonsoir*, Monsieur Gétaz«, erwiderte Jean dessen Gruß. »Genau, wir haben uns heute einen unterhaltsamen Abend gegönnt. Ich freue mich jedoch sehr darauf, dass das neue Theater – nicht zuletzt dank der großzügigen Unterstützung Ihrer Bank – fertiggestellt wird.« Louise spürte, dass Jean ihren Namen absichtlich nicht erwähnt hatte. Er machte keine Anstalten, sie vorzustellen. So persönlich schien er den Fremden also nicht zu kennen.

»Da stimme ich Ihnen zu«, lachte Monsieur Gétaz. »Das Casino wird den Ansprüchen der kulturell begeisterten Städter einfach nicht mehr gerecht.« Er nickte in Richtung des Haupteingangs. »Sie entschuldigen mich. Meine Begleitung hat etwas im Saal vergessen. Ich muss mich beeilen, sonst schließen sie die Tore, bevor ich es holen kann. Wir sehen uns bestimmt nächste Woche in Ihrer Metzgerei; ich brauche Ihre Beratung für einen Sonntagsbraten!« Er lüftete seinen Hut und eilte zurück ins hell beleuchtete Casino.

»Du kennst den Mann?«, raunte Louise Jean zu und starrte zu Marie hinüber, die sich immer noch mit dem Rücken zu ihnen unterhielt und offenbar nichts mitbekommen hatte.

»Er ist Bankier in meinem Quartier, Louis Gétaz mit vollem Namen, und ein guter Kunde meiner Metzgerei. Zudem ist er einer der Geldgeber für das neue Theater«, erklärte Jean. »Dem Anschein nach begleitet er deine Schwiegertochter.«

»Sieht so aus«, murmelte Louise und versuchte, ihrer Verblüffung beizukommen. Sie sah Jean an. »Ist er …?«

»Unverheiratet und ohne Kinder«, beantwortete Jean ihre Frage. »Ich vermute, du wusstest nicht, dass Marie diesen Mann trifft?«

Louise schüttelte den Kopf, während sie Monsieur Gétaz dabei beobachtete, wie er wieder aus der Tür trat, lächelnd an ihnen vorbeiging und die Hand an Maries Taille legte. »Und es scheint definitiv nicht das erste Mal zu sein, dass sich die beiden verabreden«, kommentierte sie trocken. »Nun, Marie ist mir keine Rechenschaft schuldig. Es gehört sich allerdings auch nicht, dass ich als Mutter ihres verstorbenen Mannes in der Öffentlichkeit von ihrem Umgang erfahren muss. Sie hat mich nicht einmal gefragt, ob ich auf meine Enkel aufpassen könne, während sie ins Theater geht.«

Jean pflichtete ihr kopfnickend bei und beobachtete die beiden, die sich nun auf den Heimweg begaben. »Sie wollte dir wohl nicht sagen, wohin sie geht.«

»Und genau diese Geheimniskrämerei stößt mir sauer auf. Komm, folgen wir ihnen in einigem Abstand. Ich möchte wissen, ob er mit ins Haus geht.«

Schweigend liefen sie im Halbdunkel der schlecht beleuchteten Gassen hinter dem Paar her. Zwischen ihnen befanden sich noch andere Leute auf dem Heimweg. Louise verzog grimmig das Gesicht. Der Zauber des schönen Abends war verflogen, und eine dunkle Wolke hatte sich über ihr Gemüt gelegt.

»Es ist immerhin rund eineinhalb Jahre her, seit dein Sohn gestorben ist, Louise«, versuchte Jean, der ihre Gedanken zu spüren schien, sie zu beruhigen. »Sie ist noch jung, oder? Da kann man nicht von ihr verlangen, dass sie ein Leben lang Witwe bleibt.«

»Ja, sie ist noch keine dreißig, da gebe ich dir recht. Trotzdem. Wir beide wissen, wenn man jemanden aufrichtig liebt, dann zieht einem dessen Tod den Boden unter den Füßen weg, und niemand, wirklich niemand, kann die schmerzhafte Lücke, die durch den Verlust entsteht, füllen«, flüsterte Louise echauffiert.

»Wir leben in modernen Zeiten, die jungen Leute sind nicht mehr so, wie wir es waren.«

»Vorsicht!« Louise hielt Jean an seinem Kittel fest und zog ihn in den Schatten eines Hofeingangs. Sie waren fast bei den beiden Häusern angekommen, die Louise und ihre Schwiegertöchter bewohnten.

Vorsichtig beugte Louise sich vor und schielte um die Häuserecke. Marie und ihr Begleiter sahen sich in der Gasse um, als wollten sie sichergehen, allein zu sein. Plötzlich hörte Louise zu ihrem Entsetzen Marie kichern und sah, wie Monsieur Gétaz den Kopf senkte und sie küsste. Marie schlang die Arme um seinen Hals, erwiderte den Kuss und zog ihn dann an der Hand ins Haus.

»Das wäre dann wohl eine eindeutige Situation.« Louise bedeutete Jean mit einem Kopfnicken, dass er sie nun nach Hause begleiten durfte. An der Tür bedankte sie sich nochmals für den schönen Abend und wartete, bis seine Kutsche ihn abholte. Sie winkte ihm zum Abschied und ging dann hinein.

In dieser Nacht wälzte sich Louise in ihrem Bett hin und her. Sollte sie Fanny von ihrer Begegnung erzählen? Oder besser warten? Wer wusste schon, ob das mit diesem Monsieur Gétaz eine Verbindung von Dauer war. Ebenso gut konnte es einfach nur eine Liaison sein, die schon in einigen Wochen Geschichte – und Gerede! – war. Im Gegensatz zu ihm hatte Marie nämlich ein Vorleben, wie man an ihren zwei Kindern unschwer erkennen konnte. Nicht jeder Mann war bereit, den Nachwuchs eines anderen mit zu heiraten und durchzufüttern.

Die Entscheidung wurde ihr am kommenden Morgen abgenommen, als es kurz vor Mittag an der Eingangstür klopfte.

Magalie rief nach ihr, und als Louise im Flur erschien, stand Marie vor ihr.

»Guten Tag, Louise. Können wir reden?« Maries Stimme klang ungewöhnlich hoch, und sie strich sich immer wieder die Handflächen an ihrem Kleid ab. Auch hatte sie Mühe, Louises Blick standzuhalten. Ohne ein Wort stieg Louise die Treppe hinauf in die erste Etage. Marie folgte ihr.

»Bitte.« Sie zeigte auf die Tür zum Salon, öffnete sie und bedeutete ihrer Schwiegertochter einzutreten. Magalie, die ihnen gefolgt war, sah sie fragend an, doch Louise schüttelte den Kopf. Nein, sie würde Marie keinen Tee anbieten, solange sie nicht wusste, welche Wendung das Gespräch nehmen würde.

Nachdem sie sich gesetzt hatten, wartete Louise schweigend darauf, dass Marie begann. Diese knetete die Hände.

»Louis Gétaz, der mich gestern ins Theater begleitete, hat mir berichtet, dass er sich mit seinem Hausmetzger Jean Peter unterhalten hat, der in Begleitung einer

Dame ebenfalls in der Vorstellung war. Anhand seiner Beschreibung gehe ich davon aus, dass du es warst.« Sie schluckte leer und drapierte eine Falte ihres Kleids. »Ich dachte, bevor du es von den Dächern Veveys pfeifen hörst, sage ich es dir persönlich.«

Louise schwieg immer noch. Sie bewahrte Haltung, in ihrem Innern sah es jedoch anders aus. Ihr Herzschlag beschleunigte sich, und Hitze stieg ihr in den Kopf.

Marie seufzte. »Ach, mach es mir doch nicht so schwer, Louise. Bestimmt bist du längst im Bild. Louis hat mich sicher erwähnt.«

»Hat er nicht, er hat sich mit Jean über den Sonntagsbraten unterhalten«, bemerkte Louise kühl. »Allerdings hatten Jean und ich denselben Heimweg wie ihr, und ihr glaubtet euch unbeobachtet. Insofern: Ja, ich bin ansatzweise im Bild.«

»Unsere Verbindung ist eine ehrbare Sache. Ich kann dir versichern, dass ich Louis erst nach Abschluss des Trauerjahrs, also vor einigen Monaten, kennengelernt habe. Es war Schicksal. Wir sind uns zum Jahreswechsel beim alljährlichen Kinderumzug begegnet. Elodie hatte sich ebenfalls verkleidet und daran teilgenommen.«

Louise schwieg. Marie senkte den Blick und spielte mit der Schleife, die ihr Kleid in der Taille zierte.

»Aufgrund seiner Tätigkeit bei der Bank hat Louis angeboten, mir als Sachverwalter zur Seite zu stehen. In England und zwischenzeitlich auch in Deutschland etablieren sich solche Geschäftsagenten zunehmend. Selbst in der Schweiz hat man von ersten Beratern dieser Art gehört, sie nennen sich *agents d'affaires*. Ich brauche dringend unternehmerische Unterstützung.«

Erst jetzt wagte es Marie, ihrer Schwiegermutter in die Augen zu schauen.

Louise fehlten die Worte. Sie überlegte, ob es irgendwas änderte, wenn sie ihrem Unverständnis und ihrer Wut Ausdruck verlieh. Zu ihrem Entsetzen bemerkte sie, wie ihre Hände anfingen zu zittern. Um Haltung bemüht, presste sie die Lippen zusammen.

Marie seufzte. »Ich weiß, was du denkst. Glaub mir, das alles ist auch für mich nicht einfach. Ich stehe stets zwischen den Fronten. Dein Sohn hat mich an seinem Sterbebett schwören lassen, dass ich Fanny und Daniel den Zugang zur Manufaktur verwehre und das Erbe unserer Kinder schütze.« Maries Lippen bebten, und sie wischte sich über die Augen. »Wer wäre ich, einem Sterbenden seinen letzten Wunsch abzuschlagen? Und wer wäre ich, meinen eigenen Mann nach seinem Tod zu hintergehen? Das kann ich nicht, Louise, das musst du verstehen. Das hättest du auch nicht getan.« Sie schniefte und holte tief Luft. »Aber ich schaffe es auch nicht allein, ich brauche Hilfe. Die Angestellten bringen mir nicht denselben Respekt und dasselbe Vertrauen entgegen wie Alexandre. Weder kenne ich mich mit der Führung eines Unternehmens aus noch mit Schokolade. Ich bin lernfähig und neugierig, aber vollkommen allein ...« Sie brach ab und flüsterte: »Schrecklich allein.« Erneut wischte sie sich eine Träne aus dem Gesicht.

»Was soll ich dazu noch sagen, Marie? Die Würfel sind gefallen, du hast dich bereits entschieden.« Louise erhob sich, um zu signalisieren, dass sie die Unterhaltung für beendet erachtete.

»Wir werden im nächsten Jahr heiraten«, fuhr Marie fort und blieb auf dem Sofa sitzen.

Louise blieb hartnäckig stehen.

»Louis liebt Alexandre und Elodie. Es ist mein Wunsch, dass meine Kinder nicht ohne Vater aufwachsen, und Louis scheint mir der Richtige zu sein, auch wenn er deinen Sohn selbstverständlich nicht ersetzen kann.«

»Ich kann dir nicht verdenken, dass du den Schutz eines Mannes suchst, Marie. Nicht einmal die Tatsache, dass anstelle meiner leiblichen Tochter bald ein Fremder gemeinsam mit einer Eingeheirateten das Erbe meines Mannes weiterführt, vermag mich aus der Bahn zu werfen. Was ich aber in dieser Familie nicht länger tolerieren werde, ist, dass du das geistige Eigentum meiner Tochter nachahmst. Für diese unmoralische Tat lastet meine aufrichtige Verachtung auf dir.«

Sie ging zur Tür des Salons. Das hier war ihr Zuhause, und sie entschied, wann diese Unterredung beendet war.

Maries Blick flackerte, und ihre Lippen bebten. »Das war ein Fehler ... ein dummer, dummer Fehler«, flehte sie, und ihre Stimme brach. »Ich war verzweifelt und neidisch.«

Louise öffnete demonstrativ die Tür. »Ich kann dir dafür keine Absolution erteilen, Marie. Manche Verbrechen sind unannehmbar. Lebe mit der Schuld und tu Buße vor Gott. Ich kann dir nicht helfen.«

Marie erhob sich vom Sofa, trocknete sich das Gesicht und trat in den Flur. Sie wandte sich nochmals um und sah Louise an. Diese jedoch schwieg. Es war alles gesagt.

»Es tut mir leid.« Maries Stimme war nur noch ein heiseres Flüstern.

Als Louise am Ende dieses Tages ins Bett sank, schmerzte ihre Brust von der Last des Kummers. Sie fühlte, dass ihre Kraftreserven aufgebraucht waren. In diesem Moment erkannte sie, dass sie nie Frieden finden würde und dass sie diese Welt so zurücklassen musste, wie sie nun einmal war: unvollkommen.

Kapitel 22

Daniels Glieder schmerzten, und er fühlte sich ausgelaugt. Während er von Lyon aus bis nach Genf nahe der Schweizer Grenze mit der Postkutsche gefahren war, hatte er sich für die letzte Etappe seiner Reise eine Schiffsfahrkarte bis nach Vevey gekauft. Auch diese Fahrt musste er in Teilstrecken hinter sich bringen, weil die Schiffe des Lac Leman nachts nicht fuhren und eine Überquerung des Sees bis nach Vevey an einem Tag nicht zu schaffen war.

Seit seiner Abreise in Lyon hatte Daniel in unzähligen Herbergen übernachtet und nur wenig geschlafen, um möglichst bald zu Hause zu sein. Sein Gepäck bestand aus kaum mehr als den wichtigsten Dingen, was in seinem Fall seine Aufzeichnungen waren. Kleider besaß er nur noch jene, die er am Leib trug, sowie einige wenige Stücke zum Wechseln.

Jetzt stand er, mit dem Gesicht in Fahrtrichtung, an der Reling. Die Sonne ging gerade auf, und ein kühler Novemberwind zerzauste sein Haar. Fröstelnd stellte er den Kragen seines Mantels auf und sog den Geruch des Lac Leman in sich auf. Eine Mischung aus Algen, abgestandenem Gewässer, Fischen und Enten. So duftete Heimat. Die Farbe des Sonnenlichts und das zunehmende Eisgrau des Wassers verrieten, dass der Sommer längst der Vergangenheit angehörte und die Vorboten des Winters in der Luft lagen.

Es war nun fast neun Monate her, seit er seine Familie das letzte Mal in die Arme geschlossen hatte. Daniel hatte keine Ahnung, was ihn zuhause erwartete. Erkannte ihn die kleine Louise überhaupt noch? Und François ... Schmerz fuhr messerscharf durch seine Brust. Es war ihm nicht möglich gewesen, für die Geburt seines Sohnes nach Hause zurückzukehren. Die Reise war lang und aufwendig. Bis er wieder in Lyon gewesen wäre, hätten sie seine Stelle an jemand anderen vergeben. Er musste diese Chance jedoch nutzen, um so viel wie möglich über das Geschäft mit der Schokolade in Erfahrung zu bringen.

Während seines Aufenthalts in Frankreich hatte er von Lyon und den Menschen dort kaum etwas gesehen. Er war schließlich nicht der Vergnügungen halber so weit gereist, sondern weil er ein klares Ziel vor Augen hatte. Tagsüber hatte er in der Schokoladenfabrik geschuftet und jedes Stadium der Produktion kennengelernt, und anstatt dann abends müde ins Bett zu sinken, hatte er die halben Nächte und die Sonntage damit verbracht, technische Details der Schokoladenproduktion und deren Problemstellungen zu dokumentieren. Er musste die Mechanik und die Chemie dieses Geschäfts genauso verstehen und verinnerlichen wie damals die Kerzenproduktion. Daniel hatte sogar Händler nach der Kakaoernte und dem Transport der wichtigen, für die Schokolade benötigten Bestandteile aus den Tropen befragt. Jede noch so belanglos scheinende Information hatte er sich gemerkt und notiert, und wann immer es ihm erlaubt und möglich gewesen war, hatte er den Fabrikbetreibern über die Schultern geschaut und alle wichtigen Abläufe verinnerlicht.

Er wusste nicht, ob die Monate in Lyon gereicht hatten, um aus ihm einen Chocolatier zu machen, doch er war überzeugt, nun so weit mit der Materie vertraut zu sein, dass er zusammen mit seiner Frau eine neue geschäftliche Zukunft aufbauen konnte.

Je näher das Schiff Vevey kam, desto unruhiger wurde Daniel. Er hatte Fanny vor seiner Abreise keinen Brief geschrieben, weil dieser vermutlich kaum schneller gewesen wäre als er selbst. Wie würde sie auf ihn reagieren? Er wusste, dass er sie mit seinem Verhalten verletzt hatte, und konnte nicht abschätzen, ob sie ihm verzeihen würde.

Schon tauchte die Silhouette der Uferpromenade von Vevey vor ihnen auf. Kahle Bäume ragten in einen milchig grauen Himmel. Dick eingehüllte Gestalten liefen an der Promenade entlang. Die Place du Marché war heute belebt; Marktstände, Fuhrwerke und Besucher vermengten sich zu einem bunten Knäuel. Beim Näherkommen hörte Daniel die Rufe der Händler, das Gackern von Hühnern sowie das Lachen spielender Kinder und die angeregten Diskussionen jener, die sich über ihren Handel noch nicht ganz sicher oder einig waren.

Als das Schiff anlegte, griff Daniel seufzend nach seinem Koffer und ging von Bord.

»Alles Gute, Junge«, wünschte ihm der graubärtige Kapitän und tippte mit der Hand an die Mütze.

»Danke gleichfalls.« Daniel fiel keine bessere oder höflichere Antwort ein, denn seine Gedanken eilten ihm bereits voraus. Angestrengt glitt sein Blick von Gesicht zu Gesicht, immer in der Hoffnung, jemanden zu erkennen. Der Duft nach Essen lag in der Luft und vermischte sich mit dem Gestank von Schlachtfleisch und der Brise, die vom See her wehte. Schließlich schaffte er es, in die angrenzende Rue du Lausanne am anderen Ende des Platzes zu gelangen. Dort winkte er einer Kutsche. Nachdem er sich gesetzt hatte, schloss er erschöpft die Augen und genoss das beruhigende Schaukeln des Gefährts.

Als der Fuhrmann kurze Zeit später anhielt und »Rue des Bosquets!« rief, beschleunigte sich Daniels Puls augenblicklich.

Er stieg aus und starrte auf die Eingangstür seines Hauses. Es war Nachmittag und das Sonnenlicht schon etwas verblasst. Die Hausfassade lag daher im Schatten. Daniel holte tief Luft. Schließlich gab er sich einen Ruck, überquerte den Vorplatz und betätigte den Türklopfer.

Die Tür wurde geöffnet, und Louanne, das Kindermädchen, stand im Türrahmen. Überrascht starrte sie ihn an.

»M ... Monsieur Peter«, stammelte sie und wollte offenbar nach Fanny rufen, überlegte es sich dann jedoch anders und sagte: »Warten Sie hier, Monsieur. Ich hole Ihre Frau.«

Daniel nickte. Es war ungewöhnlich, dass man vom eigenen Personal vor dem eigenen Haus stehen gelassen wurde. In diesem speziellen Fall konnte er Louannes Handeln jedoch verstehen. Sie wollte ihrer Herrin die Möglichkeit geben, sich zu fassen und selbst zu entscheiden, wie sie mit seiner unangekündigten Ankunft umzugehen wünschte.

Daniel betrachtete seine Schuhspitzen, dann seinen Koffer. Er drehte sich um, musterte die Umgebung, strich sich über den Bart und ...

»Daniel.«

Er wandte sich um. Ihre grünbraunen Augen sahen ihn an. Feine Falten hatten sich um ihre Mundwinkel und auf der Stirn gebildet, seit er sie das letzte Mal gesehen hatte. Sie verschränkte die Arme vor der Brust.

»Fanny, schön, dich zu sehen«, sagte er und trat einen Schritt auf sie zu. Er hätte sie jetzt so gerne umarmt, spürte jedoch, dass er ihr Zeit lassen musste.

»Komm rein, es wird sonst kalt.« Sie drehte sich um und verschwand im Flur. Louanne schloss schweigend die Tür hinter ihm. Dann blieb sie unschlüssig stehen, knetete die Hände und schielte auf den Koffer zwischen ihnen. Er war viel zu schwer, als dass sie ihn hätte tragen können. Zudem war es nicht ihre Aufgabe als Kindermädchen.

Daniel sah sich suchend im Flur um.

»Benoît arbeitet nicht mehr hier«, beantwortete Louanne seine stumme Frage. Sie errötete und sah zu Boden. »Es gibt nur noch mich. Ich schaue auf die Kinder und koche. Madame musste Benoît und die anderen entlassen.« Nervös zuckte ihr Blick zur Tür des Salons, wo sich Fanny vermutlich aufhielt. »Soll ich Ihren Koffer nehmen?«

»Natürlich nicht, Louanne, er ist viel zu schwer. Haben Sie trotzdem Dank für das Angebot.« Daniel hob den Koffer hoch und stellte ihn an den Fuß der Treppe. Dann nahm er den Hut ab und strich sich über die Haare. Er musste sich dringend waschen, bevor er seiner Familie begegnete. »Aber würden Sie mir etwas Wasser aufkochen, damit ich mich säubern kann? Danach wäre ich um eine Stärkung und etwas Tee dankbar.«

Louanne nickte. »Selbstverständlich.« Sie eilte davon.

Unschlüssig stand Daniel im Flur. Die Tür zum Salon war angelehnt, er konnte Fannys Stimme und die eines Mädchens hören. Es drängte ihn, die Tür zu öffnen und seine Familie in die Arme zu schließen, doch stattdessen wandte er sich zur Treppe und ging hinauf ins Schlafzimmer. Kurze Zeit später klopfte es an der Tür, und das Kindermädchen brachte eine Schüssel mit warmem Wasser, ein sauberes Tuch sowie ein Stück Seife.

Daniel bedankte sich und wartete, bis sie gegangen war. Dann schälte er sich aus seiner staubigen, übel riechenden Kleidung und wusch sich gründlich. Als er sich wieder wie ein zivilisierter Mensch fühlte, nahm er sich eine saubere Hose, ein frisches Hemd und ein

Jackett aus dem Schrank, atmete tief durch und ging in den Salon.

Sobald er die Tür öffnete, erstarben die Gespräche, und die zweieinhalbjährige Louise riss verängstigt die Augen auf. Sie lief zu ihrer Mutter, umklammerte deren Beine und versteckte sich hinter deren Röcken.

Fanny sah Daniel stumm an. Ein Quengeln ertönte. Daniel blickte in die Richtung, aus der das Weinen gekommen war. Vorsichtig trat er an den Stubenwagen und sah hinein.

Sein Sohn starrte aus großen blauen Babyaugen zu ihm hinauf. Seine herzförmigen Lippen glänzten, und er fuchtelte mit den Armen. Vorsichtig reichte ihm Daniel den Zeigefinger, den er prompt mit seiner gesamten Hand umschloss. Das Wimmern hörte auf, und François musterte ihn aufmerksam.

»Immerhin scheint er dich zu mögen, wenn er dich auch nicht kennt«, bemerkte Fanny und trat neben ihn. Obwohl ihre Worte zweifellos vorwurfsvoll gemeint waren, klangen sie weder verbittert noch scharf, eher wie eine sachliche Information.

»Das ist dein Papa, Louise, *ma chérie*. Er war auf Reisen. Du erinnerst dich nicht mehr an ihn. Er ist jetzt öfters hier. Sagst du ihm hallo?« Fanny strich dem Mädchen, das zwischenzeitlich aussah wie eine Kopie seiner Mutter, über die hellbraunen Locken.

Louise kam zögerlich hinter Fanny hervor und sah Daniel von oben bis unten an. Er ließ sich in die Hocke sinken, um mit ihr auf Augenhöhe zu sein, und lächelte.

»Du bist ein hübsches Mädchen geworden, genau wie deine Maman«, sagte er. »Wollen wir ein wenig spielen? Ist das dort deine Puppe?« Er zeigte auf eine rothaarige Stoffpuppe, die auf dem Sofa saß.

Louise nickte. »Das Laurianne.« Sie eilte zur Couch, holte die Puppe und streckte sie Daniel entgegen.

»Für mich? Soll ich sie halten?« Daniel lächelte und nahm das Spielzeug an sich, als Louise eifrig nickte. In diesem Moment erschien Louanne mit einem Tablett, auf dem eine Teekanne, Tassen, Zubehör, Kekse und belegte Brote lagen.

»Oh, Laurianne und Louise Hunger.« Sofort eilte Louise um den Tisch herum, kletterte auf einen der Stühle und platzierte ihre Puppe neben sich.

Daniel lachte und betrachtete das zauberhafte Wesen mit den hüpfenden Locken und den geröteten Wangen. Er suchte Fannys Blick, doch die wandte sich ab, trat zu Louise an den Tisch und schob ihm selbst den Teller mit den belegten Broten hin.

Während Louise munter mit ihrer Puppe plapperte und Daniel dabei immer wieder ansah, schwiegen er und Fanny.

Nach dem kurzen Imbiss rief seine Frau nach Louanne, damit diese ein wenig mit Louise spielte, während Fanny den kleinen François stillte.

Daniel trank seinen Tee und spürte, wie ihn die Erschöpfung der langen Reise einholte. Immer wieder wollten ihm die Augendeckel zufallen. Er konnte den Blick jedoch nicht von seiner zauberhaften Familie und insbesondere seiner Frau abwenden. Die Rundungen, die in der Schwangerschaft entstanden waren, waren noch nicht ganz aus Fannys Körper verschwunden, und wenn er ehrlich war, gefiel sie ihm so noch viel besser als zuvor. Das Mädchenhafte war einer reifen Weiblichkeit gewichen.

Irgendwann beschloss Daniel, dass er niemandem einen Gefallen tat, wenn er sich noch länger quälte. »Ich lege mich ein wenig hin«, entschuldigte er sich und ging hinauf ins Schlafgemach.

Als er erwachte, war es draußen vor den Fenstern bereits dunkel. Erschrocken zuckte er zusammen, als er eine schattenhafte Gestalt im Schein einer Kerze neben sich wahrnahm.

»Es gibt Abendessen. Ich dachte, ich wecke dich. Du musst bestimmt hungrig sein.« Fanny wandte sich wieder zur Tür, doch Daniel fasste sie am Arm.

»Fanny ... warte.« Etwas benommen rappelte er sich auf und strich sich die Kleidung und die Haare zurecht. »Setz dich doch kurz zu mir. Bitte.«

Er spürte, wie sie sich unter seinem Griff versteifte. Sie zögerte. Schließlich gab sie nach und stellte die Kerze auf den Nachttisch. Mit einem Rascheln drapierte sie ihr Kleid und setzte sich ein wenig von ihm entfernt auf die Bettkante.

Daniel seufzte und nahm ihre Hand. »Ich weiß, dass ich dich verletzt habe, Fanny. Ich hatte meine Gründe, aber sie dir jetzt zu erläutern, würde nichts ändern, sondern nur nach einer Ausrede klingen, also lasse ich es.« Er machte eine Pause und zeichnete die feinen Linien ihrer Handinnenfläche nach. »Es ist mir auch bewusst, dass wir uns zuerst wieder aneinander gewöhnen müssen, und dass es viel zu bereden gibt.« Er suchte ihren Blick, doch sie sah zu Boden. »Gibst du mir die Chance, dich neu kennenzulernen, Fanny? Wenn ich es nicht richtig mache, dann habe ich deinen Groll verdient, aber … gib mir wenigstens die Möglichkeit, dir zu zeigen, was ich für dich empfinde. So wie früher.«

Die Distanz zwischen ihnen schmerzte ihn. Neun Monate lang hatte er sich nach ihrem Duft und ihrer Wärme gesehnt, hatte davon geträumt, sie in die Arme zu schließen und zu küssen, doch ihre Körperhaltung zeigte ihm deutlich, dass sie noch nicht so weit war.

»Ich habe das für uns und unseren Traum getan, Fanny. Damit ich dir ein ebenbürtiger Partner sein und Inspiration mitbringen kann.« Er ließ ihre Hand los, damit sie wusste, dass er ihr die Zeit gab, die sie brauchte. »Soll ich in einem anderen Zimmer schlafen? Da wir jetzt kaum noch Hausangestellte haben, hat es ja genug freie Schlafgemächer.«

Sie schüttelte bloß stumm den Kopf, erhob sich und griff nach der Kerze.

Auch wenn sie seinem Blick auswich und nicht auf ihn wartete, so hellte sich sein Gemüt dennoch auf, und ein feines Lächeln zog seine Mundwinkel nach oben.

Hatte er sie nicht genau deshalb geheiratet? Weil sie ihren Stolz und ihre Würde verteidigte und keine willenlose Marionette war?

Daniel erhob sich und ging nach unten. Jetzt war er wieder hier, und er würde ihr nicht noch einmal von der Seite weichen. Sie hatten zwei gesunde Kinder, eine Fabrik und den Kopf voller Wissen und Ideen.

Kapitel 23

Fanny sah auf die kompakte, verschnörkelte Standuhr auf der Kommode neben dem Fenster. Es war beinahe Mitternacht. Das alte Jahr neigte sich dem Ende zu. In der Neujahrsnacht zog traditionellerweise La Chauche-Vieille durch die düsteren Gassen Veveys. Einst eine schreckliche Albtraumgestalt, war die als bucklige Zauberin dargestellte alte Frau zwischenzeitlich eine gute Fee geworden. Den braven Kindern brachte sie Haselnüsse und Orangen, die ungehorsamen bestrafte sie. Leider waren Louise und François noch zu klein, um an dem Brauch teilzunehmen.

Diese Tradition, die so manches in richtig und falsch einteilte, erinnerte Fanny daran, sich das vergangene Jahr selbst noch einmal durch den Kopf gehen zu lassen. Sie hatte auch jetzt, so kurz vor dessen Ende, noch nicht entschieden, ob es für sie nun ein gutes oder ein schlechtes gewesen war – wofür es Nüsse und Orangen und wofür es eher die Rute geben sollte.

Voller Zuversicht, Stolz und Vorfreude hatten Fanny und Daniel Anfang des Jahres ihre eigene Schokoladenfabrik eröffnet. Doch dann war er fortgegangen, und sie hatte ihr zweites gemeinsames Kind allein auf die Welt bringen müssen. Es war einer der dunkelsten Tage in ihrem Leben gewesen.

Später, im Sommer, hatte Fanny erfahren, dass ihre Schwägerin Marie beabsichtigte, erneut zu heiraten, um sich somit auch geschäftlich mit einem finanzstarken Partner zusammenzuschließen. Damit wurde die Idee einer möglichen Zusammenarbeit zwischen ihnen endgültig hinfällig. Fanny war klar, dass sich Marie mit diesem Schritt von der Familie ihres verstorbenen Mannes unabhängig machen wollte.

Als Fannys Mutter ihr von Maries Zukunftsabsichten berichtet hatte, war ihr Blick getrübt und ihre Stimme ganz matt gewesen. Und Tag für Tag wurden die Furchen in ihrem Gesicht tiefer, die Haut grauer und das Verlangen, morgens aus dem Bett aufzustehen, schwächer. Maman hatte ihren Lebenswillen verloren. Auch damit hatte Fannys Mann sie allein gelassen, weil er nicht dagewesen war und keinen ihrer Briefe beantwortet hatte.

Mittlerweile war Daniel seit einem Monat wieder zu Hause, doch für Fanny fühlte er sich noch immer an wie ein Fremder. Manchmal strich er sich beim Nachdenken mit dem Zeigefinger die Augenbrauen nach – das hatte er früher nie getan. Er benutzte auch seltsame Füllwörter und Redewendungen, die in Frankreich, nicht aber in der Westschweiz üblich waren.

Louise und François mochten ihren Vater; er brachte das Mädchen zum Kichern und den Jungen zum Schlafen. Auch wenn sie sich nicht an ihn erinnern konnten, so verband sie doch eine Art unsichtbares Band mit Daniel – sie vertrauten ihm.

Einzig Fanny hatte Mühe, eine erneute Verbindung zu ihrem Mann herzustellen. Zu viele unausgesprochene Dinge lagen zwischen ihnen. Clémentine hatte ihr geraten, mit Daniel über alles zu reden, um Gewissheit und Frieden zu finden. Martine wiederum hatte gesagt: »Lass die Dinge, die in Frankreich passiert sind, in Frankreich, Fanny. Manchmal tut es weniger weh, die Wahrheit nicht zu kennen.« Fanny wusste, dass ihre Freundin aus eigener Erfahrung sprach. Ihr Mann Guillaume war nach der Geburt des zweiten Kindes für kurze Zeit nach Italien gereist, um seine Wurzeln und den Ursprung seines Handwerks, die Glasherstellung, besser kennenzulernen. Doch gleich nach seiner Ankunft dort hatte er sich in eine südländische Schönheit verliebt und jeglichen gesunden Menschenverstand verloren. Wäre das arme Mädchen nicht von einem verschmähten Nebenbuhler umgebracht worden, wäre Guillaume wohl in Italien geblieben, so aber hatte ihn Martine trotz ihres blutenden Herzens zurückgenommen. Der Kinder zuliebe.

Fanny redete mit Daniel über seine Arbeit in der Fabrik in Lyon, über Schokolade, über den schlechten Gesundheitszustand ihrer Mutter, ja sogar über François' Geburt. Nur die eine große Frage, die stellte sie ihm nicht, und er machte seinerseits ebenfalls keine Anstalten, das Thema anzusprechen. Das wiederum nährte ihr Misstrauen.

In einer Sache, dachte Fanny nun, hatte Martine unrecht: Es tat nicht weniger weh, wenn man im Ungewissen tappte. Im Gegenteil. Jede Nacht stellte sie sich vor, was in den dunklen Abendstunden in Lyon wohl alles passiert war, wenn Daniel die Einsamkeit übermannt hatte.

Sie spürte, dass sie ihn verletzte und ihre Ehe zunehmend aufs Spiel setzte, wenn sie ihn selbst jetzt, Wochen nach seiner Heimkehr, wiederholt von sich wies. Dennoch ertrug sie seine Berührung auf ihrer nackten Haut nicht. Die Vorstellung, Lippen zu küssen, die andere Münder berührt hatten, ließ sie augenblicklich erstarren. Der Gedanke an seine Hände, die sie liebkosen wollten, löste in ihr eine Flut an schrecklichen Bildern aus.

Als die Standuhr Mitternacht anzeigte, erhob sich Fanny vom Sofa. »Ein glückliches neues Jahr, Daniel«, wünschte sie ihrem Mann und ging zur Tür. Sie war müde und wollte sich schlafen legen. Erstaunt sah Daniel auf.

»Fanny, Schatz. Kannst du dich bitte zu mir setzen?« Ein bittender Ausdruck lag in seinem Blick.

»Ich bin müde, Daniel«, erwiderte sie und meinte damit nicht nur ihren Wunsch nach Schlaf, sondern vor allem ihre innere Erschöpfung.

Ihr Ehemann stand auf und trat zu ihr – so nah, dass sie seinen Atem auf ihrem Gesicht spüren konnte. Kurz hob er die Hände, um ihre zu fassen, ließ es dann aber bleiben, als er merkte, wie sie sich versteifte.

»So können wir nicht weitermachen, Fanny.« Er seufzte. »Sag mir, was ich tun kann, damit du dich besser fühlst. Ich bin ratlos.« Verzweifelt zuckte er die Schultern.

»Ich kann es dir nicht sagen.« Fanny wich seinem forschenden Blick aus, doch er hob ihr Kinn an und zwang sie, ihn anzusehen.

»Wie oft muss ich mich denn noch für meine Fehler bei dir entschuldigen? Ja, ich hätte dir schreiben sollen, und ja, ich hätte zu François' Geburt herkommen sollen, weil keine Schokolade dieser Welt so wichtig ist wie der Moment, in dem mir meine Frau ein Kind gebärt.« Er seufzte und schüttelte den Kopf. Als er sie wieder anschaute, sah sie Reue in seinen Augen aufblitzen. »Ich war ein Narr, doch ich dachte, ich tue das Richtige ... für das große Ganze, für uns beide und unsere Zukunft. Aber ...« Er brach ab, sah an die Decke und dann wieder zu Fanny. »Aber ich habe den Eindruck, dass da noch mehr ist. Es ekelt dich, wenn ich dich berühre, und ich weiß nicht warum.« In seiner Stimme lag ein tiefer Schmerz. »Du hast mich doch einmal geliebt, Fanny? Welcher meiner Fehler hat dazu geführt, dass du dich dermaßen anwidere? Bitte erkläre es mir, damit ich es verstehen kann.«

Fannys Herzschlag beschleunigte sich. Alles in ihr sträubte sich dagegen, es auszusprechen. Eine Ausrede würde Daniel allerdings nicht gelten lassen, das fühlte sie.

»Hast ... hast du mich betrogen, Daniel?« Die Worte kamen bloß als ein Flüstern über ihre bebenden Lippen. Es klang so absurd, so widersinnig, einen geliebten Menschen so etwas fragen zu müssen – und zugleich lächerlich, weil anzunehmen war, dass er nicht neun Monate wie ein Mönch gelebt hatte. Egal aus welcher Warte man das Ganze betrachtete, es war beschämend.

Erstaunt riss Daniel die Augen auf und trat einen Schritt zurück.

»Ich weiß, niemand würde in diesem Fall von ›betrügen‹ reden, nicht wahr?«, schnaubte Fanny. »Schließlich müssen wir auch essen und trinken.« Zornige Tränen rannen ihr über die Wangen.

Daniel fasste sie mit beiden Händen an den Armen und wartete, bis sie hochsah. »Was um Himmels willen redest du denn da, Fanny?« Seine Fassungslosigkeit war echt.

»Du kannst es mir sagen, Daniel. Ich möchte die Wahrheit wissen. Diese ewige Ungewissheit nagt an mir wie Rost, das halte ich nicht mehr aus.« Fanny verzog den Mund. Vermutlich sah es aus wie eine Grimasse, aber das war ihr egal.

Daniel schob die Augenbrauen zusammen, und ein weicher Ausdruck erschien in seinen Augen. Er nahm ihr Gesicht in beide Hände. »Fanny, Liebste. Wer hat denn so etwas gesagt? Natürlich habe ich dich nicht betrogen, allein der Gedanke daran widert mich an. Ein Mann kann warten. Das solltest du besser wissen als jede andere.«

»Warum?« Sie verstand nicht, worauf er anspielte.

Er lachte ungläubig, aber mit einem zärtlichen Unterton in der Stimme. »Ich habe eineinhalb Jahre auf dich gewartet, Fanny, weil wir aufgrund des Todesfalls in deiner Familie nicht wie geplant heiraten konnten. Das war eine verdammt lange Zeit, aber es war jeden Tag wert.« Er grinste. »Und solltest du jetzt an meinen Worten zweifeln, so erinnere dich an die Anfänge unserer Ehe ... ich möchte mich an dieser Stelle ausdrücklich für meinen ungebührlichen Appetit entschuldigen.«

Ein Lachen brach aus Fanny heraus. Vermischt mit einem Schniefen.

»Es war in der Tat furchtbar anstrengend«, gestand sie prustend. »Aber auch schön.« Daniel schmunzelte, legte die Arme um ihre Taille und zog sie an sich.

Fanny atmete tief ein. Sie hatte seinen herben Duft vermisst. Zum ersten Mal, seit er zurückgekehrt war, verspürte sie tatsächlich den Wunsch, ihn zu küssen, doch ein kleiner Schatten auf ihrem Herzen hielt sie immer noch davon ab. Daniel spürte es und schob sie ein wenig von sich weg, um sie ansehen zu können.

»Ich habe Tag und Nacht gearbeitet, Fanny. Die Zeit in der Fremde habe ich nicht genossen, und die Arbeit hat mich vom Schmerz abgelenkt, den ich jedes Mal empfand, wenn ich an dich und die Kinder dachte. Alles, was ich wollte, war, ein guter Chocolatier zu werden und so schnell wie möglich mit vielen wertvollen Informationen nach Hause zurückzukehren.« Er holte tief Luft und strich ihr zärtlich eine Haarsträhne aus dem Gesicht. »Ich wollte, dass du stolz auf mich bist und dass ich dir endlich ein ebenbürtiger Geschäftspartner sein kann. Bei all der Arbeit blieb mir keine Zeit für Vergnügungen. Und selbst wenn ich die Muße gehabt hätte, Fanny ... ich liebe dich. Muss ich dir das tatsächlich sagen? Spürst du es nicht? Siehst du es nicht?« Er sah sie flehend an.

Erst jetzt fühlte Fanny, wie sich ihr Gemüt aufhellte und Erleichterung sie durchflutete. Sie zog Daniel zu sich und küsste ihn. Sie hatte vergessen, wie schön es war, seine Lippen auf den ihren zu spüren.

»Du hast mir so sehr gefehlt«, murmelte sie heiser zwischen zwei Küssen.

»Du mir auch«, raunte er und zog sie sanft mit sich zurück zum Sofa. Die Standuhr zeigte halb eins. »Ein frohes neues Jahr, Fanny. Lass uns nochmals von vorne anfangen.«

Sie nickte, öffnete die Knöpfe seiner Weste und half ihm dabei, das Jackett auszuziehen. Daniel drehte sie um, sodass er behutsam die Knöpfe am Rücken ihres Kleids öffnen konnte, während seine Lippen über ihre nackte Haut streiften. Fanny erschauerte und schloss die Augen.

Sie ließen sich Zeit. Ihre Körper mussten neu entdeckt werden, sich wieder an Berührungen gewöhnen und die Leidenschaft, die sie erfasste, aushalten.

Als sie später eng umschlungen in ihrem Bett lagen, lauschte Fanny dem regelmäßigen Schlagen von Daniels Herz und spürte, wie sich langsam eine wohlige Schläfrigkeit über sie senkte. Schließlich konnte sie ihre Augen nicht mehr länger offen halten.

Es war das erste Mal seit fast einem Jahr, dass sie tief und erholsam schlafen konnte.

Am nächsten Morgen krabbelte die kleine Louise gleich beim ersten Hahnenschrei zu Daniel und Fanny ins Bett und weckte sie mit ihrem Gebrabbel. Seufzend, aber lächelnd setzte Fanny sich auf und rieb sich den Schlaf aus den Augen, während sie lauschte, ob François schon nach der Brust schrie.

Daniel stützte sich auf den Ellenbogen und musterte sie mit einem warmen Lächeln.

»Du bist so wunderschön«, flüsterte er.

»Das hat schon lange kein Mann mehr zu mir gesagt«, scherzte sie und nahm Louise, die sich an sie kuschelte, in ihre Arme.

»Das will ich doch auch hoffen«, erwiderte er mit gespielter Empörung.

Als Louise nicht mehr stillhalten konnte und anfing, auf dem Bett herumzuhüpfen, standen Daniel und Fanny auf. Sie schaute nach François, während sich ihr Mann ankleidete und nach Louanne rief, damit sie sich um Louise und das Frühstück kümmerte.

Als alle Familienmitglieder satt und angezogen waren, erklärte Fanny: »Ich fahre zu Maman, um ihr ein frohes neues Jahr zu wünschen und zu sehen, wie es ihr geht.«

Daniel sah sie eine Weile lang nachdenklich an. »Aus deinen Worten höre ich, dass du lieber allein gehen möchtest?«

Sie nickte. »Ich möchte Maman nicht überfordern. Zuerst möchte ich mich vergewissern, dass es ihr gut geht. Wenn sie einen guten Tag hat, können wir später ja etwas zusammen mit ihr und den Kindern unternehmen.«

Ihr Mann nickte. »Das wird das Beste sein.«

Eine halbe Stunde später verließ Fanny das Haus und ging zu Fuß in Richtung Bahnhof. Schnee lag auf der Straße und den Dächern der Häuser, und ihr Atem bildete weiße Wölkchen in der Luft. Vorsichtig lief sie über die vereisten Gehwege. Sie hatte einen dicken Wollmantel umgelegt und trug dazu eine gefütterte Schute sowie einen Stoffmuff, um die Hände warm zu halten.

Fanny genoss diesen kleinen Spaziergang, denn sie musste ihre Gedanken nach der letzten Nacht dringend etwas abkühlen und ordnen. Einmal mehr hatte ihr Daniel bewiesen, dass er nicht so war wie alle anderen Männer. Anstatt sie zu seiner Magd zu machen, hatte er sein ursprüngliches Geschäft seinem Bruder überlassen, um sie bei ihrem zu unterstützen. Und nicht nur das – für sie war er sogar in die Fremde gereist, um einen neuen Beruf zu lernen und fremdes Wissen zu sammeln. Bei alldem war er ihr stets ein treuer Freund, Gefährte und Liebhaber geblieben. Wie hatte sie je an ihm zweifeln können? Daniel hatte recht, im Herzen musste sie doch wissen, dass er den Männern seiner Zeit weit voraus war und die Welt mit anderen Augen sah. Das war schließlich der Grund, warum sie sich in ihn verliebt hatte. Und während sie sich wie ein trotziges, verletztes Kind aufgeführt hatte, hatte er still und geduldig gewartet. Dabei hatte er nie aufgehört, sie zu lieben, das hatte sie gestern deutlich gespürt.

Vor dem Haus von Magalie und ihrer Mutter blieb sie kurz stehen und atmete tief durch, bevor sie den Türklopfer betätigte. Nach ein paar Minuten erschien eine der Hausangestellten in der Türöffnung.

»Madame Peter, bitte treten Sie doch ein, es ist furchtbar kalt.« Sie trat höflich zur Seite und machte eine einladende Handbewegung.

Fanny bedankte sich lächelnd.

Magalie stand bereits am oberen Ende der Treppe und schaute mit ernstem Gesichtsausdruck zu ihr hinunter. »Gut, dass du kommst, ich hätte dich sonst herholen lassen«, sagte sie.

Fannys Herz zog sich zusammen, und die Leichtigkeit, die sich gestern wie eine Befreiung angefühlt hatte, war augenblicklich verflogen.

Magalie bedeutete ihr, in Mamans Zimmer zu treten, blieb selbst aber auf dem Flur stehen. Fanny schloss die Tür hinter sich.

Die Vorhänge waren zugezogen, sodass das Schlafgemach ihrer Mutter im Dämmerlicht lag. Die Luft war abgestanden, es stank nach Schweiß und Leid.

»Maman?«, flüsterte sie, setzte sich auf die Bettkante und griff nach der Hand ihrer Mutter. Deren Haut wirkte fahl und das Gesicht eingefallen. Müde öffnete sie die Augen und musterte Fanny.

»Fanny, mein Kind«, krächzte sie und verzog den Mund zu einem angestrengten Lächeln. »Schön, dass du da bist.«

»Wie geht es dir?« Die Frage war überflüssig, aber Fanny fühlte sich dennoch verpflichtet, sie zu stellen, um ihre Besorgnis und ihr Mitgefühl zu zeigen.

»Ach ... was weiß ich, Kind. Ich bin müde. Unendlich müde.« Maman versuchte, sich im Bett aufzusetzen, was ihr aber nur mit Fannys Hilfe gelang.

»Du solltest etwas essen, dann wird es dir auch gleich besser gehen. Soll ich dir eine Kraftbrühe bringen lassen?« Sie drückte die Hand ihrer Mutter ein wenig fester, doch diese schüttelte bloß den Kopf.

»Ich habe keinen Appetit, Fanny. Es wäre schade um die Arbeit.«

»Dann lass mich dir helfen, dich anzukleiden. Ein kleiner Spaziergang entlang der Promenade könnte die Lebensgeister und den Appetit zurückbringen.« Fanny erinnerte sich an die Worte des Doktors. Er hatte bei ihrer Mutter keinerlei gesundheitliche Beschwerden benennen können. »Es sind das Alter und die Schwermut, die deine Mutter krank machen«, hatte er gesagt.

Maman schüttelte den Kopf und verzog den Mund zu einem müden Lächeln. »Komm zu mir, Fanny, setz dich neben mich, sodass ich dich in meine Arme schließen kann.«

Fanny schluckte leer und tat, was ihre Mutter wünschte. Eine Weile saßen sie schweigend nebeneinander, Maman hatte den Arm um ihre Schulter gelegt. So wie früher, wenn sie als kleines Mädchen neben ihr auf dem Sofa des Salons gesessen und einer Geschichte gelauscht hatte.

»Wir waren nicht immer gleicher Meinung, und ich denke, dass ich dir nicht immer die Mutter war, die du dir gewünscht hast«, begann Maman zögerlich. Fanny schwieg. »Ich habe versucht, für all meine Kinder gleichermaßen das Richtige zu tun. Das Richtige nach meinem Empfinden und aufgrund meiner Lebenserfahrung, die eurer stets voraus war.« Sie seufzte und strich Fanny über die Haare. »Damit habe ich insbesondere dich wiederholt enttäuscht.« Ihre Stimme bebte, als sie fortfuhr. »Wie hätte ich ahnen können, dass sich alles so entwickelt? Woher sollte ich wissen, dass die Welt heute nur noch so wenige Kerzen braucht, dass meine beiden Söhne vor mir sterben und dass du nie aufhören wirst, die Schokolade zu lieben?« Sie schniefte und wischte sich mit der Hand übers Gesicht. Plötzlich drehte sie sich um, löste die Umarmung und packte Fanny so bei den Schultern, dass sie ihr in die Augen sehen konnte. Mit erstickter Stimme flüsterte sie: »Fanny, mein Schatz, ich habe dir so furchtbar Unrecht getan. Nun führt eine Fremde das Erbe deines Vaters weiter, wo es doch von Anfang an deine Bestimmung war. Wie konnte ich nur so blind sein und es nicht sehen? Von all meinen Kindern warst du das talentierteste, wenn es um Schokolade ging. Deine Passion war angeboren wie deine Augenfarbe. Doch ich Närrin ließ mich von meinen Ängsten blenden. Was ich für Erfahrung hielt, war in Wahrheit bloß das vorgefertigte Muster der tief eingebrannten Konventionen. Ich hätte es besser wissen müssen, aber nun ist es zu spät.« Tränen rannen ihr über die grauen Wangen und durch die Furchen in ihrem Gesicht. »Es ist zu spät«, krächzte sie ein letztes Mal. »Verzeih mir.«

Fanny hatte nicht einmal bemerkt, dass auch sie weinte. Erst als sie Salz auf ihrer Zungenspitze schmeckte, wurde es ihr bewusst.

Maman seufzte und musste sich, von einem plötzlichen Schwächeanfall heimgesucht, wieder hinlegen. Ihre Glieder zitterten, und die Augendeckel flatterten.

»Ich hole Doktor Richard«, sagte Fanny besorgt und wollte sich erheben, doch Maman griff nach ihrem Handgelenk und hielt sie mit erstaunlicher Kraft fest.

»Lass es gut sein, Fanny. Er kann mir nicht helfen. Selbst ein fähiger Mediziner wie er ist nicht in der Lage, das gebrochene Herz einer alten Frau wieder zu heilen.« Schmerz erfüllte ihren Blick. »Bitte vergib mir.«

Stumm sah Fanny ihre Mutter an. Innerlich war sie wie versteinert, als ihr das Ausmaß des Ganzen allmählich bewusst wurde. Es hätte eine Möglichkeit für sie gegeben, die Manufaktur ihrer Familie weiterzuführen, dazu hätten die Weichen aber viel früher komplett anders gestellt werden müssen. Nun war der Zug abgefahren. In die falsche Richtung.

»Ich brauche Zeit, um nachzudenken, Maman. Ich … kann jetzt nichts sagen«, flüsterte sie. Der giftige Stachel der Verbitterung lähmte sie und machte es ihr unmöglich, die drei Worte über die Lippen zu bringen, die ihre Mutter so gern gehört hätte. Zumal sie hätte lügen müssen, denn tief in ihrem Innern konnte sie ihrer Mutter gerade noch nicht verzeihen.

Maman lächelte traurig. »Das verstehe ich. Und nun muss ich etwas schlafen und mich ausruhen.« Sie stöhnte leise und wandte den Blick ab.

Fanny nickte und ging zur Tür. Kurz bevor sie das Krankenzimmer endgültig verließ, rief ihre Maman mit dünner Stimme: »Leb wohl, mein Kind, ich wünsche dir ein schönes Leben.«

Erschrocken blieb Fanny stehen. Kälte griff nach ihrem Herzen. Sie drehte sich langsam um und lief zurück zum Bett.

Maman lag mit weit geöffneten Augen da und starrte ins Leere. Ihre Seele hatte den Körper verlassen.

Schluchzend brach Fanny am Bett zusammen und griff nach der Hand ihrer Mutter, die schlaff herabhing.

»Maman ... Maman?« Aber es kam keine Antwort mehr. »Ich vergebe dir aus vollem Herzen.« Dieses Mal wusste Fanny, dass die Worte der Wahrheit entsprachen.

Doch sie kamen, wie so manches in dieser Familie, zu spät.

Kapitel 24

Daniel umarmte Fanny und strich ihr zärtlich über den Bauch, dessen Wölbung bislang nur für das wissende Auge erkennbar war. Dieses Mal würde er dabei sein, wenn ihr Bauch wuchs, erste Bewegungen sichtbar wurden und ihr drittes gemeinsames Kind das Licht der Welt erblickte. Dieses Mal würde er alles richtig machen. Doch wie immer, wenn Fanny an ihre Schwangerschaft erinnert wurde, legte sich ein Schatten über ihre Gesichtszüge.

»Sie fehlt dir, nicht wahr?« Daniel schloss seine Frau in die Arme. Die wischte sich beschämt ein paar Tränen von den Wangen. Seit Louises Tod waren erst fünf Monate vergangen.

»Sie hat nicht mehr gehört, dass ich ihr wahrhaftig verziehen habe«, sagte Fanny zum wiederholten Mal.

»Fanny, Schatz, ich bin mir absolut sicher, dass deine Maman tief in ihrem Herzen wusste, dass du ihr verzeihen würdest, selbst wenn sie deine Worte nicht mehr gehört hat.« Daniel spürte, dass Fanny ihm aufmerksam zuhörte und sich ein wenig beruhigte. Liebevoll strich er ihr über die Haare. »Das weiß ich deshalb so genau, weil sie niemals so ruhig eingeschlafen wäre, wenn sie das nicht erkannt hätte. Sie fand Frieden, glaub mir.«

Fanny hob den Blick und sah ihn an. »Glaubst du das wirklich?«

»Ja, das tue ich«, sagte er und lächelte.

»Danke«, flüsterte sie und küsste ihn. Rührung schimmerte in ihren Augen. »Ich liebe dich, Daniel Peter, weißt du?« Ein scheues Lächeln umspielte ihre Mundwinkel.

»Und ich liebe dich, Fanny Peter.«

»Jetzt lass uns arbeiten, wir haben heute viel vor«, erklärte sie und legte sich die Hand auf die Stirn, als müsse sie ihre Gedanken ordnen. »Ich packe dir die neuen Kreationen ein, damit die Kunden sie kosten und eine Rückmeldung geben können. Während du losziehst, arbeite ich an meinen neuen Ideen.«

»Und die wären? Willst du mich einweihen?«

Fanny begann, im Esszimmer auf und ab zu laufen. »Mit verschiedenen Geschmackskreationen habe ich ja schon gespielt. Nun möchte ich das Aussehen der Schokolade vielseitiger gestalten, denn das Auge isst ja bekanntlich mit.«

»Eine wunderbare Idee, ich bin sehr gespannt! Wenn ich von meinen Kundenbesuchen zurück bin, möchte ich dir helfen.«

Zusammen machten sie sich auf den Weg in die Fabrik, grüßten im Vorbeigehen Julien in der Kerzenabteilung und betraten das Schokoladenatelier. Fanny hatte Daniel einen Probenkoffer mit den neusten Schokoladenstücken zusammengestellt. Einige davon hatten sie gemeinsam entworfen und dabei gleich ein paar neue Ideen eingebaut, die Daniel aus Frankreich mitgebracht hatte.

Als er den Vorplatz der Fabrik betrat, wärmten die ersten Strahlen der Maisonne sein Gesicht. Es war noch früh am Morgen und entsprechend kühl, doch der Tag versprach wunderschön zu werden. Um möglichst viele Kunden besuchen zu können, rief sich Daniel eine Kutsche. So kam er schneller voran.

Er begann mit den Lebensmittelhändlern in den Außenquartieren der Stadt und sparte sich die öfters frequentierten Läden in Bahnhofsnähe für den Schluss seiner Tour auf.

Wie immer versetzte es ihm einen schmerzhaften Stich, als er am Nachmittag schließlich zu Séraphine Cléments ehemaligem Feinkostgeschäft gelangte. Daher blieb er auch dieses Mal einige Sekunden vor dem Schaufenster stehen und wanderte in Gedanken zurück in die Vergangenheit. Fast glaubte er, ihre Stimme zu hören, wie sie sein jüngeres Ich liebevoll tadelte und sein späteres mit einer fadenscheinigen Begründung in die Fabrik der Caillers lockte, wo er Fanny kennengelernt hatte.

Zwischenzeitlich hatte ein junger Mann das Geschäft von Séraphines Erben gekauft und führte es in ähnlichem Stil weiter.

Daniel holte tief Luft und betrat den Laden. Wie die Male zuvor war er dankbar, dass der neue Besitzer die

Regale und Möbel etwas umgestellt und die Wände in einer anderen Farbe gestrichen hatte. Das machte es für Daniel einfacher, die Erinnerungen, die in ihm aufwallten, zu beherrschen.

»Seid gegrüßt, Monsieur Charlier«, kündigte Daniel sein Eintreten an. Der Angesprochene war gerade dabei, einen Kunden zu bedienen. Er lächelte nur knapp und nickte zum Gruß. Während Daniel wartete, schlenderte er durch die Räumlichkeiten und sah sich ein wenig um.

»Das sind unsere neuen Schokoladentafeln«, hörte er Monsieur Charlier sagen, bevor dieser einige Geschmacksrichtungen aufzählte. Wie erstarrt blieb Daniel stehen. Diese Sorten kannte er gar nicht.

Als der Kunde sich entschieden und mit seinen Einkäufen verabschiedet hatte, kam Daniel hinter den Regalen hervor und steuerte zielstrebig Monsieur Charlier an.

»Sie haben einen ungünstigen Zeitpunkt für Ihr Kommen ausgewählt, Monsieur Peter«, erklärte dieser, während er konzentriert auf irgendwelche Listen vor sich starrte, Notizen machte und Berechnungen anstellte.

»Ich komme doch stets am selben Tag im Monat und zur selben Uhrzeit.« Daniel legte die Stirn in Falten. Noch immer gab sich Monsieur Charlier beschäftigt und sah nicht von seiner Arbeit auf. Langsam grenzte sein Verhalten an Unhöflichkeit.

»Das mag sein, Monsieur Peter, heute ist es allerdings sehr ungünstig.« Er sah kurz auf, ohne wie sonst zu lächeln, und kritzelte dann wieder geschäftig einige

Wörter auf die Blätter vor ihm. »Am heutigen Nachmittag hatte ich außerordentlich viel Kundschaft, alle von der aufwendigen Sorte, die eine Beratung wünschen«, führte er weiter aus. »Das hat dazu geführt, dass ich meine Bestellungen noch nicht zusammentragen konnte, diese müssen aber dringend noch vor vier Uhr losgesandt werden, sonst bekomme ich meine Lieferungen nicht.«

»Ich kann später wiederkommen«, schlug Daniel vor und trat zum Tisch im Zentrum des Ladens, auf dem die Schokolade in Etageren ausgelegt war.

»Das passt mir heute auch nicht. Wirklich nicht«, antwortete der Ladenbesitzer knapp.

Beim Anblick der süßen Präsentationen lief es Daniel kalt den Rücken hinab.

»Sie haben Kreationen aus dem Hause Cailler?« Ungläubig starrte er auf die Auslage und drehte sich dann zu dem immer noch beschäftigten Monsieur Charlier um.

»Sie verkaufen sich gut, die Kunden finden Gefallen daran.« Der Kaufmann befeuchtete einen Finger mit der Zunge und blätterte in einem dicken Buch.

»Aber bisher sagten Sie stets, dass Ihnen die Produkte von Cailler zu einfallslos seien und Sie Ihren Kunden zuliebe zudem an dem bewährten Sortiment von Séraphine Clément festhalten wollten.«

Endlich sah Monsieur Charlier von seiner Arbeit auf. »Das war bisher meine Meinung, Monsieur Peter. Aber Meinungen sind nie in Stein gemeißelt und sollten gelegentlich überdacht werden. Cailler beschäftigt jetzt gemäß Auskunft des Vertreters einen jungen Chocolatier, der weit gereist sein soll. Nicht nur Turin, die Wiege der Schokolade, soll er gesehen haben, sondern auch Übersee hat er bereist, um sich über die Kakaoernte zu informieren. Ferner soll er auch noch in Deutschland gearbeitet haben. Seine frischen und unkonventionellen Ideen haben mich überzeugt. Und das zu einem beträchtlich günstigeren Preis, als Sie ihn mir je angeboten haben, Monsieur Peter.«

Daniel atmete einige Male tief ein und aus, damit er Zeit hatte, seine Gedanken zu ordnen.

»Nun, im Gegensatz zu Cailler stellen wir unsere Kreationen mit bedeutend mehr Handarbeit her und legen Wert auf hochwertige, exquisite Produkte«, setzte Daniel zu einer Erklärung an.

»Sie können mir ja die Informationen zu Ihren neuesten Kreationen hierlassen. Ich sehe sie mir gerne an und melde mich dann bei Bedarf, in Ordnung?« Monsieur Charlier wandte sich wieder seinem Buch zu. »Und nun entschuldigen Sie mich, ich habe wirklich viel zu tun.«

»Wir haben keine schriftlichen Unterlagen, die ich hierlassen könnte. Das wissen Sie doch. Es ist uns ein zentrales Anliegen, jeden Kunden persönlich und mit genügend Zeit zu bedienen, ihm die neuen Produkte vorzustellen, eine Kostprobe mitzubringen und dann eine mögliche Bestellung aufzunehmen. Darf ich Ihnen wenigstens einige Schokoladentafeln hierlassen?« Daniel stellte den Koffer auf den Tresen, damit er ihn öffnen konnte.

Monsieur Charlier sah genervt auf. »Meinetwegen, so lassen Sie halt etwas hier.«

»Ich könnte nächste Woche wiederkommen, und Sie berichten mir, ob Ihnen etwas geschmeckt hat? Gerne überlege ich mir bis dahin auch noch, ob wir Ihnen als treuem Kunden preislich etwas entgegenkommen können. Was halten Sie davon?« Daniel suchte Monsieur Charliers Blick. Dieser jedoch gab sich weiterhin beschäftigt.

»Nächste Woche passt mir nicht so gut, da habe ich noch eine große Hauslieferung vorzubereiten. Am besten ist, ich melde mich bei Ihnen, sollte ich etwas bestellen wollen. Und nun muss ich wirklich weitermachen.«

Daniel starrte ihn an und fragte sich, ob er wirklich dieselbe Person wie all die Monate zuvor vor sich stehen hatte. Langsam breitete sich die Erkenntnis in seinem Inneren aus. Monsieur Charlier, den er immer zu seinen treuesten Kunden gezählt und der stets mit Interesse und Begeisterung auf die Produkte von Peter-Cailler et Compagnie reagiert hatte, hatte zur Konkurrenz gewechselt. Ohne Vorwarnung und ohne vorher mit Daniel das Gespräch gesucht zu haben. Was sagte das über ihre vermeintliche Geschäftsbeziehung aus? Über Loyalität?

»Gut, wie Sie wünschen, Monsieur Charlier«, murmelte Daniel und gab sich keine Mühe, die Enttäuschung zu verbergen. »Dann wünsche ich Ihnen noch einen angenehmen Tag und erfolgreiche Geschäfte.«

»Danke gleichfalls.« Monsieur Charlier sah nicht einmal mehr von seinen Unterlagen auf.

Wie ein schmutziger Straßenköter, den man mit Schimpf und Schande davongejagt hatte, kam sich Daniel vor. Draußen auf der Straße lief er zuerst nach rechts, schüttelte dann verwirrt den Kopf und ging nach links. Er hatte keine Ahnung mehr, was er als Nächstes beabsichtigte oder wohin er wollte.

Ein junger Chocolatier, hallten Monsieur Charliers Worte durch seine Gedanken. Marie ließ keine Möglichkeit aus, um Fanny und ihm zu schaden. Für seine Frau würden diese Neuigkeiten einen erneuten Schlag ins Gesicht bedeuten. Bestimmt hatten diese Veränderungen auch mit der Tatsache zu tun, dass dieser Louis Gétaz jetzt in der Firma mitmischte. Wenn sich Daniel richtig erinnerte, hatten Marie und er vor einem Monat geheiratet, und er hatte Elodie und den kleinen Alexandre-François-Louis adoptiert. Mehr als ein paar Gerüchte waren ihm allerdings nicht zu Ohren gekommen, da sie selbstverständlich nicht zur Hochzeit eingeladen gewesen waren.

Als Daniel beim nächsten Geschäft ankam, holte er tief Luft, schob die düsteren Gedanken und die Beklemmung in seiner Brust beiseite und setzte ein möglichst gewinnendes Lächeln auf. Mit einem freundlichen Hallo betrat er den Verkaufsraum von Monsieur Aubertin, einem weiteren Lebensmittelhändler. Heute war der Patron allerdings nicht anwesend, sondern nur sein Sohn, der gedachte, das Geschäft eines Tages zu übernehmen.

Die Szene wie bei Monsieur Charlier wiederholte sich, wenn auch in etwas abgeänderter Form. Monsieur

Aubertin Junior schwärmte von den innovativen Produkten zu sagenhaft günstigen Preisen aus dem Hause Cailler.

»Nichts für ungut, Monsieur Peter, aber ich war dermaßen begeistert, dass ich meinen Vater davon überzeugen konnte, es diesen Monat einmal mit dem neuen Sortiment zu versuchen. Wir dürfen nicht schlafen und müssen in diesen schnelllebigen Zeiten aufmerksam und aktiv bleiben. Ansonsten kaufen unsere Kunden bei der Konkurrenz, die ihre Bedürfnisse zu erfüllen weiß.« Er zuckte die Schultern, ein läppisches Grinsen, das keinerlei Reue zeigte, auf den Lippen. Monsieur Aubertin Junior war mit seinen geschätzt achtzehn Jahren noch zu jung, um die Belastungen, mit denen Daniel kämpfte, zu verstehen.

»Danke für Ihre Offenheit. Darf ich Ihnen trotzdem einige unserer Neuerungen präsentieren?«, versuchte es Daniel, spürte jedoch, wie ihn die sonstige Euphorie im Stich ließ.

»Wie gesagt, für diesen Monat sind wir eingedeckt.« Aubertin Junior klopfte ihm kameradschaftlich auf die Schulter. »Aber von mir aus können Sie nächsten Monat gerne noch mal wiederkommen – sofern Ihnen Cailler nicht zuvorkommt, wie dieses Mal. Das liegt leider nicht in meiner Macht.« Er schnalzte mit der Zunge und lachte, als sei das alles ein besonders erheiternder Witz.

»Bestens. Haben Sie vielen Dank, Monsieur Aubertin.« Daniel verabschiedete sich. Während er weitere Stammkunden in der näheren Umgebung abklapperte, spürte er, wie seine Beine immer schwerer und sein Gemüt zunehmend düsterer wurden. Jedes Mal, wenn er ein neues Geschäft betrat, ahnte er schon, was ihn erwarten würde. Und er lag damit auch meistens richtig. Nur vereinzelte seiner Kontakte hatten das Angebot von Cailler aus Misstrauen abgelehnt oder sich aus reiner Neugierde für ein paar Probestücke entschieden. Daniel gelang es, einige Köstlichkeiten vorzustellen und Produktionsaufträge entgegenzunehmen, aber bei weitem nicht im üblichen Umfang.

Als die Sonne langsam dem Horizont entgegenwanderte und es Zeit wurde, nach Hause zurückzukehren, haderte Daniel mit sich. Er musste sich etwas einfallen lassen. Auf keinen Fall wollte er so zu Fanny zurückkehren. Während er nachdachte, hatte er plötzlich eine Idee.

Als ein kleiner Junge vorbeilief, hielt er diesen am Ärmel seiner Jacke fest. »Warte, Großer. Hast du Hunger?«

Der Junge blieb stehen und legte den Kopf schief. Wortlos kniff er die Augen zusammen und musterte zuerst Daniel und dann seinen Koffer. »Ja?« Die Antwort kam zögerlich. Seinem immer wieder zum Koffer zuckenden Blick war jedoch zu entnehmen, dass die Neugierde obsiegte.

»Gut, denn heute ist dein Glückstag!« Daniel ging in die Hocke und öffnete das lederne Gepäckstück. Es war noch halb voll mit Schokoladenproben in allen möglichen Geschmackssorten. »Nimm dir zwei davon, wenn du magst.«

Zaghaft, den Blick immer auf Daniel gerichtet, streckte der Junge eine schmutzige Hand aus und entschied sich für zwei Schokoladenstücke. Er biss hinein und riss die Augen auf.

»Na? Schmeckt es dir?« Daniel lachte.

Der Junge schüttelte den Kopf. »Nein. Das ist mir zu krümelig und zu bitter, wie beim letzten Mal, als ich so-was gekostet habe. Aber meine Maman und meine Oma mögen das. Darf ich ihnen etwas mitnehmen?«

»Aber sicher.« Daniel wartete, bis er zwei weitere Schokoladenstücke ausgesucht hatte. »Und du bist si-cher, dass du keine Schwester hast? Sonst nimm ihr doch auch noch etwas zum Naschen mit.«

Der Junge wackelte mit dem Kopf. »Also gut. Meine Schwester mag Schokolade manchmal, sagt sie.« Er tippte sich an seinen Hut. »Haben Sie besten Dank, Monsieur!« Mit diesen Worten rannte er davon.

Daniel sah ihm nachdenklich hinterher und ging dann langsam weiter. Er beschloss, den Rest seines Heimwegs vom Bahnhof bis zum Les Bosquets zu Fuß zurückzulegen. Dabei beschenkte er wahllos Passan-ten mit seinen Schokoladenstücken, bis nur noch ein kleiner Rest übrig blieb. Wenn die Händler seine Pro-behäppchen nicht haben wollten und keines Blickes würdigten, so hinderte ihn schließlich niemand da-ran, beim Endkunden direkt Werbung für seine und Fannys Schokolade zu machen. Daniel lächelte grim-mig.

Zuhause angekommen, begrüßte seine geliebte Frau ihn mit einem Kuss.

»Wie war dein Tag?«, fragte sie und half ihm dabei, sein Jackett auszuziehen.

»Gut«, antwortete Daniel und schenkte ihr ein Lächeln. »Wir müssen noch hart arbeiten und etwas Geduld haben, aber das wird schon.« Zärtlich strich er ihr eine Haarsträhne aus dem Gesicht. »Und wie war dein Tag in der Manufaktur?«

Ein strahlendes Lächeln erhellte ihre Gesichtszüge. »Wunderbar! Ich komme gut voran und habe schon wieder neue Ideen. Vielleicht könnten wir morgen einmal die Kreationen zusammen anschauen, die durch deine Einflüsse aus Lyon inspiriert wurden, was meinst du? Und natürlich musst du mir die Bestellungen durchgeben. Du hast doch welche, oder?« Sie sah ihn forschend an.

Daniel beschloss, seiner Frau vorerst nichts von den bockigen Händlern zu erzählen. Er wollte sie damit nicht beunruhigen. Wenn ihre Schokolade wortwörtlich in aller Munde war, würden die Händler hoffentlich wieder bestellfreudiger werden. Die verschenkten Häppchen waren also nicht verloren, sondern Teil von Daniels langfristiger Strategie.

»Ja, natürlich habe ich welche.« Das war nicht einmal gelogen. »Ich hätte mir etwas mehr Reaktionen auf die neuen Produkte gewünscht, aber wir stehen ja immer noch am Anfang unserer Tätigkeit und müssen uns daher noch etwas gedulden, fürchte ich.« Er unterstrich seine Worte mit einem aufmunternden Lächeln und öffnete den Probenkoffer. »Die Prototypen sind jedenfalls größtenteils weg, was ich als gutes Zeichen werte.«

Fanny begutachtete den fast leeren Koffer und sah Daniel dann lange an. Schließlich nickte sie zufrieden.

»Nun, lass uns essen, das Abendessen wird gleich aufgetragen. Louise ist schon furchtbar hungrig.«

Daniel seufzte unmerklich und folgte seiner Frau ins Esszimmer.

In dieser Nacht lag er noch lange wach und starrte mit offenen Augen an die Decke, während er den gleichmäßigen Atemzügen seiner Frau und seiner Kinder lauschte. Fanny hatte durch den Tod ihrer Mutter zusammen mit etwas Geld auch einige Möbel und Gegenstände geerbt. Was die im Verkauf wohl hergeben würden? Schließlich brauchten sie keinen weiteren Hausrat in ihrem Heim und hatten die Sachen ohnehin in einem leer stehenden Raum der Fabrik eingelagert. Beschämt über diese pietätlosen Gedanken drehte sich Daniel im Bett um. Und blieb weiterhin wach.

Im äußersten Notfall würde er sich um einen gut bezahlten Posten bei seinem Freund Henri bewerben. Damit würde er sich zwar zum Gespött der ganzen Stadt machen, aber wenn seine Familie sonst nicht überleben konnte, würde er auch das auf sich nehmen.

Denn schon zum Ende des Jahres würde es im Hause Peter-Cailler schließlich noch ein fünftes Maul zu stopfen geben ...

Kapitel 25

Fanny blickte aus dem Atelierfenster und beobachtete Daniel dabei, wie er mit dem Probenkoffer in der Hand den Platz vor ihrem Haus überquerte und sich eine Kutsche herbeiwinkte. Sobald er glaubte, außer Sichtweite zu sein, rutschte das zuversichtliche Lächeln, das beim Abschiedskuss noch seine Züge erhellt hatte, aus seinem Gesicht. Und nicht nur das. Daniels Schultern sackten nach unten, und sein sonst so energischer Schritt wirkte, als laufe er durch einen zähen Sumpf. Das ging schon ein paar Wochen so. Am Wetter konnte es nicht liegen, denn heute bescherte ihnen der junge Juni strahlenden Sonnenschein.

Klar, die Einnahmen aus den Schokoladenverkäufen sowie die Bestellungen entsprachen nicht ihren gemeinsamen Zielvorstellungen. Allerdings waren sie sich beide einig, dass der Aufbau einer eigenen Marke Zeit brauchte. Daniel war erst seit gut einem halben Jahr aus Frankreich zurück, und all die neuen Einflüsse, Kenntnisse und Ideen in die Tat umzusetzen, gelang nicht über Nacht. Zumindest – und das stimmte Fanny zuversichtlich – brachte Daniel meist einen fast leeren

Probenkoffer zurück. Die Leute gaben ihren Kreationen immerhin eine Chance. Bestimmt würden auch die Bestellungen bald zunehmen.

Endlich hielt eine Kutsche und nahm Daniel auf. Fanny sah zu, wie das Gefährt hinter einer Hausecke verschwand. Sie holte tief Luft und strich sich über ihren leicht gewölbten Bauch. Irgendwie fühlte sie sich in letzter Zeit nicht besonders wohl. Sie hatte das Gefühl, nicht richtig atmen zu können, und der Appetit fehlte ihr auch. Am besten war es wohl, wenn sie sich jetzt der Arbeit widmete und ins Atelier ging.

Im Vorbeigehen winkte sie Julien. Er sah kurz von seiner Tätigkeit auf und schenkte ihr ein gequältes Lächeln. Die Zeiten waren schwierig, für sie alle.

In ihrem Atelier angekommen, setzte sie sich an ihren Schreibtisch und nahm ihr Arbeitsbuch mit den Rezepten hervor. Doch statt sich in die Arbeit zu stürzen, lagen ihre Finger unbeweglich neben dem Papier, und ihr Blick verlor sich in einer dunklen Ecke der Werkstatt.

Als sie nach zwanzig Minuten aus ihrer Trance erwachte, konnte sie nicht einmal mehr sagen, wo ihre Gedanken eigentlich gewesen waren. Jedenfalls nicht bei der Schokolade. Heute fehlte ihr einfach der Funke, der sie sonst antrieb und ihr Hirn mit Ideen, Geschmäckern, Formen und Farben fütterte. Deshalb erhob sie sich und stellte sich an die Werkbank. Sie holte einige Zutaten wie Kräuter, Nüsse, Blüten und Gewürze aus den Schränken und begann, an ihnen zu schnuppern. Genießerisch schloss sie die Augen und wartete darauf,

dass die Sinneseindrücke bei ihr eine Eingebung aus-
lösten. So wie die Male zuvor.

Doch diesmal? Nichts.

Fanny ließ die Zutaten durch ihre Finger gleiten,
spürte ihre Beschaffenheit, von rau über körnig bis zart
wie Seide.

Nichts.

Nach einer Stunde gab sie auf. Sie griff nach einem
kleinen Korb und suchte sich ein paar neue Kreationen
zusammen, die sie darin liebevoll auf einem Stück Stoff
drapierte. Seufzend verließ sie das Atelier und nahm die
Straße zum Anwesen ihrer Nachbarn, den Nestlés. Sie
hatte ihre Freundin schon wochenlang nicht mehr besucht, weil sie so von ihrer Arbeit absorbiert gewesen
war und die Schokoladenwerkstatt nur zum Schlafen
und Essen verlassen hatte.

Es war früher Vormittag, also würde Clémentine
noch nicht damit beschäftigt sein, das Mittagessen für
ihre Angestellten zu koordinieren. Meist gab sie bei Anbruch der Dämmerung erste Anweisungen und beauf-
sichtigte dann den reibungslosen Ablauf während der
Mahlzeiten. Zwischendurch half sie in der Kindertages-
stätte. Mit etwas Glück hatte ihre Freundin also Zeit für
einen kurzen Schwatz.

Noch bevor sie den Türklopfer am Wohnhaus der
Nestlés betätigen konnte, wurde die massive Holztür
aufgerissen, und Clémentine stand vor ihr.

»Ich habe dich über den Hof kommen sehen, weil ich
selbst gerade auf dem Weg zu den Kindern war«, sagte
ihre Freundin lächelnd und umarmte Fanny zur Be-

grüßung. Heute trug sie ein schwarzes hochgeknöpftes Kleid mit Spitzen an Kragen und Ärmeln. Obwohl die Farbe einen interessanten Kontrast zu ihrem durchsichtigen Teint bildete, ließ der Aufzug sie erschöpft aussehen und hob ihre dunklen Augenringe noch hervor.

»Hast du überhaupt Zeit?«, fragte Fanny und zögerte einzutreten. »Hier, für dich, meine neuesten Prototypen.«

Clémentines Augenbrauen hoben sich, und ihre blassbraunen Augen leuchteten kurz auf. »Ach wie nett, herzlichen Dank! Natürlich habe ich Zeit, Fanny. Wenn du mitten am Tag zu mir kommst, anstatt dich in deinem Atelier zu verschanzen, muss es wichtig sein.« Als sie Fannys konsternierten Gesichtsausdruck sah, winkte sie ab und ergänzte: »Und selbst wenn es das nicht ist, bist du mir jederzeit willkommen. Das weißt du hoffentlich.«

Dankbar nickend betrat Fanny den Flur und wartete, bis ihre Freundin die Tür geschlossen hatte und voranging. Sie nahmen die Treppe ins Obergeschoss und setzten sich in den Salon. Erneut staunte sie über die geschmackvolle, wenn auch etwas überladene und wuchtige Einrichtung im Wohnzimmer der Nestlés.

»Setz dich doch, Fanny, ich besorge mir einen Kaffee und für dich einen Kräuteraufguss«, erklärte Clémentine mit einem Blick auf Fannys gewölbten Bauch. Für den Bruchteil einer Sekunde sah Fanny den altbekannten Schmerz in den Augen ihrer Freundin aufflammen. Dann wandte sich diese hastig ab und verschwand im Flur.

Kurze Zeit später kehrte sie in Begleitung einer Hausangestellten, die ein Tablett mit Keksen, zwei Krügen, Tassen und Zubehör trug, zurück. Nachdem diese gegangen war, setzte sich Clémentine und schob Fanny den Teller mit den Gebäckstückchen zu. Die schüttelte jedoch den Kopf, weil sie schon beim Gedanken ans Essen ein Stechen im Magen verspürte.

»Die Schwangerschaft«, erklärte sie. Vermutlich nicht nur die, doch das behielt sie vorerst für sich. Sie wollte die Zeit mit ihrer Freundin nicht durch ihre Niedergeschlagenheit ruinieren.

Clémentine musterte Fanny einige Sekunden stumm, begann die Unterhaltung dann aber glücklicherweise mit einem unverfänglichen Thema. »Und, was hältst du von dem aktuellen Projekt der Gemeinde Vevey, nun auch eine Wassergesellschaft zu gründen? Henri spricht von nichts anderem mehr. Er hält die Entwicklung für längst überfällig. Womit er absolut recht hat.«

Fanny lachte. »Daniel und ich diskutieren auch oft über das Thema. Wurde diese Société des Eaux des Avants nicht bereits gegründet, um Wasser aus den Bergen zu beziehen? Angeblich wollen sie ein flächendeckendes Netz durch die gesamte Stadt bauen, das mittels Druckpumpen sogar fließendes Wasser in die Behausungen transportiert. Unvorstellbar, wie komfortabel das unser Leben machen würde!«

Clémentine nickte, nahm hastig einen Schluck Kaffee und beugte sich nach vorne. »Soweit ich weiß, ja. Nachdem sie nun viel zu lange darüber debattiert haben, ob das zu beziehende Wasser aus dem See oder aus einer Quelle stammen soll, haben sie sich jetzt für Quellwasser entschieden. Da sind sie aber nicht die Einzigen. Man munkelt, dass Lausanne ebenfalls Interesse bekundet.« Nachdenklich ließ sie sich in ihrem Stuhl zurücksinken.

»So oder so ist ein funktionsfähiges Wasserversorgungssystem längst überfällig. Ganz Europa wird von Typhus und Cholera heimgesucht. Es ist höchste Zeit, dass sich etwas ändert. Wir leben doch nicht mehr im Mittelalter!« Fanny genoss es, einfach mal über alltägliche Dinge diskutieren zu können.

Clémentine gab ihr mit heftigem Nicken recht und griff nach einem Keks. »Besonders für unsere Schwächsten, die Kinderchen, wäre dies ein unglaublicher Fortschritt. Stell dir vor, wie viel weniger von ihnen an Krankheiten sterben würden und wie viele von ihnen einen Alltag in Würde, ohne den Schmutz und Gestank, erleben könnten.« Ein verträumter Ausdruck erschien auf ihrem Gesicht.

Nach kurzem Nachdenken und bevor Fanny etwas dazu sagen konnte, fuhr sie fort: »Henri sagt zudem, dass es auch für unsere Fabriken ein nicht zu unterschätzender Vorteil wäre. Wir könnten viele Produktionsprozesse vereinfachen und beschleunigen und somit am Ende den Umsatz und den Profit steigern. Das wäre bei eurer Branche natürlich auch der Fall.«

Nun war es an Fanny, nach ihrer Tasse zu greifen. Nicht unbedingt, weil sie durstig war, sondern vielmehr, um sich zu beschäftigen und ihren Blick zu verbergen. Es wurde still im Raum. Als sie von ihrem Getränk aufschaute, sah sie, dass Clémentine längst begriffen hatte, dass sie ein heikles Thema angesprochen hatte.

»Nun ja, das ist richtig ...«, begann Fanny zögerlich. »Wie du weißt, kämpfen wir mit Startschwierigkeiten. Wir haben uns auf dem Markt noch nicht etabliert und werden derzeit nicht gerade mit Bestellungen überhäuft. Deshalb steht bei uns eine schnelle Produktion noch nicht an erster Stelle. Dazu kommt noch ...«

Fanny war so mit sich selbst beschäftigt, dass ihr erst beim erneuten Sprechen auffiel, wie eine leichte Röte Clémentines sonst totenblasse Wangen hochkroch.

»Ich leide wohl unter einer Schaffenskrise.« Fanny zuckte mit den Schultern. »Es wurde in letzter Zeit immer schwieriger, neue Produkte zu erfinden und ein Gespür für die möglichen Bedürfnisse der Kunden zu entwickeln. Der Tod meiner Mutter, die Schwangerschaft und die ausbleibenden größeren Bestellungen machen das Ganze auch nicht besser.« Sie seufzte und wischte sich die Handflächen an ihrem Kleid ab.

Clémentines Wangen färbten sich noch eine Spur röter.

Verwirrt schwieg Fanny. Hatte sie etwas Falsches gesagt? »Was ist los?«, fragte sie daher und musterte ihre Freundin.

Diese sah auf die Tischdecke, fuhr mit dem Finger das Stickmuster nach und hob den Blick dann wieder. »Ich habe eigentlich erwartet, dass dich ein anderes Thema weit mehr quält oder vielleicht sogar für deine Resignation verantwortlich ist.«

»Welches Thema?« Fanny fühlte, wie sich ihr Magen in dunkler Vorahnung verkrampfte. »Welches Thema?«, flüsterte sie nochmals leise und suchte Clémentines Blick.

»Du weißt es also nicht ... Vermutlich, weil du in den letzten Wochen nicht in der Stadt oder unter Leuten warst. Ich dachte allerdings, dass Henri mit Daniel darüber geredet hat, also ...« Sie biss sich auf die Unterlippe, als befürchte sie, zu viel gesagt zu haben.

Eine eiserne Hand griff nach Fannys Kehle, und ihr Mund war plötzlich ganz trocken. Das Herz schlug ihr bis zum Hals, als sie ihre Frage leise wiederholte: »Welches Thema, Clémentine? Sag es mir bitte.«

Die Freundin rutschte auf ihrem Stuhl hin und her, strich sich eine Haarsträhne aus dem Gesicht und nahm hastig einen Schluck Kaffee. Dann griff sie nach Fannys Händen und sah sie eindringlich an. »Fanny, *chérie*, Cailler, also deine Schwägerin Marie, hat seit einiger Zeit einen jungen Chocolatier eingestellt. Sie fluten die Stadt mit angeblich innovativen Schokoladen zu erschwinglichen Einstiegspreisen. Zahlreiche Händler haben ihr Sortiment in der Auslage. Ich habe es selbst gesehen. Sogar im einstmaligen Geschäft von Séraphine Clément, stell dir das einmal vor! Sie würde sich im Grab umdrehen, wenn sie davon wüsste. Eine Schande ist das.«

Fanny wurde heiß und kalt zugleich. In ihrem Kopf rauschte das Blut, sodass sie keinen klaren Gedanken fassen konnte. Sie atmete kaum noch.

»Großer Gott, du hattest keine Ahnung.« Clémentine hielt sich die Hände vor den Mund. Dann erhob sie sich und ging zu einer schweren dunklen Holzkommode hinüber, auf deren Oberfläche eine Auswahl an Spirituosen mit passenden Gläsern stand. Schließlich schüttelte sie den Kopf, kehrte zurück und setzte sich wieder. »Ich wollte dir gerade schon ein Glas von Henris gutem Whiskey anbieten, aber ...« Ihr Blick fiel auf Fanny Bauch. »Das war wohl eine dumme Idee. Du hast mich völlig durcheinandergebracht.« Sie seufzte und strich sich übers Gesicht. »Soll ich dir einen Aufguss aus Baldrian machen lassen? Ich trinke den täglich, um einschlafen zu können. Er beruhigt das Gemüt.«

Fanny nickte dankend und starrte auf ihre zitternden Finger. Clémentine blieb nicht lange weg und setzte sich nach ihrer Rückkehr aus der Küche direkt neben Fanny. Schweigend warteten sie auf den Kräuteraufguss.

»Marie hat also einen Chocolatier eingestellt, der versucht, mich zu kopieren, richtig?«, sagte Fanny nach einer Weile. Sie war wie betäubt. Egal, was ihr Clémentine noch an Einzelheiten erzählen würde, es spielte keine Rolle mehr. »Und nein, Daniel hat kein Wort gesagt.« Der letzte Satz war nur noch ein heiseres Flüstern.

Die Hausangestellte kam mit dem Baldrianaufguss herein. Clémentine erhob sich, nahm ihr das Tablett ab und bereitete Fanny eine Tasse mit viel Zucker zu.

»Bisher war Cailler nicht gerade für seine Innovationen bekannt. Deshalb sieht es für mich schon danach aus, als versuche hier jemand, deine Geschäftsidee nachzuahmen. Zudem soll der Chocolatier weit gereist sein und sich aus aller Herren Länder Wissen und Inspiration geholt haben. Als junger, ungebundener Geselle ist ihm dies natürlich auch ohne weiteres möglich gewesen.« Clémentines Stimme nahm einen für sie ungewöhnlich schneidenden Ton an. »Selbstverständlich ist Marie all das nicht aus eigener Kraft gelungen. Ich würde sagen, sie hat strategisch klug geheiratet.«

In diesem Moment fühlte sich Fanny sehr einsam auf dieser Welt.

Eine Apothekertochter hatte ihr Erbe geklaut und beschmutzte es mit fremdem Talent, während sie selbst gezwungen war, um ihre Existenz zu kämpfen. Sie, die rechtmäßige und letzte Erbin des Schokoladenimperiums. Dazu kam, dass sie sich von ihrem eigenen Mann verraten fühlte.

»Ich jedenfalls habe einen Mann geheiratet, der mir nicht vertraut. Warum sonst weiß die gesamte Stadt Bescheid, nur ich lebe meinen lächerlichen Tagtraum in der Rue des Bosquets weiter, als wäre nichts gewesen?« Verbitterung ließ ihr Lachen blechern klingen. »Ich dachte, wir wären Schicksalsgenossen. In guten wie in schlechten Zeiten. Offenbar habe ich mich getäuscht.« Sie schniefte und tupfte sich mit einem Taschentuch die Nase ab.

Clémentine griff nach ihrer Hand. »Fanny, ich verstehe deine Enttäuschung. Doch ich bin mir sicher, dass Daniel dir die Wahrheit gesagt hätte, sobald der richtige Moment gekommen wäre. Bestimmt wollte er dich nebst dem Tod deiner Maman und deiner Schwangerschaft nicht auch noch damit belasten.«

Fanny erhob sich. Sie brauchte etwas frische Luft und Zeit für sich. »Nimm es mir nicht übel, Clémentine, aber ich muss meine Gedanken ein wenig ordnen. Ich weiß im Moment nicht mehr, was ich fühlen und denken soll.« Mit diesen Worten umarmte sie ihre Freundin und bedankte sich für die Gastfreundschaft und das offene Ohr. Dann ging sie nach draußen und lief ziellos in Richtung Stadtzentrum.

Sie hatte das Gefühl, als starrten alle, denen sie begegnete, sie mitleidig an. Sie, die gestrandete Cailler. Die Tochter, die nie hätte sein dürfen, weil sie ihre beiden Brüder mit ihrem Talent stets in Bedrängnis gebracht und gegen die natürliche Ordnung verstoßen hatte. Und jetzt, ja jetzt bestrafte sie das Leben für ihr tollkühnes Verhalten und wies sie in die Schranken. Niemand dachte bei der Erwähnung von Schokolade an die Rue des Bosquets und an jene Frau, in deren Adern das Blut des Pioniers François-Louis Cailler floss. Nein, vielmehr dachte man an eine der mit glänzenden Cailler-Lettern beschrifteten großen Fabriken in Bahnhofsnähe und anderswo.

Als Fanny am späten Nachmittag nach Hause kam, erwartete Louanne sie mit weit aufgerissenen Augen im Flur bei der Eingangstür. »Madame, ist alles in Ordnung mit Ihnen? Ich habe mir große Sorgen gemacht, weil Sie nicht zum Mittagessen erschienen sind. Die Kinder haben nach Ihnen gefragt. Ich habe ihnen erzählt, Sie hätten eine Schiffslieferung bekommen und seien deshalb weg.«

»Es ist alles in Ordnung, Louanne, danke«, log Fanny mit matter Stimme und schloss die Tür hinter sich.

Plötzlich tauchte im Schatten des Flurs eine Silhouette auf. Louanne eilte davon und zog die Tür des Salons geräuschlos zu, um dort mit den Kindern zu spielen.

»Daniel. Du bist schon zurück?« Fannys Stimme klang schärfer als beabsichtigt, doch sie konnte sich nicht zurückhalten. »Warst du in so kurzer Zeit bereits so erfolgreich?«, fragte sie höhnisch.

»Du weißt es«, antwortete er erschöpft, trat auf sie zu und sah sie an.

»Ja, aber nicht von dir.«

»Ehrlich gesagt hatte ich ...« Er brach ab und fuhr mit dem Zeigefinger seine Augenbraue nach. »Ich hatte die närrische Hoffnung, dass Cailler bald wieder an Popularität verlieren und die Händler dann zu uns zurückkehren würden. Es scheint naheliegend, dass sie nicht ewig zu so niedrigen Preisen verkaufen können, und ich habe stets an die Überlegenheit deines Talents geglaubt.« Er zuckte hilflos die Schultern. »Warum sollte ich dich also mit einer Sache beunruhigen, die vielleicht schon in drei Monaten wieder Geschichte ist?«

»Weil ich wahrscheinlich in diesen drei Monaten irgendwann in die Stadt gegangen wäre und alles erfahren hätte. Von Fremden!«, schnaubte Fanny wütend und ballte die Hände zu Fäusten. »Und weil wir uns geschworen haben, immer ehrlich zueinander zu sein!« Diesen Satz brüllte sie so laut, dass die Stimmen im Salon kurz erstarben. »Behandle mich nicht wie eine Porzellanpuppe! Ich bin nicht deine kleine, schwache Frau. Ich bin deine Geschäftspartnerin und ... deine Gefährtin. Auf Augenhöhe.« Mit diesen Worten drängte sie sich an ihm vorbei und stampfte wütend die Treppe hinauf ins Obergeschoss. Daniel folgte ihr.

»Möglicherweise war es dumm von mir, Fanny. Einmal mehr. Aber ich bin auch nur ein Mensch, und glaub mir, ich war nicht minder schockiert als du, als ich von Maries erneutem Verrat erfahren habe. Seither bin ich wie gelähmt, weiß kaum mehr ein noch aus. Im November kommt unser drittes Kind auf die Welt, und ich habe keine Ahnung, ob ich in der Lage sein werde, es zu ernähren.« Fanny drehte sich zu ihm um und beobachtete, wie er sich mit einer wütenden Bewegung die Haare raufte. »Deine Eltern haben ihre einzige Tochter in meine Obhut gegeben, und ich ... ich bin ein Versager.«

Fanny sah Daniel erstaunt an und trat einen Schritt auf ihn zu. »Was redest du denn da? Du musst nicht für mich und die Kinder sorgen, wir beide tun das. Du und ich. Gemeinsam. Wir sorgen füreinander. Verstehst du das? Das geht allerdings nur, wenn du mich einweihst. Ich kann nicht helfen, unsere Probleme zu lösen, wenn ich sie nicht einmal kenne.«

Ein zärtliches Lächeln erhellte Daniels Gesichtszüge, und er strich Fanny liebevoll über die Wange. »Wie konnte ich nur vergessen, wer du bist. Wie konnte ich bloß.« Er zog sie zu sich heran und umarmte sie. »Die Wahrheit, Fanny, ist, dass ich den größten Teil unserer Prototypen verschenkt habe, um ohne die Händler Werbung bei unseren Kunden zu machen. Aber nicht einmal die Kinder wollten unsere kostenlose Schokolade. Den meisten von ihnen ist sie zu bitter.« Er lachte trocken.

Fanny horchte auf. Langsam schob sie ihn ein wenig von sich, um ihn im Halbdunkel des mit Kerzen beleuchteten Flurs ansehen zu können.

»Warum ist eigentlich noch nie jemand auf die Idee gekommen, Schokolade für Kinder zu machen? Es gibt auf dieser Welt viel mehr Kinder als Erwachsene. Sie sind viel lebhafter, müssen wachsen und gedeihen. Sie brauchen ein Vielfaches der Energie eines ausgereiften Menschen. Würde sie ihnen besser schmecken, würden Millionen von kleinen Menschen Schokolade essen!«

»Dann müssten wir eine vollkommen neue Strategie fahren und die Schokolade simpler machen. Kinder mögen weder Salz noch exotische Nüsse und Beeren in der Schokolade. Glaub mir, sie sagen es mir täglich, wenn sie mir die angeknabberten Prototypen zurückgeben.«

Fanny fühlte, wie ein Grinsen ihre Mundwinkel nach oben zog. Sie legte ihren Kopf auf Daniels Brust und lauschte dem vertrauten Herzschlag ihres Mannes.

»Und ich weiß auch schon, wer unsere neue Schokolade testen wird«, murmelte sie und wies mit dem Finger in die Richtung, in der die Fabrik ihrer Freunde, der Nestlés, lag.

»Clémentines *Kinderchen*, wie sie immer sagt.«

Kapitel 26

»Nicht so gut.« Der Junge schüttelte den Kopf, verzog den Mund und gab das angeknabberte Schokoladenstück zurück.

»Aber diese Schokolade ist doch viel süßer als die gewöhnliche, oder nicht?«, hakte Daniel nach. »Sie hat mehr Zucker und Honig drin, sogar etwas Fruchtsaft.«

»Ja ... sie ist zu süß. Das mag ich nicht. Jetzt ist sie bittersüß. In meinem Mund ist sie seltsam.« Verstohlen griff der Junge nach einem Becher Wasser, den man ihm auf dem Tisch bereitgestellt hatte, und nahm ein paar Schlucke.

»Hm, na dann. Danke für die Rückmeldung, Großer.« Mit diesen Worten klappte Daniel den Probenkoffer zu und wandte sich Clémentine zu, um sich zu verabschieden.

»Herzlichen Dank, dass wir den Kindern die Schokolade geben durften«, sagte er und schüttelte ihr die Hand. »Bloß scheint es beinahe unmöglich, ihren Geschmack zu treffen.« Er versuchte zu lächeln.

Clémentine betrachtete ihn mit in Falten gelegter Stirn. »Fanny hat bestimmt noch mehr Ideen«, sagte sie zögerlich. Es war ihr anzusehen, dass sie ebenso wenig daran glaubte wie Daniel. Seit fast einem halben Jahr tüftelte seine Frau nun schon an den neuen Rezepturen, zwischenzeitlich war es November, und keine davon hatte bisher zum Durchbruch geführt. Das einzig Erfreuliche der letzten Monate war, dass sich die Angelegenheit mit Cailler tatsächlich in die erhoffte Richtung entwickelt hatte. Sie hatten ihre Preise erhöht, und die Innovationsfreude des neuen Chocolatiers stagnierte. Schließlich konnte niemand wöchentlich das Rad neu erfinden. Derzeit konnte Peter-Cailler et Compagnie wieder einen leichten Anstieg der Nachfrage verzeichnen, musste sich die Marktanteile jedoch klar mit der Konkurrenz teilen. Für eine gesicherte Zukunft, wie Daniel und Fanny sie sich vorgestellt hatten, würde das nicht reichen.

»Ich hoffe es. Derzeit ist sie allerdings nicht oft im Atelier, weil unsere Rose sie ganz schön auf Trab hält.« Daniel wandte sich bereits der Tür zu, als er Clémentines Hand auf seinem Unterarm spürte und sich nochmals umdrehte.

»Grüß Fanny von mir und sag ihr, dass ich ihr jederzeit gerne mit dem Säugling helfe, ja? Ich … habe Kinder sehr gerne.« Ihre Augenlider flatterten, und sie wandte sich hastig ab und trieb die Kinder zurück an ihre Sitzplätze.

Zuhause fand Daniel seine Frau mit Louise, François und Rose am Boden spielend vor. Als sie ihn sah, hob sie die Augenbrauen und stand auf.

»Und?«, fragte sie hoffnungsvoll und strich sich den Rock ihres Kleids glatt.

Daniel schüttelte den Kopf. Die Enttäuschung, die er in ihren Augen sah, bedrückte ihn.

»Dieses Mal behaupteten die meisten Kinder, dass es ihnen zu süß ist, gleichzeitig zu bitter, jedenfalls nicht schmackhaft ... Ich bin ratlos.« Er stellte den Koffer auf den Wohnzimmerboden und fuhr sich mit der Hand durch die Haare.

Fanny schüttelte resigniert den Kopf. »Lass uns essen«, sagte sie schließlich und rief die Kinder zusammen. »Louanne hat schon alles bereitgestellt.«

Daniel folgte seiner Frau und den Kindern ins Esszimmer, wo ihre Angestellte bereits eine einfache Mahlzeit angerichtet hatte. Nach dem Mittagessen gingen sie zurück in den Salon. Die Kinder spielten weiter, und Fanny nahm die kleine Rose zu sich, um sie zu stillen.

Wie immer dauerte es keine fünf Minuten, ehe der Säugling frustriert brüllte, während Fanny mit geröteten Wangen immer wieder versuchte, ihm die Brust zu geben.

»Es geht einfach nicht«, jammerte sie und sah Daniel verzweifelt an. »Sie will nicht richtig trinken. So kann sie nachher nicht schlafen und weint wieder den ganzen Nachmittag und ... die ganze Nacht«, fügte sie ergänzend hinzu. Denn genau so verhielt es sich, seit die kleine Rose das Licht der Welt erblickt hatte. Sie schrie und weinte stundenlang, ließ sich kaum beruhigen, verweigerte meistens die Brust und fand infolgedessen keine Ruhe.

»So geht das nicht weiter.« Fanny legte das Kleinkind neben sich aufs Sofa und verbarg das Gesicht in den

Händen. »Sie muss doch etwas essen!« Ein Schluchzen entrang sich ihrer Kehle. Daniel setzte sich neben sie, umarmte sie und drückte ihr einen Kuss auf den Scheitel. Dann hob er Rose hoch, nahm eine bequeme Stellung ein und legte sie sich auf die Brust. Zärtlich strich er seiner kleinen Tochter über den dunklen Flaum auf ihrem Kopf. Sie war vollkommen überhitzt und atmete viel zu schnell.

»Was ist denn los mit dir, kleine Rose?«, murmelte er beruhigend und streichelte sie. Das Weinen wurde etwas leiser, und nach einigen Minuten hatte sich das kleine Wesen so weit beruhigt, dass sie nur noch schniefte und ihren Vater aus großen nassen Augen ansah.

»Clémentine bot dir erneut ihre Hilfe an. Soll ich sie rufen, damit sie dir ein wenig unter die Arme greift?«, schlug Daniel vor.

Fanny sah ihn an und schwieg. Sie dachte nach. Dunkle Ringe lagen unter ihren Augen, ihre Haut wirkte grau und ihr Blick stumpf. Schließlich nickte sie matt. »Vielleicht sollte ich es einmal mit Henris Kindermehl versuchen. Das geht nun schon zwei Wochen so. Rose müsste sich längst an mich und die Brust gewöhnt haben. Auf eine Amme möchte ich nicht zurückgreifen, zumal sie ziemlich rar sind. Die Vorstellung, dass eine fremde Frau, die zudem noch zahlreiche andere Neugeborene stillt, meinem Kind die Brust gibt, widerstrebt mir.«

Daniel reichte ihr das inzwischen erschöpft eingeschlafene Mädchen und stand auf. »Das ist eine vernünftige Idee. Du hast getan, was du konntest. Jetzt müssen wir auf deine und die Gesundheit des Kindes achten. Rose muss endlich vollwertig ernährt werden, und du brauchst mehr Erholung.«

Nachdenklich lief er im Wohnzimmer auf und ab. »Bitte leg dich mit Rose ein wenig hin. Louanne soll sich um die anderen beiden kümmern, mit ihnen ein wenig an die frische Luft gehen. Ich statte Clémentine nochmals einen Besuch ab und bespreche mit ihr, wie wir dir helfen können.« Er blieb stehen und sah seine Frau an. Doch Fanny war schon eingeschlafen; ihr Brustkorb hob und senkte sich langsam und gleichmäßig. Auch die kleine Rose hatte die Augen geschlossen und lag erschöpft auf ihrer Mutter. Daniel lächelte. Während Louise und François miteinander spielten, rief er nach Louanne, die sich die beiden sogleich schnappte und mit ihnen im Flur verschwand, um ihnen Schuhe, warme Mäntel und Hüte anzuziehen.

Daniel griff nach seinem Hut und nahm erneut den kurzen Kopfsteinpflasterweg zum Anwesen der Nestlés in Angriff.

Auf sein Klopfen antwortete nur eine Hausangestellte, die ihn darauf hinwies, dass sich Madame drüben im Kinderhaus befand. Natürlich, dachte Daniel lächelnd. Wo sollte Clémentine denn um diese Tageszeit sonst sein? Er entdeckte sie schon von weitem in der langgezogenen Halle, die von schmalen Steinsäulen getragen und ringsum von Fenstern umrahmt war. Da sie die Kinder, die sich um sie scharten, um mehrere Kopflängen überragte, war sie auch schwer zu übersehen. Erneut stellte er fest, wie ein seliges Lächeln Clémentines Gesicht entspannte, während sie mit den Kleinen sprach, ihnen beiläufig über die Haare strich oder beim Spielen zusah. Sie hatte in dieser Aufgabe zweifellos ihre Berufung gefunden, und die Fabrikarbeiterinnen dankten es ihr tausendfach.

Clémentine sah ihn und kam zwischen den langgezogenen Reihen von Tischen, auf denen die Kinder malten oder Figuren aus Naturmaterialien bastelten, auf ihn zu.

»Daniel, haben wir noch etwas vergessen?« Sie legte den Kopf schief und schob die Augenbrauen zusammen.

Er verneinte lächelnd. »Nein, alles in Ordnung. Hast du fünf Minuten Zeit für mich? Können wir irgendwo ungestört sprechen? Ich werde dich nicht lange aufhalten.«

Die Stirnfalten seiner Nachbarin vertieften sich, und Besorgnis schimmerte in ihren Augen. Sie zeigte auf eine Tür. »Lass uns in meinem Büro reden. Bitte.«

Clémentine schloss die Tür hinter ihnen und musterte Daniel fragend. Doch wie es ihrer Art entsprach, wartete sie geduldig, bis er von sich aus anfing zu sprechen.

Daniel räusperte sich. »Du hast mir heute Vormittag angeboten, Fanny ein wenig zu helfen, sollte sie dies wünschen. Nun ... ich denke, sie könnte wirklich etwas Hilfe mit dem Neugeborenen brauchen.«

Clémentines Gesichtszüge hellten sich sofort auf. »Jederzeit gern. Wie kann ich euch unterstützen?« In ihren Augen sah er Hoffnung aufglimmen.

»Zum einen wäre Fanny sicher sehr dankbar, wenn du ihr die kleine Rose hin und wieder etwas abnehmen könntest, mit ihr einen Spaziergang machen oder spielen würdest, damit sie gelegentlich etwas ruhen kann. Louanne, unser Kindermädchen, ist schon mit den beiden anderen Kindern beschäftigt, und die haben auch andere Bedürfnisse als ein Säugling und würden sich bloß beschweren, wenn sie jetzt ständig Roses Programm mitmachen müssten.« Er lachte und senkte den Blick. Clémentine, die offenbar spürte, dass dies erst ein Teil seiner Bitte war, nickte lächelnd und wartete geduldig, dass er weitersprach.

»Dann wollten wir dich fragen, ob wir euer Kindermehl einmal ausprobieren dürften. Fanny hat Mühe, die Kleine zu stillen.« Im Gegensatz zu anderen Männern seiner Zeit brachte dieses Thema Daniel nicht in Verlegenheit. Manch einer seiner Kollegen wäre bei der Erwähnung des Wortes in Schamesröte entflammt. »Ich bin ein Bewunderer erster Stunde von Henris Erfindung. Nun erlebe ich in der eigenen Familie, wie belastend es ist, wenn man einem unschuldigen Wesen nicht die nötige Pflege zuteilwerden lassen kann. Wir haben Angst, dass unsere Rose längerfristig Schaden nimmt, wenn sie nicht bald anständig ernährt wird.«

Ein breites Lächeln zog Clémentines Mundwinkel nach oben. »Ich werde mich sofort und persönlich um euer Anliegen kümmern, Daniel. Seid ohne Sorge, Fanny ist mit ihrem Problem nicht allein, und wir haben die Lösung. Warte kurz hier auf mich, ich bringe dir alles, was du brauchst.« Sie berührte ihn flüchtig am Arm, öffnete die Tür zum Flur und eilte davon.

Einige Minuten später kam sie mit einer flachen Glasflasche, die mit einem Kautschukschlauch versehen war, zurück. In der anderen Hand hielt sie eine Verpackung. Das berühmte Kindermehl. Sie stellte beides auf den Tisch.

»Mehr brauchst du nicht, Daniel. Das Muttermilchpulver gießt ihr mit abgekochtem handwarmem Wasser auf und füllt es in die Glasflasche. Der Schlauch ist das Verbindungsstück zwischen Flasche und Säugling.« Sie lachte. »Es ist so simpel, dass die meisten Säuglinge schon nach kurzer Zeit in der Lage sind, ohne fremde Hilfe zu trinken, wenn man ihnen die Flasche gibt.«

Daniel strich sich die Haare zurück und starrte die Utensilien an. Bevor er sich bedanken konnte, fuhr Clémentine fort: »Und damit du mich nicht falsch verstehst: Das ist ein Geschenk. Henri und ich sind sehr glücklich, wenn wir euch helfen dürfen. Ihr steht uns so nahe, da versteht sich das von selbst.«

»Das ist mir nicht recht, Clémentine. Wir möchten uns für eure Hilfe erkenntlich zeigen, wirklich. Gibt es irgendetwas, das wir für euch tun können oder das ihr euch wünscht?«, fragte Daniel und musterte seine Nachbarin. Diese errötete leicht und senkte den Blick.

»Wenn ich die kleine Rose hin und wieder in meinen Armen halten und liebkosen darf, sind all meine Wünsche erfüllt, Daniel«, flüsterte sie, wandte sich ab und tat, als müsse sie Papier auf ihrem Schreibtisch sortieren. »Bitte entschuldige mich, ich muss noch einige Sachen organisieren. Lasst es mich jeweils einen Tag vorher wissen, wenn ihr meine Hilfe braucht, dann werde ich da sein.«

»Herzlichen Dank, Clémentine. Du bist uns jederzeit willkommen. Du darfst Rose auch gerne sonst einmal zu dir nehmen ... oder Louise und François.«

Sie nickte, wich seinem Blick jedoch aus.

Mit klopfendem Herzen legte Daniel die wenigen Meter zwischen dem Anwesen der Nestlés und seinem eigenen Zuhause zurück.

Als er den Salon betrat, empfing ihn Stille. Fanny lag ausgestreckt auf der Couch, und Rose schlief ruhig auf ihrem Bauch.

Daniel nahm das Kindermehl und ging damit in die Küche, wo er Wasser aufsetzte und es anschließend mit der auf der Packung angegebenen Menge Kindermehl mischte, sodass eine dickflüssige, milchige Flüssigkeit entstand.

Als er eine Viertelstunde später zufrieden mit seiner Arbeit in den Salon zurückkehrte, waren Fanny und Rose aufgewacht. Die Kleine wimmerte bereits kläglich, während Fanny verzweifelt versuchte, ihr die Brust zu geben.

»Hier, versuch das einmal«, sagte Daniel und reichte seiner Frau das Fläschchen.

Es brauchte einige Versuche, bis Rose erkannte, wie das Mundstück zu bedienen war, und dass dieses Mal, anders als bei der Brust ihrer Mutter, mühelos Milch in ihren kleinen Mund floss. Als sie schließlich zufrieden schmatzte, zog ein glückliches Lächeln über Fannys Gesicht.

»Das ist wie ein Wunder!«, flüsterte sie und suchte Daniels Blick. »Offenbar schmeckt es ihr! Henri ist einfach ein Genie.«

In diesem Moment erklang aus dem Hausflur ein Poltern, vermischt mit aufgeregten Stimmen und Gelächter. Louise und François waren mit Louanne von ihrem Spaziergang zurückgekehrt und platzten jetzt laut plappernd ins Wohnzimmer.

»Scht.« Daniel hielt den Zeigefinger vor den Mund. »Rose soll trinken.« Sofort blieben die beiden Kinder wie erstarrt stehen, denn sie hatten gelernt, während dieser schwierigen Phase absolute Ruhe einzuhalten. Doch das Neugeborene ließ sich von seinen Geschwistern überhaupt nicht aus der Ruhe bringen und nuckelte munter weiter an seiner Flasche. Die beiden Kinder kamen neugierig näher, wobei François, der noch deutlich ungelenker unterwegs war als seine ältere Schwester, beinahe auf die trinkende Rose gefallen wäre.

»Auch!«, rief er und griff schon nach dem Fläschchen. Fanny konnte ihn gerade noch davon abhalten. »Nicht! Das ist nicht für dich«, ermahnte sie ihn.

François stand einige Sekunden erstarrt da, wandte sich dann zu Daniel um und begann zu flennen. »Auch!«, beharrte er. Nun stimmte auch Louise in das Geheul ein und verlangte nach dem Fläschchen ihrer kleinen Schwester. Schließlich gab Daniel – nicht zuletzt seinen Ohren zuliebe – auf.

»Los, kommt, alle beide. Papa macht auch euch einen Becher Milch.« Er winkte die zwei zu sich und lief zur Tür.

In der Küche vermischte er das restliche abgekochte Wasser mit dem Kindermehl, goss den Trank in zwei Tonbecher und kehrte mit den beiden älteren Kindern zurück in den Salon.

»Setzt euch anständig an den Tisch, dann gibt es den Zaubertrank, den Rose auch bekommen hat.« Ein Blick zum Sofa bestätigte Daniel, dass die Bezeichnung gar nicht so falsch war. Der Säugling schlief zufrieden neben seiner Mutter. Diese hob nur erstaunt die Schultern.

»Ein Wunder«, murmelte sie erneut und strich der Kleinen liebevoll über die prallen rosafarbenen Bäckchen. Rose zuckte nicht einmal mit der Wimper, so tief schlief sie. Und das, obwohl sie gerade erst ein Nickerchen gemacht hatte.

»So, bitte schön.« Daniel stellte den beiden Älteren ihr Getränk hin.

»Danke schön, Papa«, echoten sie im Chor.

François nahm als Erster einen vorsichtigen Schluck. »Gut, Papa!«, rief er und trank gierig den gesamten Becher leer. Seine Schwester nippte zuerst nur misstrauisch, doch auch ihr Gesicht hellte sich augenblicklich auf. Innerhalb weniger Minuten waren die beiden Trinkbecher leer, und die Geschwister sahen Daniel mit großen hungrigen Augen an.

Lachend schüttelte er den Kopf. »Das reicht für heute. Es gibt bald Abendessen.«

Daniel war so mit dem wunderlichen Verhalten seiner beiden älteren Kinder beschäftigt gewesen, dass ihm der Gesichtsausdruck seiner Frau gar nicht aufgefallen war.

»Fanny?« Besorgt wandte er sich ihr zu. Sie hatte die Augen weit aufgerissen und starrte ins Leere, den Mund halb geöffnet.

»Warum sind wir bisher nie auf diese Idee gekommen?«, murmelte sie und presste sich eine Hand auf die Stirn.

Daniel konnte ihr nicht folgen. Er setzte sich neben sie aufs Sofa und legte den Arm um sie. Verwirrt folgte er ihrem Blick, der sich langsam klärte und an ihren beiden Kindern hängen blieb.

»Milch, Daniel ... Kinder lieben dezent gesüßte Milch.«

Nun dämmerte es auch ihm allmählich. »Du meinst ...« Er brach ab und sah sie an.

Fanny nickte hektisch. »Aber ja! Wir sollten die Schokolade mit Milch mischen. Das macht sie bekömmlicher, zarter und bestimmt weniger bitter!«, rief sie aus.

Daniel ließ die Worte seiner Frau auf sich wirken. Er spürte etwas in sich, das er längst vergessen geglaubt hatte: die erwachende Aufregung des Erfinders. Langsam stand er auf und wartete, bis Fanny ihn ansah. »Lass uns herausfinden, was geschieht, wenn wir deinen Rezepten Milch hinzufügen.«

Seine Frau lächelte. Das altbekannte Funkeln war in ihre Augen zurückgekehrt.

Kapitel 27

Während Marie an ihrem Morgenkaffee nippte, blätterte sie im *Journal de Genève* zur Rubrik *Verstorbene*. Es war eine zur Gewohnheit gewordene Tätigkeit, die sie jeden Morgen als Erstes vornahm, wenn sie in der Fabrik am Schreibtisch saß. Nicht dass sie sich an den Meldungen erfreute; vielmehr war es ihr ein Bedürfnis zu erfahren, ob geschätzte oder bekannte Personen gestorben waren, ohne dass sie es in der Stadt gehört hatte. Derzeit erlagen zahlreiche Menschen dem Typhus und der Cholera, weshalb es mit dem Bau der städtischen Wasserversorgung ihrer Meinung nach nicht schnell genug gehen konnte. Louis, ihr Mann, hatte der Gemeinde zu diesem Zweck sogar eine ordentliche Summe Geld gespendet. Natürlich hatte ihn noch ein weiterer Hintergedanke zu dieser Tat schreiten lassen: Louis erhoffte sich für die Schokoladenfabrik Vorteile in Bezug auf die Nutzung des Bewässerungssystems.

Erstaunt blieb Maries Blick an einer Todesanzeige hängen.

Christliche Erinnerung an den wohlgeborenen Herrn

Julien Peter
Kerzenfabrikant im Les Bosquets

Welcher am 6. Juni 1834 geboren,
am 15. März 1869 unvermutet schnell vom Herrn ins
bessere Leben gerufen wurde.
Er ruhe in Frieden!

Es folgte der übliche Bibelspruch nach persönlicher Wahl. Nachdenklich lehnte sich Marie in ihrem Stuhl zurück und starrte ins Leere, während sie einen weiteren Schluck Kaffee nahm.

Daniels Bruder war also gestorben. Und dies, nachdem schon sein Vater Jean Samuel kurz vor Weihnachten dem Alter erlegen war. Da Julien allerdings erst fünfunddreißig Jahre alt gewesen war, vermutete Marie Cholera oder Typhus als Todesursache. Die meisten, die diese Welt derzeit zu früh verlassen mussten, litten an einer dieser beiden Krankheiten. Es war eine Tragödie, dass Väter und Mütter dieser Tage fast gleichzeitig mit ihren Kindern dahinschieden, so wie Julien und Jean.

Somit würde eine der letzten Kerzenfabriken in Vevey verschwinden. Marie konnte sich nicht vorstellen, dass Daniel und Fanny das Geschäft weiterführten, nachdem die Nachfrage nach Kerzen aufgrund des flächendeckenden Beleuchtungssystems durch Gas größtenteils weggebrochen war. Natürlich gab es noch zahlreiche ältere Gebäude, die mittels Kerzen beleuchtet wurden, doch auch diese schwanden täglich, da sie durch Neubauten ersetzt wurden.

Was die Schokoladenfabrik des Ehepaars Peter-Cailler anbelangte, kursierten verschiedene Gerüchte in der Stadt. Manche prophezeiten Maries Schwägerin und dessen Ehemann den baldigen Konkurs, weil es ihnen nach wie vor nicht gelungen war, in der Branche Fuß zu fassen. Andere wiederum behaupteten, dass sich Daniel und Fanny mit Nischenprodukten über Wasser hielten und nebenbei an neuen Produkten forschten. Doch was gab es da schon zu entdecken? Seit dem Gründungsvater der Schokoladenproduktion hierzulande, ihrem Schwiegervater François-Louis Cailler, hatte sich die Schokolade nur wenig verändert. Die bewährten Rezepturen wurden kreativer umgesetzt, und man produzierte zwischenzeitlich meist maschinell, das Rad konnte jedoch nicht neu erfunden werden, dessen war sich Marie sicher. Die Nachfrage nach der braunen Köstlichkeit war ungebrochen hoch, die Beliebtheit steigend. Maries Ansicht nach gab es also keinen Grund, in »Forschung« – was ihr in diesem Zusammenhang ohnehin ein lächerliches Wort schien – zu investieren. Zumal Fabrice, ihr hauseigener Chocolatier, hervorragende Arbeit leistete. Aktuell arbeitete er beispielsweise an einer Schokoladenserie mit Teeblättern in Kombination mit gedörrten Beeren und Fruchtstücken. Ein genialer Einfall!

Marie las die Todesanzeige ein weiteres Mal und beschloss, Daniel eine Trauerkarte zukommen zu lassen, wie sie es bei seinem Vater auch getan hatte. Warum sie sich dazu verpflichtet fühlte, konnte sie sich selbst nicht genau erklären. An Louises Beerdigung vor gut einem Jahr waren sie als Familie das letzte Mal vereint aufeinandergetroffen. Erwartungsgemäß hatten sie kaum ein Wort miteinander gesprochen. Seither hatten sie sich, gelegentliche Begegnungen auf der Straße ausgenommen, nicht mehr gesehen. Die Familie Cailler, wie Marie sie damals in ihrer Jugend kennengelernt hatte, als sie sich in Alexandre verliebte, gab es nicht mehr. Es war kaum noch jemand übrig. Bloß Fanny, und die hasste sie, das wusste Marie. Sie sah die Verachtung in ihrem Blick, wenn sie ihr begegnete.

Die Zweifel darüber, ob sie in der Vergangenheit richtig gehandelt hatte, verfolgten sie noch immer. Nicht zuletzt deshalb, weil Fannys Schokoladenfabrik bisher keinen Erfolg hatte. Daran waren sie von Cailler mitschuldig. Louis hatte sie dazu gedrängt, einen Chocolatier einzusetzen, die Konkurrenz im Auge zu behalten und gnadenlos zu bekämpfen.

»Du wärst keine Geschäftsfrau, Marie, wenn du es nicht tun würdest«, hatte er zu ihr gesagt. »Beim Geschäftlichen dürfen dir die Emotionen nicht in die Quere kommen. Beweise der Welt, dass du als Frau dazu fähig bist. Andernfalls wirst du zum Gespött der Leute.«

Es war nicht das erste Mal, dass eine leise, bohrende Stimme Marie fragte, ob sie mit ihrem Leben eigentlich glücklich war. Liebte sie ihren Mann? Hatte sie Alexandre, nachdem der Sturm der Gefühle abgeflacht war, geliebt? Hatte sie je eine Liebe erlebt, wie sie zum Beispiel ihre Schwägerin lebte? Wenn sie Daniel und Fanny zusammen sah, entging Marie nicht, mit welcher selbstverständlichen Zärtlichkeit sie sich berührten, aufeinander achteten und sich ansahen. Und das selbst heute noch, nach all den Jahren, nach drei gemeinsamen Kindern und bei einem ganz sicher nicht wohlsituierten Alltag.

Marie schob die bedrückende Wahrheit, die sich durch das Chaos ihrer Gedanken in den Vordergrund kämpfte, energisch beiseite. Warum diese Grübeleien? Ihr Leben war doch in Ordnung. Im Gegensatz zu anderen Witwen, wie beispielsweise ihrer Schwägerin Magalie, konnte sie sich glücklich schätzen. Sie hatte einen finanzkräftigen Ehemann gefunden, der ihre Kinder wie seine eigenen großzog und sie in der Fabrik unterstützte. Magalie besaß zwar das Haus ihres verstorbenen Mannes Auguste und das Erbe, das er ihr hinterlassen hatte, doch reichte das nicht, um die stets steigenden Bedürfnisse ihrer Kinder zu decken. Nachdem ihre Schwiegermutter Louise schließlich gestorben war, konnte sie auch von dieser Seite keine Unterstützung mehr erwarten und war nun gezwungen, einige Tage in der Woche bei einer Schneiderin zu arbeiten. Immerhin war sie nicht so tief gesunken, dass sie in einer der zahlreichen Industriefabriken schuften musste.

Marie seufzte, trank den letzten Schluck von ihrem Kaffee, faltete die Zeitung zusammen und legte sie beiseite. Dann machte sie sich an die Arbeit. Seit ihrer Heirat mit Louis und seit er sich dazu entschlossen hatte, die Schokoladenfabrik mit ihr gemeinsam zu führen, hatte sich ihr Aufgabengebiet verändert, wofür sie sehr dankbar war. Ihr Ehemann hatte ihr vorgeschlagen, die Arbeit an der Front und den Kundenkontakt selbst zu übernehmen. Als ehemaliger Bankier war er den Umgang mit der anspruchsvollen Klientel gewohnt. Zusätzlich kümmerte er sich gemeinsam mit Marie um die Finanzen und die Buchhaltung. Sie erledigte die Fleißarbeit, er kontrollierte alles und traf die strategisch wichtigen Entscheidungen.

Als junge Frau hatte sich Marie stets Unabhängigkeit erträumt. Das Leben hatte sie jedoch eines Besseren belehrt. Heute war sie dankbar, dass ein Mann sie vor der Öffentlichkeit abschirmte. Getrieben von ihrem Neid gegenüber ihrer Schwägerin Fanny, die mit allen Konventionen zu brechen und sämtliche Freiheiten der Welt zu haben schien, hatte Marie sich damals gefreut, Augustes Arbeit an der Front zu übernehmen. Alexandre hatte ihr damals eingeredet, dass sie dieser Aufgabe problemlos gewachsen sei. Sein Vertrauen in sie und seine scheinbar so progressive Einstellung hatten sie damals mit Stolz erfüllt. Die Realität hatte sie jedoch rasch eingeholt. Immer wieder war Marie Misstrauen, Spott und sexuellen Anspielungen ausgesetzt gewesen, und es dauerte auch nicht lange, bis sie erkannte, dass Alexandres vermeintlich fortschrittliche Einstellung allein dem unbedingten Willen geschuldet war, seine Schwester aus der Fabrik herauszuhalten. Erschöpft und dankbar hatte sie deshalb eingewilligt, als Louis ihr vorschlug, sich doch um die Vermarktungsstrategie, die Werbung und das Erscheinungsbild der Schokoladenfabrik und der Produkte sowie um das Personal mit all seinen Sorgen und Anliegen zu kümmern. Nicht immer war ein teilweises Zurückkehren zu althergebrachten Mustern eine Niederlage. Gelegentlich war es eine Erlösung.

Nachdem Marie sich am Vormittag die Plakatskizzen für die neue Teeschokolade angeschaut und mit ihren Mitarbeitern über Änderungen und mögliche Werbetexte diskutiert hatte, kehrte sie gegen Mittag nach Hause zurück, um zusammen mit Alexandre und Elodie zu Mittag zu essen. Ihr Mann aß für gewöhnlich unterwegs, damit er nicht zu viel Zeit verlor. Oft kam es vor, dass ihn Kunden freundlicherweise zu sich einluden, was die Geschäftsbeziehung und die Kundentreue weiter förderte.

»Maman, wann gehen wir zu den Siffen?«, wollte der dreijährige Alexandre wissen und sah von seinem Essen auf. Er war noch zu klein, um sich die Wochentage merken zu können, und fragte daher jeden Tag.

»Heute. Heute ist Donnerstag. Wenn die Ware ankommt, brauche ich einen starken Mann an meiner Seite.« Marie strich ihrem Jüngsten liebevoll über die Hände. Die achtjährige Elodie zog eine enttäuschte Schnute, während ihr Bruder vor Vorfreude quiekte. Natürlich hätte auch sie lieber ihre Mutter zur Place du Marché begleitet, wo heute ausgewählte Rohstoffe für die Fabrik geliefert wurden, doch sie hatte Klavierunterricht. Dies wohlgemerkt nicht etwa, weil sie das Geschäft mit der Schokolade interessierte, sondern weil es auf der Place du Marché für gewöhnlich viel zu sehen gab.

Die Handelsschiffe, die Kakao, Tee und andere wertvolle Grundstoffe für die Schokoladenproduktion der Caillers brachten, hatten sich auf den heutigen Donnerstag angekündigt. Da Fabrice, ihr junger Chocolatier, verhindert war, übernahm Marie heute ausnahmsweise die Begutachtung der angelieferten Ware, ehe alles von ihren Mitarbeitern auf Fuhrwerke verladen und abtransportiert wurde.

Sie hatte ihrem Jüngsten bereits vor ein paar Tagen davon erzählt und ihm versprochen, ihn mitzunehmen. Alexandre interessierte sich sehr für die Abläufe in der Manufaktur und wollte alles über das Geschäft seiner Eltern wissen. Auch wenn er spielte, ging es immer um Schokolade. Steine, Knochen oder Holzstücke waren seine Kakaobohnen und Schokoladenstücke. Er selbst mimte den erfolgreichen Schokoladenbaron, was meistens für große Erheiterung sorgte. Im Gegensatz zu seiner Schwester, die lieber mit Puppen spielte und diese aufwendig frisierte, bat Alexandre regelmäßig darum, Maman in die Fabrik begleiten zu dürfen. Er beobachtete die Männer und Frauen bei ihrer Arbeit und sah den Apparaturen zu. Dabei wollte er stets alles ganz genau wissen.

Nach dem Mittagessen machte sich Elodie für den Klavierunterricht bereit. Marie drückte ihr einen Kuss auf die Wange. »Mach's gut, meine Große, bis heute Abend.« Ihre Tochter senkte den Blick und ging schweigend hinüber ins Musikzimmer.

Mit einem Seufzer drehte sich Marie um und half Alexandre dabei, sich anzuziehen. Vor dem Haus wartete bereits eine Kutsche der Fabrik auf sie beide. Mit geröteten Wangen und eifrig plappernd kletterte der Kleine ins Wageninnere. Die Fahrt zur Place du Marché dauerte nur wenige Minuten. Heute öffnete sich der Platz beinahe menschenleer vor ihnen, was den Cailler-Fuhrwerken entgegenkam. So mussten sie nicht zwischen Menschen und Ständen hindurchzirkeln, um zur Schiffsanlegestelle zu gelangen. Allerdings waren sie nicht die Einzigen, die heute Ware erwarteten, denn es standen bereits zahlreiche andere Gefährte und Kutschen in der Nähe des Ufers. Deren Fahrer schlenderten wartend hin und her, manche unterhielten sich, andere nutzten die Gelegenheit, um eine Kleinigkeit zu essen.

Maries Wagen hielt bei einer Gruppe von Karren, die allesamt Cailler gehörten. Sie erkannte das Personal sofort und winkte ihnen zum Gruß, als sie zusammen mit ihrem Jüngsten ausstieg. Ein lauer Wind schüttelte das Blattwerk der Bäume in Ufernähe, und der Geruch des Sees, eine Mischung aus Fisch, Algen und kühler Frische, stieg ihr in die Nase. Die noch schwache Märzsonne spiegelte sich in den kleinen Wellen.

Marie hielt Alexandre an der Hand und blickte auf die sich rasch nähernden Dampfschiffe.

»Da!« Aufgeregt zeigte ihr Sohn mit seinem winzigen Zeigefinger auf die Silhouetten der Schiffe.

In diesem Augenblick kam ganz in der Nähe ein Fuhrwerk zum Stehen. Marie hätte ihm keine weitere Beachtung geschenkt, wären nicht die Worte einer Person, die abstieg, zu ihr herübergeweht. Den Inhalt des Gesagten blendete sie aus, denn es war der Klang der

Stimme, der ihr einen Schauer über den Rücken jagte und ihren Herzschlag beschleunigte.

Langsam, wohl wissend, dass sie der Situation nicht entrinnen konnte, drehte sie sich um. Ihr Gegenüber stoppte mitten im Gespräch mit dem Fuhrmann.

»*Bonjour* Marie.« Das Höflichkeitslächeln blieb aus. Grünbraune Augen musterten sie, kalt wie Edelsteine.

»*Bonjour* Fanny«, antwortete Marie und schluckte leer.

»Wer ist das?« Alexandre zupfte sie am Ärmel. Er konnte sich nicht an seine Tante erinnern, war Louises Beerdigung doch schon ein Jahr her. Danach waren sie sich nie mehr so begegnet, dass sie sich hätten grüßen müssen. Auf dem Warenmarkt oder an anderen Orten wichen sie einander möglichst aus oder gaben vor, sich nicht zu sehen. Obwohl Fanny und ihr Mann auch eine Schokoladenfabrik betrieben, hatte es sich bislang nie ergeben, dass ihre Lieferungen gleichzeitig angekommen waren. In Vevey legten täglich Dutzende von Handelsschiffen an und ab und versorgten die Händler und Fabrikbesitzer mit Rohstoffen und Waren. Es war also ein äußerst unglücklicher Zufall, dass ihre Schwägerin gerade jetzt am Quai stand. Insbesondere nachdem Marie soeben die Todesanzeige von Julien gelesen hatte ...

»Das ist *tata* Fanny, mein Schatz«, antwortete Marie monoton. Dann gab sie sich einen Ruck und reichte ihrer Schwägerin die Hand. »Herzliches Beileid. Ich habe erst heute Morgen aus der Zeitung von Juliens Heimgang erfahren.«

»Danke.« Es klang ehrlich. Doch Fanny sah geradewegs an Marie vorbei auf Alexandre.

»Alexandre-François-Louis, nicht wahr?« Zu Maries Erstaunen ließ sich Fanny in die Hocke sinken, um auf Augenhöhe mit ihrem Neffen sprechen zu können. »Hilfst du heute deiner Maman?« Ein Lächeln erhellte ihre Gesichtszüge. Alexandre, der den Umgang mit vielen Menschen, insbesondere den Fabrikarbeitern, gewohnt war, ließ Maries Hand los und trat einen Schritt auf Fanny zu.

»Wir machen Sokolade!«, erklärte er stolz.

»Ich weiß.« Fanny grinste. »Das hätte ich auch erraten, wenn du es mir nicht gesagt hättest.« Ihre Miene veränderte sich. Die Augen glitzerten verräterisch, und ihr Mund zuckte, sodass das Lächeln plötzlich schief wirkte.

»Warum?« Neugierig beugte sich Alexandre vor.

»Weil du ganz genau so aussiehst wie die jüngere Version von jemandem, der Schokolade geliebt hat.«

Alexandres Gesichtsausdruck hellte sich auf. »Mein erster Papa? Er ist im Himmel.« Da er noch nicht richtig verstand, was das bedeutete, zeigte sich keine Trauer in seinem Gesicht. Seine Augen leuchteten, denn es ging ja, abgesehen vom Tod, den er nicht zuordnen konnte, um sein Lieblingsthema.

Fanny schüttelte den Kopf. »Nein«, flüsterte sie und strich Alexandre zärtlich über die Wange. »Du siehst aus wie *mein* Papa – dein Opa.« Sie lächelte Maries Sohn an. »Und in deinem Vornamen ist auch sein Name versteckt. Du kannst sehr stolz darauf sein.« Sie erhob sich wieder, nickte Marie kurz zu und wandte sich dann ab. »Monsieur Favre? Sind Sie bereit? Die Schiffe legen gleich an.« Der Fuhrmann, der neben der Kutsche gewartet hatte, zuckte zusammen, richtete seine Kopfbedeckung und eilte herbei, um Fanny zu helfen.

Mit dem Anlegen der Handelsschiffe brach am Ufer das Chaos aus. Marie musste gut achtgeben, dass sie Alexandre nicht in der Menschenmenge verlor. Begeistert beschnupperte er zusammen mit ihr die Produkte, ließ sie durch die Hände gleiten und nickte zustimmend, wenn sie erklärte, die Ware sei qualitativ einwandfrei. Nachdem Marie alles abgesegnet hatte, verluden die Mitarbeiter die Kisten und Säcke auf die mitgebrachten Fuhrwerke, ließen die Peitschen knallen und trieben die Pferde an, damit die Rohstoffe möglichst schnell in die Fabrik gelangten. Sie selbst beglich derweil die Rechnungen und hielt Ausschau nach ihrer Kutsche. Fannys Gefährt stand immer noch in unmittelbarer Nähe, und erneut richtete es das Leben so ein, dass ihre Schwägerin fast zeitgleich auf ihr mit Waren beladenes Transportmittel zusteuerte wie sie selbst.

»Tschüss, *tata* Fanny!« Alexandre winkte, bevor er in die Kutsche einstieg.

Fanny blieb kurz stehen, sah den Jungen an und hob dann ebenfalls die Hand zum Gruß, bevor sie auf ihren Karren stieg und dem Fuhrmann ein Zeichen gab. Während sie davondonnerten, wandte sie noch einmal den Blick und sah zur Kutsche zurück.

»*Tata* Fanny ist lieb«, sagte Alexandre, als sie losfuhren. »Was hat sie gekauft?«

»Dasselbe wie wir.« Marie zögerte und sah in die dunklen Augen ihres Sohnes. »Sie macht auch Schokolade.«

»Oh!«, quiekte Alexandre und klatschte in die Hände. »Dann sind wir Freunde!«

Marie schluckte gegen den Kloß in ihrem Hals an. »Ja, vielleicht.« Sie drückte die Hand ihres Jüngsten und bemühte sich um ein Lächeln.

Kapitel 28

Fanny lag in ihrem Bett und starrte an die Decke. Schon drei Stunden war es her, seit sie sich mit ihrer Familie vom vergangenen Jahr verabschiedet hatte. La Chauche-Vieille hatte auch bei ihnen an die Tür geklopft und ihren Kindern Haselnüsse und Orangen gebracht. Während die Jüngeren ihrer Fünferschar, Jeanne und Elisa, noch zu klein waren, um den Brauch zu verstehen, hatten die Älteren, Louise, François und Rose, die Gaben der alten Frau stolz entgegengenommen. Denn nur wer im Laufe des Jahres brav gewesen war, wurde mit Geschenken belohnt.

Auch wenn sie es gerne vermieden hätte, so schweiften Fannys Gedanken doch immer wieder zurück in die Vergangenheit. 1872 war, abgesehen von der Geburt ihrer Elisa im April, kein Jubeljahr gewesen, ebenso wenig wie jene zuvor. Die letzten Jahre hatten ihr erste graue Haare beschert und tiefe Furchen in ihr Gesicht gepflügt. Selbst wenn ihr Leben vorher ebenfalls mit

Mühen gepflastert gewesen war, so schien es ihr, dass sie die Anstrengungen und Rückschläge einfacher weggesteckt hatte als jetzt mit fünfunddreißig.

Allein ihre fünf Kinder, die jüngsten beiden erst zwei Jahre und acht Monate alt, zehrten an ihrer Kraft. Seit ihre Erstgeborene Louise 1865 das Licht der Welt erblickt hatte, schlief Fanny nur noch selten eine Nacht durch. Wenn man nicht mehr bloß für sich selbst verantwortlich war, veränderte sich die Sicht auf das Leben. Irgendeines ihrer Kinder hatte stets etwas zu beklagen, seien es Krankheiten, Ängste oder andere Bedürfnisse. Tag und Nacht. Seit zwei Jahren kümmerten sich Fanny und Daniel zudem alleine um die Kinder und den Haushalt. Ihre finanzielle Situation hatte es nicht mehr erlaubt, Louanne weiterzubeschäftigen. Immerhin konnten sie ihrer langjährigen Hausangestellten eine Stelle in Henris Fabrik vermitteln, sodass sie diese nicht auch noch in existenzielle Schwierigkeiten gebracht hatten.

Nichts war so gelaufen, wie sie es sich vorgestellt hatte. Geliebte Menschen waren gestorben, geschäftliche Kooperationen hatten sich aufgelöst, und die Kerzenfabrik existierte nicht mehr. Die Ordnung wich dem Chaos, lieb gewonnene Strukturen zerfielen, ganze Familien veränderten sich. Die Vergänglichkeit, die Kinder und Jugendliche noch verschonte, klopfte nun hartnäckig an die Tür ihres eigenen Lebens.

Manchmal fragte sich Fanny, was sie ihrem jüngeren Selbst wohl heute erzählen oder raten würde. Damals hatte sie so viele Träume gehabt und rebellisch die Welt

verändern wollen. Vor ihr hatte ein Weg voller Möglich-
keiten gelegen. Eingebettet in den kleinen, behütenden
Kreis ihrer Familie erschien ihr das meiste nur einen
Handgriff entfernt. Doch das Schicksal hatte andere
Pläne gehabt.

Anstatt eines Schokoladenimperiums besaß sie nun
ein rudimentäres Schokoladenatelier, dessen Apparate
zunehmend verstaubten, weil ihr und Daniel der Durchbruch in der Branche verwehrt blieb. Nach Juliens Tod
im Jahr 1869 hatten sie die Überreste der Kerzenfabrik
endgültig aufgelöst und alle Energie in die Erforschung
ihrer Idee gesteckt, Milch mit Schokolade zu verbinden.
Da selbst Cailler und andere Schokoladengrößen in der
Schweiz kein solches Produkt anboten, drängte sich allerdings zunehmend der Gedanke auf, ob eine derartige
Kombination überhaupt möglich war. Bisher waren all
ihre Versuche gescheitert. Sie hatten Probleme, das Wasser von der Milch zu trennen, was wiederholt zu Mehl-
tau und nach wenigen Wochen zu einem Problem der
Haltbarkeit führte.

Schließlich war Fanny und Daniel eine neue zün-
dende Idee gekommen: Sie forschten an Rezepten mit
Milchmehl. Da sie selbst weder die Erfahrung noch die
nötigen Maschinen besaßen, um aus der Rohmilch ein
verwertbares Pulver herzustellen, hatte Henri ihnen
angeboten, sie bei der Entwicklung und Herstellung
eines passenden Milchpulvers zu unterstützen. Doch
das Milchmehl und der Kakao bildeten nur ein insta-
biles Gemisch, da die Kakaomasse im Gegensatz zum
Pulver einen hohen Fettanteil aufwies.

Egal was sie probierten, bisher war ihnen kein einziges annehmbares Erzeugnis gelungen. Das Rezept mit den perfekten Zutaten und dem optimalen Mischverhältnis fehlte. Die Zeit rieselte durch ihre Finger wie Sand, ohne dass ein brauchbares Fundament entstand, auf dem sie hätten aufbauen können.

Fanny und Daniel versuchten, sich mit gelegentlichen Verkäufen der althergebrachten Schokoladen mit verschiedenen Geschmacksrichtungen über Wasser zu halten, und eine Zeit lang klappte das auch ganz gut. Doch Cailler gewann immer mehr Marktanteile. Selbst wenn ihre Produkte nicht besonders innovativ waren, so verdienten sie sich durch die Masse ihrer verkauften Schokoladen dennoch eine goldene Nase. Dabei halfen ihnen nicht zuletzt ihre raffinierten Werbestrategien, in denen sie mit den Emotionen und Bedürfnissen der Menschen spielten, und selbst wenn Fanny es nur ungern zugab: Die ansprechenden und stets kreativen Werbemaßnahmen stammten allesamt aus Maries Feder. Mit Louis Gétaz' Vermögen und Unterstützung im Hintergrund war das allerdings auch nicht sonderlich schwer.

»Kannst du auch nicht schlafen?« Daniel drehte sich im Bett zu ihr um. Im Halbdunkel des Zimmers konnte Fanny die Umrisse seines Kopfes erkennen. Seine raue Hand griff nach ihrer.

»Nein.« Sie rückte näher zu ihrem Mann. Sein warmer Atem strich über ihre Wange.

»Es tut mir so leid, dass wir so tief gesunken sind. Ich wollte dir ein guter Ehemann sein.« Er drückte ihre Hand fester, und sie spürte seinen Blick auf sich ruhen. »Séraphine hat mir immer gesagt, wie viel Talent ich doch habe und was ich einmal alles auf die Beine stellen würde. Und damals, jung und naiv, habe ich ihr geglaubt und noch härter gearbeitet. Ich dachte, dass ich die Kerzenindustrie eines Tages mit meinen Ideen revolutionieren würde. Wer hätte damals schon ahnen können, dass dieses Handwerk bald vollkommen an Bedeutung verlieren würde?« Er schnaubte ungläubig.

»Du bist ein guter Mann, Daniel«, erwiderte Fanny. »Das warst du immer. Du hast getan, was du konntest. Wir beide haben das.« Zärtlich strich sie ihm über die Wange.

»Ich schäme mich, dass meine Frau für Lohn arbeiten gehen muss.«

»Das musst du nicht. Ich liebe die Zusammenarbeit mit Clémentine und den Fabrikkindern, und so sind unsere eigenen Kinder auch gleich beaufsichtigt und mit versorgt. Die Gesellschaft anderer Kinder tut ihnen sehr gut.« Tatsächlich war Fanny ihren langjährigen Nachbarn und Freunden, den Nestlés, unendlich dankbar für deren großzügige Hilfe. Nicht nur sie konnte sich, indem sie Clémentine mit ihren »Kinderchen« unterstützte, etwas dazuverdienen, Henri hatte auch Daniel eine gute Teilzeitanstellung im Verkauf angeboten, da er in diesem Bereich viel Erfahrung vorweisen konnte. Egal, ob er Kindermehl oder Schokolade verkaufte, ihr Mann beherrschte die kultivierte Konversation mit den Kunden hervorragend.

»Das ist mir ein kleiner Trost, *chérie*«, murmelte Daniel. »Wir beide hatten einen Traum. Wir wollten Schokolade machen, ein eigenes Geschäft aufbauen und Geschichte schreiben mit unseren Ideen. Jetzt sind wir gewöhnliche Angestellte, die in der Schuld unserer besten Freunde stehen.«

»Ich weiß, es tut weh zu sehen, wie erfolgreich und selbstbestimmt Henri ist. Denk einfach daran, dass das auch bei ihm nicht immer so war. Er hat sehr harte Zeiten und viele Rückschläge hinter sich«, versuchte Fanny, Daniel aufzumuntern. Dennoch hatte er es jetzt geschafft, dachte sie den Satz zu Ende, behielt ihre Gedanken aber für sich.

»Ist das unsere Bestimmung, Fanny? Anderen dabei zuzusehen, wie sie erfolgreich sind?« Fanny wusste, dass er mit diesen Worten nicht unbedingt auf ihre gemeinsamen Freunde anspielte, sondern vielmehr auf die stetig wachsende Cailler-Fabrik. »Haben wir uns nicht genug bemüht? Waren wir schlechte Menschen? Woran liegt es, dass wir immer leer ausgehen und uns nichts so richtig gelingen will?«

»Wir haben uns und fünf gesunde Kinder, Daniel. Ich glaube nicht, dass Marie Louis aus Liebe geheiratet hat, sondern vielmehr, weil sie verzweifelt war. Und was unsere Freunde betrifft ...« Fanny hatte diesen Gedanken noch nie laut ausgesprochen und zögerte daher. »Denkst du nicht, dass Clémentine ihren gesamten Erfolg und Reichtum hergeben würde, wenn sie dafür auch nur ein einziges leibliches Kind bekommen könnte? Die Trauer begleitet sie Tag für Tag und bestimmt ihr Leben, das ihr allzu oft leer erscheint. Ich sehe es in ihrem gebrochenen Blick.«

»Ich verstehe einfach nicht, was wir falsch machen«, beharrte Daniel.

»Wir machen nichts falsch. Das ist unser Schicksal.« Fanny drückte seine Hand.

»Das meine ich nicht. Ich verstehe nicht, warum es uns seit vier Jahren nicht gelingt, Milch mit Schokolade zu verbinden. Die zwei müssen doch zusammenpassen. Sie sind Schwarz und Weiß, Mann und Frau, die perfekte Ergänzung. *Un doux mariage*, eine süße Verbindung. Es ist so offensichtlich, und doch übersehen wir etwas.«

»Na ja, so ganz meisterhaft passen die beiden nun auch wieder nicht zusammen«, gab Fanny zu bedenken.

Daniel rappelte sich im Bett auf. »Wieso nicht? Wie meinst du das?«

»Das liegt doch auf der Hand: Die Milch ist von der Konsistenz her pulverförmig. Bei unserer ersten Versuchsreihe war sie sogar flüssig. Die Schokolade ...« Sie betonte das Wort genießerisch und spürte, wie bereits das bloße Aussprechen ihren Körper mit Wärme durchflutete. »Die Schokolade dagegen wird zu einer Paste gerührt. Insofern sind sie sich also überhaupt nicht ebenbürtig. Das wiederum müssten sie für die perfekte Ehe aber sein.«

Das Bettgestell knackte, als sich Daniel umdrehte. Dann folgte ein Knall, als ihm etwas auf den Boden fiel. Elisa, die am Fußende des Betts in ihrer Wiege schlief, wimmerte kurz auf, verstummte aber gottlob sofort wieder.

»Was …« Nun richtete sich Fanny ebenfalls im Bett auf.

»Ich versuche, eine Kerze anzuzünden, leider habe ich den Kerzenständer vom Nachttisch gefegt. Entschuldige. Einen Moment bitte.« Daniel kletterte aus dem Bett. Sein Schatten verschwand kurz und erhob sich gleich darauf wieder. Einige Sekunden später flammte ein Streichholz auf, und dann brannte die Kerze endlich.

»Sag das noch mal.« Aufgeregt strich sich Daniel die Augenbraue nach.

»Was genau? Dass Milch und Schokolade nicht heiraten sollten?« Fanny verstand nicht, worauf er hinauswollte.

»Das mit der Konsistenz.« Er fuchtelte ungeduldig mit der Hand durch die Luft.

»Scht«, zischte Fanny. »Du weckst sonst noch Elisa!«

Er forderte sie nun flüsternd erneut auf, ihre Worte zu wiederholen, was sie auch verständnislos tat.

»Das ist es!«, rief er und biss sich sofort schuldbewusst auf die Lippen. Leiser fuhr er fort: »Das ist es, Fanny! Warum sind wir nicht eher darauf gekommen? Wir haben Äpfel mit Birnen vermischt. Kein Wunder, dass es nicht funktioniert hat.« Er stellte die Kerze auf den Nachttisch und kroch schaudernd wieder unter die Decke. »Das ist die Lösung! Wenn wir Milch in derselben Konsistenz verwenden wie die Schokolade, dann werden sie sich mögen!« Er lachte, als habe er den Verstand verloren. »Und das Beste ist: Diese Milch gibt es tatsächlich! Hier in der Schweiz!«

Fanny hielt die Hand hoch, um ihn in seinem Redeschwall zu unterbrechen. »Wovon sprichst du eigentlich? Ich kann dir überhaupt nicht folgen.«

»Hast du noch nie von der *Milchsüdi* in Cham im Kanton Zug gehört?« Er wartete ihre Antwort gar nicht erst ab, sondern redete weiter, wobei die Worte immer hastiger über seine Lippen sprudelten. »Sie wurde in den sechziger Jahren von einem Amerikaner gegründet. Die Zeitungen waren voll davon. Den Namen der Firma habe ich vergessen. Jedenfalls« – er holte kurz Luft und gestikulierte wild mit den Armen – »stellen die Kondensmilch her!« Er schlug sich mit der Hand vor die Stirn. »Kondensmilch ist eine Paste, genau wie die Schokolade! Süß noch dazu, perfekt also für die Kinder!«

»Und das Problem mit dem Wasser wäre auch gelöst«, murmelte Fanny nachdenklich. »Jetzt kann ich definitiv nicht mehr schlafen«, fügte sie noch trocken hinzu. Sie sahen sich eine Weile schweigend an und umarmten sich schließlich. Dann begannen sie zu lachen, bis ihnen die Tränen über die Wangen liefen.

»Auf nach Cham!«, flüsterte Daniel und küsste sie.

»Auf nach Cham«, wiederholte Fanny und grinste.

Kapitel 29

Juli 1875

Fanny tupfte sich mit einem Spitzentaschentuch den Schweiß von der Stirn. Obwohl sie und Clémentine die meisten Fenster im Kinderhaus geöffnet hatten, damit eine frische Brise ins Innere wehen konnte, herrschte eine erdrückende Hitze in den Räumen. Die Kinder, die sonst vor Energie überschäumten und selbst während des Essens kaum still sitzen konnten, hockten oder standen träge in der Halle und spielten lustlos mit ihren Spielsachen. Plapperten, schrien, lachten und rauften sie normalerweise, erfüllten heute bloß gedämpfte Stimmen den Raum.

Fanny gähnte verstohlen. Die vergangene Nacht forderte ihren Tribut. Zusammen mit Daniel hatte sie bis weit nach Mitternacht Büroarbeiten erledigt und sich der Verfeinerung ihres Rezepts aus Kakao, Zucker und Milch gewidmet. Seit zweieinhalb Jahren erforschten sie die Möglichkeiten einer *mariage* zwischen hell und dunkel. Nebst der täglichen Arbeit in der Manufaktur, ihren Teilzeitanstellungen und den Kindern blieb da nicht mehr viel Zeit für Erholung und Schlaf.

Jahre ihres Lebens hatten sie nun schon der Schokolade und ihrer Erforschung geopfert. Bisher ohne nennenswerten Erfolg. Die Frage, warum sie nicht einsahen, dass ihre Bemühungen ins Leere liefen, war daher berechtigt. Ihre eine große Idee hatten sie bereits aufgeben müssen – die Marktführerschaft für spezielle Schokoladenkreationen. Mussten sie den Traum mit der Kinder-Milchschokolade nun womöglich ebenfalls begraben? Doch noch waren sie nicht bereit loszulassen. Solange es noch Kombinationsmöglichkeiten gab, die sie nicht erprobt hatten, überwog der Pioniergeist.

Leider waren sie gezwungen gewesen, die Idee mit der Kondensmilch aus Cham ebenfalls zu verwerfen, weil die Milch in der Fabrik nicht ordentlich kondensiert wurde. Das hatte zur Folge, dass die Prototypen ihrer Milchschokolade nach einiger Zeit erneut ranzig wurden. Daraufhin beschlossen sie, die Dosenmilch nochmals einem speziellen Trocknungsprozess zu unterziehen. In einem kleinen Trockenraum in der ehemaligen Kerzenfabrik von Julien verarbeiteten sie das von ihnen hergestellte Erzeugnis zu Flocken und legten es auf Brettern aus, um es einer hohen Temperatur zur weiteren Verdampfung auszusetzen. Nach der Produktion wurde die Schokolade gelagert, um zu testen, ob eine normale Haltbarkeit über mehrere Wochen gewährleistet werden konnte.

In der vergangenen Nacht hatte Fanny nur vier Stunden geschlafen, ehe sie am Morgen mit ihren zwei jüngeren Kindern bei Clémentine im Kinderhaus zum Dienst angetreten war. Solange ihnen die Nestlés so großzügig Unterstützung anboten, wollte sie pünktlich und zuverlässig sein. Allerdings war es nur eine Frage der Zeit, bis auch das ein Ende nehmen würde – doch das war eine andere Geschichte, für die Fanny jetzt gerade keinen Kopf hatte. Sie hatte schon zu oft darüber gegrübelt; jetzt war nicht der richtige Moment dafür.

Daniel seinerseits verbrachte den Tag in der Manufaktur und beendete einige Arbeiten. Nebenher kontrollierte er die Haltbarkeit der bereits hergestellten Schokoladentafeln.

»Madame Peter? Mir ist schwindlig.« Ein dunkelhaariger Junge kam vor ihr zum Stehen und riss sie aus ihren Tagträumen.

»Hast du genug getrunken?«, fragte sie, strich ihm über das strubbelige Haar und sah sich nach einem Glas und einer Wasserkaraffe um. »Komm mit, wir setzen uns und trinken zusammen etwas, einverstanden?« Lächelnd reichte sie dem Jungen die Hand. Während sie ebenfalls einen Schluck Wasser trank, stellte sie fest, wie gut ihr die kühle Frische des Getränks tat.

»Alles in Ordnung, Fanny?« Sie hatte gar nicht bemerkt, dass Clémentine zu ihr getreten war.

»Alles gut. Bastien und ich fühlten uns bloß etwas schummrig und mussten uns kurz erfrischen.«

Clémentine, deren durchscheinende Haut aufgrund der Hitze leicht gerötet war, strich sich seufzend eine feuchte Haarsträhne aus der Stirn. »Das Wetter bringt auch meinen Kreislauf durcheinander. Die Kinder leiden ebenfalls. Hm ...« Plötzlich hellten sich ihre Gesichtszüge auf. »Was hältst du davon, wenn wir mit der gesamten Schar ans Ufer von La Tour-de-Peilz fahren und uns dort im öffentlichen Bad eine Abkühlung gönnen? Der von der Gemeinde eingestellte Schwimmlehrer könnte unseren Kindern ein paar Schwimmübungen zeigen. Was meinst du?«

Fanny sah sich im Raum um. »Das halte ich für eine großartige Idee, nur ... haben die älteren Kinder denn alle Unterhosen an? Du kennst das Polizeigesetz. Die Moral ist zu respektieren, und Personen über zehn Jahre sind verpflichtet, eine Unterhose zu tragen.« Fanny konnte sich vorstellen, dass nicht alle der Fabrikkinder Unterwäsche trugen.

»Stimmt«, pflichtete Clémentine ihr bei. »Daran habe ich gar nicht mehr gedacht. Lass mich nachdenken.« Sie hielt sich die flache Hand an die Stirn. »Wir werden sie einfach fragen. Sollte eines der Kinder keine Unterhose haben, finde ich bestimmt noch eine bei den alten Kindersachen von Emma, oder du hast vielleicht welche, die du ausleihen könntest?« Sie sah Fanny hilfesuchend an. Diese lachte. »Bei fünf Kindern sollte das machbar sein«, scherzte sie und zwinkerte ihrer Freundin zu.

Eine halbe Stunde später waren sie abmarschbereit. Clémentine organisierte eines der großen Waren-Transportfuhrwerke der Fabrik und half ihren Schützlingen beim Hinaufklettern.

Während sie auf den Wagen kletterten, schrien, lachten und schubsten die knapp zwei Dutzend Kinder einander aufgeregt, sodass Fanny sich beinahe die erschöpfte Stille des Vormittags zurückwünschte. Als endlich alle einen Platz gefunden hatten und Fanny und Clémentine zum Fuhrmann auf den Kutschbock gestiegen waren, knallte die Peitsche, und der Wagen setzte sich in Bewegung.

Das Ufer von La Tour-de-Peilz befand sich gerade an der Grenze zwischen der gleichnamigen Nachbargemeinde und Vevey. 1862 hatte ein Konsortium von Industriellen die Société des Bains de Vevey gegründet und den Uferabschnitt mit Palisaden umgeben und Kabinen aufgestellt. Die Gemeinde bezahlte seither den Betreiber und hatte sogar den ersten Schwimmlehrer des Kantons eingestellt. Seltsamerweise erfreuten sich die Bäder dennoch keiner großen Beliebtheit, weshalb es wohl niemanden stören würde, wenn eine wilde Schar kleiner Rabauken das Ufer bevölkerte. Angesichts der tropischen Hitze, die sich wie zähflüssiger Schlamm über die Plätze und in die engen Gassen Veveys drängte, verstand Fanny die Abneigung gegenüber dem Seebad nicht. Es gab doch gerade im Sommer nichts Hygienischeres und Gesünderes als ein erfrischendes Bad im Lac Leman? Genau darüber hatte sogar kürzlich das Zeitungsblatt *Feuille d'avis de Vevey* gerätselt. Insbesondere deshalb, weil die Badekultur hier in Seenähe eine lange Tradition hatte. Die Grandhotels Les Trois Couronnes und Trois Rois boten bereits seit Jahrzehnten öffentlich zugängliche Bäder mit Blick auf den See an.

Endlich erreichten sie ihr Ziel. Kaum kam das Fuhrwerk zum Stehen, sprangen die Kinder auch schon schreiend vom Wagen und rannten herum. Fanny und Clémentine hatten alle Hände voll zu tun, um die Meute unter Kontrolle zu bringen. Sie bezahlten die Eintritte und halfen den Kindern beim Umziehen. Ehe sie sich in der Nähe des Ufers in den Schatten eines Baums setzen konnten, stürmten ihre Pflegebefohlenen bereits ins flache Wasser oder tollten auf der Badewiese herum. Da es Clémentine und Fanny nicht möglich war, mit ihren Schützlingen gemeinsam ins Wasser zu gehen, waren sie für das strenge Gesicht und das wachsame Auge des Schwimmlehrers dankbar. Normalerweise wurden Frauen mit sogenannten Badekisten, in denen sie vor Blicken geschützt waren und sich umziehen konnten, ins Wasser gefahren. Dort durften sie dann in Badekleidern, die an Matrosenkleidung erinnerten und die Haut an Armen und Beinen bedeckten, ein Bad nehmen. Clémentine und Fanny begehrten jedoch gar nicht, in der Öffentlichkeit zu baden. Sie genossen den Schatten und den kühlen Wind, der vom See her wehte und sie abkühlte, während sie die Kinder im Blick behielten.

Zufrieden schloss Fanny die Augen und spürte das Kitzeln des Windes auf ihrem Gesicht.

»Fanny?« Sie öffnete die Augen und sah ihre Freundin fragend an. »Ich muss dir etwas sagen.«

Ein Frösteln jagte über Fannys Rücken. »Ja? Was auch immer es ist, Clémentine.«

Diese senkte den Blick und spielte mit einigen Grashalmen. »Ich habe lange mit mir gerungen, und ich tue mich schwer, dir das zu sagen.« Ihre Freundin schwieg, als müsse sie in Ruhe ihre Gedanken ordnen und ihre Worte mit Bedacht wählen.

Fanny richtete sich auf, und ihr Herzschlag beschleunigte sich. Welche schockierende Nachricht konnte es denn im Hause Nestlé nach dem überstürzten Verkauf der Fabrik im Frühjahr noch geben? Fannys Gedanken wanderten zurück zu jenem Spätnachmittag des 1. März, als Clémentine sie um einen Spaziergang gebeten hatte. Damals hatte sich ihre Freundin ähnlich verhalten und mit den Worten »Ich muss dir etwas sagen« begonnen, bevor sie Fanny den größten Umbruch ihres bisherigen Lebens eröffnete, der auch Fannys Leben nicht unberührt ließ. Der Schock saß ihr immer noch in den Knochen, und es verstrich kein Tag, an dem sie nicht daran dachte, wie es wohl in den nächsten Jahren weitergehen würde.

»Henri ist dieses Jahr einundsechzig Jahre alt, nicht mehr zweiundvierzig wie ich ...«, hatte Clémentine damals geseufzt. »Die Fabrik wächst ihm langsam über den Kopf. Wir mussten sie aufgrund der steigenden Nachfrage nach Kindermehl innerhalb weniger Jahre dreimal erweitern, neue Apparate anschaffen und vieles mehr.«

»Das ... sind doch wunderbare Neuigkeiten?«, hatte Fanny damals zögerlich gefragt, da sie noch nicht ahnte, worauf ihre Freundin abzielte.

»Die Sache ist die ... eigentlich müssten wir die Fabrik erneut erweitern, und im letzten Dezember noch beabsichtigte Henri, die Fabrikation von Blechbüchsen fortan ebenfalls selbst vorzunehmen. Dann aber kam die Jahreswende.« Sie machte eine Pause und sah Fanny mit einem gequälten Gesichtsausdruck an, während sie langsam nebeneinanderher liefen. »Als er sich etwas detaillierter mit dem geplanten Ausbau der Manufaktur befasst hat, erkannte er, dass das alles seine Kräfte übersteigen würde. In seinem Alter denken andere an den Ruhestand.«

Erschrocken blieb Fanny stehen und griff nach der Hand ihrer Freundin. War Henri womöglich krank? »Geht es Henri gut?« Ihre Stimme bebte leicht, als sie die Frage stellte.

Doch Clémentine lächelte und senkte den Blick. »Aber ja, ihm geht es gut. Besser denn je. Fanny ...« Sie sah hoch, und Trauer spiegelte sich in ihren Augen. »Henri hat im Januar beschlossen, die Fabrik zu verkaufen und sich seinem Lebensabend zu widmen. Er hat drei lokale Geschäftsleute gefunden, die bereit sind, die Manufaktur weiterzuführen. Der Verkauf wurde heute beschlossen und wird in den nächsten Tagen öffentlich gemacht. Er hat mit ihnen vereinbart, dass er die wissenschaftliche Leitung der Fabrik vorerst beibehält und der Firma weiterhin beratend zur Seite steht.« Clémentine seufzte und lächelte, dann legte sich erneut ein Schatten über ihre Gesichtszüge. »Henri und ich werden uns dafür einsetzen, dass du und Daniel weiterhin im bisherigen Rahmen in der Fabrik arbeiten könnt. Garantieren können wir aber nichts.«

»Was ist mit dem Kinderhaus?«, fragte Fanny besorgt, wusste sie doch, wie sehr das Wohl und die Gesellschaft der Kinder Clémentine am Herzen lagen.

Die jedoch zuckte nur die Schultern. »Ehrlich gesagt weiß ich es nicht. Fest steht bloß, dass ich es in irgendeiner Form weiterführen werde, ich bin aber nicht sicher, ob wir das Gebäude weiterhin zu diesem Zweck nutzen dürfen, da es als Teil der Manufakturliegenschaft verkauft wurde. Wir selbst haben uns ein Haus in Glion gekauft. Das hat aber noch Zeit«, fügte sie rasch an.

Kälte griff nach Fannys Herz.

»Danke, Clémentine, dass ihr so geschätzte Freunde seid.« Sie drückte die Hand ihrer Freundin und lächelte, auch wenn ihr nicht danach zumute war. Langsam gingen sie weiter, während sich die Sonne dem Horizont näherte und ihre Gesichter in goldenes Licht tauchte.

»Bist du uns böse?« Unsicherheit flackerte in Clémentines Blick auf.

Fanny hatte damals eilig den Kopf geschüttelt und sich um ein Lächeln bemüht. »Nein, natürlich bin ich euch nicht böse, bloß ... etwas ängstlich«, hatte sie zugegeben. »Du weißt, dass wir auf ein zusätzliches Einkommen angewiesen sind. Ich hoffe, dass wir weiterhin in der Nähe arbeiten können, auch der Kinder wegen.« Zitternd hatte sie gegen den Kloß in ihrem Hals angeschluckt.

Und genauso fühlte es sich auch jetzt an, als Fanny nun versuchte zu schlucken. Ihr Mund war staubtrocken. Was würde jetzt kommen?

Clémentine griff nach ihrer Hand und sah sie wehmütig an. »Seit dem Verkauf der Firma sind nun etwas mehr als vier Monate vergangen.« Sie machte eine bedeutungsvolle Pause. Also ging es doch um die Fabrik. Oder um das Kinderhaus?

»Henri wird seine beratende Tätigkeit bei der Firma zum Ende des Monats aufgeben, und wir werden endgültig nach Glion ziehen.« Clémentine brach ab und biss sich auf die Lippen. »Henris Nachfolger haben ihn durch ihr eigenständiges und selbstbewusstes Wirken überzeugt, und er denkt, dass es jetzt an der Zeit ist loszulassen.« Sie lächelte, doch in ihrem Blick spiegelte sich Schmerz. Hastig sah sie zu Boden. »Das bedeutet aber auch, dass wir das Kinderhaus in der bestehenden Form nicht mehr weiterführen werden. Und ...« Sie schniefte und wischte sich mit der Hand über die Augen. »Wir werden uns wohl nicht mehr so oft sehen.«

Es herrschte Stille, die nur durch das Lachen der Kinder oder das gelegentliche Zwitschern eines Vogels unterbrochen wurde. Fannys Brust fühlte sich eng an, und ihr Kopf schmerzte. Sie holte tief Luft, stieß sie dann aber einfach aus. Sie wusste nicht, was sie sagen sollte.

Bevor das Schweigen zwischen ihnen unangenehm wurde, nahm sie aus den Augenwinkeln einen Schatten wahr. Als sie den Kopf wandte, blieb ihr Herz kurz stehen, ehe es, schneller als zuvor, weiterschlug. Heute jagte eine Überraschung die nächste.

»*Bonjour tata* Fanny, erkennst du mich noch?«, begrüßte sie eine bekannte Stimme.

Fanny schirmte mit der Hand die Augen ab, um Zeit zu gewinnen. In Wahrheit hatte sie den Jungen sofort erkannt, obwohl sie ihn lange nicht mehr gesehen und er sich sehr verändert hatte. Seine Gesichtszüge waren jungenhafter und markanter geworden, das Kleinkind aus seiner Gestalt gewichen. Ihr Neffe Alexandre-François-Louis Cailler erinnerte sie dermaßen stark an ihren eigenen Vater, dass sie glaubte, eine jüngere Version desselben vor sich zu haben.

»Natürlich tue ich das, Alexandre, wie könnte ich auch nicht.« Ihr Blick streifte suchend durch die Badeanstalt, und ihr Herz zog sich unbehaglich zusammen. Alexandre, der sich kurzerhand neben sie auf die Decke gesetzt hatte, beobachtete sie.

»Ich bin mit einem Schulfreund hier. Da drüben sitzt er mit seiner Mutter und seinem jüngeren Bruder.« Er zeigte mit dem Zeigefinger auf eine Gruppe von Leuten im Schatten eines anderen Baums und winkte ihnen. Sie erwiderten den Gruß, blieben aber, wo sie waren.

»Bist du mit meinen Cousinen und Cousins hier?« Er kniff die Augen zusammen und starrte aufs Wasser.

»Nicht nur. Jeanne und Elisa sind hier. Ansonsten sind das die Fabrikkinder, die ich gemeinsam mit Madame Nestlé hier beaufsichtige. Wir dachten, eine Abkühlung würde ihnen guttun«, erklärte sie und sah den hochgewachsenen Jungen mit seinem satten braunen Haar, den ebenso dunklen Augen und den langen Wimpern verstohlen von der Seite her an.

»Wie geht es meinen Cousins und Cousinen? Darf ich sie vielleicht einmal besuchen? Ich kenne sie kaum, sehe sie immer nur von weitem. Louise, François und Rose begegne ich manchmal in der Schule. So richtig kennen wir uns aber auch nicht, weil wir nie etwas zusammen unternehmen.«

Fanny wechselte einen Blick mit Clémentine und ließ sich mit ihrer Antwort einige Sekunden Zeit. »Nun, ähm ... Vielleicht solltest du das besser deine Maman fragen, in Ordnung?«

Er zuckte die Schultern, dann reckte er trotzig das Kinn. »Warum? Sie hat mir nichts zu sagen. Sie ist ja sowieso fast nie da. Immer ist sie mit Papa in der Fabrik. Vermutlich wird sie es nicht einmal merken, wenn ich weg bin.« Er wechselte die Sitzposition und strich die Hände an seiner langen Wollunterhose ab. »Also, darf ich euch einmal besuchen? Zeigst du mir deine Schokoladenfabrik?«

Mit einem Mal wurde Fanny ganz kalt. »Das ... Ich weiß nicht. Es wäre mir wirklich lieber, wenn du zuerst mit deiner Maman sprichst. Und warum möchtest du meine Fabrik anschauen? Ihr habt doch eine eigene Manufaktur, viel größer und interessanter als meine.« Sie kniff die Augen zusammen, um besser erkennen zu können, was sich auf seinem Gesicht abzeichnete.

»Das schon, aber Maman lässt mich nur zuschauen, so wie damals, als ich ein kleiner Junge war. Mehr darf ich nicht. Ich möchte aber arbeiten, mit meinen eigenen Händen. Schokolade machen. So wie du, als du ein Kind warst.«

Fanny gefror das Blut in den Adern. »Woher weißt du das?« Marie hatte es ihm bestimmt nicht erzählt.

»Von Magalie, und die hat es von Großmutter, als sie noch lebte. Es stimmt doch, oder?« Er lächelte, wobei sich Grübchen in seinen Wangen bildeten.

»Ja, das schon. Es erstaunt mich bloß, dass ihr über mich geredet habt.« Fanny nagte an ihrer Unterlippe, was sie sonst nie tat.

»Ich habe sie nach dir gefragt. Man muss doch seine Familie kennen, nicht wahr? Und wir sind schließlich eine Familie. Eine Schokoladenfamilie!« Stolz schwang in seinen Worten mit.

Fanny sah Clémentine bedeutungsvoll an und hob eine Augenbraue. Diese wiederum studierte den Jungen, was Fanny an den Falten auf ihrer Stirn erkannte. So sah sie immer aus, wenn sie versuchte, etwas zu enträtseln.

»Haben dir deine Maman oder Magalie denn erklärt, warum es in eurer Familie zwei Schokoladenfabriken gibt?«, schaltete sich nun Clémentine in sanftem Tonfall ein.

Alexandre nickte eifrig. »Aber natürlich. Das ist, weil Tante Fanny geheiratet hat. Dann musste sie zu ihrem Mann ziehen und mit ihm zusammen etwas machen. Jetzt haben sie sich halt dasselbe ausgesucht, aber wir sind ja eine ...«

»Schokoladenfamilie«, beendete Fanny seinen Satz lächelnd, woraufhin er sie anstrahlte und nickte.

»Genau. Und deshalb möchte ich dich besuchen kommen.«

Fanny seufzte. Diese Beharrlichkeit erinnerte sie an ihren verstorbenen Bruder. Hatte er sich erst einmal etwas in den Kopf gesetzt, war er nicht mehr davon abzubringen gewesen. Abgesehen davon hatten die Dinge fast ausschließlich nach seinem Willen geschehen müssen.

»Du kannst mich nicht einfach besuchen. Deine Mutter würde das nicht gutheißen, Alexandre. Du musst das zuerst mit ihr klären. Wir ... haben nicht so viel Kontakt zueinander, weißt du?« Sie knetete ihre Hände und sah ihn lange an.

Schließlich nickte er und erhob sich. »Ist gut, *tata* Fanny. Ich werde ihr erklären, dass ich euch besuchen werde.« Er winkte ihr zum Abschied und rannte zurück zu seinem Freund.

Fanny und Clémentine sahen sich verdutzt an.

Als sich die Sonne langsam den Berggipfeln näherte, die den See umrandeten, sammelten Fanny und Clémentine die Kinder ein, damit sie sich umziehen und auf den Heimweg machen konnten. Die Sonne und das Wasser hatten sie alle schläfrig gemacht, weshalb sie auf der Heimfahrt kaum etwas redeten und sich vom Schaukeln des Fuhrwerks einschläfern ließen.

Als Fanny zusammen mit Clémentine im Kinderhaus verschwinden wollte, schallte Daniels Stimme zu ihr herüber. Kaum dass sie sich umgedreht hatte, kam er angerannt und blieb atemlos vor ihr stehen.

»Ich hab's, Fanny. Du musst sofort kommen«, keuchte er. »Die letzte Produktion ... Wir haben es geschafft. Es hat funktioniert!« Er zog sie an sich und umarmte sie. »Wir haben es geschafft«, murmelte er immer wieder an ihrem Ohr. »Die Schokolade ist auch nach drei Wochen noch genauso schmackhaft wie am Tag der Herstellung!«

Fanny, die bisher noch gar nicht dazu gekommen war, ein Wort zu sagen, löste sich von ihm, um ihn ansehen zu können. »Was sagst du da?« Sie konnte es nicht glauben. Erst musste sie sich selbst überzeugen. Zu groß war ihre Angst, wieder enttäuscht zu werden.

»Sieh es dir selbst an«, sagte Daniel, und an Clémentine gewandt: »Wenn dich Clémentine früher aus dem Dienst entlässt, heißt das natürlich.«

Aufgeregt wandte sich Fanny ihrer Freundin zu. Die ergriff sofort ihre Hände und rief: »Geh, Fanny, geh und sieh nach, ob es tatsächlich geklappt hat!«

»Danke!« Fanny fiel Clémentine stürmisch um den Hals, drehte sich dann um und lief eilig gemeinsam mit Daniel in die Schokoladenmanufaktur.

Diesen Tag würde sie niemals vergessen. Die Sonne schickte gerade ihre letzten Strahlen durch die Fenster des Ateliers, als ihr Daniel das Ergebnis der Rezeptanpassung und Fertigung von vor drei Wochen vorlegte.

»Koste, *chérie*.« Er schob ihr ein Schokoladenstück hin. Sie hatten alles genau beschriftet, um die Haltbarkeit der Prototypen beobachten zu können. Tatsächlich hatte es bisher kein einziges Erzeugnis geschafft, nach so langer Zeit noch genießbar zu sein.

Fanny holte tief Luft. Das Blut rauschte in ihren Ohren, und ihr Herz pochte so laut, dass sie glaubte, selbst Daniel müsste es hören. Mit geschlossenen Augen nahm sie einen Bissen und ließ ihn auf der Zunge zergehen.

Bitter und süß reichten sich die Hand. Der cremige Geschmack der Milch brach die harsche Note des Kakaos und verlieh der Süße dadurch mehr Raum zur Entfaltung.

»Zart wie Seide. Milchschokolade«, flüsterte sie und aß auch noch den zweiten Teil des Schokoladenstücks. »Jetzt sind sie verheiratet.« Eine Träne rann über ihre Wange. Daniel fing sie mit dem Finger auf.

»Und da ist kein unnötiges Wasser oder Fett mehr drin. Die Bestandteile sind ausgewogen. Die Schokolade schmeckt genauso frisch wie am ersten Tag.« Ein breites Grinsen zog seine Mundwinkel nach oben. »Trotzdem wollen wir nicht übermütig sein, weitere Erzeugnisse nach demselben Schema herstellen und noch einige Zeit abwarten, ehe wir weitere Schritte unternehmen.« Er senkte den Blick und presste den Mund zusammen. »Wenn wir wirklich gegen unsere Konkurrenz bestehen wollen, müssen wir ein absolut verlässliches Produkt anbieten können.« Er sah hoch und musterte Fanny eindringlich. »Unsere Ware muss einwandfrei sein, wenn wir damit in die Welt hinausgehen.«

Fanny war in Gedanken schon beim nächsten Schritt. »Los, nimm die restlichen Prototypen. Wir gehen damit zu den Kindern rüber. Ich möchte wissen, ob wir es wirklich geschafft haben. Eine ehrlichere Meinung als ihre werden wir nicht finden.«

Daniel nickte, holte einen großen Korb, legte ihn mit Stoff aus und packte die Schokoladenstücke sorgfältig hinein. »Bereit?«

»Wie niemals zuvor.« Fanny nahm seine Hand.

Fünf Minuten später betraten sie die Halle des Kinderhauses. Wie zu erwarten, herrschte wieder lautes Chaos, niemand bemerkte sie.

»Will jemand Milchschokolade kosten?«, rief Fanny, und Daniel hob den Korb in die Höhe, um ihre Worte zu untermalen.

Sofort erstarben die Stimmen, und alle drehten sich zu ihnen um, auch Clémentine.

»Was ist Milchschokolade?«, fragte ein Mädchen mit blonden Haaren und Sommersprossen und kam zaghaft näher.

»Das ist eine Verschmelzung von Milch und Schokolade. Das nimmt ihr die Bitterkeit und macht sie zarter und süßer im Geschmack. Möchtest du probieren?«

Das Mädchen nickte zögerlich, komplett überzeugt schien sie von Fannys Versprechen nicht zu sein. Daniel reichte ihr ein Stückchen zum Probieren. Immer mehr neugierige Kinder scharten sich um sie und bissen vorsichtig in die mitgebrachten Schokoladenstücke. Manche leckten sie zuerst nur mit der Zunge ab in der Erwartung, wieder die übliche Bitterkeit zu schmecken.

Dann stahl sich ein Lächeln in das Gesicht des ersten, anschließend des zweiten und irgendwann jedes Kindes. Jene, die noch nicht in den Genuss der neuartigen Schokolade gekommen waren, drängelten nun nach vorne und streckten fordernd ihre Hände aus.

»Das ist gut«, lobte ein Junge und wollte schon nach einem weiteren Stück greifen, doch Daniel hielt ihn zurück.

»Es gibt für alle nur eines, sonst haben wir nicht genug.«

»Wann gibt es mehr?« Erneut erstarben die Stimmen, und alle schauten sie erwartungsvoll an.

Clémentine hob grinsend eine Augenbraue. Nachdem auch sie die neue Schokolade gekostet hatte, umarmte sie Fanny und Daniel und sah sie mit glänzenden Augen an. Sie holte tief Luft, und der Klang ihrer Stimme schwankte, als sie sagte: »Manche Dinge sind von unsichtbarer Hand orchestriert. Wenn sich eine Tür schließt, öffnet sich eine neue. Unsere gemeinsame Zeit in diesem Haus war die schönste meines Lebens, doch jetzt ist es für uns alle an der Zeit, zu neuen Ufern aufzubrechen.«

Fanny hätte ihr gerne widersprochen, doch sie spürte, dass Clémentine recht hatte. Leise, fast unmerklich hatte sich ihrer aller Leben verändert. Es war, als hätten sich die Kontinente neu geordnet.

Von diesem Tag an war nichts mehr wie zuvor.

Kapitel 30

Marie nahm einen Löffel Suppe und ließ sich von Lune, ihrer Hausangestellten, etwas Wasser nachschenken. Das Ticken der Standuhr im Hintergrund sowie das Rascheln der Zeitung, die Louis während des Mittagessens las, waren die einzigen Geräusche im Zimmer.

Elodie, die mit ihren fünfzehn Jahren zu einer jungen Dame herangewachsen war, hatte das blonde Haar zu eng anliegenden Zöpfen geflochten und diese zu einem Knoten hochgesteckt. Ihrem hellblauen glänzenden Rock und Korsett nach zu urteilen, hatte sie am Nachmittag vor, mit Freunden auszugehen. Beim Sonntagsgottesdienst am Morgen jedenfalls hatte sie ein schmuckloses dunkles Kleid getragen, wie es sich gehörte.

Mit ihren blauen Augen und dem rosigen Teint sah sie nicht nur aus wie eine jüngere Ausgabe von Marie, sondern zog auch regelmäßig die Blicke der Herren auf sich – und nicht nur jener in ihrem Alter, wie Marie verärgert und in Erinnerung an ihre eigene Jugend feststellte.

Aus Mangel an Alternativen sah sie sich im Speisezimmer um. Seit sie nach der Heirat mit ihrem Mann Louis hierhergezogen war, hatte sich viel verändert. Das ursprüngliche Esszimmer erkannte man kaum wieder. Bei den Möbeln hatte sich Marie für helleres Holz entschieden, da der Raum mit seiner Holzverkleidung schon bedrückend genug war. Den alten Teppich hatte sie komplett herausnehmen lassen und die zuvor recht dicken Vorhänge durch leichte weiße Tagesgardinen ersetzt. Eine Truhe für Tischwäsche und ein geschlossener Schrank für das Geschirr reichten als Möbel vollkommen.

»Maman?«

Es dauerte eine Weile, bis Marie aus ihrer Trance erwachte und bemerkte, dass ihr Sohn sie etwas fragen wollte. Dem Blick ihres Ehemanns nach zu urteilen, hatte er ihren Namen vermutlich schon einige Male genannt.

»*Oui?*« Marie sah Alexandre an. Der inzwischen schlaksige Zehnjährige presste die Lippen zusammen; Ungeduld blitzte in seinen dunklen Augen auf.

»Warum dürfen die Kinder der Fabrikarbeiter in der Schokoladenfabrik mitarbeiten, ich aber nicht?«

»Müssen wir uns immer wieder darüber streiten? Du kennst die Gründe, ich muss sie dir nicht nochmals nennen.« Seine Dickköpfigkeit erschöpfte und verärgerte Marie. Sie hatte Alexandre mehrfach erklärt, dass es für ihn nicht in Frage kam, sich als Sohn der Besitzer unter das Gesinde zu mischen. Dazu kam, dass die Fabrikkinder arbeiteten, weil ihre Eltern sonst nicht genug Geld hatten, um zu überleben. Viele von ihnen würden lieber zur Schule gehen. Alexandre jedoch schien für das Privileg, das ihm zuteilwurde, nicht dankbar zu sein.

»Ich bin in der Schule der Beste meiner Klasse. Ich brauche nicht so viel Zeit zum Lernen. Ich könnte doch nach der Schule einige Stunden arbeiten kommen? So wie die Fabrikkinder? Nur wenn ich nicht zu müde bin, natürlich.«

Knisternd legte Louis die Zeitung beiseite. »Junge, du hast deine Mutter gehört«, brummte er in seinem Bariton.

Eine Ader pochte an Alexandres Stirn, und seine Wangen röteten sich. Er ballte die Hände zu Fäusten. »Du hast mir nichts zu sagen, du bist nicht mein richtiger Vater!«, zischte er.

Louis lächelte verständnisvoll. »Ich bin nicht dein Erzeuger, Alexandre, aber ich bin dein Vater«, sagte er ruhig. »Als solcher trage ich zusammen mit deiner Mutter die Verantwortung für dich.«

»Wie soll ich denn ein guter Chocolatier werden, wenn ihr mir verbietet zu arbeiten? Mozart war vier, als er mit dem Klavierspielen anfing, sagt unsere Lehrerin. Man muss viel üben, wenn man etwas wirklich beherrschen will.« Alexandre beabsichtigte ganz offensichtlich nicht, das Thema fallen zu lassen.

Zwischenzeitlich diskutierten sie beinahe jeden Sonntag mit ihm. Bisher hatten sie ihn damit vertröstet, dass er zu jung und die Arbeit somit zu gefährlich sei. Die Kinder der Fabrikarbeiter wurden teilweise aber schon im zarten Alter von sechs Jahren für Tätigkeiten eingesetzt, die große Fingerfertigkeit erforderten und von kleinen Händen schneller erledigt werden konnten. Das war ihrem Sohn natürlich nicht entgangen.

»Wie soll ich denn eines Tages die Fabrik übernehmen, wenn ich das Handwerk erst so spät erlernen darf? Übung ist wichtig, wenn ...«

Marie hob die Hand, um ihn zum Schweigen zu bringen, und seufzte. Sie wechselte einen vielsagenden Blick mit ihrem Mann. Louis nickte kaum merklich.

»Gut. Wir haben einen Vorschlag für dich.«

Alexandre legte den Suppenlöffel beiseite und sah sie aufmerksam an.

»Du kannst mir und Papa in den Schulferien helfen. Mir im Büro und Papa bei seinen Kundenbesuchen. Da lernst du am meisten, solltest du dich tatsächlich damit befassen, eines Tages in unsere Fußstapfen zu treten.«

Alexandre starrte sie mit offenem Mund an, dann verengte er die Augen zu zwei schmalen Schlitzen und presste die Lippen zusammen. Mit vor der Brust verschränkten Armen sagte er: »Ich möchte lernen, wie man Schokolade macht. Eure Arbeit hat nichts damit zu tun.« Er schnaubte und schüttelte den Kopf. »Oder lasst mich endlich zu Tante Fanny in ihr Atelier. Ihre Fabrik ist überschaubar und klein, und sie hat keine Mitarbeiter.«

Marie hörte ihrem Sohn gar nicht mehr zu, denn als erlaubte sich das Schicksal einen derben Scherz, erblickte sie in eben diesem Augenblick eine Anzeige auf

der Vorderseite der zusammengefalteten Zeitung ihres
Mannes.

Milchschokolade Peter – Wenn Milch und Schokolade
in einer cremig-süßen Umarmung verschmelzen. Die
erste Milchschokolade der Welt, von unseren Kindern
geliebt und empfohlen. Normale Haltbarkeit garantiert.

Daneben war ein Bild mit einem lachenden Kind zu
sehen, das in eine Tafel Schokolade biss.

»Steht das sonst auch in der Zeitung?«, fragte sie erstaunt und sah Louis an. Dieser hob nachdenklich die
Augenbrauen.

»Ich schenke den Anzeigen meistens keine große Beachtung, von daher ist es schon möglich. Allerdings ...«
Er drehte das Journal um, um den Beitrag genauer lesen
zu können. »Große Versprechen, die unsere Konkurrenz
da macht. Jedenfalls habe ich bisher nichts von dieser
neuen Schokolade gehört oder gelesen.«

Die erste Milchschokolade der Welt, von unseren Kin-
dern geliebt und empfohlen.

Die Worte beschäftigten Marie. Sie hatte vieles erwartet, aber das nicht. Die Firma von ihrer Schwägerin
und deren Ehemann gab es nun schon fast zehn Jahre.
Nie war den beiden etwas Bahnbrechendes gelungen,
wie Marie anfangs befürchtet hatte. Manchmal plagten
sie deshalb Gewissensbisse, sodass sie den beiden immerhin wünschte, genug Geld für sich und ihre Familie zu verdienen. Aber musste sich dieser Wunsch nun

gleich auf diese Weise erfüllen? Das war nicht gut … gar nicht gut.

»Dann war also an den Gerüchten seit letztem Sommer doch etwas dran«, murmelte sie. »Man munkelte, die Peters hätten nun schon zum dritten Mal eine Milchschokolade produziert.« Nachdenklich trommelte sie mit den Fingerspitzen auf den Tisch. »Unser eigener Chocolatier fand die Idee lächerlich und meinte, Milch und Schokolade zu mischen, sei im wahrsten Sinne des Wortes eine Eintagsfliege. Die beiden seien chemisch nicht vereinbar, was Daniel und Fanny über Jahre hinweg eindrucksvoll bewiesen hätten.« Sie schnaubte und schnalzte mit der Zunge.

»Trotzdem scheint sich ihre Unnachgiebigkeit gelohnt zu haben«, gab Louis zu bedenken.

»Auf wessen Seite bist du eigentlich?!«, schnappte Marie und erschrak sogleich über ihren Gefühlsausbruch. Die Angelegenheit besorgte sie mehr, als sie bereit war zuzugeben.

Marie winkte Lune zu sich. »Darf ich bitte ein Glas Marc haben? Mein Kreislauf und mein Magen spielen gerade verrückt.«

Lune verbeugte sich. »Selbstverständlich, Madame. Auch ein Glas für Monsieur?«, fragte sie, an Louis gewandt. Der machte eine bejahende Handgeste und ließ den Blick nicht von Marie ab. Während die Hausangestellte ihnen einschenkte, schwiegen alle.

»Ich könnte von *tata* Fanny lernen, wie man Milchschokolade herstellt«, schlug Alexandre nach einer Weile vorsichtig vor.

Marie schlug mit der flachen Hand auf den Tisch, sodass Geschirr und Gläser klirrten und Elodie erschrocken den Kopf einzog. »Nein, Himmelherrgott noch mal! Weder wirst du in die Fabrik gehen noch zu Tante Fanny. Glaubst du, du kannst da einfach hineinspazieren und ihr das Rezept für ihre neue Erfindung entlocken?«

Empört starrte ihr Sohn sie an. »Ich werde ihr doch nicht das Rezept stehlen, Maman! Ich will lernen, der beste Chocolatier der Welt zu werden. Und Milchschokolade hat bisher noch niemand erfunden. Außer Tante Fanny. Oder können wir das auch?«

Marie rieb sich die Schläfen und war dankbar, dass Louis jetzt die Konversation übernahm.

»Ich würde dir auch nicht raten, den Versuch zu unternehmen, den Peters ihr Rezept zu klauen. Ich bin mir sicher, dass wir sofort einen Advokaten am Hals hätten. Dazu kommt, dass Daniel und Fanny jahrelang an der perfekten Zusammensetzung und Aufbereitung der Rohstoffe geforscht haben, ehe ein marktfähiges Produkt entstehen konnte. Ohne ihre Anleitung und Erfahrung ist es zum jetzigen Zeitpunkt wohl kaum möglich, ein ähnliches Produkt zu kreieren.«

Endlich stellte Lune die Gläser mit dem Schnaps hin. Marie nahm einen vorsichtigen Schluck, schließlich wollte sie sich und ihren Verstand nicht gleich im Alkohol ertränken. Sie brauchte bloß etwas, um ihre angeschlagenen Nerven zu beruhigen, damit sie wieder klar denken konnte. Am meisten ärgerte sie der Umstand, dass sie es trotz der vorhandenen finanziellen

Mittel versäumt hatten, im Bereich der Schokolade Forschung zu betreiben. Sie gab es ungern zu, aber sie hatte es für Zeitverschwendung gehalten.

Louis, der Maries Gesichtsausdruck und ihre innere Verzweiflung zu deuten wusste, griff über den Tisch hinweg nach ihrer Hand. »Lass dich von dieser Meldung nicht verrückt machen, *chérie*. Ja, unsere Konkurrenz ist nach Jahren des Tiefschlafs erwacht. Das bedeutet aber noch lange nicht, dass sie in der Lage sind, uns das Wasser abzugraben.« Er machte eine kurze Pause, um seine Worte wirken zu lassen. »Die Milchschokolade, *von unseren Kindern geliebt und empfohlen*, wie sie es nennen, ist zum jetzigen Zeitpunkt bloß eine Idee. Wie so oft bei Dingen, die als revolutionär beworben werden, verlieren diese schnell an Reiz. Möglicherweise ist diese Milchschokolade eine komplette Enttäuschung. Vielleicht hält sie nicht, was sie verspricht, oder sie schmeckt den Leuten nicht, und sie kehren am Ende doch zur guten alten Schokolade zurück, wie wir sie seit jeher produzieren.« Er unterstrich seine Worte mit einem Lächeln und drückte ihre Hand fester. »Nicht alles, was neu ist, ist zwangsläufig auch besser. Lassen wir Fanny und Daniel in ihre Erfindung investieren. Möglicherweise verflüchtigt sich diese wie der Nebel über dem Lac Leman.«

Marie nickte. Ihr Mann hatte recht. Gut möglich, dass sie sich völlig unnötig in etwas hineingesteigert hatte.

»Maman, was ist jetzt? Darf ich *tata* Fanny in ihrer Fabrik besuchen?«, hakte Alexandre nach, als habe er den ganzen Rest überhört.

»Liebling, deine Tante und ich sind keine Freunde. Wir sind Konkurrenten. Es gehört sich nicht, dass du bei ihr arbeitest. Ich bin mir sicher, dass sie dich fortschicken wird. Zum jetzigen Zeitpunkt sowieso.«

Sogleich flammte in den Augen ihres Sohns der altbekannte Zorn auf, der ihr von ihrem verstorbenen Ehemann bestens bekannt war. Alexandre akzeptierte nur selten ein Nein, und wenn, dann nur, um eine Woche später erneut mit demselben Anliegen auf sie zuzukommen.

Plötzlich kam ihr eine Idee.

»Einen Vorschlag hätte ich noch, sofern dein Vater ihm auch zustimmt.« Sie machte eine Pause, um sich der Aufmerksamkeit der Anwesenden sicher zu sein. »Ich erinnere mich, dass Fanny sich in ihren jungen Jahren heimlich ein kleines Schokoladenatelier in unserer Manufaktur eingerichtet hat. Die Kammer existiert noch. Wir müssten sie lediglich mit Gerätschaften ausstatten. Für den Anfang würde ein eiserner halbrunder Kessel mit einer an der Wand befestigten Keule sowie eine Pfanne zum Rösten der Kakaobohnen reichen. So hat man früher von Hand Schokolade hergestellt, und so kann man es auch heute noch machen.«

Louis überlegte kurz und nickte dann. »Ich gebe der Idee deiner Mutter meinen Segen«, sagte er. »Unter einer Bedingung: Es muss jeweils einer der Fabrikarbeiter anwesend sein. Du bist noch zu jung, um alleine mit Feuer und heißer Schokolade umzugehen. Ich möchte nicht, dass du dich verletzt.«

Marie nickte ihm dankbar zu. Daran hatte sie, weil sie das Verhalten ihres Sohns dermaßen herausforderte und stresste, gar nicht gedacht. Wie verantwortungslos von ihr! »Das versteht sich von selbst. Danke, Louis, dass du es so klar ausgedrückt hast, damit hier keine falschen Hoffnungen gehegt werden.«

»*D'accord.*« Alexandre nickte, und ein spitzbübisches Grinsen stahl sich auf sein Gesicht.

Der Rest des Mittagessens und des Familiensonntags verlief ausnahmsweise friedlich.

Am Montag hingegen war die Schonfrist vorbei. Sosehr sich Marie auch an Louis' Worte klammerte und hoffte, die Milchschokolade würde schon bald in Verruf geraten, so wenig wurde ihr geheimer Wunsch erfüllt. Zeitungen und Plakatwände waren voll von der sensationellen Enthüllung. Zeitungsjungen verteilten zusätzlich Prospekte und Flugblätter, und die Milchschokolade Peter eroberte die Stadt im Sturm. Fanny und Daniel mussten ihre sämtlichen Ersparnisse zusammengekratzt haben, um diese Werbeoffensive finanzieren zu können. Oder sie hatten reiche Gönner ...

Bald schon zeigten sich erste beunruhigende Entwicklungen. Die Händler und Ladenbesitzer, die Fanny und Daniel in den vergangenen Jahren zunehmend den Rücken gekehrt und Cailler den Vorzug gegeben hatten, ließen sich von der neuen Erfindung begeistern und füllten ihre Regale mit der andersartigen Schokolade.

Im Herbst hörte Marie von Umbauarbeiten im Les Bosquets. Wie Louis durch einige alte Bekannte aus seiner Zeit als Bankier in Erfahrung bringen konnte, hatte man Daniel und Fanny einen Kredit gewährt, damit sie

Geräte anschaffen konnten, um die Produktion zu steigern.

Zum Ende des Jahres war die Milchschokolade aus
dem Hause Peter-Cailler et Compagnie die meistge-
kaufte Weihnachtssüßigkeit der gesamten Stadt Vevey.

Kapitel 31

Daniel stieg aus dem Eisenbahnwagon und sog lächelnd die frische, von einer milden Sonne aufgewärmte Luft ein. Die Reise nach Genf hatte sich gelohnt. Es war ihm gelungen, auch seine befreundeten Händler aus dieser Region für die neue Milchschokolade zu begeistern.

»Dieses Mal kann ich Ihnen eine normale Haltbarkeit gewährleisten«, hatte er nicht ohne Stolz verkündet, als er ihnen eine Kostprobe gereicht hatte. »Meine Frau und ich haben das Produkt ein Jahr lang geprüft, bevor wir uns damit auf den Markt gewagt haben. Nun dürfen wir freudig verkünden, dass unsere Milchschokolade genauso lange gelagert werden kann wie die bisher bekannte Schokolade – und dies wohlgemerkt ohne Einbußen in Geschmack und Konsistenz.« Sein kurzer Vortrag zur Produktvorstellung sowie die Probierhäppchen hatten bei seinen Kontakten große Wirkung gezeigt.

So in seinen Gedanken schwelgend, wäre er beinahe mit einer jungen Frau zusammengestoßen, die gleich-

zeitig mit ihm die Hand hob, um eine Kutsche heranzuwinken.

»Entschuldigung.« Sie trat erschrocken beiseite.
»Bitte nehmen Sie die Droschke, ich warte auf die
nächste.«

Daniel musterte die Fremde. Sie hatte dunkelblon-
des hochgestecktes Haar und blaue mandelförmige Augen, die unter buschigen Brauen lagen. Der volle Mund
und die vergleichsweise große Nase verliehen ihrem
herzförmigen Gesicht einen kontrastreichen Anstrich.
Sie trug ein schnörkelloses dunkles Stoffkleid mit Hut
und Mantel, die nicht neu zu sein schienen, und hatte
einen abgewetzten Koffer bei sich. In der Hand hielt sie
ein zusammengefaltetes Stück Zeitung. Normalerweise
reisten so junge Frauen nicht allein. Wo war ihre Familie? Für einen Ehemann war sie definitiv noch nicht
alt genug.

»Suchen Sie etwas?«, fragte Daniel und schielte auf
den Papierfetzen zwischen ihren Fingern. Möglicherweise war sie froh um Hilfe. Vielleicht besuchte sie Ver-
wandte in der Stadt und war das erste Mal in Vevey.

»Ich gehe davon aus, dass der Kutschenfahrer weiß,
wo mein Ziel zu finden ist, wenn ich ihm die Adresse
angebe«, sagte sie höflich, aber bestimmt. Sie trat einen
weiteren Schritt zurück und umklammerte ihren Koffer
ein wenig fester, wie Daniel an den weiß hervorstechen-
den Fingerknöcheln erkannte.

Als die Droschke vor ihnen zum Stehen kam, ließ
Daniel der jungen Dame selbstverständlich den Vortritt
und wünschte ihr noch einen schönen Tag.

Sie bedankte sich, raffte die Röcke und stieg ein.

Daniel sah ihr nachdenklich hinterher und hob dann die Hand, um sich erneut eine Kutsche heranzuwinken. Es dauerte eine Weile, bis er bemerkte, dass das Gefährt der Unbekannten genau vor ihm fuhr, und als ihre Droschke schließlich sogar Richtung Les Bosquets einbog, war seine Neugierde definitiv geweckt. Beim Aussteigen konnte er sich ein Grinsen nicht verkneifen.

»Oh, Sie erneut«, war alles, was die junge Dame von sich gab, als sie Daniel sah. Sie strich sich eine Haarsträhne aus dem Gesicht, und ihr Blick glitt nervös über die umliegenden Gebäude. »Ich muss gleich weiter, also entschuldigen Sie mich.« Sie wandte sich ab und wollte die Straße entlanglaufen.

»Wenn Sie mir dieses Mal verraten, wen oder was Sie suchen, kann ich Ihre Odyssee mit Sicherheit verkürzen.« Daniel wartete, bis sie stehen blieb. »Zufällig kenne ich nämlich alle, die hier wohnen. Es fragt sich jetzt bloß noch, ob Sie die Familie Peter oder die Nestlé-Fabrik suchen.«

Zögerlich wandte sie sich um und musterte ihn skeptisch. »Ich suche die Schokoladenfabrik.« Sie wedelte mit dem Zeitungsausschnitt. »Ich hoffe, ich bin noch nicht zu spät. Meine Cousine hat mir von der ausgeschriebenen Stelle berichtet.«

»Dann sind Sie hier genau richtig. Ich bin Daniel Peter, der Miteigentümer der Schokoladenfabrik. Wir suchen tatsächlich noch eine Arbeitskraft. Sind Sie denn vom Fach? Es ist schwer, eine Person zu finden, die sich mit dem Handwerk auskennt.« Daniel stellte den Koffer mit den übriggebliebenen Kostproben ab und wartete gespannt auf ihre Antwort. Fanny war äußerst kritisch, wenn es um den neuen Mitarbeiter ging, weshalb die Stelle nach wie vor unbesetzt war.

Unsicherheit flackerte in den Augen der Fremden auf. »Nein.« Sie sah zu Boden.

»Dann dürfte es schwierig werden. Wir suchen wirklich jemanden, der in diesem Metier versiert ist, denn leider fehlt uns die Zeit, jemanden einzuarbeiten, da die Nachfrage nach unserem Produkt täglich steigt.« Daniel bedauerte, der jungen Dame keinen besseren Bescheid geben zu können. Vermutlich war sie weit gereist …

»Wie alt sind Sie, wenn ich fragen darf? Wissen Ihre Eltern, dass Sie hier sind?«

»Jedenfalls älter als ich aussehe. Ich habe meinen Eltern einen Brief dagelassen.« Sie presste die Lippen zusammen und sah ihn herausfordernd an. »Es ist etwas kompliziert, ich würde daher sehr gerne mit Madame Peter persönlich sprechen.«

»Haben Sie überhaupt eine Bleibe? Es ist schon Nachmittag …« Daniel versuchte immer noch, die Fremde einzuschätzen. Sie war noch keine zwanzig, da war er sich sicher. Einiges älter als Louise, die im Februar zwölf geworden war, aber dennoch zu jung, um einfach allein auf Reisen zu gehen.

»Ich finde schon etwas.« Ihr Gesichtsausdruck strafte ihre Worte Lügen.

»Also gut, kommen Sie rein. Wir schauen, was wir für Sie tun können.« Daniel wies auf die Eingangstür zu seinem Haus.

Ihre neue Hausangestellte Estelle trat ihnen im Flur bereits entgegen. Sie verbeugte sich vor Daniel und seinem Gast und nahm dann zuerst der jungen Dame und später ihm Hut und Mantel ab.

»Bitte begleiten Sie Mademoiselle ...« Daniel sah die Fremde fragend an.

»Ammann«, antwortete die mit einem Lächeln.

»Mademoiselle Ammann in den Salon und bieten Sie ihr etwas an, Estelle. Ich werde kurz in der Schokoladenfabrik nach meiner Frau sehen.« Trotz der Tatsache, dass die junge Frau akzentlos Französisch sprach, besaß sie einen deutschen Namen. Vielleicht hatte sie eine Französisch sprechende Mutter, mutmaßte Daniel.

Er betrat die Manufaktur und fand Fanny mit dem Zusammenstellen einiger Lieferungen beschäftigt. »*Chérie*, eine Fremde sitzt bei uns im Wohnzimmer, sie hat unsere Zeitungsannonce gesehen und möchte sich als Mitarbeiterin bei uns bewerben. Sie ist zwar keine Chocolatière, besteht aber darauf, mit dir persönlich zu sprechen.« Er grinste.

Fanny sah von ihrer Arbeit hoch und blickte ihn verwirrt an. »Was ist? Warum lachst du?«

Er zuckte die Schultern. »Keine Ahnung, aber ... irgendwas an ihrer Art erinnert mich an dich in jungen Jahren. Sie ist ... ach, sieh halt selbst.«

Fanny band ihre Schürze los und legte sie auf den Arbeitstisch. »Wenn du meinst, dass es dieses Mal keine Zeitverschwendung ist?« Mit fragend hochgezogenen Augenbrauen folgte sie ihm.

»Das weiß ich nicht. Sie ist keine zwanzig und allein unterwegs. So oder so konnte ich sie nicht einfach auf der Straße stehen lassen. Sie spricht einwandfrei Französisch, dennoch deuten ihr Gepäck und ihr Nachname darauf hin, dass sie von weiterher gekommen ist. Vielleicht aus der deutschsprachigen Schweiz.«

Als sie die Manufaktur verließen, kam gerade ihre älteste Tochter Louise aus dem Kinderchor zurück. Je älter sie wurde, desto mehr ähnelte sie äußerlich ihrer Mutter. Sie besaß dieselben grünbraunen Augen, die hellbraunen Locken und sogar Fannys Sommersprossen. Das war es dann aber auch schon mit den Gemeinsamkeiten.

»*Salut*, wo sind denn deine Geschwister?«, fragte Fanny und ließ den Blick über die Straße schweifen.

»Ich bin mit meiner Freundin nach Hause gelaufen. François kümmert sich um Rose und Jeanne.«

Fanny blieb stehen und stemmte die Hände in die Hüften. »Ich habe dich doch ausdrücklich darum gebeten, zusammen mit deinen Geschwistern nach Hause zu laufen, Louise. Warum widersetzt du dich mir?«

Louise schürzte die Lippen. »Camille und ich wollten noch beim Schaufenster des Schneiders vorbei. Er hat bereits die ersten Sommermodelle ausgestellt.« Ein verträumter Ausdruck erschien auf ihrem Gesicht. »Du solltest diese Schnitte und den Stoff sehen, Maman!«

»Nur reiche Leute können sich ständig neue Kleidung leisten«, kommentierte Fanny die Ausführungen ihrer Tochter. »Kleidung macht zudem nicht satt.«

Das Lächeln verschwand von Louises Gesicht, und sie starrte ihre Mutter an, während ihr Kiefer mahlte.

»Schokolade braucht man auch nicht zum Überleben. Dafür kann man besser Brot oder Kartoffeln essen!« Sie ging zur Haustür, blieb dann aber stehen und wandte sich so abrupt um, dass ihre Locken wippten. »Und nur damit du es weißt: Ich möchte keine Schokolade mehr vor dem Zubettgehen! Dieser bittersüße, cremige Geschmack würgt mich. Danach kann ich überhaupt nicht besser schlafen, wie du immer behauptest.« Mit diesen Worten riss sie die Eingangstür auf und verschwand auf der Treppe in den oberen Stock.

Fanny hatte die Stirn in Falten gelegt und presste die Lippen zusammen. Daniel legte ihr einen Arm um die Schultern. »Lass sie.«

»Wie kommt es, dass sie Schokolade dermaßen hasst?«, flüsterte Fanny gekränkt.

»Sie mochte den Geschmack schon als Kleinkind nicht, erinnerst du dich? Zudem hat sie einfach andere Interessen, wie es scheint.« Die Worte sollten tröstend klingen, waren es jedoch nicht.

»Wir haben unsere Passion von klein auf mit unserer Familie geteilt, haben den Kindern alles gezeigt, wenn sie etwas wissen wollten. Nie habe ich die Mädchen aufgrund ihres Geschlechts ausgegrenzt oder von der Manufaktur ferngehalten. Dennoch ist Louise meiner Einladung in die Welt der Schokolade nie gefolgt.« Fanny unterstrich ihre Worte mit emotionsgeladenen Gesten. »Wie will sie denn eines Tages zusammen mit ihren Geschwistern den Familienbetrieb übernehmen, wenn sie sich weigert, das Handwerk und die Abläufe zu lernen? Und wie will sie Schokolade erschaffen und verkaufen, wenn sie deren Geschmack verabscheut?«

Daniel wusste nicht, was er ihr antworten sollte, denn tief in seinem Innern erkannte er, dass sich Louise für Stoffe, Schnitte und Muster, François für Eisenbahnen und Rose für die Schule interessierte. Und die zwei Jüngsten waren ohnehin noch mit Spielen beschäftigt.

Fanny seufzte resigniert. »Sie erinnert mich so sehr an mich selbst, wie ich damals war ... Ich verstehe nicht, was ich falsch gemacht habe. Warum lehnt sie alles, was ich mache, dermaßen ab?«

»Gerade weil sie ist wie du, Fanny, hat sie ihren eigenen Kopf. Das Letzte, was du jemals wolltest, war, so zu sein wie deine Mutter. Ist es nicht so?« Er zog sie fester an sich. »Sie hat denselben Eifer wie du, wenn sie etwas fasziniert, bloß ...« Er wählte seine Worte mit Bedacht. »Bloß denke ich, dass ihre Leidenschaft nicht der Schokolade gilt. Das müssen wir respektieren, findest du nicht auch?«

Fanny seufzte. »Lass uns reingehen. Unser Gast wartet.« Sie öffnete die Tür und betrat den Flur.

Es war auch für Daniel nicht einfach zu sehen, dass zumindest ihre älteren Kinder keinerlei Interesse für Schokolade hatten. Die Schokoladenfabrik war ebenso sein Lebenswerk wie das seiner Frau. Dass sie jede Niederlage ertragen und trotzdem immer weitergemacht hatten, war nicht zuletzt dem ständigen Gedanken an die Zukunft ihrer Kinder geschuldet gewesen.

Beide träumten sie insgeheim davon, ihr Lebenswerk eines Tages in die tüchtigen Hände eines oder mehrerer ihrer Kinder legen zu können. Doch allmählich fragte Daniel sich, ob die es am Ende überhaupt wollen würden ...

Er schüttelte diese Gedanken ab und folgte seiner Frau in den Salon, wo Mademoiselle Ammann bereits an einem Tee nippte und Schokolade aß.

»Unvergleichlich«, kommentierte sie zwischen zwei Bissen. »Diese cremige Textur, die Ausgewogenheit zwischen Süße und Bitterkeit. Man muss dafür genau den richtigen Kakao verwenden, denn nicht jeder ist gleich herb. Ich mag zudem, dass der Zucker etwas dezimiert und dafür noch Süße durch Honig hinzugefügt wurde. Das bildet zusammen mit den Röstaromen der Nusssplitter das perfekte Geschmackserlebnis.« Sie redete, ohne aufgefordert worden zu sein. »Haben Sie schon einmal versucht, die Süße in der Schokolade fast vollständig zu reduzieren, sie bitterer werden zu lassen und ihr dafür Kräuter beizumischen? Dann kann sie auch zum Aperitif gereicht werden. Mit einem leichten Rotwein schmeckt das vorzüglich.«

Fanny blieb wie angewurzelt stehen. Daniel war sich nicht sicher, ob sie über die Belehrung wütend oder von den Fachkenntnissen der Fremden beeindruckt war.

Schweigend ging sie zum Tisch und setzte sich der jungen Frau gegenüber. »Das Problem bei den Kräutern ist die Kombination mit der Milch. Lavendel oder auch Blüten eignen sich jedoch hervorragend, um eine milde Würze in die Schokolade zu bringen. Mit Thymian und Rosmarin hatte ich bisher nur mäßigen Erfolg. Da fehlt mir noch die perfekte Mischung.«

Die junge Frau musterte Fanny eine Weile nachdenklich. »Hm ...«, sagte sie schließlich. »Bisher habe ich das nur in Schokoladen ohne Milchanteil gekostet. Möchte man aber das cremige Geschmackserlebnis einer Milchschokolade mit den Kräutern kombinieren ...« Sie trommelte mit den Fingern auf den Tisch. »Damit habe ich zwar keine Erfahrung, aber ich könnte mir vorstellen, dass nicht jede Milch gleich schmeckt und das Futter dabei auch noch eine Rolle spielt. Eselsmilch beispielsweise hat eine karamellige Note, Ziegenmilch ist würziger als Schafsmilch und ... wenn die Kühe bestimmte Kräuter fressen, ist ihre Milch herber.«

Daniel gab sich alle Mühe, sein Staunen zu verbergen. Er hatte die junge Frau eindeutig unterschätzt. Auch Fannys Miene verriet nichts. Doch Daniel kannte seine Frau. Ihre Finger zeichneten das Muster der Tischdecke nach, und sie blinzelte immer wieder. Ihr Brustkorb hob und senkte sich hastiger als sonst.

»Woher haben Sie dieses beeindruckende Wissen, wenn ich fragen darf?« Fanny sah Mademoiselle Ammann mit einem aufmunternden Lächeln an, und Daniel spürte, dass es ihr schwerfiel, ihre Neugierde zu zügeln.

Die junge Frau winkte ab. »Meine Eltern betreiben ein Lebensmittelgeschäft in Bern. Ich höre den ganzen Tag nichts anderes.«

»Mein Vater war ursprünglich auch Besitzer eines Lebensmittelladens, ehe er die Schokoladenfabrik gegründet hat, die nun von meiner Schwägerin und deren Mann geführt wird.«

Die Fremde schürzte die Lippen und kniff die Augen zusammen. »Sehr langweilige Schokolade, wenn Sie mich fragen. Mein Vater lässt mich die Schokoladenlieferungen für das Geschäft stets degustieren und aussuchen. Ich nehme auch einige der Cailler-Produkte, da es Leute gibt, die danach verlangen. Das sind aber jene Kunden, die Schokolade essen, um satt zu werden. Mit Genuss hat das nichts zu tun.« Sie zuckte die Schultern und nahm einen Schluck Tee. »Zudem ist es Cailler bis heute nicht ansatzweise gelungen, eine Milchschokolade auf den Markt zu bringen. Niemand hat das in der Schweiz bisher geschafft. Außer Ihnen.« Sie blickte Fanny an.

Daniel sah, wie es im Kopf seiner Frau arbeitete.

»Warum ließ Ihr Vater Sie die Schokolade aussuchen? Verstehen Sie etwas davon oder sind Sie einfach eine passionierte Konsumentin?« Fanny musterte die junge Frau eindringlich, um abzuschätzen, ob sie die Wahrheit sprach oder bloß dick auftrug, weil sie dringend eine Anstellung brauchte.

»Ich habe viel über Kakao, die übrigen Rohstoffe und die Schokoladenherstellung gelesen«, antwortete diese. »Da ich gerne backe, habe ich mich auch selbst schon in der Herstellung von Schokolade versucht. Allerdings ist es nicht so einfach, wenn man bloß die Theorie kennt und zudem die richtigen Apparate fehlen.« Sie seufzte. »Ich möchte ehrlich mit Ihnen sein: Über Schokolade weiß ich nahezu alles, aber ich bin keine gelernte Chocolatière. Mein größter Wunsch ist es jedoch, eine zu werden. Meine Eltern möchten natürlich, dass ich das

Lebensmittelgeschäft übernehme.« Ein Schatten legte sich über ihr Gesicht, und sie senkte den Blick. »Mein Bruder ist kürzlich an der Cholera gestorben, weshalb nun alle Hoffnung auf mir liegt. Aber ...« Sie sah wieder hoch; Schmerz und Zerrissenheit spiegelten sich in ihren Augen. »Das ist nicht meine Welt. Meine Liebe gilt der Schokolade, das war schon immer so. Ich weiß nicht, woher es kommt, aber es war schon immer da.« Sie lächelte gequält und hielt sich die Hand auf ihr Herz. »Bitte geben Sie mir eine Chance. Ich verspreche Ihnen, dass ich hart arbeiten werde, aufmerksam zuhöre und genau tue, was Sie mir sagen. Ich lerne schnell – und Sie beide sind die Besten, das weiß jeder. Sie haben Geschichte geschrieben.«

Fanny schwieg nachdenklich. Behutsam nahm sie nun auch einen Schluck Tee und sah Daniel an. Zum ersten Mal seit langem entdeckte er in ihrem Blick wieder dieses Funkeln – das Glimmen, das ihre Augen zum Leuchten brachte, wenn sie eine neue, verantwortungsvolle Aufgabe vor sich sah.

»Ihre Eltern wissen also nicht, dass Sie hier sind, nehme ich an«, wandte sie sich wieder Mademoiselle Ammann zu.

Diese schüttelte den Kopf. »Sie hätten der Reise nicht zugestimmt. Nicht einmal Maman, die in Montreux aufgewachsen ist. Nicht einmal sie.« Sie schnalzte verärgert mit der Zunge. »Ich habe ihnen einen Brief hinterlassen. Sie wissen, wo ich bin. Meine Cousine hat das *Journal de Genève* gelesen und mich auf Ihre Annonce aufmerksam gemacht.«

Fanny atmete tief ein und sagte schließlich: »Gut. Ich möchte über Ihren Vorschlag nachdenken, Fräulein …« Erst jetzt fiel ihr wohl ein, dass sie vor lauter Schokolade vergessen hatten, sich gegenseitig vorzustellen.

»Ammann. Amelie Ammann«, half ihr die junge Frau mit einem freudigen Lächeln, das eine charakteristische Zahnlücke zwischen den Schneidezähnen entblößte.

»Mademoiselle Ammann, lassen Sie mich einmal darüber schlafen. Ich gebe Ihnen morgen Früh Bescheid. Seien Sie bis dahin bitte unser Gast. Das bin ich Ihren Eltern schuldig.« Sie erhob sich und bedeutete der jungen Frau, ihr zu folgen. Zimmer gab es in diesem Haus genug.

Als Fanny aus dem oberen Stock zurückkehrte, zuckten ihre Augen unstet hin und her, und sie wäre beinahe an Daniel vorbeigelaufen, ohne ihn zu beachten. Sanft fasste er sie am Arm, woraufhin sie erschrocken zusammenzuckte und die Luft einsog. Sie hielt sich die Hand auf die Stirn. »Entschuldige. Ich war in Gedanken.«

Daniel grinste. »Das sehe ich. Willst du reden? Drüben in der Manufaktur? Dort sind wir ungestört.«

Sie nickte und bedankte sich mit einem Lächeln, als er ihr die Haustür aufhielt.

Im Atelier überließ Daniel seiner Frau den Sessel hinter dem Schreibtisch und nahm auf einem schlichten Holzstuhl davor Platz.

»Was denkst du?«, fragte er, auch wenn er glaubte, die Antwort zu kennen.

»Sie bedeutet viel Arbeit. Sie ist jung und hat das Handwerk nicht gelernt. Wir müssten ihr alles beibringen.« Fanny sah nachdenklich aus dem Fenster. »Aber sie hat Talent, das ist unverkennbar. Und Leidenschaft.«

»Etwas, das allen bisherigen Bewerbern fehlte«, ergänzte Daniel, der sich noch gut an die vorhergehenden Gespräche erinnerte. Sie beide hatten stets das Gefühl gehabt, dass diese Menschen bloß eine Arbeit suchten, egal ob in dieser oder einer anderen Fabrik.

»Sie hat das, was du hattest«, bemerkte Daniel zögerlich und beobachtete Fanny. Langsam glitt ihr Blick zurück und blieb an ihm haften. Noch immer dominierte ein ernster Gesichtsausdruck ihre Züge. Sie rang mit sich, das konnte er sehen.

»Hast du Angst, der Herausforderung nicht gewachsen zu sein?«, fragte er.

Fanny wackelte mit dem Kopf. »Möglicherweise.«

Er ergriff ihre Hand. »Ich lasse dich damit nicht allein, *chérie*, das weißt du doch. Wir machen auch das gemeinsam, wenn wir uns dafür entscheiden.«

Sie nickte, und ein wehmütiges Lächeln zog über ihr Gesicht. »Weißt du, Daniel, ich werde nächstes Jahr vierzig ... und du zweiundvierzig. Wir müssen uns langsam Gedanken darüber machen, wie es hier weitergeht. Obwohl wir noch jung sind, merke ich allmählich, dass das Leben seinen Tribut von mir fordert.« Sie sah hoch, Wehmut in den Augen. »Die Erschöpfung greift öfters nach mir, meine Gedanken werden schwerfälliger und meine Handlungen langsamer. Fast unmerklich noch, dennoch bleibt mir die Veränderung nicht verborgen.« Sie seufzte und drückte seine Hand.

»Ich weiß«, flüsterte er und nickte. Die Jahre, die sie in ihre Leidenschaft, die Schokolade, investiert hatten, hatten sie viel Substanz gekostet. So viele Male hatten sie von vorne angefangen, das letzte Mal vor zwei Jahren, als ihnen zum ersten Mal die Mischung der Milchschokolade gelungen war. Doch selbst das war bloß ein Anfang gewesen, denn das Rezept bedurfte ständiger Verbesserung und musste mithilfe von Kundenrückmeldungen, Erfahrungen und eigenen Ideen weiterentwickelt werden.

»Gerade weil ich genau weiß, wovon du sprichst, denke ich, es ist jetzt an der Zeit, die Weichen zu stellen und einen Entscheid für die Zukunft zu treffen. Auch wenn er nicht leichtfällt.«

Der Schmerz in ihren Augen bestätigte ihm, dass sie ihn nicht nur verstand, sondern dasselbe dachte.

»Bestimmt ist es kein Zufall, dass sie bei uns angeklopft hat«, murmelte Fanny.

»Sie hat das getan, was die jungen Leute im heutigen Zeitalter tun: Sie folgt ihrem eigenen Herzen, gegen den Willen ihrer Eltern. Die Zeiten haben sich geändert. Die Möglichkeiten auch.« Daniel sah Fanny eindringlich an. »Sie ist die Einzige unter diesem Dach, die sich von dir eine Chance wünscht. Unsere Kinder werden eines Tages hoffentlich ebenso selbstbestimmt durch die Welt gehen wie diese junge Frau. Sie werden das tun, was sie für richtig halten, und nicht, was wir von ihnen erwarten. Gib ihr diese Chance.«

Fanny sah ihn lange an. Dann nickte sie.

Kapitel 32

Die Bodenstanduhr im Wohnzimmer hatte kurz vor sechs Uhr in der Früh angezeigt, als Fanny zusammen mit Daniel das Wohnhaus verlassen hatte, um in die Manufaktur hinüberzugehen. Dicht gefolgt von ihrem Mann betrat sie die Schokoladenfabrik und schüttelte sich fröstelnd. Da die Fabrik gleich neben ihrem Zuhause lag, hatte sie keinen Mantel angezogen, obwohl morgens und abends bereits eine vorwinterliche Kälte in der Luft lag. Draußen war es noch stockfinster, deshalb war im Gebäudeinneren die Gasbeleuchtung eingeschaltet.

Nachdem ihre Schokoladenfabrikation vor drei Jahren unverhofft Fahrt aufgenommen und man ihnen im Folgejahr sogar einen Bankkredit gewährt hatte, hatten sie sich endgültig für die Erneuerung des Beleuchtungssystems in der Fabrik ausgesprochen. Auch ihre Einstellung zur Kerzenbeleuchtung hatte sich in den letzten Jahren notgedrungen verändert. Sie hatten nach Juliens Tod die Kerzenfabrik endgültig aufgelöst und die Produktionsreste nach und nach aufgebraucht. Doch noch immer verbanden viele Erinnerungen sie mit den Kerzen. Die Tage mit Séraphine Clément, die Unbeschwertheit, mit der Fanny und Daniel sich kennengelernt hatten, Julien, der immer ein Teil ihres Lebens gewesen war, ihr gemeinsamer Traum von einer erfolgreichen Kerzenfabrik ...

Auch um sie herum hatte sich einiges verändert, seit Henri Nestlé seine Fabrik verkauft und deren wissenschaftliche Leitung abgegeben hatte. Clémentine hatte ihr Kinderhaus im Sommer 1875 ziemlich überstürzt aufgegeben. Henris Rückzug brachte auch in ihrem Leben zahlreiche Veränderungen mit sich, angefangen beim Umzug in das Haus in Glion. Die beiden waren viel auf Reisen, setzten sich für wohltätige Projekte verschiedenster Art ein und standen den Nachfolgern Roussy, Monnerat und Marquis gelegentlich, jedoch immer seltener, in beratender Form zur Verfügung. Die neuen Fabrikbesitzer hatten noch im Jahr der Übernahme die Produktionskapazität verdoppelt und mit der Ausweitung der Geschäfte begonnen. Von da an produzierten sie auch Kondensmilch, was Daniel und Fanny sehr entgegenkam.

Wie jeden Morgen war Amelie schon rund eine Viertelstunde vor ihnen in der Schokoladenfabrik, stellte die Beleuchtung an und nahm die Maschinen in Betrieb. Und dies, obwohl sie vor einigen Monaten ein Zimmer in Bahnhofsnähe gefunden hatte und nun täglich zu Fuß zur Arbeit kam.

»*Bonjour* Fanny, *bonjour* Daniel!«, begrüßte sie beide mit einem strahlenden Lächeln, das ihre Zahnlücke freilegte. Sie hatte sich bereits ihre Fabrikschürze übergezogen und hantierte mit geröteten Wangen an den Maschinen.

»Guten Morgen, Amelie«, erwiderten Fanny und Daniel ihren Gruß gleichzeitig und wechselten, belustigt über den Zufall, einen amüsierten Blick.

»Fanny ... ich konnte in der Nacht kaum schlafen«, platzte es aus Amelie heraus, und die Zwanzigjährige strich sich die Hände an der Schürze ab. »Ich hatte noch eine Idee für das Rezept der Milchschokolade – und für unsere Weihnachtsschokolade. Ich würde heute gerne einen Probedurchlauf starten und einige Schokoladentafeln produzieren, um zu sehen, wie sie schmecken. Noch ist genug Zeit bis Weihnachten, sollten wir die Anpassungen in die Produktion integrieren wollen.« Während sie redete, lief sie neben Fanny her, musste jedoch ständig ihr Tempo drosseln, da sie ihr sonst davongelaufen wäre. Fanny konnte sich ein Grinsen nicht verkneifen. Szenen wie diese hatten sich in den vergangenen eineinhalb Jahren unzählige Male wiederholt. Es war sogar schon vorgekommen, dass sie Amelie am Morgen schlafend auf einer Werkbank gefunden hatten, weil sie die ganze Nacht an einer neuen Idee getüftelt hatte.

Nachdem Fanny sich mit ihrem Mann wortlos darauf geeinigt hatte, dass er heute den Bürodienst übernehmen würde, holte sie sich ebenfalls eine Schürze und sah sich Amelies Rezept an – ein unübersichtliches Gekritzel, bei dem weder Anfang noch Ende auszumachen waren.

»Willst du mir erzählen, was du dir vorgestellt hast?«, fragte sie daher.

Amelie wollte. »Gestern habe ich auf dem Heimweg einen Umweg gemacht«, berichtete sie, »und einige unserer Kunden in der Innenstadt besucht. Ich wollte wissen, wie sie die Kostproben der neuen Rezeptur im Vergleich zu der bisherigen einschätzen. Dabei fragte ich sie auch, was denn ihre Schokoladenwünsche zu Weihnachten wären. Ihre Rückmeldungen haben mich dermaßen inspiriert, dass ich meine Gedanken kaum im Zaum halten konnte.«

Während Amelie ihr mit weit aufgerissenen Augen und wild gestikulierend jedes Detail und jede Überlegung erklärte, breitete sich Wärme in Fannys Herz aus. Die junge Frau erinnerte sie an sich selbst, wenn sie mit Eifer Schokolade erforschte oder mit gezielten, kraftvollen Bewegungen ihre Arbeiten verrichtete. Nie hatte sich Amelie seit ihrer Anstellung über ihren Lohn beklagt oder eine zusätzliche Entlohnung für ihre Einsätze in der Freizeit verlangt. Sprachen Fanny und Daniel sie darauf an, antwortete sie stets, dass ihr die Chance, die man ihr gegeben habe, Lohn genug sei. Natürlich schenkten sie ihr trotzdem hin und wieder etwas – einen Einrichtungsgegenstand für ihr Zimmer, eine Zugfahrt oder eine Karte fürs Theater. Geschenke dieser Art nahm sie jedoch nur widerwillig an. Sie hatte ihren Stolz.

»... und daraus ist dann diese feine, wenn auch nicht unerhebliche Anpassung im Rezept entstanden. Wie findest du es?«, beendete Amelie ihre Ausführungen.

»Grandios, meine Liebe, besonders die Idee mit der weihnachtlichen Sternform«, lobte Fanny sie und war ehrlich beeindruckt.

Seit sie im Sommer 1875 die Urform ihrer Milchschokolade erfunden und die Rezeptur definiert hatten, tüftelten Fanny und Daniel unablässig an ihrer Mischung, indem sie Verkäufer, Lieferanten oder auch Bekannte und Freunde in die Produktion miteinbezogen. Durch die ständigen Rückmeldungen nahmen sie kontinuierlich Anpassungen vor. Jede von ihnen machte ihre Milchschokolade ein bisschen besser, sei es im Geschmack, der Vielfalt oder der Textur. Amelie hatte diese Firmentradition rasch verstanden und setzte sie genauso gewissenhaft um, als wäre dies ihre Manufaktur und sie nicht bloß eine gewöhnliche Angestellte, sondern mitverantwortlich für die Geschicke von Peter-Cailler et Compagnie.

»Ich schätze dein enormes Engagement sehr, Amelie, du er...« Fanny zögerte und brach ab. »Du bist für uns eine große Bereicherung, und ich bin dankbar, dass ich dir eine Chance gegeben habe. Du hast sie mehr verdient als jeder gestandene Chocolatier.« Mit mütterlichem Stolz legte sie ihr die Hand auf die Schulter und unterstrich ihre Worte mit einem warmen Lächeln.

Die Augen der jungen Frau leuchteten, und die Farbe auf ihren Wangen wurde eine Spur dunkler. »*Merci!*«, murmelte sie und wandte sich ab. »Dann mache ich mich augenblicklich an die Arbeit.«

»Mach das. Ich werde derweil ...« Fanny blieben die Worte beinahe im Hals stecken, als ihr Blick zufällig zur geöffneten Eingangstür hinüberschwenkte.

Dort standen eine Frau und ein halbwüchsiger Junge.

Maries blonde, sorgfältig hochgesteckte Haare waren heller geworden, da sie nun stellenweise von weißen Strähnen durchzogen waren. Das Blau ihrer Augen wirkte verwässert und unterstrich damit noch ihren müden Blick. Feine Falten zerfurchten ihre Stirn und die Partie zwischen ihren Augenbrauen. Ihre beherrschte Körperhaltung, die schmale Taille sowie die hochgewachsene Statur standen dem jedoch entgegen. Alexandre war inzwischen fast ebenso groß wie seine Mutter. Mit seinen zwölf Jahren hatte sich sein Körper noch nicht entschieden, ob er ein Kind oder ein Mann sein wollte; die Gesichtsform wurde noch von kindlichen Rundungen dominiert, wohingegen der Blick schon die Tiefe und Ernsthaftigkeit eines heranwachsenden Mannes aufwies. Er sah Fannys Vater mit jedem Jahr ähnlicher.

Fanny ging zu den beiden hinüber. »*Bonjour* Marie, *bonjour* Alexandre«, grüßte sie sie über den Lärm der Maschinen hinweg und bemühte sich, es möglichst neutral klingen zu lassen.

»*Bonjour tata* Fanny«, kam der Junge seiner Mutter zuvor. Er nahm die Mütze vom Kopf und deutete eine Verbeugung an.

»Guten Tag, Fanny. Entschuldige, dass wir hier einfach so hereinplatzen«, begrüßte sie nun auch Marie.

»Alexandre wollte dich besuchen, und ich dachte ...«
Sie zögerte und nagte an ihrer Unterlippe. »Ich dachte,
es wäre angebracht, wenn ich ihn beim ersten Mal begleite.« Dann merkte sie wohl, was sie gerade gesagt
hatte, errötete und ergänzte: »Das heißt, wenn es denn
ein weiteres Mal gibt. Entschuldige die unglückliche
Ausdrucksweise.« Sie räusperte sich und sah Alexandre an.

Dieser reckte das Kinn nach vorne. »Ich wollte dich
eigentlich schon viel früher besuchen, Tante, vor Jahren schon. Maman ... also wir ...« Er sah Marie kurz an,
wandte sich dann aber wieder Fanny zu. »Wir wussten allerdings nicht, ob dir das angenehm sein würde.«

»Das wissen wir immer noch nicht«, ergänzte Marie
hastig und legte ihm die Hand auf den Arm. »Wir sind
hier, um das herauszufinden und dich zu fragen, ob ...«
Sie brach ab und bedeutete Alexandre mit einem Kopfnicken weiterzusprechen.

Ein Muskel zuckte an seinem Kiefer, als er ihre Hand
abschüttelte und ihr einen grimmigen Blick zuwarf, bevor er sich wieder lächelnd an Fanny wandte. »Seit ich
dich auf der Place du Marché das erste Mal getroffen
habe, ist es mein Wunsch, von dir zu lernen. Du bist
mein großes Vorbild«, gestand Alexandre. Dabei zuckte
Fannys Blick kurz zu ihrer Schwägerin, die den Mund
zusammengepresst hielt. »Maman und Papa waren allerdings der Meinung, dass wir uns alle zu wenig mögen, um einander zu besuchen. Was auch immer damit
gemeint ist, hat aber nichts mit mir zu tun. Ich war ja
noch nicht einmal auf der Welt, als all das passierte.«

Er straffte die Schultern und grinste. »Und deshalb bin ich jetzt hier.«

Marie sah Fanny einige Sekunden schweigend an und fragte dann: »Können wir kurz unter vier Augen sprechen?« Sie griff in die Tasche ihres Mantels und zog einige zusammengefaltete Blätter Papier hervor.

Fanny ahnte, dass dies keine Themen für Kinder waren. Sie reckte den Hals und hielt nach ihrer Mitarbeiterin Ausschau. »Amelie?«, rief sie über das Getöse der laufenden Maschinen hinweg. Amelie kam hinter einer der Gerätschaften hervor, warf ihr einen kurzen Blick zu und lächelte den Fremden mit einem höflichen Kopfnicken zu. Fanny winkte sie zu sich.

»*Oui?*«, fragte Amelie, als sie bei ihnen stand.

»Wärst du so freundlich und würdest Alexandre, meinem Neffen, unsere Fabrik zeigen und ihm ein wenig Schokolade zum Kosten geben? Vielleicht magst du ihm dabei etwas über die Funktionsweise der Maschinen berichten.« Sie sah die junge Frau eindringlich an. Deren Blick huschte kurz zu Marie, bevor sie ernst nickte und Fanny damit zeigte, dass sie verstanden hatte. Sie sollte den Jungen bloß in die Mechanik, nicht aber in das Betriebsgeheimnis der Produktion einweihen.

Mit einem freundlichen Lächeln stellte sie sich Alexandre vor und nahm ihn dann mit.

Fanny bedeutete Marie, ihr zu folgen. Da ihr Büro von Daniel besetzt war, ging sie hinüber ins ehemalige Arbeitszimmer von Julien in jenem Teil der Fabrik, der früher für die Kerzenproduktion genutzt worden war.

Die Schreibstube war verwahrlost, und die wenigen Möbel, die noch darin standen, verstaubt. Ein blasser Sonnenstrahl drängte durchs Fenster, in dessen Kegel Staubpartikel tanzten. Fanny hatte jedoch nicht vor, sich mit Marie hinzusetzen, sondern nur nach einem Ort gesucht, an dem sie, ungestört und vom Lärm geschützt, reden konnten. Ihre Schwägerin folgte ihrer einladenden Handbewegung, deutete durch ihre gesamte Körperhaltung jedoch an, dass auch sie nicht vorhatte, sich zu setzen. Sie umklammerte die gefalteten Blätter und drückte sie vor die Brust wie ein Schutzschild.

Fanny schloss die Tür und verschränkte die Arme. »Du wolltest dich mit mir unterhalten?«, fragte sie.

Marie schluckte einige Male leer, sah zu Boden, hob dann den Blick und holte tief Luft. »Es tut mir leid, dass wir dich belästigen. Es war nicht meine Absicht, und ich habe über Jahre hinweg versucht, Alexandre von diesem Besuch abzuhalten.« Sie lachte verbittert und schüttelte den Kopf. »Wir haben ihm in deiner ehemaligen Besenkammer sogar ein Schokoladenatelier eingerichtet.« Ihr Ausdruck wurde wieder ernst, und sie sah Fanny an, einen Hauch Verzweiflung in der Stimme. »Alexandre ... ist sehr eigenwillig und unnachgiebig, wenn er sich etwas in den Kopf gesetzt hat. Genau wie sein Vater.« Den letzten Teil ihrer Aussage flüsterte sie bloß. Ihre Augen glitzerten, und die Lippen bebten. Sie straffte jedoch die Schultern, strich sich eine lose Haarsträhne aus dem Gesicht und fasste sich wieder. »Kinder ... sind eigenständige Wesen, keine Duplikate von uns. Wir können sie prägen, ihnen manches vererben,

aber am Ende entsteht daraus doch eine unvorherseh-
bare Mischung, die sich unserer Kontrolle entzieht.«

Fanny nickte. Wem erzählte sie das? Mit Schmerz
und Verbitterung dachte sie an ihre eigenen Kinder, und
daran, dass keines von ihnen auch nur einen Hauch
von Interesse an ihrem Lebenswerk bekundete. Ganz
im Gegensatz zu ihrem Neffen Alexandre.

Das war wohl Ironie des Schicksals.

Da stand sie nun, zwischen alten Möbeln und Staub,
im Angesicht ihrer Erzfeindin, nur um festzustellen,
dass sie weit mehr war als das: Sie war auch eine Ehefrau, eine Mutter und nicht zuletzt eine Geschäftsfrau.
Sie beide verband weit mehr, als sie zuzugeben bereit
waren.

»Fanny, ich bin machtlos, was den Jungen anbelangt.
Wenn ich ihm weiterhin verbiete herzukommen, wird
er es irgendwann hinter meinem Rücken tun. Er ist alt
genug. Deshalb habe ich beschlossen, es für uns beide
so komfortabel wie möglich zu machen.« Sie gab Fanny
den Papierstapel, den sie bisher in den Händen gehalten
hatte. »Es war Louis' Idee. Das ist eine Verschwiegen-
heits- und Konkurrenzverbotserklärung in zweifacher
Ausführung. Ein Exemplar für dich und eines für mich.
Darin übernehme ich die volle Verantwortung für meinen Sohn und bestätige, dass es mir und meiner gesamten Familie nicht erlaubt ist, betriebsinterne Informationen jeglicher Art weiterzugeben oder für unsere
eigene Manufaktur zu nutzen. Es ist mir ferner nicht
erlaubt ...« Sie brach ab, holte tief Luft und sah Fanny
dann an. »Es ist mir nicht erlaubt, ähnliche Produkte

wie die deinen, namentlich Milchschokolade, ohne deine ausdrückliche schriftliche Erlaubnis herzustellen, oder nur, indem ich dir die Rechte an deiner Erfindung abkaufe.« Marie strich sich die Hände an ihrem Kleid ab. »Du kannst die Zeilen gerne in Ruhe durchlesen und selbst noch einen Advokaten deines Vertrauens um eine Zweitmeinung bitten, bevor du es unterschreibst. Meine Signatur steht bereits da.«

Fanny überflog die aufgesetzten Zeilen. »Gut. Ich werde es mir in Ruhe ansehen.«

Marie nickte. »Sollte es dir danach, angesichts der Absicherung, die ich dir gewähre, möglich sein, meinen Sohn hin und wieder bei dir mithelfen zu lassen, wäre ich dir zeitlebens sehr dankbar dafür. Selbstverständlich braucht er keinen Lohn.« Nach wie vor machte sie keine Anstalten, sich zur Tür zu bewegen.

»Als Geschäftsfrau mag ich nicht immer alles richtig gemacht haben«, fuhr sie nach kurzem Zögern mit bebender Stimme fort. »Als Mutter möchte ich nicht auch noch versagen. Ich liebe Alexandre. Seit Jahren ist es sein größter Wunsch, dich näher kennenlernen und von dir lernen zu dürfen. Dagegen bin ich machtlos.« Sie verstummte und wandte den Blick ab.

»Ich habe auch Kinder«, begann Fanny zögerlich. »Ich weiß, wie es ist.«

Vorsichtig sah Marie sie an.

»In ihnen spiegeln sich unser Glanz ebenso wie unsere Schatten.« Obwohl Fanny lächelte, wusste sie, dass es ihr nicht gelang, die Enttäuschung aus ihren Augen zu löschen, die sie stets übermannte, wenn sie an ihre älteren Kinder dachte. Nichts war so gekommen, wie sie es sich erträumt hatte.

»Es tut mir leid, Fanny. Alles.« Die Worte verließen Maries Lippen zögerlich, doch ihr kraftvoller Blick unterstrich die Ernsthaftigkeit ihrer Aussage.

»Wir haben getan, was wir tun mussten, Marie. Als Frauen, als Liebende, als Mütter und Unternehmerinnen.«

Sie sahen sich schweigend an.

Marie nickte ihr noch einmal dankend zu und verließ die Fabrik.

Fanny unterschrieb die Vereinbarung noch am selben Abend.

Epilog

Den Temperaturen entsprechend zeigte sich der Himmel über ihren Köpfen heute in einem eisig blauen Kleid. Die Sonne spiegelte sich auf der gleißenden Oberfläche zu ihren Füßen, und Fanny musste immer wieder die Augen zusammenzukneifen, was es noch schwieriger machte, das Gleichgewicht auf den Schlittschuhen zu halten. Wie zu erwarten, landete sie denn auch schon nach kurzer Zeit unsanft auf ihrem Hintern. Sie war dankbar, dass sie sich über ihr warmes Wollkleid einen ebenso robusten Mantel gezogen hatte. Ihre Hände steckten in einem Fellmuff, weshalb es ihr nicht gelungen war, die Balance wiederzuerlangen oder den Sturz abzufangen.

»Alles in Ordnung? Geht es dir gut?« Amelie, die beide Hände frei hatte und sie zum Wärmen bloß in die Jackentasche schob, sah sie besorgt an.

»Vermutlich ist mein Hintern morgen blau«, stöhnte Fanny, zog den Muff aus und griff nach Amelies ausgestreckter Hand. Doch in diesem Augenblick riss die junge Frau die Augen auf, ließ Fanny los und kämpfte mit rudernden Armen um ihr eigenes Gleichgewicht. Sekunden später saßen sie beide auf dem Eis, sahen sich an und lachten.

»*Mon Dieu!* Dass ihr jungen Leute aber auch immer so riskante Vergnügungen bevorzugen müsst«, beklagte sich Fanny scherzhaft. So alt war sie mit ihren einundvierzig zwar nicht, trotzdem erinnerten ihre eigenen Kinder, allen voran Louise mit ihren vierzehn Jahren, sie immer wieder daran, wie die Zeit vergangen war. Elegant und wendig glitt ihre älteste Tochter über die gefrorene Uferstraße der Veveyse. François hatte sich zu einigen Schulkameraden gesellt und warf seinen Schwestern finstere Blicke zu. Er fühlte sich von der weiblichen Übermacht in der Familie bisweilen ein wenig überfordert. Rose versuchte, ihrer großen Schwester nachzueifern, und die beiden Kleinsten, Jeanne und Elisa, hielten sich an den Händen und übten einen Tanz – wenn man das denn angesichts der Tatsache, dass sie auf Schlittschuhen standen und Mühe hatten, das Gleichgewicht zu halten, überhaupt so nennen wollte. Daniel wiederum hatte sich mit einigen Geschäftspartnern, die er zufällig getroffen hatte, an den Rand des Eisfelds gesetzt und unterhielt sich. Die Eislaufschuhe trug er eher zur Zierde.

Es war nun schon der dritte Sonntag, an dem sie dem Ruf des *Feuille d'avis*, das mit dem Werbeslogan »Patinage de Vevey – Belle glace« geworben hatte, gefolgt waren. Und das Blatt hatte recht: Das Eis war perfekt zum Schlittschuhlaufen. Es gab in Vevey zwei Möglichkeiten zum Eislaufen: Am Rande der Place du Marché, wo sie letzten Sonntag gewesen waren, oder hier, entlang der gefrorenen Uferstraße der Veveyse. Besonders bei den jungen Leuten war diese neue Freizeitbeschäftigung sehr beliebt.

Fanny erhob sich mühsam und eierte gedankenversunken über das Eis. Dabei hatte sie sich, ohne es zu bemerken, etwas von den übrigen Familienmitgliedern entfernt. Plötzlich hakte sich jemand bei ihr unter, und als sie den Kopf wandte, schaute sie in das lächelnde Gesicht Amelies.

»Du siehst in letzter Zeit so glücklich aus, *chérie*«, sagte Fanny. »Du scheinst förmlich zu glühen. Ich freue mich, dass du diesen Sonntag bei uns in Vevey geblieben bist, auch wenn ich verstehe, dass ihr jungen Leute gerne zusammen etwas unternehmt.«

Tatsächlich hatte sich das Verhalten der jungen Frau in den vergangenen Monaten verändert. Angefangen hatte es nach einem mehrtägigen Besuch Amelies bei ihren Eltern in Bern im Frühsommer. Zuerst kaum merklich, dann immer augenfälliger. Jedenfalls für Fanny. Amelie stand ihr nämlich inzwischen so nahe wie eine eigene Tochter und war überdies ihre rechte Hand in der Fabrik. Besonders nach manchen Sonntagsausflügen, von denen Fanny nicht wusste, mit wem und wohin sie diese unternahm, war Amelies gute Laune richtig ansteckend. Sie lachte, machte Scherze, und wenn sie sich unbeobachtet glaubte, sang oder summte sie vor sich hin. Dabei schien es, als seien ihre Gedanken weit weg. Ihre Arbeitsleistung litt allerdings nie darunter, im Gegenteil. Amelie übertraf sich hinsichtlich ihrer Kreativität täglich selbst. Selbstverständlich ahnte Fanny, was dieser Wandlung zugrunde lag, doch war sie taktvoll genug, nicht zu fragen.

Fanny hatte erwartet, dass Amelie auf ihre Bemerkung hin vielleicht erröten oder scheu schmunzeln würde, so, wie es junge Frauen mit einundzwanzig eben taten, wenn sie von älteren Damen durchschaut wurden, doch stattdessen senkte Amelie den Blick, und das Lächeln auf ihren Lippen erlosch. Abrupt blieb sie stehen, und Fanny wäre beinahe zum zweiten Mal auf dem Hintern gelandet. Nur mit wild fuchtelnden Armen konnte sie ihr Gleichgewicht wiederfinden. Als sie Amelie ansah, erschrak sie über deren ernsthaften Blick.

»Was ist los? Habe ich etwas Falsches gesagt?«

Amelie schüttelte den Kopf. »Können wir uns dort drüben auf die Holzbank setzen?« Sie wies mit dem Finger auf eine verschossene, ehemals rot gestrichene Sitzbank, von denen die Gemeinde Vevey mehrere Exemplare entlang der Eisstraße platziert hatte.

»Aber natürlich, *chérie* ...« Fanny sah sie fragend an, folgte ihr dann aber zu der Sitzgelegenheit. Einige Sekunden lang saßen sie schweigend nebeneinander und beobachteten die lachenden, wacklig oder elegant dahingleitenden Schlittschuhläufer. Die Sonne, die bald schon hinter den Bergen untergehen würde, wärmte ihr Gesicht.

»Ich muss dir etwas sagen«, begann Amelie vorsichtig und legte ihre Hand auf Fannys Unterarm.

Unbehagen breitete sich bei diesen Worten in Fanny aus. Hatte sie das nicht schon einmal gehört? Vor vier Jahren, mitten an einem heißen Julitag? Damals war das Ende einer Ära eingeläutet worden. Seit Clémentine weggezogen war, war es im Les Bosquets nicht mehr annähernd so bunt und lebendig wie früher. Es war zwar lauter geworden, aber auch leerer. Und nun erneut diese Worte.

»Wirst du mich verlassen, Amelie?«, fragte Fanny geradeheraus, wandte den Kopf und sah sie an. Augenblicklich schossen der jungen Frau die Tränen in die Augen.

»Ich weiß es nicht, Fanny. Vielleicht«, krächzte sie und schniefte. Beschämt sah sie zu Boden.

Fanny wartete, dass Amelie weitersprach. Äußerlich mochte sie ruhig erscheinen, in ihrem Innern jedoch sah es ganz anders aus.

Endlich hatte sich Amelie so weit gefasst, dass sie wieder sprechen konnte. Noch immer vermied sie es, Fanny anzusehen. Stockend begann sie zu erzählen.

»Ich habe mich verliebt. Es war nicht geplant.«

Trotz der Ernsthaftigkeit der Situation musste Fanny lächeln. »Davon gehe ich aus. Niemand plant, sich zu verlieben, n'est-ce pas?«

Amelie schniefte und lachte gleichzeitig, dann wurde sie wieder ernst. »Manche schon. Es gibt Frauen, die suchen sich gezielt einen Mann. Ich nicht. Ich habe andere Ziele im Leben, ich möchte eine erfolgreiche Chocolatière werden.«

Fanny verstand noch nicht, worauf Amelie hinauswollte, also schwieg sie und wartete, bis sie weiterredete.

»Ich bin ihm in Bern begegnet, als ich meine Eltern besucht habe. Wir sind uns zufällig im Lebensmittelgeschäft über den Weg gelaufen, als ich kurz auf den Laden aufpassen musste, und ...« Sie zuckte die Schultern. »Ich weiß nicht, was passiert ist, aber es war ... *le coup de foudre,* wie ihr dazu sagt. Liebe auf den ersten Blick. Ich war machtlos.« Das erste Mal, seit sie sprach, sah sie Fanny in die Augen. Scham, vermischt mit Schmerz spiegelten sich darin. »Seitdem haben wir uns unzählige Briefe geschrieben. An manchen Sonntagen treffen wir uns irgendwo in der Mitte zwischen Bern und Vevey zu Spaziergängen ... aber die beiden Städte scheinen auf zwei verschiedenen Kontinenten zu liegen.« Sie lächelte traurig.

Fanny wartete, bis sie sicher war, dass Amelie nicht mehr weiterreden würde. Dann räusperte sie sich und nahm die Hand der jüngeren Frau. »Ich verstehe dich, Amelie. Die Liebe verwirrt und verzaubert uns, aber sie besitzt auch die Macht, uns zu knechten und zu zerstören.« Sie wählte ihre Worte mit Bedacht, als sie weitersprach: »Zu Beginn fühlt sich Verliebtheit an wie ein Rausch. Der Verlockung zu widerstehen, ist unmöglich, der Verzicht verzehrt einen. Dennoch vergeht Liebe manchmal auch wieder. Wenn wir dann vergessen haben, wer wir tief in unserem Herzen sind, wenn wir all unsere Träume geopfert haben, dann wird es ein langer Weg zurück ins Licht.«

Amelie, die verstand, was sie ihr raten wollte, sah sie mit einem dankbaren Lächeln an. »Du hast recht. Ich habe mir hier etwas Wundervolles aufgebaut. Bei dir und Daniel. Nie zuvor habe ich mich so geborgen, so wertgeschätzt und glücklich gefühlt wie hier bei euch, umgeben von Schokolade.« Sie sah nachdenklich in die Ferne. »Vielleicht sollte ich einfach ein wenig warten und schauen, wie sich die Dinge entwickeln, auch wenn die Distanz zwischen uns schmerzhaft und hinderlich ist. Wir müssen nicht immer gleich eine Lösung haben, oder? Manchmal weist uns das Leben die Richtung von selbst, in seinem Tempo.« Mit diesen Worten erhob sich Amelie sichtlich erleichtert von der Bank, und Fanny tat es ihr gleich.

»Ganz genau, das wollte ich damit sagen. Wir können uns im Leben durchaus an verschiedenen Dingen gleichzeitig erfreuen. An der Leidenschaft für eine Sache, aber auch am Zauber der Liebe. Wir müssen uns nicht immer für etwas entscheiden.«

Plötzlich drehte sich Amelie um und umarmte Fanny. »Danke. Danke für dein Verständnis und deine einfühlsamen und hilfreichen Worte. Jetzt geht es mir schon sehr viel besser.«

Amelie hakte sich bei Fanny unter, die ihre Hände wieder in ihren Fellmuff gesteckt hatte. Gemeinsam kehrten sie zu den anderen zurück. Während sie so nebeneinanderher liefen, sprudelten die Worte ungehemmt aus Amelie heraus. Plötzlich brannte sie offenbar darauf, Fanny alles über ihre faszinierende neue Bekanntschaft zu berichten.

Sie hatten Daniel und die Kinder beinahe erreicht, als Amelie ihre Erzählung mit einem Satz beendete, bei dem Fanny kurz der Atem stockte.

Daniel, der sie schon gesucht hatte, sah Fanny mit fragend hochgezogener Augenbraue an, doch sie zwang ein Lächeln auf ihre Lippen und überspielte ihre innere Aufruhr, auch wenn sie wusste, dass sie ihren Mann damit nicht täuschen konnte.

Daniel wartete exakt, bis die Kinder im Bett lagen und sie beide sich ebenfalls in ihr Schlafzimmer zurückgezogen hatten. Als Fanny sich auszog, spürte sie Daniels warme Arme, die sie von hinten umschlangen. Er zog sie an sich und drehte sie um, sodass er ihr in die Augen sehen konnte.

»Was habt ihr beiden denn so lange beredet, du und Amelie?«, fragte er und strich ihr eine Haarsträhne aus dem Gesicht.

»Ach, bloß Frauenangelegenheiten. Sie hat sich verliebt, das ist alles.« Fanny wollte es belanglos klingen lassen, was ihr aber nicht gelang. Vergeblich versuchte sie, ihre Worte mit einem Lächeln zu unterstreichen.

»Das musste in ihrem Alter ja irgendwann kommen. Wir haben immer gewusst, dass das eines Tages passieren wird, oder? Aber eine leidenschaftliche und engagierte junge Frau wie sie wird deshalb nicht alles, was sie hier hat, wegwerfen, das hättest du doch auch nicht getan, als du jung warst.« Daniel verstand natürlich, welche Ängste Fanny bewegten. Unter normalen Umständen hätten seine Worte sie getröstet, wäre da nicht diese eine Information gewesen, die Amelie ihr mit ihrem letzten Satz noch mitgegeben hatte ...

Daniel musterte Fanny eingehend und hob dann ihr Kinn an. »Da ist noch mehr, oder?«

»Alexandre ist ein guter Junge«, murmelte Fanny nachdenklich. »Er ist Maries Junge, aber er ist ein guter Junge. Tüchtig, intelligent und arbeitsam.«

Daniel sah sie misstrauisch an. »Das ist er. Wie er mir mitteilte, möchte er das Handwerk des Chocolatiers lernen, wenn er alt genug ist. Aber was hat das denn mit Amelie zu tun?«

»Denkst du, dass er gern bei uns ist? In der Fabrik?«, fragte Fanny, wandte sich von Daniel ab und sah aus dem Fenster.

»Aber ja, natürlich, das merkt man doch. Weshalb ...«

»Lieber als in Maries Manufaktur?« Fanny wandte sich um und sah ihren Mann fragend an. »Was denkst du?«

Daniel hob ergeben die Arme. »Fanny, ich weiß nicht, ob Alexandre lieber hier ist oder bei Cailler. Ich habe ihn nie danach gefragt. Warum ist das denn wichtig? Du denkst doch nicht etwa ...« Er trat näher und ließ seinen Blick über ihr Gesicht gleiten, als könne er dadurch erraten, was in ihr vorging.

»Weil Amelie uns verlassen wird, deshalb«, erklärte Fanny knapp. »Ich frage mich, wer eines Tages unser Lebenswerk weiterführen wird, Daniel. Soll es etwa in fremde Hände geraten?«

Daniel griff nach ihrer Hand. »Hat sie dir das heute eröffnet?«

Fanny schüttelte den Kopf. »Nein, wir hatten ein gutes Gespräch.«

»Aber woher weißt du dann, dass sie uns verlassen wird?« Ihr Mann sah sie verwirrt an und setzte sich auf einen Sessel neben dem Fenster.

»Weil sie mir erzählt hat, in wen sie sich verliebt hat, Daniel.« Fanny sah ihn an.

»Kennen wir ihn denn?«, fragte Daniel leise, und es war ihm anzusehen, dass er alle Optionen in Gedanken durchging.

»Ja. Er ist Chocolatier mit eigener Firma in Bern, und Amelie ist unsterblich in ihn verliebt.« Fanny seufzte. »Rodolphe Lindt. Sie hat sich in Rodolphe Lindt verliebt.«

Nachwort

Das Thema dieses Romans war dermaßen faszinierend, dass ich mich dazu entschlossen habe, zum ersten Mal in meiner Autorenkarriere ein Nachwort zu verfassen. Auf eine Danksagung möchte ich an dieser Stelle bewusst verzichten, weil ich allen, die mich unterstützt haben, persönlich gedankt habe und bei Danksagungen stets die Gefahr besteht, jemanden zu vergessen.

Was aber möchte ich mit euch teilen?

Diese Geschichte, die durch zahlreiche wahre Fakten inspiriert wurde, ist enorm komplex. Allein über Henri Nestlé hätte man einen eigenen Roman verfassen können. Dasselbe gilt für Marie-Louise Cailler oder ihren Sohn, Fannys Neffen Alexandre-François-Louis Cailler, der die Firma später weitergeführt hat. Sie alle sind hochkomplexe, spannende Persönlichkeiten, die in diesem Roman nur am Rande erwähnt sind, weil ich Fanny-Louise und Daniel Peter als Protagonisten für meine Erzählung ausgewählt habe.

Womit gleich das nächste Thema eingeleitet ist. Wenn man einen historischen Roman schreibt, der sich mit einem Stück Schweizer Geschichte, überdies mit der

Pionierzeit, befasst, dann möchte man sich, wo immer möglich, an die Tatsachen halten. Ich habe mich also intensiv mit der Schweiz des 19. Jahrhunderts beschäftigt und ausgiebig recherchiert. Dazu habe ich auch jene Quellen kontaktiert, die wohl am meisten Ahnung haben: das Musée Historique de Vevey und die Maison Cailler in Broc. Beide haben mir zeitnah und äußerst kompetent und freundlich geholfen. Das Musée Historique de Vevey hat mir zwei wundervolle Werke empfohlen, die mir als Hauptnachschlagewerke für das Vevey der zweiten Hälfte des 19. Jahrhunderts dienten. Cailler-Nestlé wiederum hat mir aus ihren historischen Archiven eine kleine illustrierte Firmenchronik geschenkt, die zum 200-Jahr-Jubiläum herausgegeben wurde.

Trotz dieser soliden und guten Quellen, die ich mit weiteren, ebenso verlässlichen Quellen aus dem Netz zusammengeführt habe, habe ich schnell festgestellt, dass es mit der Vergangenheit ein großes Problem gibt: Sie ist vergangen. Die Erinnerungen und Berichte von Zeitzeugen sowie die verschiedenen Quellen waren sich bei vielen Sachverhalten uneinig. Manches, das berichtet wurde, war bei genauer Recherche der Chronologie der Ereignisse schlicht gar nicht möglich. Einiges widersprach sich. Zahlreiche Informationen wiederum blieben komplett im Dunkeln, weil niemand davon erzählt hat. Ich bin also auf unterschiedliche »Wahrheiten« gestoßen und fand mich in der unbequemen Lage, mit diesen etwas Sinnvolles gestalten zu müssen.

Schlussendlich musste ich mich demzufolge für eine gesunde und unterhaltsame Mischung aus Wahrheit und Fiktion entscheiden. So ist beispielsweise Marie und Alexandres Erstgeborene Elodie meiner Fantasie entsprungen. Das trifft auch auf den Charakter und die Beziehung der beiden Eheleute zu. Ebenso ist nichts über Auguste, seine Frau und Kinder bekannt. Auch über Daniel und Fanny als Paar und ihre gemeinsame Familie gibt es kaum Fakten. An dieser Stelle erhebt die Geschichte demnach keinen Faktizitätsanspruch. Vielmehr wurde um die historischen Gegebenheiten herum eine neue ästhetische Wirklichkeit geschaffen.

Dieser Roman ist also weder ein Geschichtsbuch noch eine Doktorarbeit, aber er möchte die damalige Zeit mit ihren Traditionen und Menschen nach Möglichkeit lebendig wiedergeben. Seht es mir also nach, wenn manche Personen oder Ereignisse nicht dem tatsächlichen historischen Vorbild entsprechen und ich mir, der Erzählung, Dynamik und Spannung zuliebe, einige schriftstellerische Freiheiten herausgenommen habe. Sonst wäre daraus nie ein Roman geworden. Am Ende war dies nämlich mein wichtigstes Anliegen: euch in eine schöne und faszinierende Geschichte eintauchen zu lassen.

Ich hoffe, das ist mir gelungen.